1848 "Ultima Thule" daguerreotype of Poe, 9 November 1848
Richard Gimbel Collection, Philadelphia Free Library

ディズマル・スワンプのアメリカン・ルネサンス

ポーとダークキャノン

伊藤 詔子 著

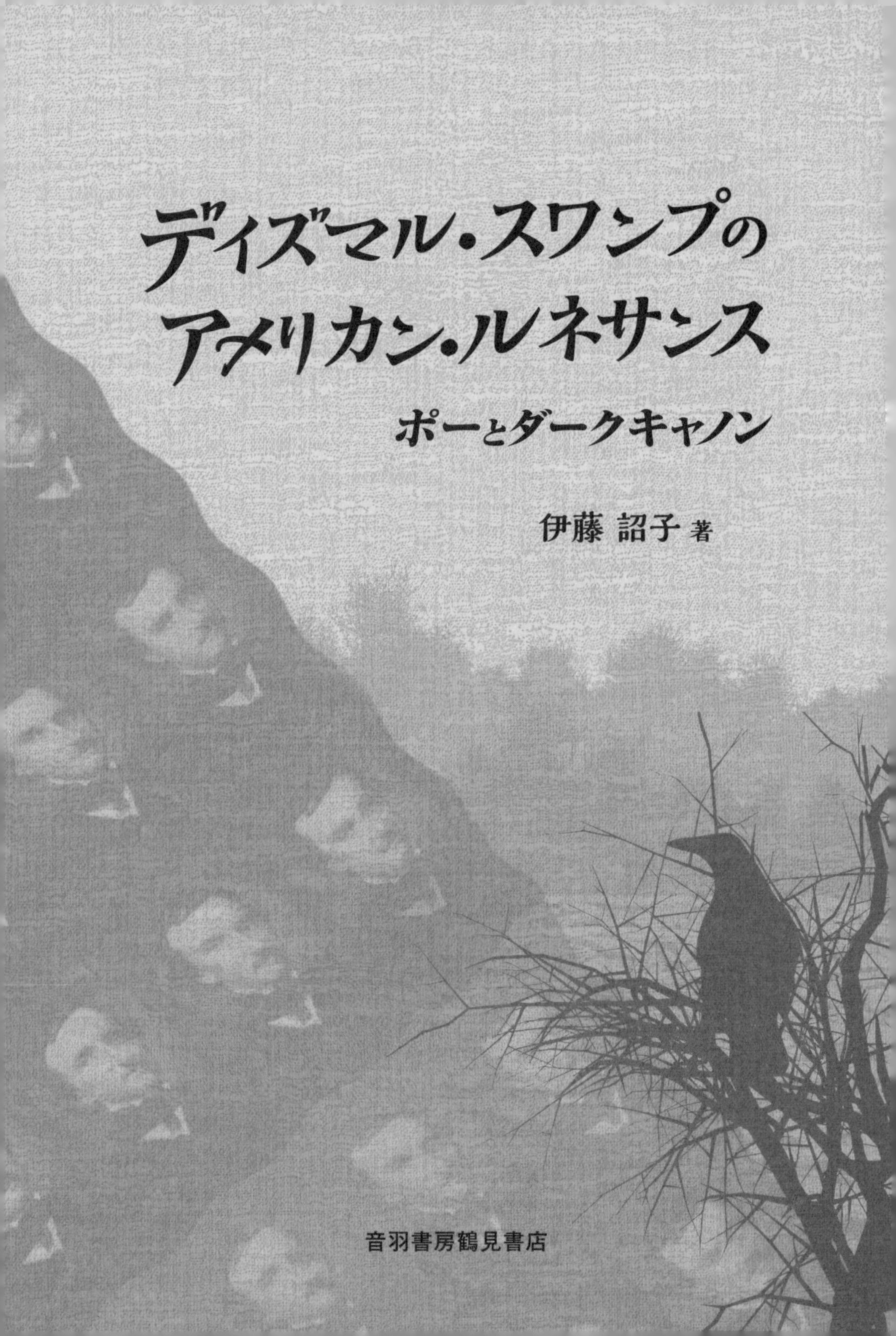

音羽書房鶴見書店

ディズマル・スワンプのアメリカン・ルネサンス

——ポーとダークキャノン

はじめに

本書は、拙著『アルンハイムへの道――エドガー・アラン・ポーの世界』（一九八六）出版以降、ポーが移り住んだ場所とゆかりの地を訪れる巡礼の旅をおよそ三〇年続け、その都度折に触れ書いてきた論文をもとに構成・加筆し、新たな論考を加え、まとめたものである。

最初に序章で、ポーのアメリカ文学、およびアメリカ社会と世界での再評価と、完全なリバイバルの状況を、ポーとボストンの関係の、大きな変化の中に見る。ポー・リバイバルは何度か波があったが、二〇〇九年の生誕二〇〇年で一つのピークを迎えたので、そこに照準を合わせ、日米の生誕二〇〇年祭にまつわる隠れたエピソードをいくつか紹介する。中でもロードアイランド州プロヴィデンスの、ブラウン大学近くに住んでいたサラ・ヘレン・ホイットマンと、ポーの晩年、一八四八年のかかわりを再考し、ポーの遺髪の行方と、ポーの写真のうち最もよく知られている、ホイットマン・ダゲレオタイプ撮影前後の事情について述べる。

序章の話は、ポーの謎に満ちた死の年、とりわけボルティモアでの、ポー最期の様子を考察した終章に引き継がれている。一八四九年リッチモンドとノーフォークでの講演旅行の後、フィラデルフィアに向かうはずが、海路ポカホンタス号にてボルティモアに立ち寄って一〇月九日息を引き取る。終章ではポーの唯一の遺産となったトランクをめぐって、その謎を追った。ボルティモアへ筆者は一九八七年、一九九一年、そして二〇〇九年に訪ねる機会に恵まれた。

本書は、小説や評論とは異次元の質と捉えられているポーの詩を、ポーの本質が宿る核となる世界と捉えている。ポーの一生は詩で始まり詩で終わり、その中間に独創の限りを尽くした散文作品が犇めいている。詩の世界にはポーの一生の、秘され隠された事実に直結するテーマと、詩心と世界観が構築されている。

第Ⅰ部では、ポーの母と女性と自然をテーマとする初期の詩、墓場詩から中期作品の、女性、自然、家の表象を、ゴシック・マザーとゴシック・ネイチャーとゴシックの窓の関連で捉える。ポーが水源となり、モダニズム、ポストモダニズムの作家へと継承されているダーク・キャノンの水脈の始まりを、〈墓場詩〉と〈幽霊譚〉に辿りまとめたものである。

第Ⅱ部では、ポーの自然表象が、多様なジャンル創始の中でいかに物語展開の中で重層性を強めていったか、『アーサー・ゴードン・ピムの物語』と「アルンハイムの領地」を射程に考察する。ポーが生み出した風景は、アメリカン・サブライムの様式が絵画を席巻するアメリカ社会で、新たなサブライムと呼ぶべき意匠を創造し、自然を模倣するミメーシスを否定し、自然を芸術として生み出す第二の自然としての海、空、山、植物、動物の構築へと向かっていったことを述べる。ピムの故郷とされるナンタケットへは、『ピム』出版一五〇年会議で一九九八年訪れることができた。学会本部のあったホテルで火事があったが、海辺の一軒家に泊まっていた筆者は無事で、ポーの一生を見舞った何回かの火事に思いを馳せる機会となった。

第Ⅲ部では、ポーがその中で生きた奴隷制の影響と南部の歴史が、ポー作品の巧みなプロットを形成していくさまを、驚異の自然領域であるディズマル・スワンプが生み出した、一八三〇年代から六〇年までの文学と並べて考察し、アメリカンルネサンス・キャノンから排除されてきたポーを、ディズマル・スワンプのアメリカン・ルネサンス論の中で定位する。その際本書の掲げるダーク・キャノンとは、人種を超えた文学の特質として、ポーと同時代、例えば南部のディズマル・スワンプで、あるいは南部と北部の境域であったボルティモアで生きた、アフリカ系アメリカ作家の想像力とも共振する点を明らかにしたい。作家と場所の感覚、文壇、メディアとのインターアクティヴな作用の中で形成されたポー文学が、現代、実に多様な芸術に深い影響を与えていることに鑑み、その源泉性をさらに明らかにしたい。

第Ⅳ部ではポーとアメリカ作家が織りなすダーク・キャノンの形成と展開を、ニューイングランド北部の代表作家ナサニエル・ホーソーンと、南部の代表作家ウィリアム・フォークナーにおいて論じる。デュパンの造詣には、ポーのダゲレオ的想像力の発見があったが、それはホーソーンのダゲレオタイピスト、ホールグレイヴと深くかかわっている。アッシャー館が崩れていく沼地は、『アブサロム、アブサロム！』のサトペン屋敷が、その上に建っていた沼地でもあったことを論じる。またデュパンやホーソーンのファンショーなど不滅のアメリカンルネサンス的主人公が、ポストモダンの作家に息づく理由もここで言及したい。

第Ⅴ部では、ポー作品をテーマとする絵画と、ポストモダン・ゴシック作家ジョイス・キャロル・オーツが描く死後のポーについて、綿々と受け継がれるポー的恐怖の原形質としての暗闇に光を当て、各作家による変容の痕を辿りたい。さらに最近の環境文学研究、エコクリティシズムの観点から明らかになってきた、ポーの自然表象の特異性を考察したい。

そして人造人間、アポカリプス、ポスト・アポカリプスなどのテーマをエコクリティシズムと共有しているポー文学を、「使い果たされた男」を中心に論じる。ポーはメアリ・シェリーから受け継いだ怪物のテーマを、アメリカン・

ルネサンス作家に胎動していた、ポストヒューマンのアイデアと結合して、注目すべき主人公を造詣した。

このように本書は、ニューイングランド文化中心のアメリカン・ルネサンスの枠組みから、リッチモンドで幼年期と青年期を過ごし、母や妻との死別に加え養家との断絶の後、ボルティモア、フィラデルフィア、ニューヨークと放浪と移動を続けたポーが、全米の代表的都市で多くの文芸誌の発刊と編集に関わりながら、アメリカ社会と文化と自然との相互交渉的な文学を形成した跡を、ディズマル・スワンプのアメリカン・ルネサンスとして描出するものである。同時代と現代作家の、これまで断片的に終わっていた比較をまとめて、このもう一つのアメリカン・ルネサンスが、ポーに発するダークキャノンの系譜を形成してきたことも述べたい。

本書の主張の一つは、ポーの主人公たちはゴシックの窓から出て、遠くポストモダンの世界に息づくのみならず、その稀有な先見性から、社会と人間の未来像であるポストヒューマンのテーマに出会い、宇宙対話譚シリーズや、サイボーグ的主人公を現出させていったという点にある。そして各部での中心には、自然表象の変革というモチーフがある。ポーは短い一生で、ゴシックからポストヒューマンまで、何世代もの文芸史的テーマを横断していった作家であった。

本書は、この間訪れたポーの多くの場所と家——ニューヨーク郊外のフォアダム、ボルティモアの墓地、ポー一家がすんだアミティー街の小さな家、またシャーロッツヴィル「鋸山奇譚」の舞台となった鋸山、ヴァージニア大学の宿舎の部屋や、オールダマン図書館での手稿、ジェファソンのモンティチェリの館や奴隷小屋、リッチモンドのポー・ミュージアムや〈魅惑の庭〉「南部文芸通信」のあった通り、ナンタケット（地元の言葉で遠い島）の風車や、折から霧に包まれた波止場などへの旅が、全体をつなぐ一本の糸となっている。それぞれの場所を歩いたポーの波乱に満ちた一生が、稀有な感性を育み、新奇な物語手法を生み出してきた。またポー文学を蔽い世界に影響を与え続けるダークな感覚を生み出した。アメリカ文化の中にやっと復権を果たしたポーを読み直し、二〇一三年のニューヨーク、モーガン・ミュージアムでの一〇〇点のポー展示会や、二〇一五年ニューヨークでの国際大会を経て、やっと浮かび上がってきたのが本書のおぼろげな構想であった。その後まとめ始めて、またかなりの時間が経過した。

ここにそれらを一つにまとめて、関連の図版や筆者撮影の写真とともに、ポー文学の奥深い魅力と、二一世紀になって益々明るく、夜空にビームを送り続ける激しい源泉性への賞賛を、読者に届けるものである。

凡例

1　ポー作品の引用は、以下のテキストを中心にした。それぞれ略号で示し、マボット版はM、ハリソン版はH、ポーリン版はPと書いて、その下に巻数：ページを示した。ボルティモア・ポー・ソサイアティの電子テキストでのみ出版されているものは、Bと書いてサイト内のタイトルとページを示した。

2　引用の頁表記は邦訳書からの場合は漢数字とし、原書からの場合はアラビア数字とした。

3　ポー作品名と作品内人名等固有名詞は八木敏雄・巽孝之編『エドガー・アラン・ポーの世紀』（研究社）を基準とする邦訳でしめし、そこにないものは拙訳し、索引で原文タイトルとの対応をしめした。一部同タイトルの詩などは、本文中に出版年を示した。

4　批評家名については、各章初出時にまず邦訳で示し文中括弧内に原名を記し、二度目からは邦訳姓のみとした。作品名、研究書名は邦訳で示し、主要なものは文中括弧内に原名を記し、各部の末に引用書誌情報を置き、巻末に参考文献目録をまとめた。

5　索引は人名、書名、ポー作品名、主要キーワードを中心に記した。

6　web情報は記事名とダウンロード日を記した。それ以外はprintは省略し、すべて印刷版である。

7　本書中のポー作品の翻訳は、すべて筆者の拙訳で引用した。その際『ポオ全集1巻、2巻、3巻』（東京創元新社、一九七〇）他多くの既訳を参照させていただいた。ポーの未翻訳の評論と手紙、ポー研究書の翻訳も拙訳により、アラビア数字で原典ページ数を記し、邦訳のある研究書からの引用頁は漢数字を記した。

ポー作品原典略号

B: etext　Edgar Allan Poe Baltimore Society; http://www.eapoe.org/balt/poebalt.htm

H: *The Complete Works of Edgar Allan Poe.* Vol.I-XVII. Ed. J. A. Harrison. Boston, 1902–03. AMS rep. 1960.

M: *Collected Works of Edgar Allan Poe.* Vol. I,II,III. Ed. Thomas Olive Mabbott. Cambridge: Harvard UP, 1969–78.

P: *Collected Works of Edgar Allan Poe.* Ed. Burton R. Pollin Vol. I, II, III, IV. V. New York: Gordian, 1981, 1985, 1986, 1986, 1997.

目次

序章

ポーのボストン帰郷と遺髪秘話の行方

生来明敏な私は、メタモラ (Metamora) やマイアンティニモ (Miantinimoh) の悲劇を全部暗記した。それにこの劇の上演にあたっては、主人公である私のせりふは、私がなくした声は不要で、終始喉音で演じられていたのを思い出した。

（ポー「息の消失」）

今やボストン大学の熱心なポー学者と研究者の一団は、「打ち忘れられた伝説」("forgotten lore") からこの不思議な作家を救い出したいと望んでいる。彼らは市の役人を説いて、かつてしばしばボストンを見捨てその文学界と文士の群れを、田舎の「かわずの池的一派」("Frogpondium") と呼び習わしたポーを、ボストンが生み出した作家として再度この地に呼び戻そうと、熱意に満ちたドンキホーテ的闘いを挑んでいる。

（ピーター・シュウォーム『ボストン・グローブ』「振り子はゆれる――ボストンの熱をおびる　ポー返還要求」より。二〇〇八年一一月一四日）

「井戸と振子」を分析すれば、あくどい肉体的な恐怖が神経にどう響くかわかるだろう。少なくともそんな恐れに今もとりつかれている私にとってはそう思える。

（W・B・イェイツ『手紙集』「ホートンへの手紙」[1]）

1　作家生誕二〇〇年祭

二〇〇九年の生誕二〇〇年祭一月一九日のアメリカは、オバマ大統領就任式前夜祭ともシンクロしたフィーバーとなった。オバマ大統領の誕生を祝う気分と、エドガー・アラン・ポーという不運な作家の生誕二〇〇年目の復活を祝う気分には、アメリカ文化の歴史の中で、政治と文学の稀有な才能を持つ二人が遂に文化の主流に躍り出たといったどこか相通じる逆転劇の感があった。その気分が世界各地で共有されたことも、決して偶然の出来事ではないだろう。記念切手が発行され、ポーは時代の精神を深く呼吸し、それを暗いプリズムを通して分析・表現した作家であった。そして迎えた命日一〇月九日をはさんだ生誕二〇〇年祭、フィラデルフィア国際会議前後には、ボルティモア、リッチモンドと並んで、ボストンがにわかにポー生誕の地としての栄誉を取り戻そうと活発な動きをみせたことが目を惹いた。ポーとボストンというのは、ポーとアメリカ主流文化と言い換えてもよい。両者の関係の変化は、ポーとアメリカの関係の、一種縮図的な意味を持っているといえよう。

図１

　第一詩集『タマレーンその他の詩』を一八二七年、“By a Bostonian” の名前で出版し、母エリザベスの初舞台もボストンであった。母がわずかにエドガーに残したもののうちボストン湾の水彩画の裏には、ケネス・シルヴァマン (Kenneth Silverman) によると「誕生の地であり、母が一番成功し、共感の友人を得たボストンを大切に」(Silverman 9) との遺言を得ていたにもかかわらず、生地ボストンとその文壇は、「大鴉」や「モルグ街の殺人」を賞賛したマーガレット・フラー（Margaret Fuller）以外には、ポーを詩人としても作家としても認めてこなかった。フラーの文学的批評的慧眼には素晴らしいものがあったが、その評価が影響力を持つ前に彼女も早逝した。

悪名高き伝記作家ルーファス・グリズウォルド（Rufus W. Griswold）は、ポーがボストン生まれであることを書かなかったこともあり、生地との冷ややかな関係は、ポー生誕の地であるボストン劇場街の一角、カーバー通り六二番地に生誕二〇〇年になってやっと銘板が標識されるまでは、長年何もなかったことにも見て取れる。エリック・カーソン（Eric Carson）のいう「一〇年に及ぶフロッグポンディアン戦争」や「ロングフェロー戦争」（Carlson 37）、一八四五年一〇月のボストン・ライシーアムで行なわれた詩の朗読会の失敗からも、生前のポーとボストンとの関係はますます険悪となっていった。

しかし生誕二〇〇年を経た今、状況は全く変わり、以下のような二〇〇八年のボストンの大新聞の記事は、ポーとボストンの、そしてポーとアメリカの新しい関係の始まりを示したといえよう。

> 今やボストン・カレッジの熱心なポー学者と研究者の一団は、「打ち忘れられた伝説」（"forgotten lore"）からこの不思議な作家を救い出したいと望んでいる。彼らは市の役人を説いて、かつてしばしばボストンを見捨てその文学界と文士の群れを、田舎の「かわずの池的一派」（"Frogpondium"）と呼び習わしたポーを、ボストンが生み出した作家として再度この地に呼び戻そうと、熱意に満ちたドンキホーテ的闘いを挑んでいる。
>
> （ピーター・シュウォーム『ボストン・グローブ』「振り子はゆれる――ボストンの熱をおびるポー返還要求」より。

二〇〇八年一一月一四日）

図2は、計画当初のポー像予想図であったが、完成図は図3に示したように、さらに数倍躍動感のあるものとなった。二〇一四年ボストン市長が会長を務める「エドガー・アラン・ポー・ボストン基金」によって、チャールズ・ストリートとボイルストン・ストリートの交差点にポースクエアーが建設された。そこには、古びたトランクからはみ出す多くの原稿を抱え、作家と一心同体の護り神ともいえる等身大のオオガラスを連れ、故郷に帰ってきた（五フィート八インチ）等身のポーブロンズ像、歩く像が建造された。二〇一四年一〇月五日の除幕式には、基金の責任者であった、メニノ市長、委員長で当時ポー学会副会長のルイス教授他多くの関係者が参列して完成を祝ったが、実際に歩道を歩くその像は、出版社に持ち込む原稿を抱えたポー像である。ひっきりなしに手や足に触れて写真を撮る撮影スポットとなって大変な人気を博している。リッチモンドなどにある台座に乗ったスタティックな彫像と違い、彫刻家で哲学も講じる、ステファニー・ロックナック (Stefanie Rocknak) による実に独創的な天使の翼のような外套と等身大の大鴉を組み合わせたデザインは、建築や美術にも深い影響を与えたポーにちなむもので、伝統的な町の真中の一角に名所を出現させた。ロックナックは多くの応募を勝ち抜いた結果、この秀逸な彫刻を作成したが、制作意図発表には、作者のポー像がありありと窺える詳しいサイトが立ち上がっている。こうした一連の動きは、ポー文学のアメリカ性を、主流文化の地で確立した事件であり、アメリカ文学そのものが、ポーと彼に連なるダーク・キャノンを加えることで、その全体像を修正することを迫られると考えられる。

図2

またこの像設置に呼応して、二〇一三年一〇月から翌一月末まで開催されたニューヨーク、モーガン・ライブラリー・ミュージアムでの一〇〇点にのぼる貴重なコレクション"Edgar Allan Poe: Terror of the Soul"の展示会は、一〇月二日付の『ウォールストリート・ジャーナル』と三日付の『ニューヨーク・タイムス』が、大々的な論評付きの詳細な紹介をして、ルー・リードやポール・オースターの特別出演も組まれるなど、一大文化イヴェントとなった。それによるとキュラターは、モーガンライブラリーとニューヨーク市立図書館バーグコレクションの専門家二人から成り、展示品一〇〇点のうち目を引くものとして、一八七五年に正式に埋葬されたポーの棺の木片から始まり、それぞ

図３

れ高値で落札され、最大の個人収集家スーザン・テーン(Susan J. Tane)の所蔵する"*Tamerlane and Other Poems*,""The Raven"の初版本、"The Lighthouse"草稿、ポーの主要なダゲレオタイプ、ディッケンズ、ナボコフら、ポーと関係の深い作家の草稿も含まれていた。ポーの遺品がこのように一種富の集積としてニューヨークに展示されることは、現在のポーのアメリカ社会と世界での文化資産的地位の高さを物語っているだろう。[2]

2　ポーの復活

エドガー・アラン・ポーの文学史的・批評的復活は、同様に一九六〇年以降何度かの波があったが、特に海外での影響力の強さは一九九九年出版の、L・D・ヴァイン(Lois Davis Vines)著『海外のポー――影響、評価、親和力』(*Poe Abroad: Influence Reputation Affinities*)がつとに纏めたところである。ポー生誕二〇〇年にはさらに大きな再評価のうねりが世界各地に見られ、なかでもポーの影響の越境芸術的特質が議論の的となった。例えばスペイン英文学会会長のクリストファー・ローラソン(Christopher Rollason)の二〇〇九年英文学会基調講演、「テル・テール・サイン――エドガー・ポーとボブ・ディランの間テキスト性のモデルに向けて」("Tell-Tale Signs: Edgar Allan Poe and Bob Dylan: Towards a Model of Intertextuality")は、ボブ・ディランの詩に埋め込まれたポーからの夥しい借用を徹底分析して、この二人を、「世界的人気を獲得したアメリカ文化の共通イコン」として詳細に検証している。音楽への幅広く深い影響は、ディラン以外にもルー・リードなどロック界のポーと呼べる多くのアーティストをはじめ、ポーの古典音楽への影響も深い。日本でも青柳いづみこ「音楽になったポー――クロード・ドビュシーとフランス近代を中心に」が『エドガー・ポーの世紀』で詳細に説く。それによると、ポーを素材とする一九世紀末から二〇世紀の音楽への影響は、「アッシャー館の崩壊」や「鐘楼の悪魔」のオペラをかいたドビュシーや、ラフマニノフの一九一三年の『鐘』について劇的に辿れるように、ポー文学の音楽化は古典とポピュラーを問わず、芸術ジャンルを超える豊かな奔流を形成している。またこうした越境ジャンル的ポーの影響は絵画においてはさらに幅広く奥深く浸透している。バートン・ポーリン (Burton R. Pollin) による世界各国に及ぶ挿絵資料のリスト収集本は四一二ページに及んでいるが、ポー作品はギュスターヴ・ドレ (Gustave Doré)、オーブレイ・ビヤズリー (Aubrey Beardsley)、オディロン・ルドン (Odilon Redon) などいずれも前衛的アーティストたちの意欲をどの時代も強く嗾ってきた。その比較影響研究は、比較文学や比較芸術の立場からも詳細に明らかにされてきたが、まさに「ポーほど後の世代の画家たちに多くの絵をかかせた作家はいない」(Pollin 33) のである。本書でもこれまでまだ指摘のなかった二、三の芸術家について考察する。

一方で、命日の一〇月七日を中心に四日間フィラデルフィアで開催された記念国際大会では、英米、カナダ、南米以外に、アジア諸国、オーストラリア、ヨーロッパ、中近東から二〇八人の研究者が集い、二一〇以上のセッションが組まれ、ポー文学が各国文学に与えている幅広く深甚な影響について議論が集中的に展開した。筆者は特にフランクリン (Benjamin Franklin) の町フィラデルフィアが形成したポー文学の本質について、ツアーの町散策で深い思いに浸った。会議はウィリアム・ペン (William Penn) が上陸した記念すべきデラウエア川の歴史地区に聳え立つ、ホテル・ハイアット・ペンズランディングで開催されたが、すべての発表がペンの船のレプリカが見えるガラス張りの部屋でおこなわれ、ポーが一八三八年から四三年の円熟期を過ごしたこの町の歴史を、その出発点で実感できる仕組みであった。ポーの「実業家」に揶揄されて描かれたフランクリンが、そしてペンが、自由を求めて建設したこの都には、ポー文学の真価を評価し町の隅々まで文化的な解放と自由の確立の跡を示す歴史が多様に刻み込まれている。ホテルのあるコロンバス通りを少し下るとフランクリン通りからダウンタウンがはじまり町中にフランクリンを記念する歴史協会、公園、博物館があったが、北七番街にはかの有名な地下室と暖炉のある家、エドガー・アラン・ポー国立歴史館 (Edgar Allan Poe National Historic Site) が、またその向かい側にはドイツ・フランクリン協会の建物もある。ウォールナット通り周辺のビル街には、ポーが「モルグ街の殺人」「黒猫」「ウィリアム・ウィルソン」など――の傑作を掲載した『バートンズ・ジェントルマンズ・マガジン』『グレアムズ・マガジン』「お前が犯人だ」「アモンティリアードの酒樽」などを掲載した『ゴッデイズ・レイディズ・ブック』など当時全米一犇めいていた出版社のビル街が、今名前と形を変えて林立し、「黒猫」で語り手が第二の猫と出会う舞台となったとされるタヴァンも川岸すぐ近くにあった。

おそらくポーも歩いたにちがいないチェスナット通りの石畳を、ポーの末裔でリッチモンドのポー・ミュージアム館長、ハリー・ポー (Harry Lee Poe) の案内で、すべての年月日を暗記してポーのフィラデルフィア時代を熱狂的な早口で再現してくれる市の職員、観光レインジャーの説明を聞きながら、ポーがアメリカ文化の中枢で息づいていることを体感した。ツアーは一八四二年三月七日にポーがディケンズと会ったとされるチェスナット通り四番街の「合衆国ホテル」(United States Hotel、今は Union Hotel) 前で解散となった。ロビーに佇んで、ポーがその時エマソンの“To the Humble Bee”を読んでアメリカ詩壇について語り、ディケンズは『グロテスクとアラベスクの物語集』のイギリスでの出版元を探すと約束したとされる（が実現しなかった）、往年の二大作家の邂逅風景を想像した。

この記念大会の開会レセプションは、アメリカ最古の美術館であるペンシルヴァニア美術アカデミーで開催された。一九世紀の名画やモダンアートにかこまれ、優雅そのものの王宮のような部屋で、ソプラノ歌手によるモノドラマ「大鴉」（"The Raven"）がピアノとヴィオラの伴奏で情熱的に演じられた。さらにバーバラ・カンタルポ事務局長の御嬢さんがバイオリニストを務める「マウント・ヴァーノン・トリオ（the Mount Vernon Trio）」によるヴァイオリン、チェロ、ピアノ三重奏「アッシャー家の崩壊」の演奏をききながら、マネやドレやビアズリーらの絵画、モダンあるいはポップアート、ロックなどに応用変容して映し出されるポー文学の多文化的な光源の激しさと、国境や文化のジャンルをこえる「ユビキタス」性が、その会場では華々しく浮き彫りにされていた。会議の後は、日本でも報道されたボルティモアの庭園墓地で執り行われた擬似葬儀（virtual funeral ceremony）と盛大な馬車行列、ホイットマンやジェイムズ、グリズウォルドなどに扮した多くの弔問客で、ポーという作家の死の儀式による文化的よみがえりは頂点に達したようにもみえた。事実多くの作家がポー未完作品の続編やパスティーシュを書き続けてきたなかで、二〇〇年祭を機会に、ポー・オマージュ作品集の大冊が、ポーが開祖となって始まったミステリーとホラー分野で国内外の出版ラッシュとなった。[3]

こうしたポー産業の活況は、しかしながら、いまだに残るポー文学の西欧的キャノンとしての不信を完全に打ち消したわけではない。もう時効になってもおかしくないエリオット（T. S. Eliot）のポー評価「ポーは批評家が判断を下すときの躓きの石である（"a stumbling block for the judicial critic, "From Poe to Varély"）」は健在だし、ハロルド・ブルーム（Harold Bloom）の「ポーは西欧的キャノンに入れるにはあまりに普遍的すぎて入れられない」（*Western Canon*）

図4

といった評言はいまだポーを遠避ける際参照されている。極端に言えばポー産業の世界的活況はポー文学の反キャノン性の証であるといえるかもしれないし、キャノン議論を超えるのがポーだともいえる。

既に述べたように一〇月三〇日にむけてボストンでは、ポー・ハロウィーンと称して "Poe in the Frog Pond" と題する会議が開かれ、ポーが反目を繰り返した一九世紀前半のニューイングランド社会、とりわけ同時代の作家との関係にも活発な議論が再燃した。少なくともこれまでポーのダイナミックな世界文学性、特にポーとフランス、ドイツ、日本との関係はある意味十分語られてきた感もあるのに比して、逆に、ポーとアメリカ文学、それを踏まえた世界文学としてのポーについては、まだまだ語るべきことが多いと思われる。

3　ポーのインディアン化と批評的先見性

このようにアメリカのポーへの関心復活が、決してアカデミアに限定されてはいないのは何故か。ちょうどそれはブッシュ政権末期とも重なり、九・一一以降のアメリカでイラク戦争の泥沼化と金融経済の崩壊、アメリカ文明を支えてきた自動車産業の危機の時期でもある。思えばポー文学の予言の射程は、われわれにもまだ見えない二八四八年四月一日付けの未来論説「メロンタ・タウタ」（一八四七）で、アメリカのみならず今日の地球と世界を予測するところまでいっていたとみることもできる。とりわけ民主主義思想揺籃期のアメリカの抱えた諸矛盾をポー作品の不条理は暴露し、時の大統領ジャクソンと、それに追従するモッブと化した群集への痛烈なサタイアー「四獣一体――人間麒麟」（一八三三）にみられる動物と人間のハイブリッドや、一八三九年の「使い果たされた男」など奇想に満ちた作品を生み出した。近代技術への恐れと憧憬の混合した、ロボット人間の先駆でもある「使い果たされた男」は、「ミイラとの論争」（一八四五）などとともに、ウィリアム・ウィップルやこれまでの解釈の集積から、ポーの複雑な先住民意識、そしてその裏に張り付いている侵略的領土拡張主義のアメリカに対する批判意識が書かせた政治風刺であることが判明している。

エピグラフにあげたポーのことばにある一八二九年の『メタモラ』(*Metamora; or The Last of the Wampanoag*) は、悲劇俳優フォレスト (Edwin Forrest) がキング・フィリップス役で「インディアンになりきって」名声を得たもので、ポーは白人のインディアン扮装に関心を持った。実際ポー自身「モホーク批評家」（"Mohowks"トマホークをふりまわし皮剥ぎをする批評家）の異名をとり、オクラハマへ強制移住させられたチェロキー部族のように、ある意味ではアメリカ主流文壇から、インディアン化され排除された存在であった。ポーは「高貴な野蛮人」伝説には組せず、自身を「モホーク批評家」の位置に置いて、文学を生み出す側と拡大しつつあった読者層両方をターゲットとする、歯に衣きせぬ批評活動を展開した。[4] そもそもポーの出自と育ちと人生には、アイルランドの国民詩人イェイツが一貫してポーへの深い共感を抱くように、父の故国固有の幽遠な音楽や詩への愛と、イギリス系移民の母親譲りの役者の才能を生来の胚珠とし、すべてを一幕の舞台とみる演劇性を生み出したが、役者の両親のＤＮＡはポー自身の人生にも変装やパッシングをふくむ偽装を仕組むことになったことは興味深い。エドガー・A・ペリーの偽名で軍隊に入隊したことはその一例であるが、結局ポーはどの地域、組織にも長く属さない一時滞在者であり、人種・地域・階級的にデラシネ的存在であったことから、アイデンティティを普遍的な詩人と批評家像に求めることになった。結果的にイギリスに発したアメリカ文化の限界を見抜く視点を獲得し、特にアメリカ南部の深層とその恐怖をゴシック的怪異と結縁させた。ポー文学には、こうした異質な文化融合のダイナミックな生成をみることができるのであり、だから今ポーを取り戻すことは、ポー的視点で、世界から人の集まるアメリカを取り戻すことにも通じるのである。

ポー研究の活況は、二〇〇〇年以降の新たな作品集、サヴォイ (Jeffrey Savoye) とポーリーンによる手紙集第三版と研究書出版ラッシュに見ることもできる。特筆すべき現象として、二〇〇二年にはK・J・ヘイズ (Hayes) 編、『ケンブリッジ・ポー・コンパニオン』がでて、カールソン編集の『ポー・コンパニオン』(一九九六) を一新させた際、これまでのジャンル区分の研究枠は、一四の批評理論の枠、ヒューモア、ゴシック、人種、科学、フェミニズム、大衆文化、モダニズムなどとなり、ポーの多様なジャンルは完全に現代批評の多様性へと読みかえられたことである。ボルティモア・ポー協会出版のベンジャミン・フィシャー編『マスク、ミステリー、マストドン等ポー論集』も、「赤死病の仮面」他ミステリーから博物館までの論集であるが、ポーの演劇性と大衆文化性を見事に浮き彫りにしている。またこの間最も注目された人種に関わる批評では、ケネディ、ウエイスバーグ編『人種をロマンス化する』(*Romancing the Shadow: Poe ans Race*) が圧巻で、エドワーズ (J. D. Edwards)『ゴシックのパッセッジ』(二〇〇三) もある。

さらにベンヤミンのボードレール論の系譜から、ポーと文学市場や大衆文化論、大量複製文化等の批評的アプローチで巻末書誌にあるウォーレン、マギルの研究や、ハートマンの『エドガー・ポーのマーケッティング』等も矢継早にでた。ポーはニューヨーク、フィラデルフィアで、勃興しつつあった雑誌活字文化の修羅場を生き抜き、巽孝之が強調するように“magazinism”という言葉と実態を創始した。ポーのミステリーは一九世紀新しい印刷文化の最前線から生まれたが、ローゼンハイムの『暗号的想像力――ポーからインターネットにいたる秘密の書き物』も論じるように、デュパンに表象される、世界を瞬時にして結合するポーの暗号的想像力は、昨今のサイバースペース文化とも親和性が深く、ポール・オースターの『ニューヨーク三部作』他ポストモダン文学に継承されている。[5] しかもこれら多面的様相の淵源にあったのが、実は意外にも、ポーとイギリスロマン派との関係であった。これについては拙論「英米文学とポー」(『ポーの世紀』第二章)で述べたので、ここでは割愛する。

4　日本ポー学会の作家生誕二〇〇年祭

さて日本ポー学会の作家生誕二〇〇年祭特別大会に関連して、講師としてアメリカから招聘したセント・アーマンド・ブラウン大学名誉教授は、ポー&ラヴクラフト・コレクションの他、ロケットに容れられたポーの遺髪をポー学会を通して慶應義塾大学図書館に寄贈された［図5］。この遺髪にはポーとその最後の恋人、サラ・ヘレン・ホイットマン (Sara Helen Whitman) の、さらにはその魂の交流を探り続けた教授自身をめぐる〈遺髪秘話〉があった。ポーの晩年の恋人であったホイットマンの家はプロヴィデンスのブラウン大学のすぐ近くにあり、ホイットマン・アセニーアム（記念館）には、ポーとホイットマンにかかわるゆかりのものが展示されているが、そこに、彼女の遺品か

図５

らポーの髪房がでてきた。教授によるとブラウン大学がそれを保管しＤＮＡ鑑定で真正性も証明され、リッチモンドのポー・ミュージアムから移管を所望されたが、ブラウン大学ではこれには応じなかった。一九七〇年、ブラウン大学、ジョン・ヘイ・ライブラリー主催のポー＝ホイットマン関連展示会をセント・アーマンド教授が担当したとき、ダゲレオタイプの原版ケース内に納められた遺髪が展示された。その後遺髪の管理を任された教授は、このケースをロケットに仕立てた。というのも古来より洋の東西を問わず、遺髪は本人を証するものとして、またその愛のしるしとして家族や恋人に儀式的に渡される風習があった。教授はポーとヘレンの悲恋の愛の証を身に着けたいと思って、爾来出かけるときにはいつもそのロケットを身につけたのである。フォークナー「エミリーへの薔薇」の最後のシーンに出てくるバロンの骸に捧げられた髪束のように、遺髪はある種の魔力を持つとされている。

そもそもこの髪の毛は、一八四八年一一月九日求婚のため彼女の家を訪れたポーが、二人の愛の証として髪房をヘレンと交換したときのものであった。かなりの精神的不安状態にあったポーをみてホイットマン家の反対にあい、周知のように不幸にしてその愛は成就しなかった。しかしこのときの遺髪はポーの文学をこよなく愛するセント・アーマンド教授のプロヴィデンス郊外、ハリッシュヴィルにあるセント・アーマンド邸二階窓際の引き出しに納められ、長年眠っていた。ブラウン大学で研修中、一九八六年クリスマスにセント・アーマンド邸を訪問した筆者は、それを見る機会に恵まれたが、遺髪のあった二階ではなく、階下の部屋に泊めていただいた。二〇〇七年夏、京都でのエミリー・ディッキンスン国際会議の基調講演のため来日した教授は、そのときもこのロケットを身につけておられ、日本ポー学会の誕生を喜びその発展のためにと、ヘレンの楕円形の肖像画や、ポー関連書籍コレクション一七五点とともに、ロケットを日本ポー学会へ寄贈したいと申し出られ、寄贈は大会当日に実現した。なお大会で展示された「ホイットマン・ダゲレオタイプ」のもっとも有名なこのポー写真は、ブラウン大学図書館所蔵で、プロヴィデンスのサミュエル・ハーツホーン(Samuel W. Hartshorn)ダゲレオタイプ店で、一八四八年一一月八日にヘレンのためにポーが撮影したものであった［図6］。ヴァージニアの死後ポーはかなり精神的にも身体的にも衰弱していたが、同時に心の琴線に触れる女性の優しさをも希求し、新しい恋人を求めていた。ヘレンの家に求婚に行くための勇気を奮い起こすため薬や飲酒の必要があり、かなりの酩酊状態で撮影したものであったという。

"Whitman" Daguerreotype of Poe, 13 November 1848
(daguerreotype in case photographed by John Miller Documents)
Special Collections, Brown University Library

図6

ところでヘレンは、伝記作家、キャロライン・ティックナー(Caroline Ticknor)の『ポーのヘレン』によると、一八三三年夫ホイットマンの死後、プロヴィデンスにある両親の家に住んでいた。ポーが彼女の家を訪問した時、ヘレンは四五歳であったが、二人は同じ一月一九日を誕生日としていたことで霊的共感を分有していて、シルヴァマンの言葉によるとそれは「この世ならぬ感じへの不可思議な一体性」("occult sense of twinship with his unearthliness" Silverman 377)であったという。その三年前、プロヴィデンスにいたポーは、月光の下、ヘレンが自宅の庭に佇んでいたのを見かけ、たちまちその美しさに惹かれ、「ヘレンに」を書いて送った(「第二のヘレンに」と呼ばれている長詩である)。その庭はポーが詩の中で「魔法の庭（"enchanted garden"）」と呼ぶ美しいものであった。詩人としてのヘレンは、ポーの才能と文学を深く理解し、ポーも一八四八年一〇月以降熱烈なラヴレターをヘレンに送った（Tickner 56）。しかしポーは、同時に人妻であったアニーにも求愛するなどし、最後に一二月一七日付けでヘレンに送った手紙［図8］には、断られた求婚や、状況へのあきらめや乱れた感情が文面にも窺える。しかしこの詩は、ヘレンがポーのために書いたソネット（Tickner 109）への応答でもあり、ポーがヘレンに心の救いを求めた心情や、イギリスロマン派の影響をアメリカに移し替えたポー独自の詩興が十分うかがえる。したがってこの遺髪には、ヴァージニアを失った後出会ったポーのヘレンへの熱い思いが籠っている。このような事情から、いまだ成仏できないポーの遺霊がこの髪を求めてニューイングランドあたりを彷徨っているとしても不思議ではないのである。

というのも、二〇世紀終わり頃、十数年前のとある夜、この髪の毛を取り戻そうとしてか、ポーの亡霊がプロヴィデンス郊外ハッシュヴィルにあるアーマンド邸に現れたという。教授宅二階に宿泊中の教授の甥にあたるバートン少年の証言によると、「黒いマントの

図7

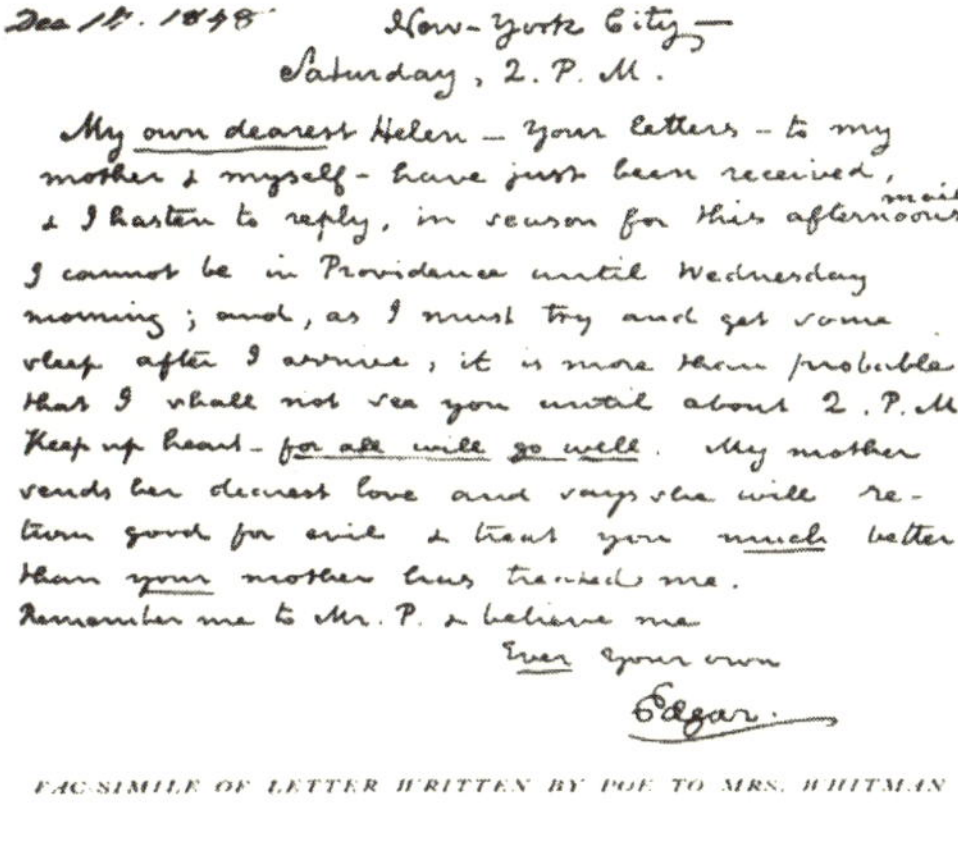

Dec 16. 1848 New-York City —
Saturday, 2. P. M.

My own dearest Helen — Your letters — to my mother & myself — have just been received, & I hasten to reply, in season for this afternoon's mail. I cannot be in Providence until Wednesday morning; and, as I must try and get some sleep after I arrive, it is more than probable that I shall not see you until about 2. P. M. Keep up heart — for all will go well. My mother sends her dearest love and says she will return good for evil & treat you much better than your mother has treated me. Remember me to Mr. P. & believe me

Ever your own

Edgar.

FAC-SIMILE OF LETTER WRITTEN BY POE TO MRS. WHITMAN

図8

いでたちの亡霊をはっきりと見た」という。筆者は教授が二〇〇七年国際ディッキンスン学会で来日中京都に滞在中、昼食をとりながら少年から直接きいたが、ポーをまったく知らないバートン少年は、「ポーにそっくりの」と怖がりながら証言した。なお教授によると、「ヘレン・ホイットマン自身も、ポーの死後、霊媒（"spiritual trance medium"）となってポーの亡霊にあった」という。グリズウォルドのポー伝記に抗議して書いたヘレン渾身の『エドガー・アラン・ポーと批評家たち』(*Edgar Poe and His Critics*) の緑の表紙の扉には、テニスン (Alfred Tenyson) の詩の一節が献辞として添えてある。

"Wild words wander here and there;
God's great gift of speech abused
Makes thy memory confused."

ホイットマンのように、あの世からのポーの声を聴く才能には恵まれてはいないが、ここでテニスンが言っているポーの言葉の彷徨いや、ポーについての多くの人々の意図的無意識的記憶の混乱は、その後ポー批評史上の大きなテーマともなってきた。筆者はできるだけテキストと時代の発する生の声、ポー自身のダークな原形質の声に耳傾け、以下の各章で現代へのポー復活の意味を追求してみたい。ポー文学の普遍的魅力は、惑星主義と多文化時代の世界でこそ、ここ日本でも今浸透している。

というのも海を渡った遺髪は既に述べたように日本ポー学会に寄贈され、東京三田の慶応義塾大学図書館に置かれている。ある意味でポーの遺髪の魔力は今や、世界で最も早く深くポーを吸収した日本にも及んでいるともいえる。

ヘレンは最晩年のポーと深くかかわり、ポーの半ば病的で気まぐれな行動に当惑しながらも、ポーを実に正当に勇気をもって評価した最初の女性であり、批評家であったといえよう。本書を始めるに当たり、筆者も、批評家ヘレン・ホイットマンの顰に倣いたいと希っている。筆者のささやかな努力から成る本書は、いまだ彷徨っているポーの魂に捧げるものである。

注

1 William Thomas Horton (1864–1919) は神秘主義的な芸術家でありポーの愛好家でイェイツの友人。この手紙は Horton 編集のポー作品集寄贈へのイェイツの礼状の一節。引用箇所の前後には、詩人と批評家としてのポーに対する賞賛と、短編小説家としてのポーに対する批判が展開され、イェイツのポーへの高い関心を示す。（Horton についての情報はイェイツ学者、山崎弘行氏から得た。）

2 全米には今四箇所のポー歴史サイト、ミュージアムがあり、フォアダム、フィラデルフィア、リッチモンド、ボルティモアの生前ポーが住んだゆかりの地が保存されている。またそれらは完全に電子化されている。http://www.freebase.com/view/base/edgarpoe/views/edgar_allan_poe_museums_and_historic_sites

3 F. O. C. Darley による *Holden's Dollar Magazine* (January 3, 1849) のカリカチャーで、"literary Mohawk" Poe のキャプションがあり、Behold our literary Mohawk, Poe! の詩もついていた。

4 詳細は拙論「アメリカン・ルネサンス的主人公の不滅――ファンショー、デュパン、オースター」成田雅彦・西谷拓哉・高尾直知編『ホーソーンの文学的遺産』（開文社、二〇一六、二一五―二四〇）所

収を参照されたい。

5 ポーとイギリスロマン派については、拙著『アルンハイムへの道——エドガー・アラン・ポーの文学』（桐原書店、一九八六）第一部「ポーの詩と詩論」の第一章「ポーとイギリス・ロマン派」（三—二四）、第二章「ポーとコールリッジ」も参照されたい。

引用文献

Carlson, Eric W. "Poe's Ten Year Frogpondian War." *The Edgar Allan Poe Review*, 3.2 (2002): 37–51.
Silverman, Kenneth. *Edgar A. Poe: Mournful and Never-Ending Remembrance.* New York: HarperCollins, 1991.
Pollin, B. R. *Images of Poe's Works.* New York: Greenwood, 2012.
Tickner Caroline. *Poe's Helen.* New York: Scribner's, 1916.

図1　右はフィラデルフィアでの「ポー生誕二〇〇年記念国際大会のTシャツのデザイン。左は生誕二〇〇年記念切手。

図2　ボストン・ポー・スクエアーのポーの彫像計画図。二〇一三年八月二五日のポール・ルイス教授からのメールでは、現在設置中とのことであった（掲載はボストンポー基金の許可による）。

図3　「ポースクエア」に立つロックナック制作のブロンズ像、全体像と顔の部分。この彫像は、二〇一四年一〇月五日に除幕式があった。この写真は「ボストン市長オフィス、美術と文化室」のウエブサイトから。掲載許可はポール・ルイス教授による。

図4　ボストン・カレッジで開催された学会 "The Raven in the Frog Pond" の広告はがき。ポーの周りを取り巻いているのは左から順に、ロングフェロー、フラー、ホーソーン、ローウエル。掲載許可はポール・ルイス教授 (The Boston Public Library produced by Professor Paul Lewis) による。

図5　ポーの遺髪を撚りこんだロケットの写真。慶應義塾大学メディアセンター稀覯本セクションの許可により掲載。

図6　ホイットマン・ダゲレオタイプ、ブラウン大学所蔵。

図7　Sala Helen Whitman, *Edgar Poe and His Critics* (Rudd & Carleton, New York, 1860) の第二版 (Providence, RI: Tobbotts and Preston, 1885)。濃い緑の表紙には大ガラスの金の刻印がある。

図8　ポーからヘレンへの最後の手稿。Tickner, Caroline. *Poe's Helen.* (New York: Scribner's, 1916) p. 116.

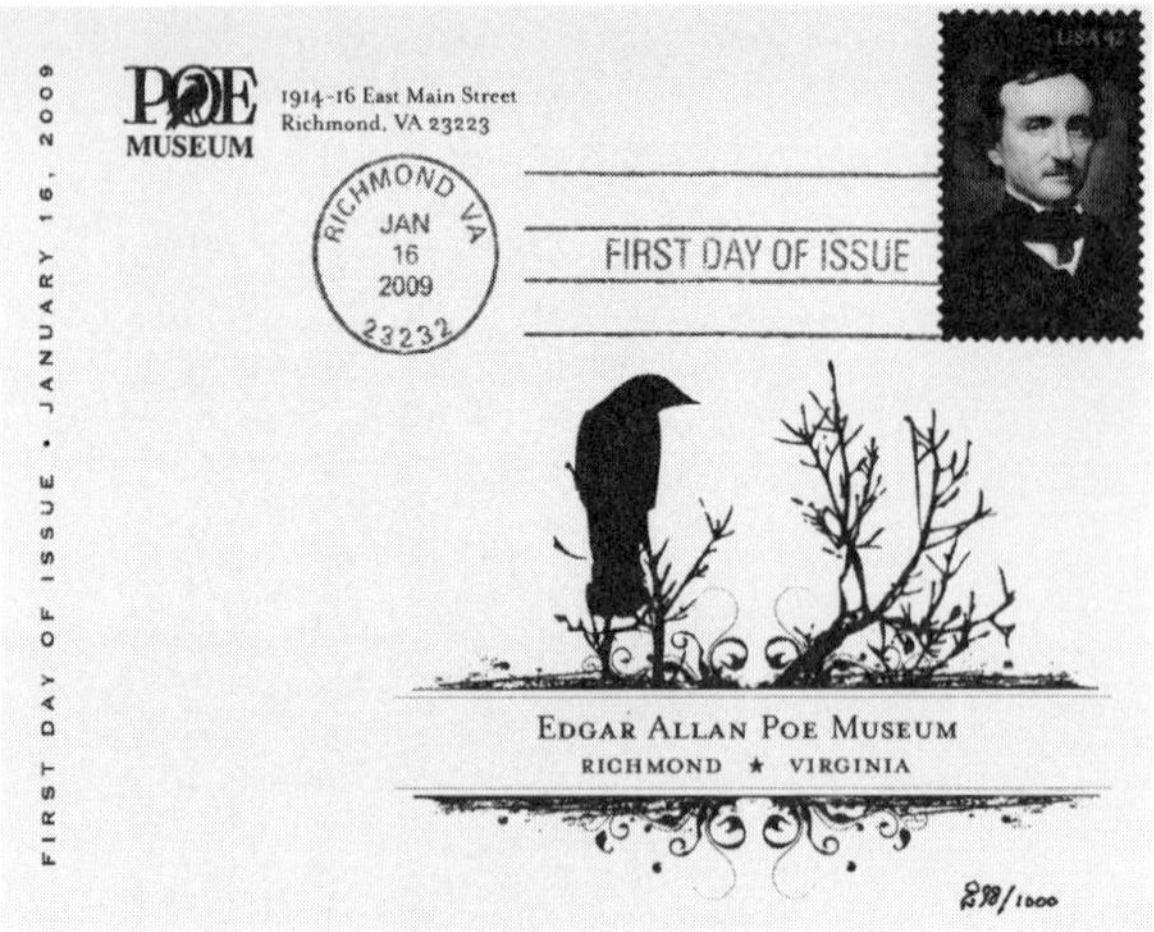
FIRST DAY OF ISSUE • JANUARY 16, 2009
POE MUSEUM
1914-16 East Main Street
Richmond, VA 23223
USA 42
RICHMOND VA
JAN
16
2009
23232
FIRST DAY OF ISSUE
EDGAR ALLAN POE MUSEUM
RICHMOND ★ VIRGINIA

UNITED STATES POSTAGE
3 CENTS CENTS 3
EDGAR ALLAN POE

The Raven
RICHMOND VA
JAN
16
2009
23232
FIRST DAY OF ISSUE

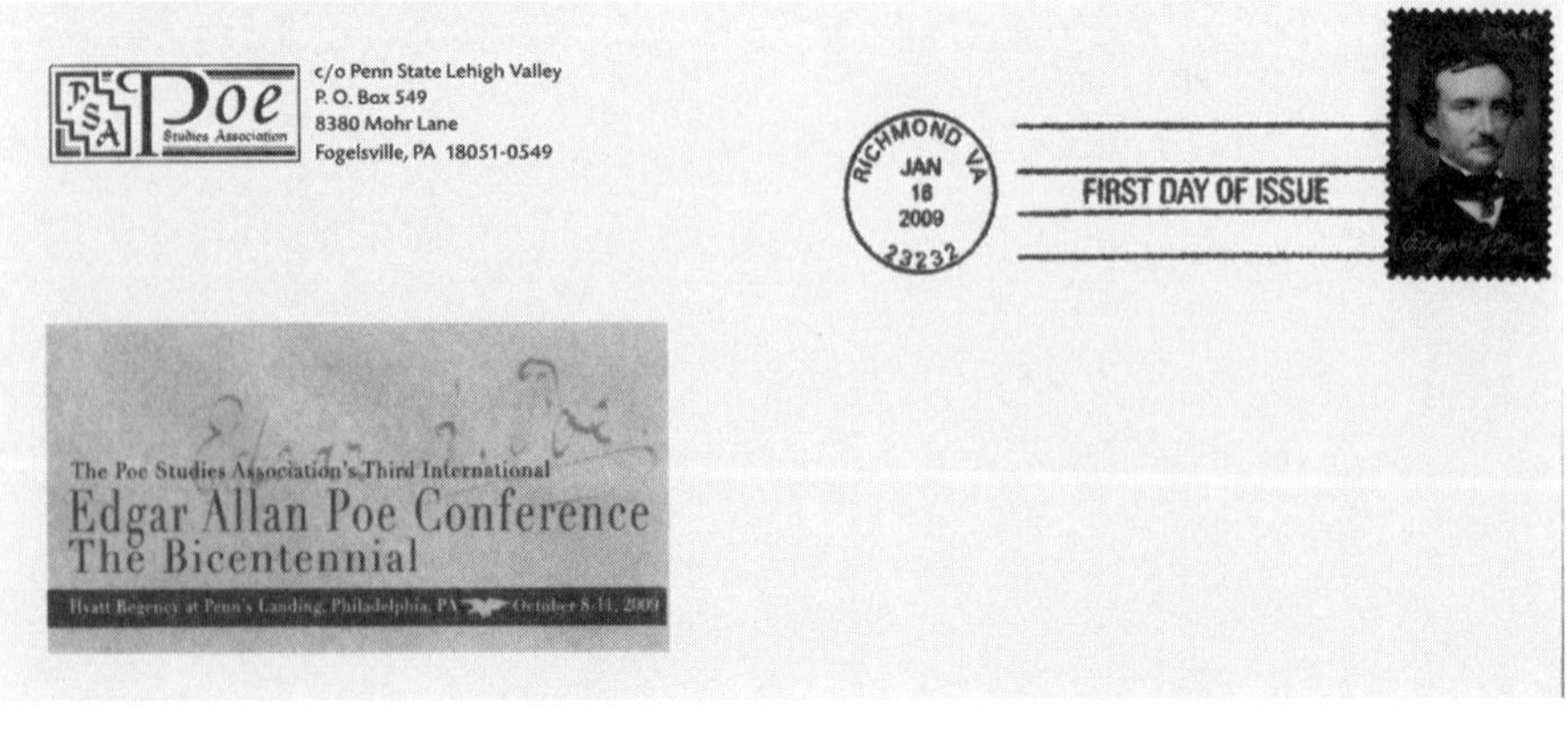
PSA Poe Studies Association
c/o Penn State Lehigh Valley
P. O. Box 549
8380 Mohr Lane
Fogelsville, PA 18051-0549
RICHMOND VA
JAN
16
2009
23232
FIRST DAY OF ISSUE
The Poe Studies Association's Third International
Edgar Allan Poe Conference
The Bicentennial
Hyatt Regency at Penn's Landing, Philadelphia, PA October 8-11, 2009

生誕 200 年フィラデルフィア大会
プログラム表紙

Liberty Bell in Liberty Tower

ポー国際大会の会場から見えたデラウエア川のペンの船

ポー歴史会館壁面

北 7 番通り the Poe Historic Museum

ポー歴史会館　庭の大ガラスのポール

地下室の煉瓦つくりの壁

「黒猫」の地下室へ降りる階段

サラ・ヘレン・ホイットマンの家
Mrs. Whitman's home on Benefit Street, Providence
出典 *The Poe Log* (1987), p. 736

サラ・ヘレン・ホイットマン・記念館の閲覧室

Barton St. Armand 教授の研究室

ブラウン大学正門

第Ⅰ部

ポーの墓場詩と花嫁の逆襲

今から我々は、ポーを一種の永遠の自殺、すなわち死の周期的暴飲とでもいうべきものにみちびいている、いわば間断のない誘惑に注目しなければいけない。彼において瞑想された各時間は悔恨の水と合致するであろう生きた涙に似ており、時間は一滴ずつ自然の大時計から落ち、時間が生きている世界とは涙を流す憂愁《メランコリー》のことなのである。

（ガストン・バシュラール『水と夢――物質の想像力についての試論』）

沼地に傾倒する多くの人々を魅了した光景は、センチメンタルな自然の典型であった。ワイルドネスとメランコリーに満ちた光景は、文明に対する不満の象徴的な解毒剤となった。（中略）感傷主義者たちは、子供時代の喪失や死という避けがたい運命の恐ろしい思いに繰り返し襲われた。

（デイヴィッド・ミラー『暗きエデン――19世紀アメリカ文化のなかの沼地』(*Dark Eden, The Swamp in Nineteenth-Century American Culture*)[1]）

ポーの美女再生譚で一つだけ確かなのは、死者は決して死なず、埋葬されたままではないということだ。我々は語り手である男性が、避けがたい恋人の回帰をじっと待つ行為を見る。恐怖は、恋人である〈白いゾンビ〉を呼び出す魔術師のような、語り手の記憶をたどる意志から生まれてくる。（中略）幽霊物語に変貌する愛の物語では、語り手は最初、愛すべきイメージを、見つめ、理想化し、共感し、次にその対象を空洞化し、転換し、その変貌の報いを「ベレニス」の場合のように、受けることになる。

（ジョーン・ダヤン「愛情に満ちた束縛――ポー、女性たち、奴隷」(Joan Dayan "Amorous Bondage: Poe, Ladies, and Slaves")）

第一章
「丘の上の都市《City on the Hill》」から「海中の都市《The City in the Sea》」へ

1　水と死の夢想

ポーの文学は何にもまして水の文学であり、その水は常に一貫して死と結びついている。最初期一八二七年の詩集『タマレーン、その他の詩』の一篇、「湖に」に、すでにポーの中期と晩年の水を決定づける弔いの重い水、毒の水が描かれていることに驚かされる。バシュラールは『水と夢――物質の想像力についての詩論』第二章「深い水――眠っている水――死んだ水　ポーの夢想における「重い水」」において、ポーにとっては水がほかのどの元素よりも特権的物質としてその芸術に統一性を与えているとし、エピグラフのように述べて、ポーの作品に浸透する水の特性を随想的に記述している。しかもバシュラールはポーの水が、「死への招待であり、原初的な物質の隠れ家の一つへ我々が復帰することを可能にする、特殊な死への招待なのだ」（八七）とも述べて、ポーの芸術に遍在する水と死との結合を説いている。ポーの水は実にポー的世界の第一元素であり、もちろんポーの詩の由来の一つにイギリス・ロマン派との関係があることは定説となってきたので、瞥見してみたい。しかし本書はポーがイギリス・ロマン派の影響から脱して、モダニズムやポストモダニズムと親和性を持つとする構想なので、大きな変容の始まりを確認することになる。

『リリカル・バラッド』(*Lyrical Ballads*) 初版は一八〇二年にアメリカでリプリントされ、キャンベル (Killis Campbell) も指摘したようにポーは、バイロン、P・B・シェリー、トマス・ムーア、コールリッジ、テニスンのアメリカにおける後継者であり、事実初期「タマレーン」「アル・アーラーフ」にはバイロンを、「ヘレンに」(一八三〇) にはキーツを、「イズラフェル」にはP・B・シェリー (P. B. Shelley) を響かせている。ポーの詩は愛と野望による世界征服の夢、その挫折、ギリシャ的美への憧憬、天上美の影としての地上美、遥かなる地や観念的異郷などロマン派的テーマと作詩技法にみたされ、その魅力の一つはこうしたロマン派起源の情感であろう。しかしながらこれら初期詩篇にあっても、もしロマン派の最大公約数的傾向を、M・H・エイブラムス (M. H. Abrams) の『鏡とランプ』に従って、有機的世界観と自然への憧憬、鏡よりはランプ、泉、コールリッジに代表されるイオリアの琴など、ダイナミックでプロト・エコロジカルな有機的世界観にあるとするならば、ポーとロマン派の関係は否定的となる。

最もダイナミックな水の表象である海や湖も、「鏡面の荒野」(「海中の都市」、三八行目) のように死の刻印を帯びているし、「アッシャー館の崩壊」のエピグラフでリュート (イオリアの琴) に喩えられたアッシャーの胸は、ギターの狂想曲を狂ったように弾奏するようになる。凪は病み、水は澱んで、アッシャーは自然の調和を弔った「幽霊宮」の体現者となっている。ポーにとって地上は「死に満ちた状態へ向かう混沌と変動のさなかにある」(「アルンハイムの領土」MIII: 1274) のであり、特に「大鴉」以降はオーガニックというより、アトミスティックな宇宙観が目立つ。そうした閉塞した感じからルドンが絵画化するシュールレアリスムの先駆をなす灰色の世界が生まれた。ルドンの木版画は、「ユラリューム」("Ulalume") の無彩色で重苦しい憂鬱の国を彷徨うサイキの朧な影の墓地風景である。またポーを魅了してやまない海辺の墓での詩「アナベル・リー」も、言葉によって生み出す波の永遠のリズムは、アナベル・リーの霊性よりは、死体の身体性を呼び起こす。

ジェラルド・ケネディ (J. Gerald Kennedy) の『死と書くことについて』(*Death and the Life of Writing*) も論じるように、「ポーは死の様々な局面、その物理的身体的兆候、死にゆくことの現象学、（中略）死者の復活、墓石と墓場の魅力、悼みと喪失」(5) と取り組んだ作家であるが、そうしたテーマが展開する場所の設定は、具体的なトポスとしては湖 (lake)、沼地 (tarn, swamp, marsh)、川 (river, current, brook) そして海と多様な自然表象となって展開されており、ケネディの説く観念的なテーマとともに、ポーが何よりも湖や沼地の場所性に、存在の親密性を求めていったのだと感じることが出来る。しかもポー批評はこれまで「ポーが近代の死の不安の性格そのものを容赦なく探求したことをたいていは見逃してきた」(Kennedy 314) のである。

中でもポーの愛語であった〈陰鬱 (gloom)〉の同義語ともいうべき〈沼地〉に、ポーは深い共感を示したが、具体的な沼湖、たとえばディズマル・スワンプの中のドラモンド湖などは、生態的に沼地と湖両方の特性を宿す。デーヴィッド・ミラー (David Miller) の『ダーク・エデン――一九世紀アメリカ文化の中の沼地』では、ディズマル・スワンプを代表とするアメリカ南部特有の沼地をめぐる想像力は、一九世紀アメリカ文化の暗流を形成してきたことが詳細に跡付けられている。ポーの文学は、主流文化の下に潜む暗い流れと、八木敏雄のいう「ゴシックの水脈」の基底を形成したが、ポーの重たい微睡む特異な沼地の水の本質こそ、その水脈の大いなる水源なのである。水は短い生涯の最後まで変容しつつ保たれて、最初期の詩より未完となった海辺での遺稿「灯台」へと最後まで連続していったともいえよう。

さらに水と死のテーマが結合するということは、ポーの水は時間のテーマとも絡みついていることを意味する。母や妻との別れから編み出されたポー独自の詩論は、ジャクソニアン・デモクラシーの下、都市化と工業化の中で変化し続けるアメリカの風景に対するポーの批評精神やデモクラシーへの懐疑、懐かしい荒野の自然を喪失することへの切迫感や社会との断絶感、また生の終焉や社会からの超脱の試みとの動きとも結合して、新しい文学ジャンルの開発とともに、水にかかわる複雑な風景表象がうみだされていった。それは次章で述べるように同時代の絵画とも共振するものであった。

ここではそのうち、ポーの水の原型的特質が窺える最初期の詩をまずみて、中期の傑作「海中の都市」で水がポー文学にとって果たす決定的役割を見究めたい。また川を遡行して到達する「アルンハイムの領地」では、自然の時空を超えた幻想庭園が構築され、ポーが重い水の呪縛から逃れて、水を光と結合させた領域に達していることは、拙著『アルンハイムへの道』でも考察した。それはジャンルを超えた強い光源となって前衛的芸術家に霊感を与えることになった。

2　宇宙的ナルシズム「湖に」(“The Lake”)

おそらく同時代のどの詩人、作家よりもメランコリーの人であったポーにとっては、幼い時に体験した死にゆく母への追慕の念と、水の持つ物質的特性を帯びた想像力でその詩的宇宙を黒胆汁で満たし、ポーの描く川、海、湖は、自然全体から滴り落ちる黒い涙で覆われることにもなったと考えられる。初期一八二八年の詩「湖に」には、すでにポー的な水と死の一体化が読み取れる。またこのときすでに、現実にも死せる女性の墓を訪れることがポーの日常となっていたが、「湖に」では水の中に墓を見出していることは驚きである。

若い青春の日、運命の導きで
私がいつも彷徨いながら訪れたあの湖は
地上のどこよりも愛した場所だった。
どんなにか愛したことだろう
あの荒れ果てた湖の孤独を。
切り立った黒い岩と、岸辺には、
丈高い松の木々が生えていた。
夜がその帳を棺衣の黒布のように広げ
みなれた場所のものみなすべての上を覆い
風が物悲しい調べを奏ですぎていくとき
私ははっと幼な心にきづいたのだ
このさみしい湖の恐ろしさに。（中略）

湖の毒の水には死がただよい

図1
ドラモンド湖[2]

その深い水底には墓があった。
そこに淋しい思いの慰めを汲みだし
この暗い湖を楽園とする孤独の心に
余りにもふさわしい墓を見出したのだ。（MI: 85–86）

マボットの注釈が示すように（83）、この湖はディズマル・スワンプの中の伝説的湖、ドラモンド湖であり、ポーと同郷アイルランドの詩人、トマス・ムーア（Thomas Moor）がここを訪れ、先に発表した地元の伝承に基づくバラッド、「ディズマル・スワンプの湖」（"The Lake of Dismal Swamp," 1803）でよく知られている。この詩はポーがそこを彷徨ったことがあるとする事実に基づくとマボットは述べている（83）。ノーフォークの伝承によるとここは、湖水に身投げして亡くなった恋人と、それを嘆き探す、行方不明になった男性の、二人の物の怪が出ることで地元では知られていた。図2の絵を「家具の哲学」では、部屋を飾る理想の風景画「ディズマル・スワンプの湖」と呼んでいる。

ストウ（Harriet Beecher Stowe）の小説『ドレッド――ディズマル・スワンプの物語』（*Dred: A Tale of the Great Dismal Swamp*）をはじめ、逃亡奴隷と結びつくディズマル・スワンプをめぐる絵画や詩や物語の伝統は、ミラーの上掲本が詳しく辿っている。ポーは、作品によく使っていた版画家チャップマン（J. G. Chapman）の "Magnolia"（1837 図2）などの作品をとおしても、この沼地のエキゾチックかつ危険な風景が、非日常的で不可思議な幻想的変容を引き起こすことを熟知していたと思われる。

ポーの想像力が絵画ときわめて親和的であることは、チャップマンの別の銅版画から発想したとされる「ウヒサヒコンの朝またはエルク」「妖精の島」の場合もあきらかであり、バートン・ポーリン(Burton R. Pollin)の研究によっても明らかにされている。この沼地が、第Ⅲ部で述べるように逃亡奴隷にとって持つ過酷な自然ゆえの救済的特質と、ポーのような作家にとって意味した超現実的な過剰なまでの幻想性とは相反するものであるかもしれない。しかし怖れの中に幻出された水底の墓は、ポーにとっても死者と会えるある種の救いをもたらし、そこに〈死のエデン〉という逆説を生み出したのだった。ポーは湖のみならず谷間や海辺にも墓を探し求め死を描いたので、おおむねポーの詩群は〈墓場詩〉と呼んでも差し支えないであろう。それはポーの母や恋人との別れという個人的情緒からはじまったが、実際にもディズマル・スワンプのような沼地的地形に身をさらすうちに、かなり普遍的な情緒を喚起するようになっていった。たとえばポーのこの詩の影響力について、ニューイングランドの代表的詩人、ロバート・フロスト(Robert Frost)は、ポーの「湖に」を読んで自殺を考えてディズマル・スワンプに出かけたという。この詩一行目にある"lot"にはすでに、その場所に惹かれていく運命感覚が表明されているし、その毒の水には死が眠っているとし、その深い淵こそ墓場であり、そこからフロストは、ポーのように慰めを引き出そうとしたのである。ただしローズマリー・フランクリン(Rosemary Franklin)の研究によると、フロストは実際には救出されて自殺には至らなかったという。ガストン・バシュラールがいうように、ポーは「たえず死にゆく母に再び会うという根源的夢と夢想によって決定されている」(七五)のである。この詩行には、幼児の時に母

図2[3]
Chapman, "Magnolia"

と死別し、その後大きさを増していく母の像を求めるポーの、決定的な暗い苦悩を吸い込む水、ドラモンド湖のように、死者を堆積させる暗い重たい水への夢想が描かれている。また鬱蒼とスゲとヌマスギのはえる暗い水路は、無意識の領域へと誘い、そこで死者と再会するというポー独自の水の〈墓場詩〉の幻想の生まれた場であるといえるだろう。図2は"Great Dismal Swamp Google Map"によるものであり今でもこの場所の陰鬱の感を窺うことができる。[2]

3　「眠れる人」("The Sleeper")の朧な霧

こうした湖が山間にひっそりと水を溜めた形が「アッシャー家」がその姿を映す沼(tarn)である。その水は上でみたように単に暗くひっそりと澱んでいるだけではない。一八三一年詩集に収録される「妖精の国」、「アイリーン」(何ども書き直され一八四一年「眠れる人」"The Sleeper"のタイトルでテキストは確定した)「不安の谷間」の諸篇では、次第に水が谷間を充たし、悲しい不安な領域へと、風景を変える破壊力をもつ粘液質の「露めいた、眠気を誘う、おぼろな」("dewy, drowsy, dim")「流体」("influence")となって天から死せる女性の上に滴りおちる水に変質しているのである。典型的な詩行を「眠れる人」冒頭から引こう。

真夜中、時は水無月
神秘の月を見上げればその金色の縁からは

眠たげなかすみがおぼろに滲み出し露のようにしたたり
静かな山の頂からおちていく　ゆるやかに流れるように
深い谷間へあまねく落ちていく　(MI: 186–87)

やがてこれがラファエロ前派でも死のエンブレムであるユリと霧に包まれた谷間の墓場のシーンとなり、永遠の眠りにつくアイリーンがレテの川のような湖の傍で眠る。つまりポーの水はもっとも重要な詩材と宣言された〈美女の死〉を決定づける湿った墓場の露から生み出されたものであるばかりか、そこで死んだ母と会逅できる場として、イリュージョンの魔境をも浮かび上がらせているのである。

墓にはローズマリーがうなだれ
水辺ではユリが首を垂れ
深い霧に包まれながら
廃墟が静かに横たわる
そして湖は忘却の川のように
ひと時の眠りにまどろみ（中略）
そして開け放った窓の内側では
アイリーンが永久の眠りについている　(MI: 187)

緩慢な宇宙からの霊気ともいえるこの水は、やがてポーの夢想全体を支配し、沼地や海の暗い破壊の水となって、ポー作品を支配していくことになる。ミラーはこうした感覚を「宇宙的ナルシズム（cosmic narcissism）」と呼び、沼地の想像力には、父権的文化の底辺を構成する「身体、物質性、不合理性、腐敗、感染、性的特質」「産業主義や資本主義的秩序といった主流の価値観への、自然の側からの抵抗」があるとし、何よりも母なるものと結縁するという（23）。ポーと母との絆については、次章でも詳しく述べるが、母、エリザベス・アーノルド・ホプキンス・ポーは、一八一一年一〇月一一日のリッチモンド・シアターの舞台を最後に喀血を見て、死の床から遂に起き上がれなかった。ダニエル・ホフマン（Daniel Hoffman）によると「親子四人は、オズボーン夫人の下宿屋でたった一間に暮らしていたが、地元の篤志家の婦人たちの世話になりながら悲惨さのうちに一二月八日命を閉じた」（25）。二四歳で亡くなったエリザベスは、マリ・ボナパルトのいう「眠る死せる母」（"sleeping dead mother"）そのものであった。つまり倒れてからは死というよりは眠りの中にあり、死は認識できなかったのではないかと推測される。その母への合一願望は、以後出現する母的女性の死に見舞われることで、一層強まった。第二の級友の母ジェイン・スタナード（Jane Stanard）の三一才での一八二五年四月の死、続いて婚約者エルマイラ・ロイスター（Sala Elmira Royster）との破談、さらに常にエドガーを庇護してくれた第三の母、フランシス・アラン（Francis Allan）の一八二九年二月の四四才での死が母の死と重なった。エリザベスは聖ヨハネ教会の墓地に埋葬され、ジェインとフランシスは、ショコー・ヒル・セメトリーのそれぞれの墓所に埋葬された。ポーは実にしばしばこの墓を訪れていたことを、ケネス・シルヴァーマン（Kenneth Silverman）やホフマンら伝記作家たちは述べており、ポーにとって母の意義が拡大するにつれて、熾烈な追慕の想いがポーを墓場へと向かわせ、その後の〈墓場詩〉の最大の心理的源泉となったと考えられる。

4　超現実のトポス「夢の国」("Dream-Land")

ミラーは、一九世紀半ばに絵画と文字に生まれた沼地への強い関心には「異教的で無政府主義的な源泉ともいえる、女性的なるものを抑圧していた父権的文化の衰退を見ることができる」とし、「自然と自我が相互に浸透し合うようになり一方では自己再生へと道が開かれるのだが、同時に精神分裂も招く結果となり、『アッシャー館の崩壊』の暗い沼は、油断のならない影響、不合理なものの危険を象徴している」(11)とする。沼の破壊力をマデラインの潜在的再生への力を吸収する形で、館は崩壊していく。

このように、ポーがロマン派起源の風景を独自のアメリカ南部の土地の感覚へと大きく変容させる際の、インターテクスチュアリティの重層性には驚くべきものがある。筆者はポーの場所表象の独自性を「夢の国」の"out of place, out of world"にみているが、ケント・リュングキスト(Kent Ljungquist)は、旅人がそこから帰還したと語る"Ultimate dim Thule" (MI: 343–45)のソースとして、ミルトン『失楽園』第Ⅱ巻(ll. 890–96)、ヴェルギリウス『農耕詩』(1. 30)などが考えられるとし、またポーが霊感を受けた可能性のあるアーヴィング(Washington Irving)の一八二八年の『コロンブス伝』(*The Life and Voyages of Christopher Columbus*)に描かれる理想郷表記もポーのソースとして指摘している。その結果"Ultima Thule"というラテン語語句は「ポー自身の旅の終着点、コロンブスの既知の領域を超えた危険水域への旅の、ファンタスマゴリアな夢の地を表現した」(Ljungquist 40–42)ということになる。ポーの旅は過去の文学の想像力の旅でもあった。口絵にあるポーのダゲレオの名称は、この詩に由来する。

南部作家としてのポーを重視するなら、この場所には「夢の国」で「ヒキガエル、イモリとともにたむろする沼地のほとり、グール住む暗き沢や池沼のほとり」(ll. 27–29) とあるので、ポーが見知っていた逃亡奴隷の逃げ込むディズマル・スワンプがイメージされている可能性は高いといえよう。このように、古典、新世界発見の旅、南部のアメリカ的経験のすべてが、ポーの風景には多層的に織り込まれている。これをポーのダークネスと呼ぶとすれば、その構成因子は、ポーの伝記的事実、南部奴隷制の中でのリッチモンドでの青年時代、軍隊での体験、出版界での確執、親しい人たちの病と死別など複雑に入り組んだ記憶などであり、そこからポー独自の世界が立ち表れ、後代の作家に非現実ながら実感を伴う場所の感覚として、受け継がれていったといえるだろう。

かくしてポーの想像力は、運命的にすべてを強力に解体し輪郭がくずれる沼地の水の物質的特性に惹かれ、生者が死者を求めて絶えず彷徨う墓場を浮かび上がらせた。それが自らのサイキを連れて墓場を彷徨う詩「ユラリューム」となった。海辺の墓場で恋人の亡骸をうたう「アナベル・リー」ともなった。そこには「おぼろな影の徘徊する墓地風景の静寂と別世界の微芒が」(伊藤 一九八六、八七) あり、このようにポーの〈墓場詩〉は一種無意識の沼沢地方で、夢と目覚めの交錯する瞬間を、類まれな韻律構成で制御し捉えたものであった。

そうした沼地的トポスの旅の総決算とも呼ぶべき旅路の果てに到達した詩が、「夢の国」である。デニス・エディングス (Dennis W. Eddings) の論考「ポーの夢の国は悪夢かサブライムか」("Poe's 'Dream-Land': Nightmare or Sublime Vision?") が示すように、この詩はその非現実の風景の質をめぐって多くの批評を誘ってきたが、半ば現実的にポーが見知っていたディズマル・スワンプのドラモンド湖で、鬱蒼とスゲ (sedge) とヌマスギ (cyplass) の生える独特の、世界で唯一ともいえる水ジャングルのような生態系が、ポーの内面を映し出すことに触発されて書かれたものとも言えるだろう。以下の引用では下に英語を記してその特異な言語による沼地の表象を示す。

朦朧と淋しい道を過《よ》ぎり
ただ悪しき天使らのみ徘徊するなか
夜という妖怪が、漆黒の王座について
悠々とあたりを覆うところ
遂に私はこの国にやって来た
遠く仄暗いチウレの崖から
荘厳にひろがる荒涼たるところ　そこは
空間のそと時間のそと

By a route obscure and lonely,
Haunted by ill angels only,
Where an Eidolon, named NIGHT,
On a black throne reigns upright,
I have reached these lands but newly
—From an ultimate dim Thule—
From a wild clime that lieth, sublime,
Out of SPACE out of TIME. (MI: 343–44)

この土地が文字通り空間と時間を超えている様は、続く第二スタンザで詳述される、時空の境界が崩れていき、崩壊しつつある津波か山崩れの表象により描かれている。

底のない谷間
果てしのない洪水
裂け目、洞穴、巨人なす森が
流れ落ちる涙のために見分けもつかぬ
物の怪めいたかたちとなって

Bottomless vales and boundless floods,
and boundless floods,
And chasms, and caves, and Titan woods,
For the tears that drip all over;
With forms that no man can discover

山の頂は永遠に崩れ落ち
絶えず上方を憧れ
火と燃える空へと浪打ち
無限にひろがり
岸辺のない海へと崩れ落ちる

Mountains toppling evermore
Seas that restlessly aspire,
Surging, unto skies of fire
Lakes that endlessly outspread
Into seas without a shore; (MI: 344)

このように驚くべき超現実の表象が水の膜の向こうに幻出されて、緩慢な崩壊を示す。しかも静謐さと不安で満ちたダイナミックな風景は、念入りに頭韻や踏韻が最後の行まで still … still … chilly … loll … lily … と折りたたまれた音楽を伴って、死の長い領域を横切って小舟が進むディズマル・スワンプの、根源への退行の旅を描出しているのである。すでに「湖に」がもっていた個人的ストーリーの語りから、この詩はより普遍的な夢境への旅を描くポー的世界の〈墓場詩〉へと成長しているといえるだろう。このようにシュールな、しかもマボットのいう「精緻な音韻構造」("elaborate metrical scheme" MI: 342) を持ち様式化された感覚は、以後ポー的な水の傑作詩篇に発展していくのである。

5　メランコリーの海と「海中の都市」("The City in the Sea")

「海中の都市」ほどポーの初期墓場詩から中期の素材を海へと拡大する動きを、ダイナミックに映し出す作品はない。まずこの詩の改作過程をみてみよう。「海中の都市」の詩材は、すでに「アル・アーラーフ」の中で、「タドモール、ペルセポリス／バルベックのフリーズよ。さらにまた麗しき／ゴモラの静かに透きいる深淵よ！／おお！　波が迫り／ああ救われるには遅すぎる……」(MI: 35-40) とうたわれていたものを拡充したものであった。ここで一八二九年、最初期の詩「アル・アーラーフ」では、滅んだ地球を宇宙空間から見て、かつて栄えたシリアの古都タドモールやレバノンの廃都バルベック、死海に沈むゴモラの壮麗な建築を描いている。「海中の都市」でも水中に没した、かつての華麗な都では死が神の座につき、「陰鬱《メランコリー》な水がどこまでも広がる。」(The melancholy waters lie.)

だが見よ。動きがあり
死の神が今王座についた
一人佇む異様な都
朧なる西方の国の下方に
善も悪も、最善も最悪も
ものみなすべて永遠の眠りにつく
あまたの社も宮殿も塔という塔も
年古りた塔も微動だにせず
われらの都のようにはあらず。
見渡せども風には見捨てられ

陰鬱《メランコリー》の海が広がる。(MI: 201)

ここは海といっても内陸の塩湖であり、聖書の史跡の宝庫でもある死海に沈む悪徳の都へと、墓場の舞台をさらに拡大させた。最初一八三一年詩集に「運命の都市 "The Doomed City"」、次に一八三六年には「罪の都 "The City of Sin"」、最終版一八四五年詩集で現在のタイトルとなり、その間、テキストの大きな異動は、二五行目に melancholy が加わり、五二行目の Hades が Hell に書き換えられたりする点である。Hell への書き換えには「イザヤ書」14:9 "Hell from beneath is moved for thee to meet thee at thy coming" が響き、「黙示録」4:6 "before the throne there was a sea of glass like unto crystal" や、「アッシャー館の崩壊」でも繰り返される「黙示録」一六節 "And there were voices, and thunders and lightenings" などが配置されたことからも、黙示の時におこる天変地異へ、ポーがいかに長年こだわってきたかがわかる。したがってポーの水への関心もこの詩では、世界と歴史に拡大した様相を呈し、死は都市全体、あるいは悪徳の都、ゴモラに表象される文明全体に拡大し、「アル・アーラーフ」でも設定された地球滅亡後の姿を描くポスト・アポカリプスの預言詩へと発展していったのである。したがってこの詩は最初期の長詩の時代より暖められ、その射程は『ユリイカ』にまで伸びているとみることができる。

以上のようにこの詩の書き換えにはかなりの経緯が窺える。当初の発想には、P・B・シェリー (P.B. Shelley) の「オジマンディアス」("Ozymandias," 1817) がモデルとみなされてきた。「オジマンディアス」ではウエブサイト "Literary Network" によると、古代エジプトのファラオ・ラムセス大王の巨像が、今では単に壊れた断片的な遺跡にすぎず最後の二行には「この巨大な遺跡のまわりには／果てしない砂漠が広がっているだけだ」とエジプト文明のたどった運命が描かれている。[2] 旧世界のエジプト的素材が、ポーの中ではアメリカ的なものへ改変され、次第にアメリカ文明批評的色彩をおびていったと考えられる。死海に沈む廃都がテーマになっていることから、ロバート・ロペス（Robert Lopez）の秀逸な論考「『海中の都市』におけるウィンスロップのオリエンタライゼーション」（"The Orientalization of John Winthrop in 'the City in the Sea'"）によると、ここには二〇〇年前のウィンスロップの「丘の上の都市《city on a hill》」のアメリカ的ヴィジョンを意識的に崩壊させたディストピアのヴィジョンが読みこめるという。「ウィンスロップの描くアメリカの像はアメリカ例外主義を具現する究極の都市のメタファーとして機能するとすれば、ポーのオリエンタルな都市のイメージは、ウィンスロップの文明化されたユートピアを否定した、キリスト教の逆の負の形を示し、都市全体から人間の影を一掃している」（70）とロペスはいう。

こうしたロペスの論旨を補う論点として、排除されているのは人間の影のみならず人間的営みのすべてであり、それは贅を凝らした建築、音楽、芸術の美を表す詩句、「あまたの壮麗なる寺院の、花輪なす石の装飾帯には、ヴィォル、菫、蔦のからまりて」のすべてが水泡に帰し、長い眠りにつくことを予言している。特に賞賛されてきた微妙な音韻効果の"the viol, violet, vine"では、芸術と自然の見事な融合からなる文明の美が、不気味な光が照らし出すカメラワーク的詩句の連打で都全体を浮かび上がらせ、しかも惜しげもなく死滅の運命に打ち捨てられている。

ポーと同時代人で同じく新世界の行く末に対し悲観的で、光輝くナイアガラやアメリカの荒野のピクチャレスクな構図と技法を決定的なものにしながら、ヨーロッパの廃墟に新世界の未来像を重ねて、アメリカの荒野の喪失を嘆いた画家が、トマス・コール（Thomas Cole）であった。コールの画業全体に流れているアメリカ文明の暗い側面への着目については、サラ・バーンズ（Sarah Burns）の皓括な研究、『暗い側面を描く——一九世紀アメリカの芸術とゴシック・イマジネーション』が詳しい。バーンズは「ポーの廃墟の都と年古りた塔の崩落は、力の崩壊を象徴する保守派の怖れを象徴的に表現するものであった。（中略）同時にコールの「廃墟」も、ジャクソニアン・デモクラシーの終末的結末に対する、高度に政治的、道徳的警鐘として読めるものである」(24) とする。このようにポーはコールと、ジャクソニアン・デモクラシーの向った政治風土への失望を共有している。

またこの詩が、他の〈墓場詩〉には見られない地下からの不気味な光に照らし出されている点も特異な点である。これまでの〈墓場詩〉の光源は、霧や涙の膜に覆われてはいたが、月の光や金星など天からの星の光であった。しかしこの詩では、地獄の光と思える陰鬱な鈍洸が海中の水と融合して、他の作品でも文明と精神性の象徴でもある宮殿、塔、尖塔すべてを、不気味な下からの光源として照らし出す。

天からのいかなる光も
かのまちの長い夜の時には差し込まず
暗鬱な海からの鈍光が
小塔に沿って音もなく流れ込み
遥かなる遠い尖塔も照らし上げ
円塔を、槍塔を、王者の館を
聖堂を、バビロン風の壁という壁を
蔦や花の彫刻の贅を凝らした

影めいた打ち捨てられた四阿を
照らしあげる (MI: 201)

この地下からの光は死海の水の色と融合して赤黒く、マボットは、ドラモンド湖の色も「血のように赤いことを、ポーはここで思い出したのかもしれない」(MI: 204) としている。やがて「地獄がその千の王座から立ち上がり、この都に敬意を払う」という最終版の最終行は、詩人の文明へのジャジメントとして堂々と響き渡り、アメリカ的風景はその意味が拡大している。〈墓場詩〉の魅力はポーの特異な詩想の音韻的構築にあることを強調してきたが、この詩でもその特質が遺憾なく発揮されている。[3]

第二章　花嫁の幽閉と逆襲
――エリザベス、モレラ、ライジィーア

1　美女再生譚から幽霊譚へ

第一章ではポーの墓場詩と水の特性をみたが、ポー作品には妖怪 (spirit, spectre, phantom, monster)、幽霊 (apparition) のような生と死の中間的存在が蠢めいているという特性もある。[4] ポーの中の妖怪と幽霊がいかなる意味を持つかについては、次章のテーマ「キメラ（幻獣）・ゴシックネイチャー・第二の自然」でも論じるが、こうした妖怪や亡霊を好むポーの想像力は、女性登場人物の造詣においても大きな役割を果たしている。亡霊や妖怪はもちろん死と結合するが、ポーが描く部屋もまた墓場に似て、美女もまた死、それも墓場や墓石に幽閉される。しかし前章でみたようにポーの死は決して終わりではなく、女性も墓に閉じ込められたままではおわらない。エピグラフに掲げたダヤンのみならず、エリザ・リチャード (Eliza Richard) の「ポー研究における女性の位置」も、ポーのヒロインがみな沈黙している理由として、最終的には美女たちに主体性は付与されず墓石へと回収され、その意味を石の中に閉じ込めて語り手の中で崇拝の対象としてのみ生きていることを指摘している。死が終わりでない以上、病から死にいたる

いわば生の中の死、死の中の生を独自に探求する点で、ポーは人間そのものが人間を超える存在として生きながらえるという発想、現在ポストヒューマンと呼ばれる概念と重なる発想を得ていたのではないかと思われる。

死はポーの時代も大きなテーマであったが、墓に幽閉された女性とともにメスメリズムなど疑似科学に関心を寄せたポーは、余人を寄せ付けぬ新しい手法で、死が物質としての人間の肉体を解体するプロセスそのものに関心を寄せた。同時代文学、たとえば『アンクルトムの小屋』のトムの崇高な死や、天国を幻視するエヴァの死などで描かれ流行を見た臨終のロマンティックな美化や、死後の世界の宗教的教訓文学とポーは無縁であった。ポーには、ある意味で臨終を魂の出来事として美しく描く流行文学に対抗する、パロディ的視点も看取できる。ポーの美女の死は、肉体的な解体を伴う点できわめてユニークである。

ポーの美女再生譚と呼ばれてきたものを、ダヤンは幽霊物語と呼ぶ。これは墓場詩同様ポー散文作品独特のジャンルであり、亡霊というよりは、「ため息」または「天使の香り」の形で死後花嫁があらわれる「エレオノーラ」にはじまり、「ベレニス」「ライジィーア」「モレラ」の三部作、「楕円形の肖像」(“The Oval Portrait”だが原題はプロットを直裁に表す“Life in Death”)などがあり、死者の芸術作品への転生や、黄泉《よみ》がえった死者(revenant)が主人公である。また「黒猫」と「大鴉」はいきものと人間または彫刻と融合し、怪物化したいきものの形の幽霊譚ととらえることも可能で、幽霊と関わる詩篇である「眠る人」「ユラリューム」「アナベル・リー」などの墓場徘徊のテーマは前章でみたとおりである。このうち死による身体の解体を凝視し、霊的存在と身体の葛藤を描くのが「モレラ」と「ライジィーア」で、破局を迎えた身体への別人の霊魂の回帰や輪廻転生は、同じ人が再生するかに聞こえる〈美女再生譚〉という呼称よりは、むしろ別人に乗り移って幻出する〈幽霊物語〉と呼べるであろう。

たとえば「ライジィーア」で数ページに渉って描かれる以下のようなシーンは、死体の硬直過程途上で起こった死体からの生の立ち上がりの奇跡の物語として読める。このプロットは、ポーの亡き母エリザベスから綿々と続く、死と女性の強い繋がり、母の蘇りを切望するポーの年来のテーマの文脈で理解することができる。

恐ろしい夜がほとんどあけようとしたとき、死の底にいた女は、また身をうごかした――たびたび、もはや絶対望みはないと見えた酷い壊滅の底から起き上がったのであり、しかも今までにないほど力強く動いてきた。（中略）屍体は今までになくいきいきと動き出したのだ。顔には、初めて見るほどに強く生命の色が輝きあふれ、ロウィーナは、埋葬のため巻きつけた死装束以外には、死の桎梏を振り捨てたのだと見なすこともできるのであった。(MII: 329)

ちなみにポーの作品では夜中に向かって進行し終焉を迎えるのを常とするが、「ライジィーア」の舞い戻りは夜明けに向かって起きる。「ライジィーア」は美女再生譚の代表作として賞賛され、これまで詳細に研究されてきたので、まずはそれをみてみたい。とくにこれまでの多様な研究とダヤンのみならずフェミニズム諸理論を応用した語りの分析に基づきながら、ポーの語り手のポジショナリティ、つまり語りの立ち位置の特性に注目して、ここに語り手自身の、エロスとジェンダー意識が隠蔽されていることを考察したい。これはポー自身の母や妻との関係を再考し、これまで〈冥界幻想〉と一括して美学的に呼ばれてきたものの下に隠された、テキストの深層に睡鉛を下すことを意味する。

2　新たな視点——ライジィーアとモレラの第二の物語《セカンドストーリィー》

美女再生譚の膨大な研究史を紐解くと、「美女の死」のテーマは、「詩作の哲学」("Philosophy of Composition")で「もっとも詩的なテーマである」と宣言したポー自身の詩学をもとに、詩論的解説、神話的解釈、心霊主義的読み、また精神分析的解釈やジャンル論の展開などの手法で様々に解明されてきた。なかでも「ライジィーア」をめぐる議論は、その不可思議な目の意義に集中し、長い歴史を持つ日本のポー研究にも以下のような優れた総括的指摘がある。富士川義之は『幻想の風景庭園——ポーから渋澤龍彦へ』において「『リジイーア』『ママ』は究極的には、『モレラ』『ベレニス』そして『エレオノーラ』と同じく、情熱的な愛の対象としての一人の女性を喪失したあと、狂気に彩られた幻想世界のなかで経験する、その女性の転生を主題とする物語である。しかも恐るべき錯乱の絶頂に、語り手によって、その転生がはっきりと確かめられ、見届けられるのは、ライジィーアの眼を措いてほかにないという末尾の一節に最も集約的に表現されているように、彼女の眼に対する偏執的な固定観念を一貫した特徴として持つ物語である」(二四)としている。またこの〈固定観念〉に〈心霊美学〉の体系を読み込む佐渡谷重信は、「ポーの芸術世界は心霊美学の文学的表現であり、冥界と現世の不可視な関係を生命への愛によって紐帯させる幻想的力を持っている」(一二)という。「ライジィーア」は「霊的光芒を放射する永遠の知と愛」を「眼球にたくわえることによってより高い存在へと昇華していった」(六七)のであり、「モレラ」は「霊魂の不死をあつかった心霊美学」(三〇)であると解釈する。これらはいずれも語り手の側から幻想や神話を援用して読み解く伝統的な読み方であったといえよう。

一方「愛情に満ちた束縛」で、ライジィーアがカリブ系の「悲劇のミュラッタかオクトルーン」である可能性を論じてポーと奴隷制にかかわる人種批評の端緒を切り開いたダヤンによると、エピグラフに掲げたようにポーの美女再生譚という「愛の物語」は、実は語り手が女性を観念化した末、死に至らしめ、女性が再生ではなく幽霊となって出てくる「幽霊物語《ghoststory》」となるとされている。また東西の幽霊について論じた河合祥一郎編『幽霊学入門』を見ると、小澤英美は「女と幽霊」において「快と苦の豹変の振幅の大きさこそが女の幽霊のもたらす恐怖の源泉」だとし、「ポーの物語には女を幽霊にしてしまう男性の恐怖が書き込まれている」（一一〇）とする。また「幽霊を誰が語るのかという語り手のポジショナリティが、幽霊の形象を規定する上で最も重要なファクターになる」（一一〇）とも指摘している。こうした語りの歴史性や心理を解明する研究は、さらに新たなフェミニズムの視点を喚起し、最近二〇年、様々な批評を積み上げてきた。

まずルランド・パースン（Leland S. Person）の「ポーと一九世紀のジェンダー構築」は、これらフェミニズム批評からの様々な読みを辿っている。パースンは「ポーは厳密に男女分離のジェンダー化された行動基準を敷く社会に育ったが、詩と小説の創作において、繰り返し主人公一人称の語り手は、死んだあるいは死にゆく女性との卑屈な従属関係に陥り、男性と女性とは、騙したり暴力を引き起こす敵対関係を描いた」（131）と卓見を展開する。つまりポーは南部で当時のジェントルマン階級のジェンダー構造を身に着けつつも、作品ではそれを解体し、「ライジィーア」は「男女分離社会のドメスティックな価値観のパロディ」を描き、「夫婦の伝統的な力関係を逆転させている」（135）とする。思えば逆転こそ、幽霊譚のみならず「ハンス・プファールの無類の冒険」に始まる宇宙譚から、「タール博士とフェザー教授の療法」の狂気と正気の精神病理譚にいたるポーの傑作の、要となる手法であった。そこで幽霊譚の「従属関係」と「逆転」についても、以下でさらに考察したい。

まずタイトルとなっている二人の女性は共通点として、ほとんどみずからは語らず、計り知れないほどの学識があるにもかかわらず、語るときも男性の語り手を通してのみ語り、主体的な声を奪われた存在であり、理由の明かされない病で死に（殺され）、死後幽霊となって現れる。つまり幽霊たちは、第一義的に女性の語る主体を抑圧し、観念化し身体を備えた人格としての全体性を抑圧または隠蔽する、語り手の執拗なまなざしが殺してしまったものへの復讐として、その主体を回復する形で舞い戻ってきたということができよう。

ライジィーアが受けている抑圧は、語りの在り方そのものから始まっている。シンシア・ジョーダン (Cynthia Jordan) は、フェミニズムの読みからアメリカン・ルネサンスの五人の作家の名作解体を『第二の物語《セカンドストーリィー》』として一冊に収め、上で引用したライジィーア＝ロウィーナ蘇生場面を、「作家の制御が死から生への闘争にいかに激しく働いているかを描いている」(156) とする。ダイアン・ハーンドル (Diane P. Herndl) らによって指摘されてきたように、語り手たる夫は女性抑圧的父権制社会の貴族的枠組の中心にある。ライジィーアとモレラは他の女性たち、エレオノーラ、ベレニス、黒猫の名もなき妻同様、芸術家である語り手の唯美的空間に閉じ込められ、ライジィーアは基本的には「純潔、叡智、気高さ、殉教的な恋愛」の人として描かれている。モレラもまた「世の交際を絶ち、ひたすら私一人に尽くし、幸福に浸らせてくれた」として男性に都合のいい「家庭の天使」的性格が与えられ、一九世紀のいわゆる「真の女性性」("True Womanhood") を備えているように表面上は見える。ちなみにバーバラ・ウェルター (Barbara Welter) によると「真の女性性信仰」("The Cult of True Womanhood") とは、〈敬虔《piety》、純血《purity》、服従《submission》、家庭的《domesticity》〉から成る女性の徳で、夫に完全に従属・服従することが期待され、いわば自らの法的情緒的存在を欠いた〈空の器〉的存在でありながら家族のために家庭内領域を統率する女性性である (Walter 151–57)。それは、親奴隷制思想の南部白人イデオロギーを家庭内で支えるものでもあった。

しかしポーの語りはそこに作動している「家庭の天使」イデオロギーの枠内で機能しているように見えながら、同時にそのイデオロギーを転覆しようとする。というのもライジィーアの計り知れない博識は語り手の男性性を圧倒し、ライジィーアの「驚くべき博識」は、「比類なきものであり」「古典語、近代ヨーロッパ諸語、自然科学、数学の広範な領域に」及んでいた。モレラもまた語り手にとって「その知力は途方もなく、多くの点で彼女の教えに従うこととなった。世間では初期ドイツ文学の残滓にすぎないとされる神秘的な作品を長年研究し」、二人とも少なくとも、語り手を幼児のように導き主導権を持つものと描写されるからである。語り手は伝統的な男性の知の権威を剥奪され、「形而上的研究において子供のようにライジィーアに従う。」モレラの場合も語り手は導かれて「彼女の複雑な研究の中に勇敢にも跳びこんだ」のである。つまりモレラとライジィーアは「真の女性性」の四つめの「服従の徳」に欠け、むしろ男性を導く立場に立ち、やがて語り手の憎しみあるいは畏れの対象となっていく。

以上の議論を踏まえれば、彼女たちの幽霊としての舞い戻りは、生への強い意志と、いわば死に追いやられた人格的抑圧の逆襲とも捉えることができる。またそのプロセスを詳細に描くことで、語り手自身の持つ〈家庭の天使〉イデオロギーに対する強烈なパロディにして、南部白人イデオロギーへのカウンターナラティヴを提示しているとみることも可能である。なぜなら女性の知による男性の無力化は、当時南部で広く信奉されていた「真の女性性」に反するものであった。少なくとも「真の女性性信仰」を具現しているかにみえるロウィーナに対し、その亡骸の上に一体化して蘇生してくることでライジィーアは、南部の白人純一性の重要な一部を壊す存在であったともいえるのではないだろうか。

ハーンドルは、ライジィーアがある意味で自らの意志を表明し、それを強く貫こうとする一九世紀末から二〇世紀初頭の用語、「ニューウーマン」(new woman) をすら体現しているとし、「ライジィーア」は男性の、女性が新しい力を探求しようとすることへのゴシック的恐怖を表現したものだ」(91) と論じている。またもしライジィーアがダヤンの論じるように、黒人と白人の混血、悲劇のミュラッタかオクトルーンであるならば、作品最後のシーンが持つ意味は、死にゆく白人の典型的な美の身体に、黒人の身体が乗り移るという意味で、黒白のアマルガメーションが起きることになる。もしそうであるなら、この作品は南部白人イデオロギーにとっては、ミセジネーションがもつ恐怖、つまり混血が白人を滅ぼしていくという強迫観念をいたく刺激するものであるに違いない。最後に語り手が心より願ったはずのライジィーアの蘇りが、メデューサのように語り手を石に変え、なぜ恐怖をもって描かれるのかもこれで説明できるかもしれない。

> 私は震えもしなかった。身動きもしなかった。その姿が持つ風情、威容、物腰に結びついて起こる数限りない幻想の群れが、奔流のように私の頭になだれ込んできて、私を呆然とさせ、石のように冷却させてしまったからである。私は身動きもせず、ただこの物の怪を見つめる。(MII: 329–30)

ここでついにライジィーアは、天使から物の怪 (apparition) へと変貌する。以上研究史を辿ってきたように、女性をこの両局面でとらえることは男性作家のあまりによく知られた常套で、ライジィーアの第二の物語《second story》は、天使＝怪物物語の様相をあらわにするのである。

3　ゴシック・マザーへの禁じられた愛

しかしながらポーの幽霊譚には、以上のようなフェミニストの解明する男女の力関係のみでは説明のつかない、今少しおどろおどろしい感じもみなぎっている。これに思いを至すと気付くのが、語りの構造にふしぎなほど一貫している花嫁二人の存在のあり方である。「モレラ」「ライジィーア」「エレオノーラ」（すべてaの音で終わりその音は天に向かう）ではそれぞれ二人の女性、娘のモレラ、アーメンガード、ロウィーナが、別人格として語られ、異質で対照的な姿や立場にいながら、最後には先に死んだ花嫁が第二の花嫁の身体をかりて蘇ることで、いわば二人の女性が一体化する点である。ポーの心霊主義を表明する「ユラリューム」でも一緒に墓場を彷徨った魂（Pshche）は、やっとたどり着いた森の奥の墓が、死んだユラリュームのものであることを思い出すというプロットで、サイキとユラリュームは、魂と朽ちた肉体の関係にあり、第一連を繰り返す最終連で、朧な記憶は醒めるとともに魂と亡骸は重なり、元の全体性を取り戻し一体化して死体はよみがえったとみることができる。「エレオノーラ」では自分以外のものを愛してはならぬと呪いをかけて死んだエレオノーラが、最後には呪いを解いて第二の妻アーメンガードと和解する。「モレラ」では、母親が実は娘に転生していて二人は一人だとわかる。「ライジィーア」では最愛の〈心の妻〉（“wife of my bosom”これは黒猫の妻と同じ呼称）、黒髪の美女ライジィーアの跡目として全く対照的な「金髪の名門の姫」（“as the successor of the unforgotten Ligeia-the fair-haired and blue-eyed Lady Rowena Trevanion, of Tremaine”）、ロウィーナを娶る。がすでに述べたように二人の花嫁は死衣を絡ませて一体化し、まるで金髪で名門であることが、家名のない黒髪のライジィーアの蘇りの必須条件であり、二人は相補的関係でもあったかのように語られている。

一体なぜポーの描く第一の女性は詩においても例外なくこのように早逝し、語り手は異質な女性と再婚し、しかも死んだ花嫁が墓場で蘇ることで最終的に一人に重なってしまうのか。このプロットの背景には様々な批評的分析の前提となった伝記的事実のうち、幼少よりポーが体験した母や恋人や妻との別れが死の原風景として長くポーを縛り、ポー文学の基底を形成したということは否定できないであろう。ポーの〈舞い戻る死者〉(revenant) の造形には、早逝した母とその貧しい役者の出自、作家と愛憎相半ばする複雑な関係にあった南部社会、とりわけ貴族的父権社会や奴隷がいたアラン家での生活を背景にもつ作家の、南部からの離反、その後の軍隊生活や作家生活の、社会の上層と下層、豊かさと貧しさの相矛盾した要因が、遠景として浮かび上がってくる。

実母エリザベス・アーノルド・ホプキンズ・ポーの死がポーに与えた影響の深さは、ケネディー、ホフマン、シルバーマンらの伝記批評で一様に強調されているが、とりわけシルバーマンのいう「子供時代の両親との死別の現代理論」(modern theories of childhood bereavement) がポーにも当てはまると思われる。シルバーマンは、「きわめて幼いときの死別は両親のイメージを拡大させ、死者の回帰への欲望を抱かせる」(76) とする。ことに死の床から遂に起き上がれなかった母親をそばでじっと見つめたエドガーは、ボナパルトのいう「眠る死せる母」(“sleeping dead mother”) への合一願望に憑りつかれ、以後出現する母的女性、級友の母ジェイン・スタナードへの恋慕と死や、常にエドガーを庇護してくれた第三の母、フランシス・アランの死にも運命的な死との繋がりを感じたに違いない。

というのもエリザベスの面影は、唯一の形見でポーがロケットに入れて肌身離さず身につけていた〈楕円形の肖像画〉のミニアチャー画から窺える。また〈楕円形の肖像画〉はそのまま美女再生譚の一つのタイトルともなったように、ポーの描くモレラやライジィーアやエレオノーラにも「額にかかる巻き毛」「われらの種族よりも大きな目」「黒髪」などエリザベスの肖像の強い反映が見られる。長じてポーに焼付いた肖像画への偏愛も、後に数度にわたって試みる自身のダゲレオタイプ撮影に発展したと推測できる。顔を象った楕円形のフレーム内の肖像画に、実体が乗り移り本人の命を奪うという「楕円形の肖像画」の発想は、ロケットを残して霊界にはいったエリザベスがその霊体を肖像画に宿していることの信念や、天使的にまた怪物的に生者に関わる母的女性の意義を、死においてのみ確認させることの大いなる源となった。

かくして三人の母との別れが運命的な連続性を持って孤児たる彼に襲い掛かり、ポーの女性描写にモニカ・エルバート (Monika Elbert) のいう「ゴシック・マザー」を避けがたく投影させ、母の代理表象を常に追慕させることにもなった。エルバートによると「ゴシック・マザー」とは、「死の周辺にある病、狂気、性、沈黙など非言語の、周辺化された言説」であり、ポーも南部父権制の只中にあったアラン家で身に着けたはずの父権的な言説に対し、「母性という記号論」("maternal semiotics") でしか読み解けない何かである。エルバートは「非父権的な言語」がポーを支配し、母の死と子供の誕生が同時に起こる womb=tomb である「モレラ」の、ゴシック的恐怖の部屋で母を回復する試みこそ、ポーのこのジャンルの本質だとする (221–23)。

アランの実質的ポー廃嫡で父性の現実的機軸を失い、家を出た一八歳以降のポーは精神的危機に瀕し、もっぱら母的なものに傾斜していったと想像できる。死んだ美しくも儚い母のイメージを、取り返しえない永遠の喪失として、母の死後十数年も後に見舞われた突然の養家の喪失と重ね、母のいる天上への強い憧れを一層募らせた。ポーという作家の存在を基底から呪縛しているのは、失意と不如意の現実を回復させる何かを、あらゆる女性の死と美を結合させ天上美による女性の観念的彫琢を、言葉で実現することであったと思われる。「遺髪秘話」でふれたサラ・ヘレン・

ホイットマンとの婚約と、それを実行する段階におけるポーの奇妙ともいえるプロヴィデンスからの逃避は、ポーにとって女性に求めたものが、常に死と結合する母の幻想であったためであろう。

さて母エリザベスが興業をうち成功したニューヨークで、週刊文芸誌『ブロードウエイ・ジャーナル』を出すことになったポーは、一八四五年七月一五日号で「筆者は、その短い生涯を美と才能に恵まれた佳き生まれの女優の息子であることを、いつも誇りにしている」(Poe *Broadway Journal,* 29) と書いている。女性の知への憧れも母からきていると考えられる。ジョーダン他フェミニストは、モレラとライジィーアを「性的経験をしめす sexual mentor」としている。しかしポーの魂の支柱は、母の面影のみならずその卑しからぬ出自と稀な才能や知性への憧憬にもあり、一九世紀前半南部の〈真の女性性〉の枠をこえた、知の深みをエリザベスの面影にみて、女性主人公に投影したとみることができる。

4　母性的風景への一体化願望

かくして母への追慕は、死者への愛と母への愛の、禁じられた愛の抑圧という二重の不可能性を主題とすることを決定づけた。ボナパルト (Marie Bonaparte) が説くように、母の喪失はポーに「海、深淵、庭」などの母性的風景を生み出させ、風景との一体化願望が、アッシャー館を飲み込む沼のように、地下から生き返った妹マデラインに兄アッシャーを死へと誘い込む破壊のプロットを編み出させた。レズリー・フィードラー (Leslie Fiedler) は的確にも「ポーにあっては近親相姦《インセスト》の主題は彼自身の苦しめられた霊魂の個人的世界に属する。何度もこの主題に立ち返っているが、それは紛れもなく人を心服させる達成である。（中略）モレラとライジィーアにおけるように、死につつある淫魔のような花嫁が夫の遠縁ですらないように描かれることもあるが、彼女らは常に夫の霊魂《サイキ》の暗い投影であって、タブーとされる印を帯びている。狂気と死を媒介する人物の印である黒い目と髪がそれだ」（フィードラー 日本語訳 四五〇）と述べて、ポーの死の主題が、インセストや倒錯的な死者との抱擁や死体との合体願望を抱かせたとしている。

ではなぜ母の死と天上美への憧憬が、死体との合体願望へと繋がるのか、女性性と死と美の、西欧的美学の伝統を詳細に辿ったエリザベス・ブロンフェン (Elisabeth Bronfen) は、『死せる身体の上に』の中で三者の関係を次のように述べる。

もし死についての議論に、避けられない人間の腐敗を隠すことが必要とされるのであれば、それは美しさに訴えることで成立する。私達は、分解や腐敗を恐れるため、全部そろっているもの、純粋なもの、純潔なもののイメージを使う。（中略）美の完全性という考え方は、実際は人間が恐れながらも受け入れなければならない人間の存在という事実を置き換えているにすぎないとしても、崩壊、分裂、不全という考え方を反証するものであるため、説得力がある。正反対の立場として、バーバラ・ジョンソン (Barbara Johnson) のことばでは、美とは、ほかならぬ「まさに死、去勢、抑圧の形象であり、それらは美が遮断し隠そうとしているものである。」

(Bronfen 62)

これは美が最も詩的になるのは死においてであると考えたポーの詩学のレトリックを、西欧美学の伝統から説明する解釈である。妻ヴァージニアの、貧困のうちでの一八四二年の喀血、一八四七年一月の永い患いの後の死別は、三歳で経験した死にゆく母との別れの継続的苦難の経験でもあり、以後ポーは貧困の中での病のヴァージニア、および縁者の重なる死者たちと共に生きた。この間、ボルティモアで実兄ヘンリー一家を訪ねると、目を覆うばかりのポー家の零落も知る。一八三〇年八月一日の兄ヘンリーの無残な死（この死は『アーサー・ゴードン・ピムの冒険』で、オーガスタスの壊疽による同日の死に文学化したと思われる）にも出会う。ポーが終生、決して幸運は望めないポー家ゆかりの地ボルティモアに惹かれ、そこが死の地ともなったことは、リッチモンドでの物質的豊かさの虚構性を相対化し、エリザベスを母とした出自の現実に向き合い、極端なものを両立させて死を克服した証だったのではないかと考えられる。ブロンヘンは、フロイトによる死の克服に美が果たす機能について、さらに以下のように解説している。

フロイトによると、死をその対照にある美と置き換えることで、非常に両面的な願望充足が形成されているとしている。つまり「選択は必要性、運命に代わるものであるということだ。こうして人間は、頭では認めている死を克服する。これ以上の願望充足はあり得ない。実際には衝動の動くままにあるところで選択はなされる。そして選ばれるものは恐怖の姿ではなく女性の最も美しく望まれる姿である」。二つの転換――死を美に転換すること、運命への服従を選択に転換すること――を示すことで、フロイトが主張するのは、美と死の対立に両面性が内在し、二つの間に隠れたアイデンティティが認められ、そして、死に抵抗しながらも、受け入れるというアポリア的共存が組み込まれているというものだ。(Bronfen 62)

こうして「アナベル・リー」の海辺のリズムと透明な天上美は、墓場での死者との会合、波と海の永遠性とネクロフィリアによるポー的な世界の構築となっていった。マボットの解釈が示すように、アナベル・リーの面影はヴァージニアであり、ヘレンであり、婚約したまま別れたシェルトンいずれでもあろう (MI: 468–76)。ポーの中ではすべての女性がエリザベスであった。一八四九年五月グリズウォルドに送った原稿ほか現在八種の原稿が確認されているが、一番大きなヴァリアントは最終行で、五月版で "In her tomb by the sounding sea" 九月版で "In her tomb by the side of the sea" であった。その王国が海辺にあることと、波の永遠のリズムの重要性に最後までポーは拘ったことがわかる。この最後の詩は、前章で述べた最初期の詩「湖に」と対をなすことを終章で再考する。

5　不可思議な目の深淵に表象されたエロス的願望

幽霊譚ジャンルに話を戻すと、その秘密は、多くの批評家が着目する「デモクリトスの井戸より深い」ライジィーアの不可思議な目の深淵に極まるといえよう。それはエリザベスへの想いのみならず従妹妻のヴァージニアへの憧憬と追慕と、エロス的願望の表象でもあったが、万物に見いだせる照応の原理でもあった。エリザベート・ロペス (Elizabete Lopes) は「『ライジィーア』における女性的なる不気味《female uncanny》」の中で、ライジィーアはこのテーマのパラダイム的存在であり、不気味さはまずライジィーアの出自の「たどりえない記憶」から始まるとしている。フロイトの精神分析批評で「不気味なもの」(uncanny) の心理学は「感情の蠢きに伴うすべての情動は種類を問わず、抑圧されることでどれも不安に変換される。（中略）この種の不安を掻き立てる者こそ、まさに不気味なものだろう」（フロイト三六）とし、不気味なものとは「抑圧されて隠されたままにとどまっているべきなのに、現れ出てきてしまったもの」とも定義している。多くの批評家が注目してきた、ライジィーアの目の深淵と出自不明の意味、つまり「ライジィーア」で抑圧され隠蔽されている中心にあるものこそ、禁じられたインセストのエロス的願望であったということができる。

いかにして、いつ、またどこで、ライジィーアという女性と知り合うことになったのか、心の奥底を探るとも思い出すことができない。もはや長い歳月が流れ去り、苦しみが私の記憶を弱めてしまった。（中略）彼女の父方の姓については、私は知らずに過ごしてしまったのだった。（中略）もしあのロマンスと呼ばれた精霊、エジプトの蒼ざめて霧のような翼をもつ女神アシュトフェットが「不吉の婚姻」をつかさどるとすれば、たしかに私はそれにつかさどられていたのである。(MII: 311–12)

語り手の記憶によって語られ、そして死んでいくのは幽閉された二人の花嫁、ライジィーアとロウィーナであり、核心にあるのは結婚の内実とそれを語る男性支配的言説であり、描かれてはいない性愛の挫折とその飽くなき回帰の問題であろう。高野泰志はこのうちポー自身の性愛への欲求に目をとめて、再生譚にある「女性の死と復活の表象は、ポーのコントロールできない／されなければならない性欲を描いたものであると考えられる。（中略）そのためにポーの作品では、生きながら埋葬したはずの性欲がしばしばよみがえる」（五）と徹底した議論を展開している。

このような一貫した分析は従来エディプス・コンプレックスとして理解されてきたものを、女性をエロス的衝動の発動者として議論し、美女の舞い戻りを衝動の回帰性の表象とした点で注目される。

しかし我々はここで一九世紀中庸の読者に向けて書かれたテキストとして、ライジィーアが花嫁である前に、上述したように母であり妹ないしはヴァージニアのように従妹であり、エロス的衝動がインセストとして禁じられあるいは高められ、母との合一願望が破滅の衝動を伴わざるを得ないことこそ、中心的に隠蔽されていると強調することができると思われる。なぜならライジィーアの忘却に帰されている素性と出自は、彼女が語り手と同出の兄妹であることを隠すためであり、「この婚姻は呪われたものであった」というとき、それはいっそう明白となる。

一方『モレラ』は、マボットの注にあるように、当時の児童文学でベル (Henry Glassford Bell) による一八三一年の「死せる娘」("The Dead Daughter") のプロットを借りてポーが書き直したものであるが、娘の名はポーリナであった。ポーの「優れた芸術的技巧により巧みな作品になった」とマボットも証言しているように、このテキストの最大の謎はモレラ（mort 死＋ella 生）という名前にあった。上で見たように、死と生が限りなく一体化しているエリザベスのロケットのように、母モレラと娘モレラは一体化している。ポーにあって名前は、それを声にした瞬間「冷やかに、まごうことなきその声は、私の耳におち込み、そこからさながら溶けた鉛のように、脳のなかへと焼け付く音を立てて流れ込んでいった」(MII: 235–36) のである。モレラもライジィーアも「音楽的な低い声」を特徴とするが、その声の波動が〈死と生〉の鉛のような一体性と「海原の漣の無限」を語り手に与えた。声による空気の波動は、幽霊譚のみならず上でみた「アナベル・リー」においても、ポー文学全体で重要な意味を持っていて、『言葉の力』では「その波動はついには天にまで届く」ことを明言している。

さて娘とのインセストの願望が明らかに語られ、娘と交わったことも暗示されている「モレラ」に仕組まれているプロットは、娘が死んだはずの妻であったと知る、この上なく苦い運命であった。それはモレラが死ぬとき語る言葉「私は死にます。けれども生き続けるでしょう」(I am dying—yet shall I live. 228)「私の魂が去るとき、子どもが生まれます」に予言されているように、「彼女の死においてうまれた彼女の子供は、母親が息を引き取るまでは息をしなかった」(and which breathed not until the mother breathed no more—her child, a daughter, lived. MII: 228) とあり、つまり母モレラの息は、娘に引き継がれ、生命の本質が息であるなら、彼女は娘に息を引き継がせて生き続けたのである。ダヤンによるとこの臨終のシーンは、「息と言葉を発することによって支配を勝ち取ろうとする闘争」(Dayan 1987, 160) であったとされている。

語り手は、次第にモレラを憎み、その死さえのぞんだが、愛されない妻が生み残した娘には、父―娘間に作動するインセストの禁じられたエロス的愛「貪婪な思いと恐怖の糧、いっかな死にたえようとはせぬ悔恨の糧」をみいだすのである。罪の懺悔の気持ちもあって、洗礼を施し名づけという父性的行為に出たその瞬間に、モレラと囁いて娘が妻モレラの転生であったことを語り手は知る。自分がどうしても避けるべきであったインセストの罪を犯したのみならず、その性愛が妻モレラとのそれであったことで、妻モレラは生前の愛の恨みの復讐を果たしたことになる。死の彼方まで続いた愛されたいという欲望を、娘の身をかりて母モレラは果たしたことになる。父権的語りのテキスト最後にある笑い、墓のなかにモレラの死体がないのに気がついて、「長く苦い笑いを笑った」とあるが、この笑いは、男性の凝視が生み出す怪物としての女性、モレラの復讐に、語り手が敗北したことの認識とみることができる。

ところで時代と場所を問わず文学のテーマとなってきたインセストは、時の変化によっても消えることのない強力な禁忌として、特に兄妹と母息子の結婚に対するタブーの強さは、原田武の『インセスト幻想――人類最後のタブー』によると以下のように解説されている。

時代の変化とともにもろもろの禁忌の拘束力が緩み、同性愛の忌避など今やなきに等しいのに、インセスト行為の与える違和感、嫌悪と恐怖の感情はさして揺らいでいないようだ。同じように強固なタブーであるカニバリズムが、非常事態での緊急避難としてならまだ許せるのに、親と子が、兄弟姉妹が性的に交わるなど社会の根幹をなす家族制度の否定という点だけからいっても言語道断という気がする。倉橋由美子はこれを「性生活の中での隠微な悪性腫瘍」と呼んだ。（中略）岸田秀がうまく説明するように、他の禁忌と異なり、人類の間に深く内面化されて個人差がなく、実行はおろか、その欲望を意識することすら許されないのである。（八―九）

続く文ではこの罪の制裁と処罰の歴史や、文学作品でのこのテーマの長い歴史が辿られて、「アッシャー家の崩壊」と、ロレンス (D. H. Lawrence) のこの作品への分析が紹介されている。このタブーについてのアメリカでの同時代の状況は、メルヴィル (Herman Melville) が『ピエール』を出版した時の反応を見れば歴然としてくる。たとえば『ニューヨーク・デイブック』(*New York Day Book*) の出版ニューズでは、ゴシュガリアン (M. Goshgarian)『アメリカン・ルネサンス期の家庭小説と性思想』によると「ハーマン・メルヴィルは狂気か」("Herman Melville Crazy") として、「インセストというあまねく受容されてきたモラルと社会秩序のテーマのヴェイルをついにはぎ取ってしまった」(Goshgarian xi) と書かれている。インセストを犯した女性は "female animal" と呼ばれ忌避されてもいる (xii)。「アッシャー館の崩壊」でもひた隠しにされているのはすでにロレンスが指摘したように、兄妹のインセストであり、マデラインの墓場からの舞い戻りは、この罪のみならず早すぎる埋葬によって犯した兄の殺人を暴露し、この罪にふさわしいと共同体であまねく考えられてきた、死による二人の最後の結合を果たすためであったという解釈も成り立つかもしれない。この観点からいうなら、「モレラ」の不気味な最終シーンもまた、この罪に落ちたモレラの語り手に対する、妻からの処罰とも読める。

6　ライジィーアの蘇りのオカルトの部屋

このような社会的禁忌の感覚が働いているせいか、ライジィーアとの婚姻の実態は決して明確には語られない。彼女は「影のように私の書斎にはいってきた」のであり、書斎が語り手の内部、精神であるとすると、彼女は一つの幻想、観念にすぎず客観的存在ではないともいえる。生きているときから出生を名乗れない一種〈社会的幽霊〉だといえよう。しかも彼女への語り手のまなざしは、徹底してその断片的な身体に注がれ、「低く美しい声」から始まり、「大理石のような手」「蒼白く秀でた額」「至純な象牙をも欺く皮膚の白さ」「こめかみ」「烏の羽根のように黒く房々とゆたかに溢れ、おのずから捲いて波立つ髪」「繊美な鼻の線」とその「諧和にみちた鼻孔の褶曲」、「上唇は荘重に弾ねあがり、下唇はやわらかに放縦にまどろむ」「美しい口元」、えくぼ、歯、微笑み、顎まで、顔の隅々をこの上なくフェティッシュにまたエロティックに巡っているにもかかわらず、全体性には欠け、その不完全さが目の深淵へと流れ込んでいる。

一方ロウィーナについての語りは、物語の枠である夫婦の部屋、とりわけ蘇生が起こるのは婚姻の寝所（"bridal chamber"）に設定され、部屋を語ることで結婚の実態が語られているとみることができる。ライジィーアに比べロウィーナは、その出自が明確な貴族どうしの社会的結婚として描かれていて、結婚の社会的肯定性は明らかで、「呪われた婚姻」ではなく語り手を禁じるものは何もない。この部屋が僧院を改造したものであることは暗示的である。禁欲の空間は、マボットの注が「強力な魔術の空間である」としている「ペンタゴン」のオカルトの部屋に変貌している。五角形は軍事的のみならず、語り手のライジィーアを呼び込む念力が部屋の中心に等しい力で働く。つまり部屋の改装は、むしろライジィーアのエロティックな身体性にこそふさわしいものであり、語り手が欲して招いた彼女の蘇りのための空間構築であった。

東洋的で異教的なイスラム的、ペルシャ的、エジプト的な異なる文化圏から収集したオットマンや緞帳の形や絵模様や香炉など、官能的混乱の極みにある部屋は、自ずから禁忌を破る狂気の部屋となっているのである。この寝所での「修道僧の罪深い仮睡に立ち現れる幻妖な感覚」や「惑溺のとき」が、時代の言説的限界の中で、エロス解放の耽溺の、新婚の時間を記述していることは明らかであろう。すでにみたライジィーアの蘇生＝花嫁ロウィーナとの一体化は、ライジィーアと語り手の間では隠蔽され抑圧され禁忌されていたものが、死の経帷子がほどけるとともに、死体から立ち上がる形でライジィーアの長い黒髪という情念となって解き放たれ、蘇ったのだといえよう。墓場詩で見たようにポーの中で死者が死なないのは、このような秘密もあったからだと思われる。

注

1 Miller, David. *Dark Eden: The Swamp in Nineteenth-Century American Culture.* New York: Cambridge UP, 1989.　引用は拙訳による。なお黒岩真理子訳、デイヴィッド・ミラー『暗きエデン——19世紀アメリカ文化における沼地』（彩流社、二〇〇九）を参照させていただいた。

2 "Dismal Swamp" http://images.google.co.jp/search July 3, 2012.

3 John Grady Chapman, *Magnolia*, 1825. Virginia Historical Society 所蔵。

4 "Literary network" http://www.online-literature.com/shelley_percy/672/ July 3, 2012.

5 ポーと墓の関係については次章でも考察する。ポーが多くの亡霊文学の始祖ともなっていることは以下の本に詳しい。『亡霊のアメリカ文学——豊穣なる空間』国文社、二〇一二。

6 ポーリンの『ワード・インデックス』によると、ポーには ghastly という形容詞は四一例あるが、ghost(s) については散文全部で一四例、それも「天邪鬼」「メロンタ・タウタ」などで使われ、本論で述べる幽霊譚「ライジィーア」では apparition (MII: 329) しかつかわれていない。それは墓から舞い戻った美女が読者にとっては幽霊でも、ポーの男性主人公には完全に目前に現れたもの apparition と認識されているからであろうか。

引用文献

Bachelard, Gaston. *L'Eau et les Rêves: essai sur l'imagination de la matiére.* 1942.
引用は以下によった。小浜俊郎訳、ガストン・バシュラール『水と夢——物質の想像力についての試論』国土社、一九六九。

Bonaparte, Marie. *The Life and Works of Edgar Allan Poe: A Psycho-Analytic Interpretation.* Trans. John Rodker. 1949. London: The Hogarth Press, 1971.

Bronfen, Elisabeth. *Over Her Dead Body: Death, Femininity and the Aesthetic.* Manchester: Manchester UP, 1992.

Burns, Sarah. *Painting the Dark Side: Art and Gothic Imagination in Nineteenth-Century America*. Berkeley, CA: U of California P, 2004.

Dayan, Joan. "Amorous Bondage: Poe, Ladies, Slaves." *American Face of Edgar Allan Poe*. Ed. Shawn Rosenheim and Stephen Rachman. Baltimore: Johns Hopkins UP, 1995. 210–36.

——. *Fables of Mind*. New York: Oxford UP, 1987.

Eddings, Dennis W. "Poe's 'Dream-Land': Nightmare or Sublime Vision?" *Poe Studies* 8.1 (1975): 5–8.

Elbert, Monica. "Poe's Gothic Mother and the Incubation of Language." *Poe Studies/Dark Romanticism* 24. 1–2 (1991): 22–33

Franklin, Rosemary "A Literary Model for Frost's Suicide Attempt in the Dismal Swamp," *American Literature* 50 (1979): 645–46.

Goddu, Teresa A. *Gothic America: Narrative, History, and Nature*. New York: Columbia UP, 1997.

Goshgarian, G. M. *To Kiss the Chastening Rod: Domestic Fiction and Sexual Ideology in the American Renaissance*. Ithaca: Cornell UP, 1992.

Herndl, Doian P. *Invalid Women: Figuring Feminine Illness in American Fiction and Culture, 1840–1940*. Chapel Hill: U of North Carolina P, 1993.

Hoffman, Daniel. *Poe Poe Poe Poe Poe Poe Poe*. 1972. Reprinted. Baton Rouge: Louisiana UP, 1998.

Jordan, Cinthia. *Second Stories: The Politics of Language, Form, and Gender in Early American Fictions*. Chapel Hill: U of North Carolina P. 1989.

Kennedy, J. Gerald. *Death and the Life of Writing*. New Haven: Yale UP, 1987.

King, Steve. "Robert Frost's Dismal Swamp." *Today's Literature* November 6, 1894. http://www.todayinliterature.com/stories.asp?Event_Date=11/6/1894

Lawrence, D. H., *Studies in Classic American Literature*. New York: Penguin,1990.

Lopes, Elizabete. Unburying the Wife: A Reflection upon the Female Uncanny in Poe's "Ligeia." *The Edgar Allan Poe Review* 11.1 (2010): 40–50.

Herndl, Doian P. *Invalid Women: Figuring Feminine Illness in American Fiction and Culture, 1840–1940*. Chapel Hill: U of North Carolina P, 1993.

Lopez, Robert Oscar. "The Orientalization of John Winthrop in 'the City in the Sea.' *Gothic Studies*. 12: 2 (2010): 70–83.

Menges, Jess. *Poe Illustrated: Art by Dore, Dulac, Rackham and Others* (Dover Fine Art, History of Art) New York: Dover, 2007.

Miller, David. *Dark Eden: The Swamp in Nineteenth-Century American Culture*. New York: Cambridge UP, 1989.　引用は原書により以下を参照した。黒岩真理子訳、デイヴィッド・ミラー『暗きエデン――19世紀アメリカ文化における沼地』彩流社、二〇〇九。

Oates, J. Carrol. *Haunted: Tales of the Grotesque*. New York: Plume Book (1994), 305.

——. "Poe Posthumous; Or the Light-House" *Wild Nights*, New York: Harper Perennial, 2008.

Perry, Dennis R. and Carl H. Sederholm. *Poe, "The House of Usher," and the American Gothic*. New York: Palgrave Macmillan, 2009.

Person, Leland S. "Poe's Philosophy of Amalgamation, *Romancing the Shadow: Poe and Race*, eds. J.Gerald Kennedy & Liliane Weissburg. New York: Oxford UP, 2001. 205–24.

——. "Poe and Nineteenth-Century Gender Constructions." Ed. J. Gerald. *A Historical Guide to Edgar Allan Poe*. New York: Oxford UP, 2000. 129–66.

Pollin, Burton R. "Poe and G.K.Chapman." *Studies in the American Renaissance* 1984. Charlottsville: U of Virginia P, 1985.

——. *Word Index to Poe's Fiction*. New York: Gordian Press, 1982.

Reynolds, David S. "Review on *Wild Nights*." *Kenyon Review*, 2009. http://www.kenyonreview.org/kr-online-issue/2009-spring/selections/May 1, 2010.

Richards, Eliza. "Women's Place in Poe Studies." *Poe Studies* 33.1–2 (2000): 10–14.

Silverman, Kenneth. *Edgar A. Poe: Mournful and Never-Ending Remembrance*. New York: HarperCollins, 1991.

St. Armand, Barton Levi. "An American Book of the Dead: Poe's 'The Domain of Arnheim' as Posthumous Journey."　セント＝アーマンド、バートン・L　伊藤詔子訳「アメリカ死者の書――死後の旅としての『アルンハイムの領地』」『三田文学』（三

田文学会、二〇一号、二〇一一）二四六―六一。

Silverman, Kenneth. *Edgar A. Poe: Mournful and Never-Ending Remembrance*. New York: HarperCollins, 1991.

Thomas, Dwight and David K. Jackson. *The Poe Log: A Documentary Life of Edgar Allan Poe 1809–1849*. Boston: G. K. Hall, 1987.

Welter, Barbara. "The Cult of True Womanhood: 1820–1860" *American Quarterly* 18.2 (1966): 151–74.

伊藤詔子『アルンハイムへの道――エドガー・アラン・ポーの文学』桐原書店、一九八六。

――「花嫁の幽閉と逆襲――エリザベス、モレラ、ライジィーア」『豊穣なる空間――亡霊とアメリカ文学』国文社、二〇一二、一五―三四。

河合祥一郎編『幽霊学入門』新書館、二〇一〇。

佐渡谷重信『ポーの冥界幻想』国書刊行会、一九八八。

高野泰志「蘇える性欲――殺害されるポーの女性たち」『ポー研究』(No 2 & 3) 二〇一一、五―一八。

バシュラール、ガストン　小浜俊郎訳『水と夢――物質の想像力についての試論』国土社、一九六九。

原田武『インセスト幻想――人類最後のタブー』人文書院、二〇〇一。

富士川義之『幻想の風景庭園――ポーから渋澤龍彦へ』沖積社、一九八六。

フロイト、ジークモント『フロイト全集十七巻』岩波書店、二〇〇六。

VIRGINIA CLEMM POE
Humanties Research Center, University of Texas at Austin

ELIZABETH ARNOLD POE
Valentine Museum

"Stella" daguerreotype of Poe
©University of Virginia Library

第Ⅱ部

ゴシックネイチャー、キメラ、第二の自然

野生のいきものの直観と人間の誇る理性を分ける線は、疑いもなく曖昧で怪しいものに過ぎない。その境界線たるや、北東部やオレゴンの境界線以上に引くのが難しいものなのだ。低いレベルのいきものが理性を持っているかどうかは、多分決着のつかない問題であり、現在のわれわれの知識では知ることはできない。

（エドガー・アラン・ポー「直観対理性」）

こうした暗い谷、灰色の岩、音もなく微笑む川、不安な眠りにため息をつく森、誇らかにすべてを見下ろす山々――これらすべてが私には、巨人のような命も感覚力もある総体――その姿は完璧で、その軌道は仲間の惑星の間に置かれ、従順な次女は月で、その中間的主君は太陽であるような――総体の一員であるように思える。

（エドガー・アラン・ポー「妖精の島」）

第三章　ポーの不思議ないきものたち

1　ゴシック・ネイチャーとしての黒猫と大鴉

ジョイス・キャロル・オーツ (Joyce Carol Oates) は一九九四年の『取り憑かれて——グロテスクの物語集』(*Haunted: Tales of the Grotesque*) のあとがきで、ゴシック・ジャンルにおけるポーの影響は「あまねく見られ、計り知れない。(中略) ポーの影響を受けていない人がいるだろうか」(305) と問いかけている。オーツ自身、ポーが今なお深い影を投じている作家の一人であり、例えば『取り憑かれて』に収めている短編の一つに「黒猫」のポストモダン・オマージュ「白猫」("The White Cat") がある。もっと最近の、『激しい(嵐の)夜』(*Wild Nights*) の第一章「ポー、死後の物語——あるいは燈台」("Poe Posthumous; or, The Light-House") は、いずれも未完に終わったポーの遺作「燈台」と『ナンタケット島のアーサー・ゴードン・ピムの冒険』(以後『ピム』と略記) の続編を企画したものとみられ第一一章でみるように、ポーと奇妙な海の怪物、ミュータントが結婚し、キメラ《幻獣》の子供たちが生まれる奇想天外なストーリーである。本論ではキメラを、『大辞林』(三省堂) の、「ギリシャ神話で、ライオンの頭・ヤギの胴・ヘビの尾をもち口から火を吐く怪獣」というよりは、ダナ・ハラウェイ (Danna Haraway) の言う「奇妙な境界上の生きもの」(一五)

としての批評的な意味で使う。ポーの不思議ないきものは、今でも魅力を失わないポストモダンな自然の表象性を持っているが、それはポー文学のエッセンスともいえる特質をもつ。

ポーのゴシックは、きわめて強い光源となって世界中の作家、現代のポストモダンの女性作家らによってもその影響が更新され続けているが、その源泉の一つに、オーツ作品にもみられるいきもの表象の特異性があり、ポーとオーツの自然表象の関係については第四部で改めて考えることとする。上に掲げた「直観対理性」(“Instinct vs. Reason”)の一節に続く文章で、ポーは「直観は理性より劣っているどころかおそらく知性のうちもっとも高揚したものである。それは真の哲学者には、いきものに直ちに作用する聖なる精神と見えるものかもしれない」(MII: 478) と繰り返し、動物に人間を凌ぐ聖なる力があるとする。本論ではいきものの横溢する『ピム』を中心にポーのいきもの表象の特質を考察し、ポーが風景庭園に関して抱いた〈第二の自然〉の概念、つまり八木敏雄のいうマニエリスム的な自然、「神の作ったものの模倣ではなく、神の創造そのものを模倣して」(二〇) 作った自然が、いきものに関しても見られることを考察し、ポーが同時代の自然観と自然記述の枠組をいかにこえて、モダン、ポストモダンの詩学にも達していたかを検討したい。

ポーの主要作品にはいきものが必ずといってよいほど登場するのみならず、「黒猫」のプルートー、「大鴉」の大鴉、「モルグ街の殺人事件」のオランウータン、「黄金虫」のコガネムシ、「ウィサヒコンの朝」のエルクなど、傑作の主役を果たしている場合が多い。いきものが人間を支配している感じもあり、それはポー・ゴシックのタブロー的結末シーンで人間の頭上に黒猫や大鴉が乗って人間と一体化していることからもいえよう。「黄金虫」の場合も羊皮紙に描いたコガネムシの真裏に髑髏《どくろ》が浮かび上がり、コインシダンスか、あるいは刷り込まれた隠し絵（発行されたお札グリーン・バッグへの連想もある）の魔力が働いたのか、やはりいきものが人間の頭と密接に関連付けられているのに気づかされる。これらの忘れがたいタブローは、いきものが人間の頭つまり人間の理性を支配し、征服することを暗示する構図であり、無意識の世界で抑圧された人間の魂や怨念がいきものの形をとっている。つまり無意識が意識を支配するように、いきものが人間と融合合体し、しかも最後に主人公を破滅させ、隠されていた暗部が可視的になり状況を支配しているのが、ポーの作品でいきもの表象が果たしている特異なかたちといえる。

まず典型的な「黒猫」最後の有名なシーンをみてみよう。

> すでにひどく腐爛し、べっとり血糊のこびりついた死体が、一同の目の前に直立していた。そしてその頭の上には、真っ赤な口を大きく開け、火のような片目を見開いたあの身の毛もよだつ猫が――私をまんまと殺人に誘い込み、今はまたその鳴き声で、私を絞首人へと引き渡した猫が、座っていた。わたしはこの怪物を、墓穴に塗りこめていたのだ。(MIII: 859)

「黒猫」ではプルートーの呼称が、はじめは「彼」から次に「それ」となり、さらに途中から「獣」に変じるが、ここではさらに「怪物（monster）」へと黒猫を怪異とする他者化が進んでいる。文頭に出た妻の「頭上に」陣取り、妻の代理表象ともいえる黒猫と死体のトーテム的一体化のかたちは、もはや猫でも人間でもなく第三

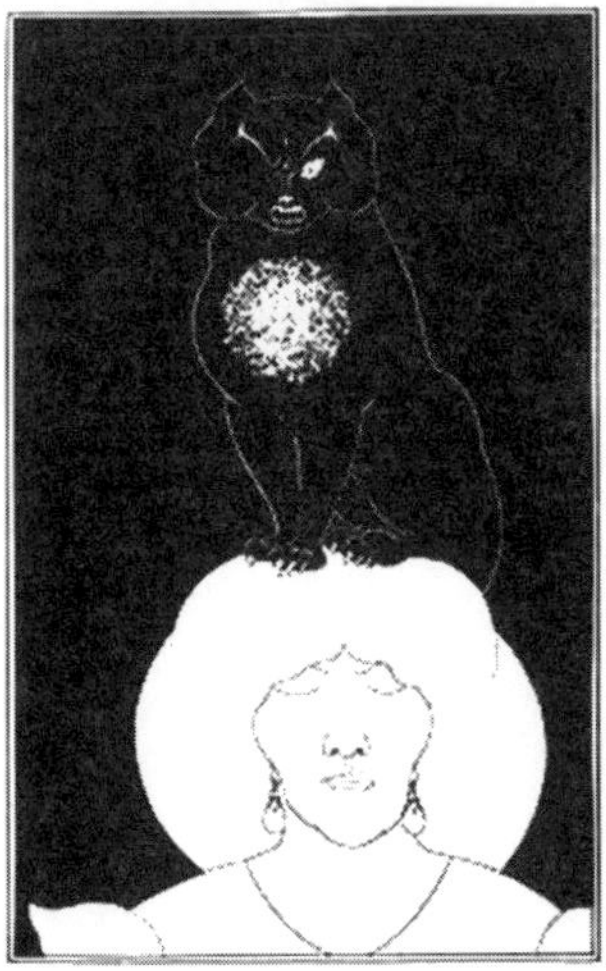

図１

の怪物で魔力を発揮する存在であり、雄弁に声をあげ、主人公を絞首台に送り込み復讐を果たす。ポーは上掲「直観対理性」で「黒猫はその行為において、我々が理性の規範的特質と仮定する習慣にあるすべての知覚的・反射的機能を利用したに違いない」(MI: 479) とも述べている。

神話や伝承の中で多層的象徴性を担ってきた大鴉においてはどうだろうか。

図2

そして鴉は決して羽ばたかず、尚もうずくまる、
尚もうずくまる、私の部屋の戸の真上の、色蒼ざめたパラスの像のその上に。
そしてその両眼《まなこ》は夢みつつある魔神の姿をさながらに、
そしてランプの灯は流れるように床の上にこの鳥の影を落す。
そして床の上に漂いつつ横たわるその影から、私の魂の遂に
流れ出ること——またとあらじ！（強調筆者 MI: 369）

大鴉が居座るパラスの胸像は理性のエムブレムであるとともにその大理石の白さからレノアにも結合しているだろう。詩人を「またとあらじ (Nevermore)」の地獄に追い込むのは不動の非生物体である「パラスの頭上で」パラスと

一体化した大鴉であり、悪魔とよばれて自然以上の超自然に変化《へんげ》している。その超自然的存在に主人公は完全に支配され動きが取れなくなっている。恐怖は勿論白と黒の対照からも引き出されているが、その際「影（shadow）」が自然と超自然を介在する中間的機能を担い、影はものの実体を備えない非在であるにもかかわらず、実体そのものが無意識のアニマ（影）に流れ込み、実体以上に束縛力を持つ。人間といきものの互換的または融合的関係を考察したハラウェイによると、「境界上のいきものは文字どおり怪物（monster）なのであり、この語彙は表す（to demonstrate）と共通の語根以上のものを共有している」（一五）とする。

この場合大鴉は声を発するにも拘わらず不動が強調されていることから、いきものとものである影像の境界線上にあり、ハラウェイが意味の境界線上にある理解困難なものとするもの、つまりもはや単なるいきものではなく、黒猫がそう呼ばれていた怪物に変質しているのである。語り手は、最終連でやっと、大鴉が魔神であると悟る。

トム・ヒラード（Tom Hillard）は「大鴉」の二五行目、「この暗闇を覗き込み」（"Deep into that Darkness Peering"）と題する論文で、サイモン・エストック（Simon Estok）とともに、アメリカ作家に共有されているとされてきた荒野への憧憬や、自然の恵みへの礼賛の態度に対し、もっぱら自然から脅威と恐怖を引き出す〈エコ恐怖（ecophobia）〉が形成する自然表象について、それを〈ゴシック・ネイチャー（Gothic Nature）〉と呼び論じている。ヒラードは、エコ恐怖の表象では、オオガラスの重要性は他の鳥と比べてもぬきんでているとし、他にも悲しみ、憂鬱、絶望を表象する鳥として『老水夫行』（*The Rime of the Ancient Mariner*）のアルバトロスやプロメテウスの胸をつつくイーグル、『ウォールデン』（*Walden*）のフクロウなどが、文学では破壊的イメージの凶鳥として頻用されてきたとする。

というのもアメリカ文化には、ポーと同時代作家のR・W・エマソン（Ralph W. Emerson）やヘンリー・デイヴィッド・ソロー（Henry David Thoreau）などを中心に、自然再発見と礼賛の深甚な伝統がある一方で、自然の脅威を描くゴシック・ジャンルが独自の展開をみた。時代とともに自然の喪失も避けがたく起こり、自然の逆襲を描く作品もでてきた。二〇世紀にはメディアも自然を敵意あるものと捉え、アポカリプス後の世界を予言する映画もたくさん作られてきた。氷河期の到来を告げる『デイ・アフター・トゥモロー』（*The Day after Tomorrow*）や、熊のためなら死ねると思った主人公が熊に襲われ引き裂かれ肉片となってしまう『グリズリー・マン』（*Grizzley Man*）などは、アメリカ文化のオブセッションである自然の脅威を強調している。アルフレッド・ヒッチコック（Alfred Hitchcook）の『鳥』（*The Birds*）が、ポーの強い影響を受けた作品であることは周知の事実である。ヒラードは、ゴシック小説にあってはいかに恐怖が悪意の環境に侵入してくるか実例をあげて説き、「ゴシックにあるのは自然への恐れと不安であり、この意味でゴシックは自然がもたらす不安を暴く文学である」（691）とする。この延長線上にリー・ロゼール（Lee Rozelle）のエコサブライム（ecosublime）の概念や環境死（ecocide）の概念も説明される。これまでエコクリティシズムが自然を肯定的にのみ捉える作品を論じてきた中で、ゴシック・ネイチャーは自然を恐怖で捉える感性エコフォービアを引き起こすものであり、この用語はゴシックを継承する文学の自然表象を考察する際特に示唆的でもある。すでにみたようにポーには、ゴシック的変形による、ポストモダン作家のいきもの概念を先取りしたようないきもの表象の造詣が認められるのである。

2　社会的に構築される自然

西欧の文学作品でいきものが登場する際、固定的伝統的な寓意や象徴として機能し、人間中心的なストーリーの背景として表現されてきたが、このような寓意象徴システムは、いきもの、または自然が、人間のストーリーの周辺に収まって貢献するという、人間中心的な、人間―自然の二元論的前提があったかと思う。カーラ・アームブラスター(Kala Armbruster)は、〈動物研究〉においていきものがこれまで周辺化されてきた理由を、「西欧の二元論的伝統においては人間とは〈動物に非ざるもの〉を意味してきた。この二つの範疇の相違は多種多様な特質に基づいてきたが、それには魂、理性、言語能力、道具を使用する能力、それに自意識が含まれていた」(74)とする。

つまり人間といきものの二元論的対立の中では、人間とは動物でないこと、とりわけ理性と自意識を有する点にあるとされ、両者の絶対的差異が前提となってきた。これに対しアメリカ文学が、当初より、いきものと人間の二元論的前提を様々に脱構築していったことは周知の事実である。一九世紀半ば、コンコードでソローの『ウォールデン』により自然そのものを他者として征服することの非が説かれ、自然への深い省察を記述するネイチャーライティングがジャンルとして創始されていったが、ポーも同時代アメリカ作家の自然回復のテーマに深い関心をもった。この間の自然把握の歴史についてはエコクリティシズムや他の多くの研究に譲るが、人間―自然の二元論に関する問題としては、二〇世紀後半以降周知のように、アルド・レオポルド(Aldo Leopold)の「土地倫理」や、ロデリック・ナッシュ(Roderick Nash)の「自然の権利」の考え方から、これまでの寓意性からいきものを解放し、自然観に大きな転換がおこった。さらに最近ではハラウェイやジャック・デリダ(Jacques Derrida)の『人間／動物の分割線』(*The Animal that therefore I am*）によって人間と動物の二元論的対立は脱構築され、両者の認識論的一体性が主張されている。

ポーには元来、献辞で示したように動物の中に理性や魂が宿るとの発想があり、さまざまな意味での両者の融合や一体性のみならず、いきものの〈聖なる力（divine power）〉が認識されている。ポーのゴシック・ネイチャー創造の背景には、従来の二元論への懐疑や、自然が人間に与える大きなインパクトへの恐れや憧憬、さらに自然の社会的構築性への洞察と、キメラの創造という、多様な問題域が潜んでいたと考えられる。「黒猫」や「大鴉」のような異種混交的自然表象のありよう、エコフォービアを生み出すゴシック・ネイチャーが、少なくともポーのゴシックの物語的可能性の豊かさと特異性とを生み出していると考えられる。

またポー作品にいきものが犇いている理由として、一般論としては、一九世紀都会化の進行の中、各地で自然が後退し、また宅地化や鉄道路線地化による土地の大きな変化から、野生のいきものと昔ながらの野趣に富む風景を追い求めるようになった、アメリカ作家共通の特質があるかもしれない。これは「ウィサヒコンの朝」などにもうかがえる。これまでいくつかの論考で考察してきたようにエルクが野生の幻のように幻出されながら、最終的にはその野生の象徴的存在が、イギリス人の荘園のペットであることの現実を暴露する、いわゆる〈自然の社会的構築性（social-construction-of-nature）〉という現代の環境文学の大きなテーマを焦点化している。一九世紀中葉のポーがすでにこのテーマに気づいていたという意味で、ポーの自然観は多様であるのみならず非常に先駆的なことがうかがえる。『ピム』でもその様相が顕著で、南部作家として、自然の実態への考察と人種の問題意識は分かちがたく結合している。

この作品では夢想が頂点に達したその瞬間「一人の黒人が用心深く茂みから抜き足差し足表れて、（中略）その高貴ないきものは黒人が端綱をかけるがままになっていた。こうして大鹿の夢は終わった」（MIII: 256）。このようにピクチャレスクな風景のこの土地はイギリス人、黒人、いきものの支配構造に絡めとられ、アメリカの自然が植民地状況にあることを描いている。ヒラードを発展させてサラ・クロスビー（Sara Crosby）は、「エコフィーリアのかなた――ポーとアメリカのエコホラーの伝統」において、ポーは探偵小説の創始者であるだけでなく、エコホラーの創始者でもあったとして、「エルク」は、自然の深層を暴く、「エコロジカル・ディテクティヴ」であると呼んでいる（Crosby 514）。

ここでポーが自然の喪失や退化の現象を黒人と結合している点は重要である。つまりポーの自然を特徴づけるゴシック・ネイチャーの根底には、賛美すべき自然の消滅への認識と植民地化への怨嗟とともに、ポール・アウトカ（Paul Outka）『人種と自然――超絶主義からハーレム・ルネサンスへ』（*Race and Nature: From Transcendentalism to Harlem Renaissance*）が指摘する、奴隷制度と自然の劣化の結合と交錯がある。アウトカは「奴隷制度は明示的に人種差別的暴力と環境の劣化を結合していた。奴隷制度の下では白人はしばしばアフリカ系アメリカ人と家畜化されたいきものとパストラルな農業を異種混合したのである」（7）としている。「ウィサヒコンの朝」におけるポーの嘆きは、植民地状況と奴隷制の桎梏が、野生の喪失を招いているとの認識から発している。しかしながらポーはアウトカが数多く紹介する白人作家の、奴隷の存在をパストラル風景に溶け込ませることはなく、むしろ風景とは異質なものとして浮かび上がらせた。ポーの人種意識は複雑である。北部と南部両方で仕事をしたポーは、自分の態度を南部的な親奴隷制を表明することもなかったが、北部のアボリショニストに組する発言もしていない。ポーとジャクソニアン時代の社会との関係を詳しく説いたテレンス・ウェーレン（Terence Whalen）の『ポーと大衆』によると、ポーは政治的に中立であることを読者に訴えようとしていたとする（27）。少なくとも作品中では、政治的に中立であることがポーのレトリックの要であった。

3　ポーのキメラ列伝

ではポーのゴシック・ネイチャーは、作品の中でいかなる機能をはたしているのだろうか。ポー作品でうごめく幻獣やいきものが超自然的様相をもち、怪物や悪魔とよばれていることには、現実の社会的構築物となった自然への落胆や絶望を、自然の威力を回復する中で取り戻す目的も内在しているかもしれない。また一八三九年に『グロテスクとアラベスクの物語集』と題して二五の物語を集成した時、グロテスクの語源であるグロットの洞窟画に描かれたグロテスクな文様が頭にあったかもしれない。東野芳明によると「奇怪な動物」や「植物と合体した動物」また「自然や生命の無限の迷路を示すかのような」文様が、グロットの特質であった。

しかもポー作品では、「アッシャー館の崩壊」のロマンスの中だけで生きる幻獣、ドラゴンや、「壜のなかの手記」のクラーケン、「四獣一体」の「人間キリン」など、空想上の伝統的怪物を登場させることで神話的空想的力を引き出して、ある意味では自然の力を物語化し特異な世界を創ったのみならず、恐怖だけでなく畏怖を与え、超自然的力を行使する役割をあたえている。

小鬼を示すgoblin(s), demon, fiendなども頻出するし、これらがペストなど流行病《はやりやまい》と結びついた語、「ペスト王」にでてくる熱病の魔(Fever-Demon)、疫病の悪鬼(Pest-Goblin, Plague-Goblins)など妖怪はポーの好む造語であった。二種のいきものの融合体としてのキメラ、サチュロス(satyr)、人間キリン(homo-cameleopard)などポー作品では枚挙に暇がないが、これらはいわば人間的なものと獣とを結合させた人間の制御を越えた怪物で、いわゆる妖怪として得体の知れなさや人知を超える怪力や残虐性の暗示もあり、こうしたキメラの登場はポーのゴシックがうみだす恐怖や魅力の重要な源泉でもある。

こうした実在の自然を超えた存在、自然であって自然でない存在は、最近のバイオ批評やエコクリティシズムが論じるポストネイチャー（自然を超える自然）の先取りといえるであろう。ポーが使うのは牧神（Pan）、森の精（Satyr）、スフィンクス（Sphynx）、水の精（Naiad）など、人間といきものとの合成に特長がある半人半獣的存在であることに特に目を止めたい。なかでも人間キリンは、古代アンティオークの狂人の王、エピマネスの戴冠式に集まった群集を揶揄した作品であるが、インディアンキラーと別称されたジャクソンの体躯そのものを、寓意的に動物性と結合したもので、そのほか古来よりの想像上のいきものや、二種のいきものの融合体は、ポー作品で枚挙に暇がない。

ポーの造語としては、「ペスト王」における熱病の魔物（Fever-Demon）、疫病の悪鬼（Pest-Goblin, Plague-Goblins）などもある。これらはいわば人間的なものと獣とを結合させて人間の制御を越えた怪物性を生み出しているとともに、疫病の混沌たる状況を映し出してもいる。いずれも人間といきものの二元論的対立を脱していて、その驚異的な力や邪悪性が超自然的力と結合する。いわゆる妖怪として得体の知れなさや人知を超える怪力や残虐性の暗示もあり、こうしたキメラの登場はポーのゴシックがうみだす恐怖や魅力の重要な側面ともなっている。もちろんポーのいきものは、自然全体の一部であり、死を内蔵する自然や自然領域全体に及ぶアメリカ文明の破壊的運命への予感から、ポーは特に庭園譚で不滅の人工的第二の自然を構想した。その意味ではポーのゴシック・ネイチャーは〈第二のいきもの〉さらに言えばポストネイチャーを生み出したといえるであろう。

第四章

自然表象の葛藤の海
――『アーサー・ゴードン・ピム』

1　資源、商品、食糧としてのいきもの

西部や海にのりだす冒険譚は、西部や南海における未踏の地の豊かな自然に対して、当然読者が抱く興味に呼応したものである。多くの海洋もののソースを渉猟した『ピム』もまた、カタログ的に南海の自然を紹介している。『ピム』の場合、グランパス（ハナゴンドウ、シャチ）号という船名自体が暗示するように、いわばいきものが人間と潜在的に共在し、出航後すぐスコールや強風に出会い、無秩序そのものの海に投げだされて、いきもの表象全体が陸地の秩序からは考えられない混乱した展開をみせる。『ピム』のいきもの表象は多種多層的で、いきものと人間の境界も曖昧で混沌としているが、大きくいって三層構造をなしているのが見て取れる。第一は自然史的側面が詳細に記録され、アメリカの自然史がやがて海洋資源開発に繋がったように、海洋資源として海のいきものが捉えられ、この長編を退屈な失敗作と評価させる原因にもなった側面である。第二には食料と水資源として人間に消費され尽くす商品としての側面である。しかしそれらは固定的でなく、いつしか第三の層ゴシック・ネイチャーとキメラへと変転もす

るポー独壇場の様相を見せる。実際この作品のとりとめのなさは、こうした自然表象の様相が、入り乱れて展開するところからも生じている。

ウィリアム・ウールフソン (William C. Woolfson) の『ポー作品の動植物——インデックス』(*Flora and Fauna in the Works of Edgar Allan Poe: An Annotated Index*) によると『ピム』の動物は七二種数えられる。『ピム』での動物への言及のうち大半は、船が上陸するたびに、まず地理とともに描写されるいきものの羅列に表れる。一四章でジェーン・ガイ号が南インド洋、ケルゲーレン島に上陸すると、アザラシ、群れを成す鳥類、四種類のペンギン、海鶏、海燕、マガモ、鴨、ポート・エグモンド種鶏、鵜、大海燕、海カモメ、海雁、大型海燕、アルバトロスと紹介が続き、さらに詳細な鳥類図鑑的記述に入る。この豊か過ぎるいきものの種類描写は、図鑑の中に人間が入ると不自然な感じに見舞われるように、きわめて不自然なものである。

THE NARRATIVE

OF

ARTHUR GORDON PYM.

OF NANTUCKET.

COMPRISING THE DETAILS OF A MUTINY AND ATROCIOUS BUTCHERY ON BOARD THE AMERICAN BRIG GRAMPUS, ON HER WAY TO THE SOUTH SEAS, IN THE MONTH OF JUNE, 1827.

WITH AN ACCOUNT OF THE RECAPTURE OF THE VESSEL BY THE SURVIVERS; THEIR SHIPWRECK AND SUBSEQUENT HORRIBLE SUFFERINGS FROM FAMINE; THEIR DELIVERANCE BY MEANS OF THE BRITISH SCHOONER JANE GUY; THE BRIEF CRUISE OF THIS LATTER VESSEL IN THE ANTARCTIC OCEAN; HER CAPTURE, AND THE MASSACRE OF HER CREW AMONG A GROUP OF ISLANDS IN THE

EIGHTY-FOURTH PARALLEL OF SOUTHERN LATITUDE;

TOGETHER WITH THE INCREDIBLE ADVENTURES AND DISCOVERIES

STILL FARTHER SOUTH

TO WHICH THAT DISTRESSING CALAMITY GAVE RISE.

NEW-YORK:

HARPER & BROTHERS, 82 CLIFF-ST.

1838.

図３

この記述が図鑑的に見えるのは、同種の下位種分類ごとに並べて書いてあることからも来ている。さらに多くのオットセイやアシカもいるとされるが、アザラシ (seal) は明らかに交易品であり、ガイ船長やピムとピーターズもその毛皮を探し回る。しかしこれほど多くの海のいきものと鳥類がいるこの島が荒涼島とよばれ、章最後も「この島は世界で最も不毛で荒涼たる地域である」(HIII: 158) と結ばれていることは驚異である。この判断は、アザラシの皮だけがビジネスの対象になっていることからきており、純粋な冒険を求めて密航したはずの手記作家で冒険家のピムは、商人の手先としてふるまう。またアメリカのトラベル・ライティングの多くが、領土拡張と海洋資源探索の経済的目的の下に行われた航海記に基づいており、これは『ピム』の最大のソースとなったベンジャミン・モレル (Benjamin Morell) 船長航海記の特質でもあった。このような豊かな海資源としてのいきものが『ピム』の主流をなし、こうしたいきものはゴシック・ネイチャーで蠢く謎のいきものの対立物ともいえる。図3の初版表紙は南極への航海を示すタイポグラフィとなっているが、いきもの表象もまた極地まで変化して展開する。

次に位置するのが、もっぱら食料として把握されるいきものである。ツァラル島に上陸すると、さらに非常に多くの種類の家畜化されたいきものと魚が描写され、これらはいきものというより、人間が利用しつくしている物品のリストである。ここではまた、人間もいきものと同じ平面で暮らしたり、あるいは逆に、人間がいきものとして描写され人間といきものの厳密な区別はない。こうした中で特に注目すべきは「ナマコ (Mollusca, Buche-de-mer, sea-slug, sea-cucumber)」である。ナマコの英名は邦訳すると軟ユウ（やわらかいこぶ、伝染性潰瘍）であり、バートン・R・ポーリンによると、モレル船長の「四回の航海記」からの「ほとんどそのままの引用からなり、二〇章三節から七節のいわゆる埋め草的な記述」(PI: 327) であるが、語り手ピムは、交易品として色、形、大きさ分類およびその強壮剤としての商品価値を記述し、海運国アメリカの世界の海の市場化が、「中国、マニラ、シンガポール、バタヴィア」(HIII: 198–99) などのアジアの地名とともに語られ、いきものは何よりも欲望充足の対象として流通する食料となっている。ポーリンの注によると、ナマコの形が〈男根状 (phallic)〉であることにポーが関心を持っているとの論文紹介があり、島民がこれを生で食している描写で、島民の官能性の暗示があるとする (PI: 327)。『ピム』の自然表象の一面には、グランパス号で九死に一生をえて窮乏と漂流に耐えたあとの、願望充足の対象としての食料があることは否定できないだろう。食料としてのいきものの羅列と欲望をそそるものに囲まれた島民描写には、その原始的野蛮さへの侮蔑とともに好奇心の二重性が在る。ポーの風景論で展開される自然の新プラトン的、霊的高揚への渇望とは逆の感性が『ピム』の描写には横溢している。

また黒い島の食料である群生する黒アルバトロスの出現も注目される。文学的寓意体系の中で白い孤独なアルバトロスが占めてきた高貴な詩的象徴性は無残に打ち砕かれ、「南海で最も獰猛な鳥であり、（中略）料理すると美味である」(HIII: 154) とする。アルバトロスはもっぱらその食餌と営巣の自然史的記述の対象にもなっているが、ペンギンとの共生から、明らかに南部の海岸における白人と黒人の寓意性をおびて描かれてもいる。

さらにガラパゴス亀が、もっぱら水供給のいきものとして一二章では自然史的に記述されている。その一種「イリエガメ (terrapin, the elephanttortoise)」は破船の地下室から引き上げて水を得て、瀕死の状態に追い込まれていたピム、ピーターズ、オーガスタス、パーカーズを救ったいきものである。ダーウインで有名なこの島の名前「ガラパゴス (Gallipagos)」はスペイン語、真水の意味で、この亀の名前であり、この亀が大量の真水をたくわえていることからきている (PI: 278)。人間を救う側面よりは亀の自然史的記述 (HIII: 132) へ没頭する語り手は、すぐ前の飢餓と渇きの苦しみを語る物語作家ピムとはかなり異質で、一八三八年に出たトマス・ワイアット (Thomas Wyatt) の「貝類学の手引き」(*Conchologist's First Book*)［図4］でキュヴィエの翻訳もし、再版も出た自然史家としての

図４

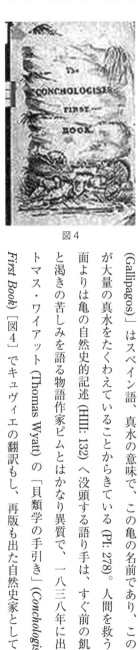

ポーを浮かび上がらせる。この意味では『ピム』は、いきものが人間の生存を支える世界の構造をとらえた作品でもあり、自然史的興味と自然を有用な食料や商品と捉える視線は、このようにいたるところで交錯しているのである。

しかしアルバトロスについて考えると、作品終章、夢幻状態に突入する主人公の頭上高く「テケリリ」(Tekeli-li)と叫んで視界から消える「あまたの巨大な青白い鳥」(237)もまた、まさにアルバトロスである可能性は非常に高い。ポーリンの注によると『アメリカーナ』(*Encyclopedia of Americana*)の記述で、テケリリは実際のアルバトロスの擬声であるという(PI: 350)。ここではアルバトロスがそれまでの食料としてのありようではなく、白さと天へと導く飛翔を回復し、一種欺瞞的な表象性の質転換を果たしている。この鳥は、謎のゴシック・ネイチャーとして、最後のシーンで、様々に論じられてきた問題の白い像の顕現の予兆となり、やがてカヌーを亀裂のかなたへと導くことにもなる。

2　儀式的記号としてのキメラ

食料や商品としてのいきもの、自然史的興味の対象として、厳然とゴシック・ネイチャーと対立するいきものに対し、心理的現実の中で躍動するいきものの文学的表象性を復活させていると思われるのが、作品の始まりと終わり、またツァラル島上陸直前に遭遇するキメラ的いきものである。たとえば、ピムたちは実際よりはさらに巨大な、「毛は真っ白で目は真っ赤に充血した」ホッキョクグマと出会い、ピーターズが馬乗りになってこれをしとめる。このシーンはフォークナーの作品「熊」("The Bear")を想起させるものがある。彼らはまた謎の白いいきものの死体とも出会う。「妙な形をした陸上動物の死体を見た。長さ三フィート、高さは僅か六インチ、四つの足はごく短く、その足には明るい緋色で、材質はさんごに似た長いつめが生えていた。身体一面に純白の白い長い毛が生えており、尾は鼠に似て、耳は犬のようにたれ、歯は血色 (bloody) であった」(HIII: 176)。犬、鼠、ウサギなどの合成が考えられるツメと歯の赤は明らかに非在のキメラであり、ツァラル島島民の黒い歯と対抗し、血なまぐさいストーリーを予感させるものだろう。これら、白熊の退治と白い幻獣の死は、これから入る、白をシャットアウトする尋常ならざる領域への入場の儀式とも言える。

このようにキメラたちは、儀式的暗示の記号性を担っているが、人工的合成とともに、実際のいきものの拡大と、固定的意味の流動性や変質にも特質があり、その一端が作品の最初にすでにみられる。船倉で暗闇と飢えに苦しむピムの描写に、典型的な観念的自然、心理的歪曲をうけたゴシック・ネイチャーの描写が続くのである。悪夢の恐怖はもっぱら巨大化したものの形、謎の白いキメラ同様、その目と歯の攻撃でイメージされている。恐怖の自然はすでにふれた自然史的な正確さとは程遠く、食料や資源としてのいきもの記述とはまったく対照的であり、木々もまたゴシック的誇張法の極みに在る。ポーリンによると、こうした表現は、二章の空間描写から始まっていた (PI: 230)。

無限に高い灰色のしかも葉のついていない木の幹が、見渡す限り果てしなく続き、その根は広漠たる湿地にこっそりと潜りこみ、その水は黒々と物凄い様相で澱んでいた。骸骨のような腕をゆらゆら前後に振りながら、ひゅうひゅうと突き刺さるような、劇しい苦しみと絶望の声音を振り絞り静まり返った水面に向かって、許してくれと悲鳴をあげていた。(HIII: 71)

無限拡大を示す形容詞や、見るも恐ろしい (ghastly)、獰猛な (fierce)、恐るべき (horrible) など、ゴシック特有の形容詞が連続し、犬のライオンへの変貌など、状況の切迫は、もっぱらこうした輪郭を失って拡大し変容する、脅威の表象からうみだされている。

3　転覆的記号としての雑種の身体――ダーク・ピーターズ

『ピム』では人物は確固としたものではなく、陸地で定められた地位、身分を自由に流動、反転し、予想外の展開で恐怖をうみだす。犬のタイガーも忠実なピムの愛犬から、彼を襲う猛獣に変換させられ、オーガスタスは英雄的なピムの保護者的人物から、最後はその肉体が腐乱して掬げ落ち鮫に食べられる、いわば英雄から腐乱する肉へと転落していく。オーガスタスの死は、船べりから滑り落ちた黒化した腐肉の腕に群がるサメの、「一マイル先からでも聞こえる肉を引きちぎる、恐怖の物音として」(HIII: 140) 描かれる。人間自身がいきものの食料になる捕食者と犠牲者の逆転する畏れの世界である。

これはある意味では食料として商品として狩猟されつくす島の自然の植民地化とは異質な、強力な自然であり、こうしたいきもののありようの二重性は、ダーク・ピーターズの人物造詣にもうかがえる。ダーク・ピーターズは次第にその意義が鮮明化し、「悪魔のような顔つき」の存在からピムの救済者へと上昇していき、当時南部でもっとも恐れられた人種混交、ハイブリッドを体現していながら、最後は白人と呼ばれる。ピーターズの人種的曖昧性と流動性が暴動に走る黒人コックの単純な人種性と鮮明に対比されていることからも、ポーがこの人物造形で、人種的境界を侵犯、あるいは境界突破によって、白人優越性を死守しようとする南部の人種的ディスコースの権威を転覆しているのは確かだろう。

ダーク・ピーターズは、「ルイス・クラーク探検隊が訪れたロッキー山脈の手前、ミズーリ川の水源に近いブラック・ヒルズの砦あたりで暮らしていたアブサロカス族の先住民の母を持つ。父は毛皮商人だと思うが、少なくともルイス川のインディアン交易所と何らかの関係があった」(HIII: 86) とされている。最初に触れたポーのゴシック・ネイチャーの特質でもある、人間と動物の融合を体現するキメラ的存在としてのピーターズは、事態を救う超人的力や腕と足の湾曲において「ホップ・フロッグ」のボルネオ島出身の主人公に近似し、その力は人間以外のものとの合成から引き出されている。「彼はアメリカ白熊かスパニッシュ犬の毛からできた鬘をつけていた」(87) にみられるように、先住民と黒人の身体的特質、また白人、黒人、先住民、熊のハイブリッドな身体表象は、純血のみをよしとする南部奴隷制擁護ディスコースへの抵抗の記号ともなっている。このようにポーが、特にピーターズの、その外観と肉体のつくりに、人間と他のいきものの雑種をも暗示する記号性を付与していることは注目に値する。実際ピーターズの行動を特徴付けているのはその人間離れした動物的腕力であるとともに、およそ感情などうかがえないその無表情さにある。この特徴故に、ストーリーそのものが徐々に人間離れした異常なものになるにつれて、この人物は主役に浮上してゆく。つまり物語は、この人物だけが生き残るような驚異性を増幅させてゆくのだが、そのことは、ピーターズが人種的・種的ハイブリッドであることを必要条件としているのである。このようにピーターズ造詣の背景には、ポーの自然表象のゴシック・ネイチャー的特性と物語の構造の両方が結合している。

商品化され、植民地化されたいきのものが主流を成すナラティヴ展開の中で、ポーは怪物性を保持するきわめて重要な表象を生み出した。実際黒人ヌヌ（NU-NU）と白人ピム、ハイブリッドのピーターズがのりこむ極地を目指す多文化を象徴するカヌーは、白黒の二人が死に、ハイブリッドのピーターズだけ生き残る仕組みになっている。それ故人種の本質論を守る白人と黒人の二つの人種が自己崩壊し、混血と異種混交のゴシック・ネイチャー、さらにキメラこそが生き残ることを、ポーの芸術は最終的に暗示していると言えるだろう。

第五章

「アルンハイムの領地」と「人生の航路」
――ポーとトマス・コール

1　新たなサブライムの意匠

　これまでケント・リュングキスト（Kent Ljungquist）、ロバート・バイヤー（Robert Byer）などによる研究が、既に視覚と風景を巡る観点からポー文学全体の軌跡を辿ってきた。ここでは本書のテーマに繋がるアメリカ社会とポー的様式、同時代の絵画的意匠とポーの風景との関係から、ポーと同時代一八二〇年代から四〇年代のアメリカ風景画の美学であったハドソンリバー派が樹立した〈アメリカンサブライム〉の美学とポーの関係をみて、ポーの〈第二の自然〉が唱えられる背景を考察し、さらにそれが、現在エコクリティシズムで議論されている、ポストネイチャーとさらにポストヒューマンの様相を帯びていることを検討したい。

　周知のようにポーは、エドモンド・バークの『崇高と美の観念の起源』とイマニュエル・カントの「崇高の分析」を中心に一八世紀の風景美学を席巻したサブライムの美学に深く影響され、アメリカにおけるサブライム美学の喧伝者の一人と目されている。しかし実際にはポーはサブライムの美学を独自に変容し、恐怖と美の結合を感覚と言うよりは心理的深みへとゴシック的に変形させ、又宇宙的に拡大もした。一八四〇年以降は、ポーの視覚像描出の絵画的手法が、四部で論じるダゲレオタイプの写真的手法に取って代わられる様が、「アッシャー館の崩壊」から「群集の人」を経て「モルグ街の殺人事件」にも窺える。またポーの目指した新しい庭の〈第二の自然〉概念は、デュパンの視覚を生みだした革新性とも通底し、〈アメリカンサブライム〉のナショナリスティックな意匠を批判・脱構築して、幻想と写真的手法を融合したポーの新奇な風景構築へと繋がったと考えられる。ここではポーと〈アメリカンサブライム〉との逆説的関係を、同時代のトマス・コールの絵画との比較からも考察する。

まずポーのテキストが描く、一見従来のサブライムを思わせながら異質な構造を持つ、代表的なシーンを見てみたい。

身の周りを眺めたときの畏れ、怖さ、驚嘆の気持ちは一生忘れないでしょう。途方もなく周囲が広く、底知れぬほど深い漏斗の内壁の真ん中に、船はまるで魔法にかかったかのように引っかかっていました。漏斗のなめらかな壁はめまぐるしいほどの速さでぐるぐる回っていなかったら、またものすごい閃光を放っていなかったら、黒檀にも見まがうばかりです。先ほどいった雲の丸い裂け目から、満月の黄金の光が流れ込み、淵の一番奥のくぼみまで達していました。（「大渦への降下」MII: 590）

ここにあるのは、〈アメリカンサブライム〉の作家や画家が最も好んだ素材であるナイアガラ・スペクタクルが、ポー的に改変されている情景である。というのもテキストの最初に切り立ったヘルセゲンの頂上の「小さな崖」に案内された語り手を襲うのは、平常の海の「アメリカの大草原をかける野牛の大群の咆哮」の様な、相鬩ぎ合う無数の水路と渦巻きの怒号であり、「ナイアガラの大瀑布が天にむかってあげる苦悶の声すら及ばぬ」叫びであった（MII: 580）。この二つの比喩は、〈アメリカンサブライム〉を喚起する代表的なアメリカ的表象、ナイヤガラと野牛であるが、やがて「切り立った崖を真逆様に大渦の中に滑り込んだ」漁師による語りの、ほんの前哨線にすぎないことから、このテキストが〈アメリカンサブライム〉以上のものを描こうとし、むしろアメリカンサブライムを意識的に改変しようとしていることがわかる。

ここでポーは崖や大渦というアメリカンサブライムを構成する要素を、目と宇宙を結合する認識軸として使っている。ポーにとって、目が恐らく宇宙そのものと等価な深みと神秘の源でもあったことは、「ライジィーア」で「その大きな黒い瞳」に、「デモクリトスの井戸よりも深く潜むもの」を感じ、「のびていく葡萄のつるや、蛾や蝶や蛹や滝を視るときの不可思議、はたまた望遠鏡で星を覗くときの情感」（MII: 313）を見いだしたことからも窺える。この「デモクリトスの井戸よりも深く」は、「大渦への降下」のエピグラフにも使われ、その深みは、引用したようにノルウェー沖の「暗黒の海」（"mare tenebrarum"）に渦巻く漏斗状の「黒檀の荒野」にダイナミックに変貌し、漁師の眼は、恐怖のさなか名状しがたい満月の光が、その深みを照らし出すのを捉える［図5］。ライジィーアの瞳と漁師の目はいずれも、美と恐怖が結合して永遠を一瞥するサブライムと呼べる構図を構成している。しかもバークがサブライムに欠かせないとする曖昧さと無限の感覚にも特徴づけられている（バーク　六四—六六、八一—八二）。

図5

「大渦への降下」はトマス・コールやフレデリック・チャーチによるナイアガラ絵画［図6］の圧倒的印象に、サブライムにつきものの断崖、大波、深淵、虹等を配してはいるが、ダイナミックな恐怖を動く絵（motion picture）として取り込んでいるところに他の作家のサブライムの構図に見られない特質がある。「大渦の降下」では風景は刻々と動き、語り手は至高のパースペクティヴに立つのではなく、この動きのさなかに身を置き翻弄されるのである。木の葉のような自己の身体の無力感もサブライムの感覚につきものであるが、アポカリプティックな耳を聾する音響の中、終末の破壊の大渦へと、まさに漁師は身を投げだし、文字通り渦中の人となる。

この「海洋サブライム」（“oceanic sublime”）においては、〈アメリカンサブライム〉のイコンともいえる高い断崖から谷を見下ろす〈至高の眼〉のパースペクティヴに代わり、山脈のような波頭の断崖が奈落の底から見上げられることになる、垂直方向を逆転させた恐怖と驚異、畏怖と賛嘆の新奇な構造がある。しかも「大渦への降下」では永遠への一瞥が主人公を驚愕の中に取り残すのではなく、驚愕に打たれ、迫った死そのものに身を投げ出すことで語り手を、死と恐怖から抜け出させる事になる啓示が閃く。いわばここには驚愕を前にしてサブライムの常とされてきた「魂を専有される」のではなく、冷徹な知性という主体性を取り戻す、新たなるサブライムと呼べる意匠が生み出されている。

こうしたポーの新奇な意匠の構築を促したものは、従来のサブライムと、時代の支配的レトリックであった〈アメリカンサブライム〉両方に対するポーの批判的視座であったと考えられる。この点で、絶えずポーが青鞜派を批判し

図6

たにもかかわらず、マーガレット・フラー（Margaret Fuller）を、一八四三年の『湖上の夏』（*Summer on the Lakes*）のナイアガラの滝描写について比類のない賛辞を呈していることも着目される。城戸光世の研究によると当時の名所めぐりで「ナイアガラ詣ではクリシェとなっており」その壮麗な威容が与える崇高感も「定式化」（城戸　一三一―一三二）していた。ポーはサブライムな景観のライオンの地位を賞賛する定番的描写でなく、むしろマイナーといえる女性ネイチャーライティングによるフラーの滝描写に注目した。

『湖上の夏』冒頭のフラーの滝描写は、当時普及していた「自然が神のために建てた聖堂」としての滝描写というより、「絶え間ない轟音の中」で「この滝と同じ大地で生まれたインディアンの自然の雰囲気は同じもの」だと感じ「裸の野蛮人がトマホークを振り上げて背後から忍び寄ってくる」のではと恐怖にかられている（Fuller 4）。ポーは同時代の批評家から、毒舌を放つことで「トマホークを振り上げるインディアン化した白人」と怖れられたが、それはともかく、ここに「すばらしい絵画性《graphicality》がある」と評価している。“graphicality” はポーの造語で、「新奇なるもの、予期せざるものの導入で果たされた真実の表現」だと賞賛した上で、「この機能は彼女の主体性から発し、彼女にその風景を外観よりはその効果によって描かせたものだ」（HXV: 75–76）としている。ポーにとって『湖上の夏』は、フラーの描写が効果の美学に適っており、ナイアガラが与える圧倒的経験を作品化しスペクタクルとして、しかも主体性回復の契機として取り込んでいる点に着目したのである。英国発のサブライムを、アメリカの画家たちはアメリカ化し、雄大な自然鑑賞の指標としても流布させていったが、ポーはそこにさらに新奇なひねりを加えて、風景構築の主体性樹立を主張した。フラーの独自性は、こうしてポーに訴えたのであった。

2　〈アメリカンサブライム〉の多様化について

ここでもう少し〈アメリカンサブライム〉についてみてみたい。ポーの風景が編み出され始める一八二〇年代、アメリカ独自の絵画様式が確立し、周知のように一八世紀のサブライムの美学をアメリカ化した、〈アメリカンサブライム〉と〈ピクチャレスク〉の名画が次々生み出されていく。ノヴァック (Barbara Novak) やミラー (David Miller) や野田研一の研究などが明らかにするように、北東部の景勝地を巡るアメリカ版グランド・ツアーの普及とともに、西部や荒野のピクチャレスク画も普及し、〈アメリカンサブライム〉と〈ピクチャレスク〉は国土の美質を描く強力な修辞ともなっていった。と同時に、ギフト誌等に印刷された風景の銅版画に見られるように、視覚の拡大と共振するピクチャレスク画の普及は、ポーもその幾つかの編集に関わった東部各都市をベースとする多くの雑誌の中の複製画と共に、デモクラシーの浸透とも歩を一にし、アメリカ的風景とその雅趣を国民が広く共有する最大の機会ともなった。またピクチャレスク画の版画集が各家庭で普及したことの意味する所は、ノヴァックによると、〈アメリカンサブライム〉が「宗教的・道徳的に有用で」、アメリカの芸術家の責任が一つには「アメリカ人の偉大な幸福の共通項であるアメリカ的自然を」「才能に恵まれない人々と惜しみなく共有することにあった」(Novak 38–50) としている。このようにイギリスでは瀕死の美学となった後サブライムのアメリカ化が起こりそれ以来、〈アメリカンサブライム〉は一種の文化的複合体として、エマソン、ホイットマンを経て、巨大で壮麗な自然とその力への憧れと畏敬の念が、アメリカという国のアイデンティティ形成に深い動機を与えたと見なされ、国土拡張のナショナリズムを支える、レトリック複合体ともなっていった。

西漸運動により、多くの人が目にするピクチャレスクなウイルダネスの西部風景がもたらす崇高な感覚によっても、〈アメリカンサブライム〉は次第に国民的体験となっていくが、その具体的特質はどのような感覚であっただろうか。〈アメリカンサブライム〉は、〈歴史の欠如した空漠たる大平原〉やロッキー山脈やナイアガラなどの壮大で驚異的規模の自然の圧倒的畏怖の印象、それを目前にしたときの自我の矮小さの感覚と共に自己の無化作用、やがて大地全体を総体的なサブライムな場と感じ、自然の教えに聞き入る中で起こる超絶体験や恍惚感などを特質とする。文学における〈アメリカンサブライム〉の代表的表象としてトマス・コールの規範的絵画 “Oxbow” と同年にでたエマソンの『自然』(一八三六) の「私は一つの透明な眼球になる」という高名な一節が挙げられてきた。しばしば様々な文脈で引用されてきたこの一節は改めて引用するまでもないだろう。

丘の上で、アメリカの運命である西を見遙かす詩人が、見る行為における感覚の統一の中で眼球となり、丘と彼方の地平線と神秘的な合一を果たす。このときの自我の無化による I=eye の無限への変貌は、まさしく〈アメリカンサブライム〉の経験の核といえるだろう。[1] というのも雄大・壮麗なアメリカ的自然を眼前にしたときの自我の卑小化 “nothing” の感覚が、同時に「普遍的な存在の流入」というサブライムの体験を引き起こす点が重要であるとともに、自我の無化は自我の超絶を通して無限拡大の恍惚感覚にも変容するからである。この感覚が一種の神秘的体験でもあることは、ワシントン・アーヴィング (Washington Irving) の「リップ・ヴァン・ウィンクル」(“Rip Van Winkle”) では、景勝地キャッツキル山のサブライムな彫りの深い山間の空き地が、旧世界の記憶と新世界を繋ぐ異空間となり、大地が日常性を奪われ神秘の空間が開けたことからも理解できよう。ウイリアム・C・ブライアント (William C. Bryant) の「タナトプシス」(“Thanatopsis”) では、畏怖に満ちたウイルダネスの空間が、巨大な一つの墓場と想像され、恐怖と美が死の本質へと、つまりサブライムへと詩人を目覚めさせる。

このようなサブライムな体験はハドソンリヴァー派のピクチャレスクの構図とテーマについて更に目立つ幾つかの特徴、特に画面の表面からは隠された「至高の凝視」の視点、彼方の地平線の強調、黄金に輝く光を放つ空などを伴う点が目を惹く。これまで筆者も幾つかの論で考察してきたが、前景・中景・後景から成るピクチャレスクの構図について概括的にいえることは、荒野と開拓地と薔薇色と黄金の光に輝く空を描き、この三種の異空間を強力でパノラミックな隠れた視点からシンクロナイズさせたことである。一八三〇年はじめて汽車が開通して以降、森の残骸である切り株と斧と汽車のイコノグラフィにも特徴づけられるようになるハドソンリヴァー派の絵は、アメリカ的風景が本質的に神の善の性格を刻印され、人工的なものを圧倒するのみならず包摂する力を内在させているという楽観的な信念を醸成していった。そしてこの様式の裏には、荒野と自然の後退によるアメリカの建設をマニフェスト・デスティニーとして神が是認すると考えるイデオロギーが内在していた。よく引用されるガストの絵はその典型であるが、テレンズ・ケネディの政治的紋章は、さらに露骨な構図による国旗の絵画化となっている［図7］。

図7

こうして荒野の自然破壊によってもたらされた鉄道敷設が、むしろ新たなパストラルや新種のサブライムな風景として、「ニュー・パストラル」(new pastoral) やレオ・マークスがいう「テクノロジカル・サブライム」(technological sublime) の概念を生みだしたのである。テクノロジカル・サブライムは一九世紀中葉の鉄道網整備とともに、アメリカの未来が崇高に実現され、「風景の中の鉄道のイメージ」こそアメリカの奇跡的発展を表象すると考える文明賞賛のレトリックとなる。マサチューセッツの上院議員ダニエル・ウエブスターがニューハンプシャー鉄道開設（一八四七）の祝辞とした次のスピーチは、強い語調によるテクノロジカル・サブライム賞賛の典型といえよう。

我々は驚くべき時代に生きています。全く新しい時代です。いまだかつてない世界なのです。私は未来が見通せるというつもりはありませんし、それは誰にもわかりません。しかしこの時代が、空に地に、そして地下にある物に科学的探究を進める素晴らしい時代であり。もっと素晴らしいのは、この科学的探究が人間生活に応用されていることにあるというのは万民の知るところです。（中略）この時代の進歩はほとんど信じられないほどであります。未来は神のみぞ知るであります。（Marx & Danly 191）

このスピーチでは空、地、海洋、地下へと延びる科学的進歩への信奉が神の万能と統合して半ば宗教的に表明されている。マークスは前著『楽園と機械文明』でもこの演説の締めくくりを「機械化の崇高に対するキケロ的献辞」とし、議員として鉄道建設推進を称揚する演説が「聖職者的保障の霊気」を帯びているとしている（Marx 1964, 200–05）。このスピーチでは、汽車がもたらす「最終地点」はわからないとしながらも、空、地、海、地下へと延びる科学的進歩への信奉が明確に表明されている。

しかしずっと時代が下って、実際には荒野とフロンティアの消滅につれて、地理的な激変はサブライムを次第に変化変容させていく。ロブ・ウィルソン（Rob Wilson）の『アメリカン・サブライム――詩的ジャンルの系譜』によると、

〈アメリカンサブライム〉は一九世紀中葉すでに規模や対象の変容により、"natural sublime, moralized sublime, democratized sublime" など多様な形を取っていった。そしてエミリー・デッキンソンに至るとむしろ激しい解体が起こり、「力の流入 (influx) を遮ろうとする」「反サブライム (counter sublime) な」(Wilson 8) 動きも起こる。また "American Sublime" (1935) を書いたウォレス・スティヴンス (Wallace Stevens) などモダニストの詩では、ジャクソン大統領のインディアン強制移住法によって崇高な領域の「空間の空白化 ("vacant space")」の感覚が起こる。「サブライムな風景を見つめ／あざけりに直面することに／いかにたえられようか」で始まるこの詩は〈無限の荒野〉の虚構性に対する揶揄と失望に満ちている。ポーにはこうした一世代後の変容を先取りしたかのような発言がある。

勿論、〈アメリカンサブライム〉の国民的心情は根強く生き残り、最近は摩天楼の大都会で展開する "urban sublime" が、ドライサーやノリスのリアリズム小説を論じる際用いられ、都会のスペクタクルが人間に及ぼす「人工的オーラ」("artificial aura," Tandt 33) がサブライムと捉えられている。またドン・デリーロ (Don De Lillo) の小説などヴァーチャルなサイバースペースの持つ無限の拡大と一瞬のうちのその瓦解が、新たなサブライム「ポストモダン・サブライム ("postmodern sublime")」と捉えられている。渡邉克昭『楽園に死す』第Ⅳ部「逆光のアメリカン・サブライム」では冷戦期とポスト冷戦のサブライムが核廃棄物が眠る「未来のプルトニウム国立公園」で点滅する様を描く（渡邉　三一四）。このような前衛的理論の広い領域のみならず、更にバークの理論でその発生からきわめて男性的・父権的な美学であったサブライムをジェンダー化した、「女性的サブライム "feminine sublime"」なども議論されるにいたっている。これらは本論の限界を遙かに超えるが、先に言及したクロスビーによると、エコホラーの創始者でもあったポーにとって自然界は、北部の超絶主義者の心情が捉えるエコフィーリアよりも「さらに巨大で、非人間的で、人間には無関心なものであった」(crosby 515) とする。実際、ポーの庭園譚の先駆けともなった「妖精の島」では、人間の中には取り込めない他者化された自然が描かれている。

こうした暗い谷、灰色の岩、音もなく微笑む川、不安な眠りにため息をつく森、誇らかにすべてを見下ろす山々——これらすべてが私には、巨人のような命も感覚力もある総体——その姿は完璧で、その軌道は仲間の惑星の間に置かれ、従順な次女は月で、その中間的主君は太陽であるような——総体の一員であるように思える。

(MII: 600)

しかもこの「総体」と人間の関係は、次の文章では、「我々自身と脳内の微生物 (animalculoe) の関係に等しい」とする。つまり総体への認識は微生物には不可能であるように、人間にはこの風景を統括している総体には近づけないとしているのである。

さらにポーが次節でみる同時代の〈アメリカンサブライム〉を変容させるやり方には、サブライムを支えてきた風景と政治性の結合や、一九世紀のアメリカそのものへの批判精神が紛れもなくあったのである。

3 〈アメリカンサブライム〉解体

ポー自身、ウイリアム・C・ブライアント、ワシントン・アーヴィングやJ・F・クーパーらと並んで、伝記的にも作品世界でも『黄金虫』のサリヴァン島を含む東部の海岸地帯や山岳地帯、荒野や西部などいわゆるサブライムな、アメリカ的風景を幅広く横断もした作家である。エドウィン・フッセル (Edwin Fussell) の『アメリカ文学とアメリカ西部』によると「ポーほどアメリカ的風景に詳しい作家はいなかった」(Fussell 132)。特に折り返し点にあたる『ジュリアス・ロドマンの日記』(*Journal of Jurius Rodman*, 1840) は「アーヴィングの『アストリア』を全面的に利用して書き」(PI: 590–91) 峨々たるロッキー山脈の未踏の地横断を敢行し、山麓に開けるミズーリー川のグレート・フォールズの描写には、〈アメリカンサブライム〉の典型的様式すら見いだせる。[2]

> ここから私たちは、広大壮麗な土地が両側に拡がって果てしない平原となり、輝かしい草木の緑に波打って、時々大カモシカやカモシカもまじえた、野牛とオオカミの無数の群を見た。南の眺めは、東南から西北にのび突如とぎれている高い雪を頂く連山に遮られていた。その向こうには、更に高い山の尾根が西北の地平線までのびていた。(PI: 370)

しかし宗教にも代替しアメリカ的風景の壮麗さへの国民的信奉となっていく〈アメリカンサブライム〉をよりどころとする文学作品のレヴューでは、ポーは、一八三九年中期以降概ね批判的な批評を展開した。例えば典型的なサブライム詩であるブライアントの「大草原の狩人」("The Hunter of the Prairies") について「生き生きした描写ながら、詩人は素材に頼りすぎている」(HIX: 288) としたし、「荒野の風景はアメリカ主流文化のクリシェであり、必ず成功する愛国的素材であっても陳腐に堕する場合が多い」(HX: 162–67) とも述べている。既に述べた「ウイサヒコンの朝またはエルク」では、アメリカ的風景の秘境の美がギルピン流のピクチャレスクの美学で展開されていくが、スケッチの最後で、植民地化されイギリス人に専有されたアメリカ的自然に対するポーの絶望的にペシミスティックな評価が、黒人を登場させるサプライズ・エンディングにより明確に表明されている。ポーにとってサブライムが過去の郷愁にすぎないということは第三章で述べたとおりである。

ポーは汽車に代表されるテクノロジー、およびそれがもたらすダニエル・ウエブスターのいう「神に是認された」輝かしいアメリカの未来への信念には、明確に異を唱えた。汽車を「エンジンの悪魔」"Demon of Engine" とよび、呪詛に近い形でアメリカ的風景の「楽園の最も野生的な夢の実現」("a realization of the wildest dreams of paradise") を壊す存在と認識していた。また〈アメリカンサブライム〉の流行が、既にふれたキャッキル山やホワイト山などの東部景勝地や、ミシシッピー川やロッキー山脈など特定の場所を巡って展開していることについても、ポーは批判的に「そういう旅行者らは、ハドソン河、ナイヤガラ、キャッキル山、ハーパーズ・フェリー、ニューヨークの湖沼、オハイオ川、プレイリ、そしてミシシッピ川といったアメリカの折り紙付きの名所と景勝の地を巡って事足れりとしている」(MIII: 862) と述べている。

このように見てくると、ポーの〈アメリカンサブライム〉批判は、単に美学上の問題ではなく、主流文化の産業革命を支え、それにより富を得る階層に対する反感の要素も強い。また産業革命によるデモクラシーと都市化が自然領域を変質させ、人間にとって災悪をもたらすとポーは考え、中産階級に拡大していったイデオロギーとしてのアメリカンサブライムに異を唱えていることになる。

4　アッシャーの環境の感覚とエコ・キャタストロフィー

こうした文脈で頻繁に引用されてきた「アッシャー館の崩壊」冒頭を読むと、それは既存のバーク的「サブライム」キャノンへの訣別ともとれる一文であるだけでなく、この虚ろでわびしくうち捨てられた風景そのものが、その細部に至るまで、光り輝くアメリカの景勝地的サブライムに限りなく抵抗を示す、まさに反〈アメリカンサブライム〉と呼べる風景であることがわかる。

私は目の前の風景を、どこといって変哲のない屋敷と周りの景色を――寒々しい壁を――うつろな目のような窓を――打ち捨てられたように枯れた菅を――朽ち果てたまばらな白っぽい木の幹を滅入る様な気持ちで打ち眺めた。さしずめ阿片吸引者の残夢――痛ましい現実への転落――夢の帳の剥脱――より他にたとえようのない気分であった。心は凍てつき、沈み込んでいき、むかつき――どんなに想像力をかき立てても決して崇高なものにはなしえない、救いようのないわびしさが胸を襲った。（MII: 397）

ここでは、バークの「超絶的秩序によって」魂全体を専有する「解放と高揚体験」としてのサブライムが、全く機能しないような感覚が呈示され、恐怖を超絶するとされるサブライム理論の有効性は、語りの中で何度も挑戦されるが実現しない。語り手を襲いアッシャーを滅ぼすのは、何度も繰り返される"redemption"の否定形容辞が示すように、神聖な超脱作用では決して救えない何かである。

リュングキストはこうしたポーのサブライム・キャノンの受容と拒否について詳しく論じ、「井戸と振り子」では「激しいセンセーションの美学的正当化」をバークの「感覚扇情的美学」("sensationalistic aesthetics")に負っていると認めている。しかしアッシャーの恐怖の源にはバークやカントとは異質な次元があり「ポーにとってバークが定式化したサブライム美学のキャノンのオプティミズムは、ポーが考える恐怖の深さを表現するには充分なものではなかった」と言及している(Ljungquist 26–33)。「アッシャー館の崩壊」はむしろこの支配的美学の崩壊とみてもよいものであるが、ではこの何者にも救済不可能な恐怖とは一体如何なるものであろうか。リュングキストを一歩進めてその点を考えてみたい。

アッシャーの苦境については、これまで美学的にあるいは実存的に、更にはロマンティシズムの終焉という用語で文芸史的に様々な方法で解釈されてきた。特に最後の一節にみなぎるアポカリプティックな月光と館が崩れていく滝のような轟音表現からは、終末表示としての宗教的解釈も数多く応用されてきた。しかしアッシャー館を死の帷子で囲繞していたアトモスフィアーは、沼地から立ち昇るマイアズマの物理的な力を源とし、超自然的な「永遠の存在が流入」するサブライムの美学によっては、救済不可能なものであった事はもっと注目されていいだろう。

館の崩壊への過程はよく見ると風に先導された四大元素の有機的な生命の働きが専ら否定的に作動しており、環境の全面的悪化が館とその住人にも及ぶ最後のシーンは、いわゆるエコ・キャタストロフィーと呼べる様相を呈している。ロザリー・リー（Rozalee Lee）の学位論文によると、エコ・キャタストロフィーとは環境劣化の末、自然すべての廃絶状態であるポストネイチャーに陥った世界が、エコロジー的に全面瓦解していくことである。この崩壊感覚はポー独自のものであり、地表で起こる四大元素の悪しき連鎖を原因とするエコロジー的負のネットワークが世界を滅ぼすとする概念である。『ユリイカ』や「モノスとユーナの対話」等一連の天使対話譚にみられる地球の爆発崩壊のアイデアにも繋がるポー独自のものであり、〈四大の連鎖〉は、ロマン派の用語でいえば世界の有機性であり、ポーの言葉で言えば「無限のグラデーション」である。世界の有機性への直感は、ロマン派をプロト・エコロジストと位置づける生態学的発想であった。ロマン派は有機性を破壊するほどの環境的負の阻害要因は予見していなかったといってよいが、大都会を渡り歩いたポーの中にはその先見性があったと言えるだろう。

生態学的知見が整いテクノロジーが持続可能以上の環境的負荷を地球に負わせている現在では、エコ・キャタストロフィーの概念は普及しているが、一九世紀三〇年代には、それは予言的意味をもっていたといえるだろう。

5　天使となって地球を脱出するアッシャーとマデライン

ここでアッシャーの環境についての感受性について再考してみたい。アッシャーにとっては、明確な主体性の確立した自我の外部に客体として環境が感受されているのではなく、語り手が館の石や壁にもあると説明し、アッシャーが捉われている「感覚力 (sentience)」、生態学用語となった「大気 (atomosphere)」の可視的な様相こそ、主体と客体の壁が崩れ一体化しているポストヒューマンな環境への感覚であった。これら一七世紀に創られた英語の物理学的語義をポーは復活させ、館の崩壊は意志あるものの如く館の周りに集結した宇宙の四大元素、水、風、土、火の攪乱による嵐によって引き起こされ、アッシャーには「感覚力の何よりの証拠は、館の前の沼地の水、壁という壁を取り巻く大気が徐々にだが確実に濃度が増してくることに、はっきりと見て取れる」(MII: 408) として可視的に感覚されている。したがって館の崩壊はエコ・キャタストロフィに陥った地球の崩壊の比喩とも解釈できて、ことごとく環境劣化の現象として描かれている。というのもマボットによるとポーの「感覚力」のソースとして一八世紀の化学者でケンブリッジ大学教授、リチャード・ワトソン (Richard Watson) の「植物の感覚力は、すべての事物の有機的関係性の主要な証拠である」(MII: 419) という文章が挙げられている。この "Organic relatedness of *all matter*" こそ、エルンスト・ヘッケル (Ernst Haeckel) が一八六六年に造語した "Öekologie" から英語となった "ecology" の原理であった。

ここで我々は原爆作家の原民喜の名作の一節が、「アッシャー館の崩壊」の感覚と同じものを描いていることに驚く。文学的思想的重層構造の「アッシャー館の崩壊」の重要な契機が、人間を世界の中心に置くヒューマニズムから環境決定論的ポストヒューマニズムに変容する際の、精神の危機的な状況認識を描くことでもあったと気づかされる。

その大きな楓は昔から庭の隅にあって、私の少年時代、夢想の対象となっていた樹木である。(中略) 不思議なのは、この郷里全体が、柔らかい自然の調子を喪って、何か残酷な無機物の集合のように感じられることであった。私は庭に面した座敷に這入って行くたびに、「アッシャ家の崩壊」という言葉が一人でに浮かんでいた。(原 一六)

これは名作『夏の花』の書き出しの描写で、被爆直後、錯乱した畳や襖を踏み越えて、崩れ落ちる家から逃げ出す時、ぽっきり折れた庭の楓を見て一九四五年八月六日の半年前の、楓の異様な「無機質」への変貌を束の間回想するシーンである。何故原は、爆撃の瞬間とその後の惨劇を三頁書き始めた後に「アッシャ家の崩壊」（ママ）を想起させる、楓の奇妙な変容を思い出したのであろうか。原爆という大破壊の凶兆――「残酷な無機物の集合」――を同じ年の春に示したこの樹木の変容は、丁度アッシャー家の見える風景の中に語り手が入って行くときの極めて有名な一節「館の姿を一目見るなり、耐え難い憂いが私の胸にしみわたった」(MI: 397) を想起させる。アッシャー館は、当初語り手が観取した凶兆のメランコリーの風景のまま全面崩壊していく。原もまたホロコースト的地獄を生き抜いた被爆六年後、原爆による終末的瓦解が身心内部にも起こったのか、四五歳で自決する。

本書最終章で論じるサイボーグを登場させる作品「使い果たされた男」の直後、一八三九年九月号の『バートンズ・ジェントルマン誌』に出版された「アッシャー館の崩壊」のポストヒューマンな終末感覚は、従来宗教的アポカリプスと関連して解釈されてきたが、宗教性はポーの環境感受性に包摂された一要素にすぎない。アッシャーとマデラインは、一八三九年以降壊滅した地球から飛び立って、身体と霊が一体化した形での人間の運命、文字通り死後の（ポストヒューマス、posthumous)、ポストヒューマンとなって、存在の運命をたどる宇宙対話譚四連作の三組の天使に変容したともいえる。「アッシャー館の崩壊」という地上の名作は、「エイロスとチャーミオンの会話」("The Conversation of Eiros and Charmion," 1839)、「モノスとユーナの対話」("The Colloquy of Monos and Una," 1841)、「催眠術の啓示」("Mesmeric Revelation," 1844)、「言葉の力」("The Power of Words," 1845) の宇宙の物語へと発展していったとみることができる。

モノスとユーナが対話する一節「そのうちに煤煙を吐く巨大な都市があまた興り、溶鉱炉からの熱い息で緑葉は枯れて、自然の美しい顔は嫌悪すべき病にかかったように歪んだ。（中略）私は文明の高度の発達の代償が広範囲な破滅を齎すことを地球の歴史から学んでいた」(MII: 610) は、文学史上最も早い地球のエコ・キャタストロフィの予言と崩壊の描出とみなすことができる。宇宙対話譚四連作は『ユリイカ』(*Eureka* 1848) の宇宙論へと続くが、四作が別々に発表されながらいかに作家内的連続性を持っているかについては、拙著『アルンハイムへの道』で図示した宇宙への旅のチャートの通りである（伊藤 二三三）。文明による自然破壊の結果と捉えられた「アッシャー館」でのエコ・キャタストロフィー後、地球の生を終え飛び立った天使たちは、人間の死後の運命をたどる際、既存の宗教性ではなく一種物理的な墓場内の身体解体作用の永遠に続くプロセスと、時間と空間感覚の一体化を経て宇宙図の九天にある一者への飛翔を続ける。ヘイルズ (Katherine Hayles) によるとポストヒューマンにとってジェンダーは「過去の記憶」であり、ハラウェイも「我々はサイボーグとしてジェンダーなき社会に生きる」（二八八―八九）とし、「サイボーグは、脱性差時代の世界の産物である」（ハラウェイ、小谷訳、三三二）。ポーの天使もまた、ジェンダーもなく身体もなく精神もないいわば意識の残像で、霊とは捉えられていない。モノスとユーナは墓の中で以下のような対話をつづける。

一年たった。存在の意識は次第に漠然となり、単なる場所の感覚がとってかわった。実在の観念は場所の観念に没入し始めた。かつて肉体であったものを取り巻いていた狭い空間は、肉体そのものになりつつあった。（中略）幾星霜が過ぎ塵は塵に帰った。（中略）無でありながら不滅であるすべてにとって、墓はやはり住処であり、腐食の時間はその連れだったのだ」(MII: 617)。マシュー・テイラー (Mathew Taylor) の指摘するように monos も una もラテン語の一を示し (Taylor 2013, 368)、それは『ユリイカ』の原初の一者 (Oneness) にも通じて、この対話連作の関心が「究極の非分化の物質 (“the ultimate, or unparticled matter.” MIII: 1033) とする〈物質〉の運命に終始一貫する点も注目される。

ポーがこのような予見的知見を持つ背景として、さらに以下のような同時代の〈アメリカンサブライム〉を乗り越えようとする新たな美の意匠創造の動機があったと考えられる。

6　第二の自然の創造

既に第一部で述べたようにポーは海だけでなく、ハドソンリヴァー派が川や湖など水場を素材にしたように、一貫して川と谷（「妖精の島」「エレオノーラ」「アルンハイムの領地」など）を、また沼地を（「アッシャー家の崩壊」「湖に」「ユラリューム」など）素材とし、様々な水の風景を構築し続けた。ハドソン川と思われる川をどこまでも遡り「宮殿」を幻視する「アルンハイムの領地」は、裕福な家庭の客間を飾ったというトマス・コールのもう一つの四連作「人生の航路」(“Voyage of Life,” 1840, 1842) が辿る川の風景と並べることも可能であろう［図8］。両者には金色と赤のカヌーや光と闇のコントラスト、動く絵画としてのパノラマ的川旅等の重要なモチーフの重なりが見て取れる。

しかしポーは「プロットから生じる統一に思いを巡らす事から引き出される喜びは、自然の中では出会うことがな

図８

く、喜びはアイデアルな至高の領域に属する」(H XIII: 46) と考え、エリソンに、理想の庭園としての〈第二の自然〉という概念と言葉を語らせる。ポーのアルンハイムの領地は、継続して追求してきた「第二の自然」概念を縫い込んでいく幻想的かつ魔術的な風景譚へと発展していき、コールの「人生の航路」のもつ自然賛賀と歴史画としてのサブライムとは対極的なものとなった。アルンハイムという場所は荒野や秘境ではなく、人里からもそう遠くないのに人間世界から隔絶した一種の魔境であり、「訪問客は朝早く市を出て」「羊の群が草をはむ牧場を抜け」やがて寂寥とした峡谷を数時間遡って到達する特異なトポスである。「第二の自然」とは、これまで表明されたアメリカ的自然のまやかしと劣化に対する危機意識から生まれたとみることもできる。それはポーのアメリカ的自然の支配文化的要素や、ジャクソン大統領の時代の政治的傾向、すべての物の平等を説くラディカルな民主主義に対するペシミスティックな評価から総合的に生み出されたものであった。ポーの庭園は、自然の本質に内包される死を克服する様式美の極致として配置された庭で、そこに入場できるのは限られた選ばれた者である。造園主エリソンはその美学を次のように定義している。

> さてこの全能の神の意匠という観念を一段引きおろし――つまり人間的技巧の感覚と矛盾せず調和するものにして――神と人間の中間的なものを生み出すとする。その時は 興味の感じはとどめたまま、仕上った技巧は中間的、即ち第二の自然の感じを帯びるであろう。それは神でもなく神から発生したのでもない、人間と神の中間

に在る天使のなせる業という意味で依然として自然と呼びうるのだ。(MIII: 1276)

エリソンは神と人間の中間に位置する改造された自然としての造園を目指し、それがあるがままの自然ではないことから、これを〈第二の自然〉と呼んだ。この芸術概念は当然ポーの自然と芸術の関係概念を反映したものである（伊藤 一九八六、四四―五二）。『マルジナリア』二四三の中でポーは芸術を定義して「五感が魂のヴェイルを通して自然の中に感得したものの再現である」(H XVI: 164) とする。そして続く文章の中で、そのようにして得られた芸術美は、死を運命づけられ、文化的に植民地化された現実のアメリカの自然よりも優れた美を備えるとし、「我々は目を半ば閉じることで、現実の風景の持つ美を倍加することができる」(H XVI: 164) と述べている。この「目を半ば閉じる」作用こそ、マニエリスム的芸術化作用の事であり、ミメーシスを否定する現実の自然の唯美化作用のことである。

ところでこの〈第二の自然〉とは、ポーが、一八三九年のダゲレオタイプ発明以来その革新的な表象作用に賞賛を惜しまなかった、他ならぬ写真が顕わす像と自然の関係を捉える言葉でもあった。トラクテンバーグ (Allan Trachtenburg) の『アメリカ写真を読む』によると「一八三九年より遙か以前からカメラ像は、既に第二の自然というべきものとして、絵画が模写すべき現実の本当の姿」（トラクテンバーグ 二五）だと考えられていた。従って第二の自然を生みだす写真に対するポーの持続的な深い関心は、他のどんな領域よりも本質的な、表象の質に関わる問題を胚胎していたのである。[4]

図9

図10

このように風景構築家としてのポーは、時代を席巻していくウイルダネスや西部を素材にする民主主義的美学としてのサブライムな文学を、その凡庸さと時にインペリアリスティックな政治性から批評し、自らの作品の風景では、都市へと移動することで壮大な自然風景は消去され、やがて〈アメリカンサブライム〉を解体し、大都会の雑踏の中で完全に影を潜めていくことになる。サブライムやピクチャレスク美学を支える主流文化への批判を、アメリカ批判と結合していく態度は、未来小説『メロンタ・タウタ』などにもみられる。クーパーやホーソーンにも影響をあたえたトマス・コールの四連作『帝国の行方』第四部の廃墟の帝国［図9］が、ポーの「海中の都市」と類似の構図と画趣が窺えることも第一章で述べた。ただしコールのなかのアメリカ文明の行く末についての深いアンビヴァレンスは、ポーの「海中の都」［図10］では、アメリカを越えて文明全体への明確な憂慮へと拡大していったのだとみてよいだろう。

注

1　エマソンの透明な眼球と視覚の関係については以下のものを参照した。野田研一「エマソン的〈視〉の問題」『英語青年』一一四：七、一九九八、二一—五。長妻由里子「透明な眼球の誕生——知／視覚のテクノロジー」『アメリカ文学とテクノロジー』筑波大学アメリカ文学会、二〇〇二、六一—七六。伊藤詔子「透明な眼球とエマソン誕生二〇〇年」『ソロー論集』

二九号、二〇〇三、五五—五七。

2　この作品が未完に終わるのは、荒野の素材を使って風景庭園を描こうとする方法論のミスマッチにあったとされている。次第にポーは荒野や西部の風景を描いてもそれが室内化する傾向を見せる。それはポーの〈新たなるサブライム〉様式の大きな特質でもある。

3　ポーが写真に限らず絶えず多様な最新技術に興味と造詣が深いことは、鷲津浩子「空の座標——エドガー・アラン・ポーと気球」（『アメリカ文学評論』二〇〇四）が余すところなく詳細に論じていて、主人公ハンスにエンケの理論天文学を熟読させていることなどが詳細に論じられている。

4　さらにポーの中で銀板写真は天文学の発展とも結合されており「近代科学の最もめざましい勝利」と賞賛され、とりわけその技術的可能性について「近づけない途方もない高いところや正確な月面の地図を描くのに写真は使えるのではないか」と注目すべき発言もしている。

引用文献

Abrams, M. H. *The Mirror and the Lamp: Romantic Theory and the Critical Tradition.* New York: Oxford UP, 1954.

Armbruster, Kala. "Thinking with Animals: Teaching Animal Studies " *Teaching North American Environmental Literature*. Ed. Laird Christensen, et al. New York: MLA, 2008. 72–90.

Brigham, Clarence S., *Edgar Allan Poe's Contributions to Alexander's Weekly Messenger.* Worcester: American Antiquarian Society, 1943.

Burke, Edmond. *A Philosophical Inquiry into the Origin of our Ideas of the Sublime and Beautiful.* London: 1756.　邦訳：中野好之『崇高と美の観念の起原』みすず書房、二〇〇二。

Byer Robert H. "The Man of the Crowd: Edgar Allan Poe in his Culture." Diss. Yale U.1979. Vol. I–II.

Crosby, Sara L. "Beyond Ecophilia: Edgar Allan Poe and the American Tradition of Ecohorror." *ISLE* 21.3 (2014): 513–25.

Emerson, Ralph Waldo. *Essays and Lectures.* New York: The Library of America.

Estok, Simon C. "Theorizing in a Space of Ambivalent Openness: Ecocroticism and Ecophobia. " *ISLE* 16 (2008): 203–25.

Fuller, Margaret. *Summer on the Lakes in 1843.* Chicago: U of Illinois P, 1991.

Fussell, Edwin. *Frontier: American Literature and the American West.* Princeton: Princeton UP, 1965.

Haraway, Donna. S*imians, Cyborgs, and Women: The Reinvention of Nature*. New York: Routledge, 1991.

Hayles, Katherine. *How We Became Posthuman: Virtual Bodies in Cybernetics, Literature, and Informatics*. Chicago: U of Chicago P, 1999.

Hillard, Tom. "Gothic Nature; Deep into that Darkness Peering. " *ISLE* 16 (2009): 685–95.

Lee, Rosalie. "Ecosublime: Green Reading in American Literature from Poe to Ropez" Diss. U of Southern Missisippie, 2001.

Ljungquist, Kent. *The Grand and the Fair: Poe's Landscape Aesthetics and Pictorial Techniques*. Potomac, MD: Scripta Humanistica, 1985.

Marx, Leo and Susan Danly eds. *The Railroad in American Art and Literature*. Cambridge MA: MIT, 1988.

Miller, David ed. *American Iconology*. New Haven: Yale UP, 1993.

Novak, Barbara. *Nature and Culture: American Landscape and Painting 1825–1875*. New York: Oxford UP, 1995.

Oates, Joyce Carol. *Haunted: Tales of the Grotesque*. New York: Plume Book, 1994.

——. *Wild Nights*, New York: Harper Perennial, 2008.

Outka, Paul. *Race and Nature: From Transcendentalism to Harlem Renaissance*. New York: Palgrave Macmillan, 2008.

Sweeney, Susan Elizabeth. "The Magnifying Glass: Spectacular Distance in Poe's "'The Man of the Crowd and Beyond.'" *Poe Studies* 36 (2003): 4–17.

Thomas, R. Donald. "Making Darkness Visible." *Victorian Literature and the Victorian Visual Imagination*. Ed. Carol T. Christ and John O. Jordan. Berkley: U of California P, 1995. 134–65.

Trachtenburg, Allan. *Reading American Photographs: Images as History, Mathew Brady to Walker Evans*. 1989.　邦訳　生井英考・石井康夫『アメリカ写真を読む』白水社、一九九六。引用は邦訳に依る。

Whalen, Terence. *Edgar Allan Poe and the Masses: the Political Economy of Literature in Antebellum America.* Princeton: Princeton UP, 1999.

Wilson, Rob. *American Sublime: The Genealogy of a Poetic Genre.* Wisconsin UP, 1991.

Woolfson, William C. *Flora and Fauna in the Works of Edgar Allan Poe: An Annotated Index.* New York: Senda Nueva de Ediciones, 1992.

伊藤詔子「ピクチャレスク美学を超えて」『新しい風景のアメリカ――Toward a New Ecocritical Vision』南雲堂、二〇〇三、五三―七八。

井上健「ディケンズとポオ――その「影響」の深度をめぐって」松村昌家教授古希祈念論文集『ヴィクトリア朝――文学・文化・歴史』集英社、一九九九、三四二―五六。

内田市五郎編『エドガー・A・ポウと世紀末のイラストレーション』岩崎美術社、一九八六。

城戸光世「フロンティアへの旅――フラーの『湖上の夏』」伊藤詔子他編、『新しい風景のアメリカ』所収、二〇〇三、一二七―五〇。

巽孝之編　巽孝之　小谷真理訳、ダナ・ハラウェイ、ディレイニー、サーモンスン『サイボーグ・フェミニズム』トレヴィル、一九九四。

東野芳明『グロッタの画家』美術選書、一九六五。

八木敏雄『マニエリスムのアメリカ』南雲堂、二〇一一。

渡邊克昭『楽園に死す――アメリカ的想像力と〈死〉のアポリア』大阪大学出版会、二〇一六。

［図1］A・ビアズリーによる挿絵　内田市五郎編著『エドガー・ポウと世紀末のイラストレーション』（岩崎美術社、一九八七）図版二五。
［図2］Gustave Dore "Perched upon a Bust of Pakkas" http:artsycrafsy.com

〔図3〕『ピム』タイトル頁。ハリソン版表紙より。

〔図4〕Thomas Wyatt, Conchologist's First Book, 1838

〔図5〕https://www.google.co.jp/search?q=illustration+of+A+Descent+into+the+Maelstrom

〔図6〕"Niagara" by Frederick Edwin Church, 1857
http://www.nflibrary.ca/LocationsHours/VictoriaAvenueLibrary/

〔図7〕Terence Kennedy, *Political Banner*, 1839. New York: State Historical Association. *The Railroad in American Art: Representation of Technological Change*. p. 53.

〔図8〕"Voyage of Life," (1840, 1842)
http://en.wikipedia.org/wiki/The_Voyage_of_LifeYouth

〔図9〕"Desolation" The Course of Empire(1836).
https://en.wikipedia.org/wiki/The_Course_of_Empire

〔図10〕Edmund Dulac - Edgar Allan Poe Illustrations—*The City In The Sea*
http://browse.deviantart.com/

船着き場

『ピム』に描かれた霧の晴れつつある船着き場

会議の企画と実施責任者 Richard Kopley 教授

特別講演講師 John Simmons Barth

参加者の一人、真中が故 Burton R. Pollin 教授

第Ⅲ部

ディズマル・スワンプのアメリカン・ルネサンス
——ナット・ターナー、ドレッド、ホップ・フロッグ

私は気晴らしをしたいときには、真っ暗な森を、木々の茂った果てしない、市民にはこの上もなく陰気な沼地を探して歩く。私にとって沼地は、聖土―Sanctum Sanctorum―であり、そこにはいっていく。そこには力――自然の精髄がある。

（ヘンリー・デーヴィッド・ソロー「ウォーキング」）

They made her a grave too cold and damp
For a soul so warm and true;
　And she's gone to the Lake of the Dismal Swamp,
　Where all night long, by a firefly lamp,
She paddles her white canoe.

湖はかくも暖かく真実の心の人の
あまりにも冷たく湿った墓となり
彼女はディズマル・スワンプの湖へ
蛍の光をたよりに夜中
白いカヌーを漕いで向かっていった

（トマス・ムーア「バラッド――ディズマル・スワンプの湖」）

第六章

『アメリカン・ルネサンス』再考から『ブラック・ウォールデン』まで

1　一八五〇年を巡る作家たちの動き

F・O・マシーセン『アメリカン・ルネサンス――エマソンとホイットマンの時代の芸術と表現』（以後『アメリカン・ルネサンス』）は、事実上〈アメリカ国民文学の誕生〉と〈アメリカン・キャノン〉を定位した本であり、その後のアメリカ文学の展開とともに、みずからの再生を絶えず運命づけられてきた。特に一九世紀の文学を学ぶ者は、この本の見直しの運命とともにこの七〇年を生きてきたともいえるだろう。マシーセンの序文「方法と射程」において、周知のように「この五人の作家［ソロー、エマソン、ホーソーン、メルヴィル、ホイットマン］の共通の特性として、民主主義の可能性に心を砕いたことである」(v) とし、ホーソーンとメルヴィルの二巻がまとまるのは「主たる価値が悲劇の諸相だから」(xi) であるともして、この巨大な本の眼目を民主主義文学に置き、悲劇的感覚も重視したとする。もちろん再生は、『アメリカン・ルネサンス』が出版された一九四一年という時代と、それが焦点化する一八五〇年から五五年の歴史的時間、そして見直しを行う論者の立ち位置という三つの多様な軸の絡まりの中で、出版七五周年を過ぎた今も進行している。

この間の批評的経緯は、巽孝之による最新の該博な分析的研究史「アメリカン・ルネッサンスの光と影」、特にその二「ファイデルスンからムカージーまで」に詳しく辿られており、『アメリカン・ルネサンス』の各時代の再構築は、「アメリカ文学研究全般の批評研究史をまとめなおすことと同義」（六五）ともいえる膨大な仕事であるとされている。しかし陸続と続いてきたアメリカン・ルネサンス見直しを決定的にしたと思われるスレイヴァリーとアメリカン・ルネサンスの問題域のうち、ポーを焦点化したものは存外に少ない。ポーの詩をはじめ作品全体を固有なものにしている特別な時間と空間の感覚には、これまで言及したポーの都市とともに、ヴァージニア州とノースキャロライナ州に跨って広がるディズマル・スワンプ（The Dismal Swamp または Great Dismal Swamp）に目を止めると、そこでこそアメリカン・ルネサンスのダーク・キャノンの胎動が始まったことがわかる。

アフリカ系アメリカ文学の原点の一つ「ナット・ターナーの告白」("The Confessions of Nat Turner," 1831) とディズマル・スワンプの場所性に注目し、そこで展開する文学と、キャノン作家からのポー排除の核心にあるスレイヴァリーの内面化ないしはプロット化の問題を一つの問題域と捉え、ディズマル・スワンプのアメリカン・ルネサンスとして考察したい。これは文学史的考察であるとともに、沼地という場所の孕む想像力の特異性に関わる、ポーを含むアメリカンルネサンス作家についての、エコクリティシズム的考察である。まずマシーセンが「傑作の歴史」(viii) の頂点においた一八五〇年前後の状況をふりかえってみて、次にマシーセンとポー、黒人作家と白人作家の間テキスト性を考察する。そしてディズマル・スワンプがもう一つのアメリカン・ルネサンスを形成した様を検討していきたい。

一九五〇年代は逃亡奴隷（強化）法通過に伴うアボリショニストとプロスレイヴァリー勢力の闘争がピークに達し、ナショナル・アイデンティティ確立の葛藤から、民主主義国家の危機の感覚が、北部のみならず全米に広がった時期でもあった。メルヴィルが『白鯨』(*Moby-Dick*, 1851) 第一章で「この世に奴隷でない者がいようか」(6) と思わず漏らしているように、当時はキャノン作家にとって奴隷の存在はアメリカの〈民主主義〉を根底から覆す問題であり、逃亡奴隷（強化）法は奴隷を助けた人も同罪となる「ブラッドハウンド・ビル（Bloodhound Bill）」で、事実上アメリカ人すべてをスレーヴ・キャッチャーにする可能性から、北部人をモラル・ハザードに追い込んだ。エマソンは一八五一年五月三日コンコードで「市民の皆さん（Fellow Citizens）」と始めて、「非道徳的な法律は、どんな危険を冒してでも破ることは人間の義務である」(57) と激しく同法の不正を説くが、ソローの「市民政府への反抗」（原題 "Resistance to Civil Govern-ment" 後に "Civil Disobedience" となり定着した）同様、聴衆に市民的自覚を促していることは重要である。なぜなら逃亡奴隷（強化）法の問題は、「市民政府への反抗」によると隣にいる人間（fellow）を市民として遇するモラルの問題でもあるからである。エマソンの講演はボストン、ニューヨークなどで九回繰り返され、奴隷制への度重なる論難は『エマソンの反奴隷制著作集』に集積されている。この時期トマス・シムズやアンソニー・バーンズら逃亡奴隷南部送還事件をめぐって、ソローは一八五四年七月四日「マサチューセッツ州の奴隷制度」を講演して「法律が人間を自由にすることは永遠に起こらない。人間こそが法律を解放せねばならないのだ」(72) と論じるが、そこにはフレデリック・ダグラス（Frederick Douglass）の「奴隷にとって七月四日とは何か」（一八五二年）の逆説のレトリックの影響も読み取れる。

個人的な知己ではなかったがソローとダグラスの関係は深く、一八五九年、ボストンのトレモント教会で、折からジョン・ブラウン兵器庫襲撃事件への連座を疑われ追われていたダグラスの代わりに、ソローが講演し好評を得る。『ウォールデン』は、ある意味で『フレデリック・ダグラス――彼自身によって書かれた一アメリカ奴隷のナラティヴ』（一八四五年、以後『フレデリック・ダグラスの一生』）と比較できる、国家と対峙して〈真の自由〉獲得を説く書ともいえるであろう。このようなキャノン作家たちの〈民主主義〉への危機感は、『アメリカン・ルネサンス』が出た一九四一年、戦時中の左翼思想抑圧とナショナリズム台頭の軋轢からくる、言論への国家の思想統制の危機感にも通底するであろう。マシーセンは、ヨーロッパから受け継いだ文学をアメリカで花開かせた〈傑作の時代〉の不滅性と文化的達成によって、アメリカの精神的主柱であるキリスト教的民主主義再生を図ろうとした。しかし南北戦争前夜、作家たちを襲ったのは、奴隷制への憤怒、国の建国の理念とその運命に、深く垂れこめた暗雲であった。

状況をダグラスとハリエット・ビーチャー・ストウ (HarrietBeecher Stowe) に代表されるスレイヴ・ナラティヴと白人アボリショニスト文学に限定しても、一八五〇年前後は『フレデリック・ダグラスの一生』に始まる『ウィリアム・ブラウンの生涯』(一八四九年)、『ヘンリー・リブの生涯』(一八四九年)、聖書の次によく売れたストウ『アンクル・トムの小屋』(一八五二年)、トムの小屋に対峙するマーティン・ディレイニー (Martin Delany)『ブレイク――あるいはアメリカのあばら家』(一八五四年)、ダグラスの『わが束縛、わが自由』(一八五五年)、『ハリエット・ジェイコブズ自伝』(一八六一年) 等々傑作が続出した。これらの文学も独立戦争が積み残した民主主義の実現に、大きな貢献を果たし〈悲劇的感覚〉に満ちた文学であった。特にポーの考察に重要となってきて目を惹くのは、黒人作家と白人作家の間テキスト性と、奴隷制表象を内面化する作品プロットである。例えば目前の戦争についてワシントンで語ったホーソーンの一八六二年の一節は、「奴隷制はいつか神慮によって解消する」との言に代表され保守性が強調される作家にあって、アメリカ誕生に内在する人種的宿痾についての冷徹な認識が表明されている。

ほとんど知られていないが、ピューリタンの子孫たちとこれらヴァージニアのアフリカ人とを奇妙な仕方で結びつける、一つの歴史的な状況があった。彼ら黒人奴隷たちは、メイフラワー号の直系である我々の兄弟であり、その母の船体は最初の航海でプリマス・ロックの上に巡礼父祖を降ろし、続いて南部の岸辺に奴隷を産み落とした。これはまさに怪物的誕生だったのである。我々は黒人たちに直観的な繋がりの感覚を持ち、たとえ血を流してでも廃墟になってでも、彼らを救済する抗しがたい衝動にかられるのである。

(Hawthorne, "Chiefly about War Matters" 420)

高尾直知によるとこの一節は「メイフラワー号の秘かな堕落の噂を伝える」「語りの神話性」(二〇四―〇五)に寄り添うものだが、テレサ・ゴデュー(Teresa Goddu)によるとホーソーンは、「作家としてまた検査官としてボストン、セイラム、リヴァプールなど歴史的に奴隷貿易に携わっていた多くの港、奴隷経済と深く絡みついた交易と関わってきた」(Goddu 2001: 50)のであり、奴隷船の行き交う海で仕事をした父祖の罪を心に堆積させていたともいえる。

またマシーセンは第二章でソローの民主主義精神について「すべての偉大な価値は、日の光と同じように国民全員のものであるべきだと信じた」(一三一)とし、社会批評家としてのソローのラディカリズムを評価している。しかし第四章では『ウォールデン』の高名な有機的構造を綿密に辿り、ニュークリティシズム批評により「家具職人や鋳物師の工芸品」(二八五)にも譬えて、その後半世紀も続いた『ウォールデン』の脱歴史化批評のモデルとなったが、拙著『よみがえるソロー』で分析したように、逃亡奴隷(強化)法を経て仕上がった『ウォールデン』八つのバージョンA版からG版のうちD版以降は、ソローの新しい社会認識が拡充を促したきわめて歴史的な作品であった(伊藤 一九九八、一〇九)。マシーセンの脱歴史化の例は「ベニート・セレーノ」("Benito Cereno")論でも窺えて、「黒人は残忍なまでに執念深く、セレーノの心に黒に対する恐怖心を植え付けたかもしれないが（中略）その悲劇は比較的浅薄なものになってしまった」（二三二）と言及するが、メルヴィルは一七九九年南米沖の奴隷船サン・ドミニック号上で起きた奴隷反乱から、一九世紀半ばには迫っていた体制転覆の悲劇的な人種的葛藤を予見的に前景化したのであった。

2　マシーセンとポー

一般的にマシーセンがポーを排除したことばかりが強調されているが、『アメリカン・ルネサンス』は、ニュークリティシズムに近いポーの技術批評を三〇箇所以上で言及し、大いに評価している。ポー作品そのものを〈傑作の歴史〉から排したのは、ポーを〈国民文化〉の表象と生産から逸脱した、転覆的本質を持つとみたからであった。というのも『アメリカン・ルネサンス』は実際にはエマソンの一八二七年の日記「現代という時代の特殊性（中略）それは一人称単数の時代だといわれている」から始め、三六年の『自然』を中心にすえているので、年代的にはポーを入れることは十分可能であったからだ。

結局ポーのキャノンからの排除は、ポーの奴隷制との複雑な関係や、ポー・オブセッションとも呼べるアメリカ文学暗流《ダークキャノン》への抵抗からであろう。周知のように三年後一九四五年、レオ・スピラー編『アメリカ文学史』「エドガー・アラン・ポー」では十分に前著を修正して、「ポーはアメリカ文学の偉大な革新者の一人である」(342) とし、ポーの環大西洋的な文化への着目を称賛する。こうしたマシーセンのポー評価の屈折について、ベスティ・アーキィカ

(Besty Erkkika) はその謎めいた死の原因と結びつけて「マシーセンの中の悪魔 (imp) は、ポーをアメリカ思想の本流のアウトサイダー、俗悪なうそつきとして拒否させ続けた。あたかもそれが、恋人ラッセル・チェイニーなき世界、冷戦下の恐怖に引き裂かれた風景の中で生き延びる術であったかのごとく」(96) と指摘する。つまりマシーセンがカトリックの教義にも反して、一九五〇年四月一日ボストンのホテル一二階の窓から死の淵に身を投げたそのやり方には、ポーが舞い戻ってきてマシーセンに憑りつき、ポー的心理の要というべき「天邪鬼 ("The Imp of Perverse")」に、自らの意に反し身を亡ぼさせたのではと極論すらできる。ポーには貧困や不幸のみならず、南部富裕層と北部の流浪する芸術家という文化と階級の二重性の葛藤があった。マシーセンには〈アメリカ国民文学・キャノン〉形成の偉大な業績と使命とともに、性愛上とイデオロギー上の政治的マイノリティにかかわる、国家からの抑圧の二重性の葛藤があり、何らかの心理的共振が二人にあったといえるだろう。レズリー・フィードラー (Leslie Fiedler) はすでに『アメリカ文学の愛と死』において、ホモセクシュアリティの伝統の中にポーを位置付けており、この伝統からもポーはアメリカ文学の本流になる。

このように見直すとき、アメリカン・ルネサンスの文学は、奴隷制経済がもたらした政治的・文化的危機が国民の統合を崩壊させ、我々の巨人的作家たちがトータルなアメリカを目指し、それぞれが懐疑的な思考の中で時代への抵抗の文学を形成したものだといえよう。その際、メルヴィル、ホーソーン、ソローにみたように、奴隷制度の下のアメリカが最大のテーマであった。作家間の人種的交錯の見直しを支えるものとして、本論は特に以下のアメリカン・ルネサンス論を準拠枠とする。

アメリカン・ルネサンスの時期を、ターナーの反乱一八三一年から南北戦争後まで拡大し、ポーを入れることを明確に提示したのは、一九八五年の『アメリカン・ルネサンス再考』(*The American Renaissance Reconsidered*, 1985) であった。この論集でのポー復活は、マシーセンが避けたポーと奴隷制との文学市場上での間テキスト性、およびジャクソン時代の民主主義批判者としてのポーを重視してのことである。ことに巻頭のエリック・サンドキスト (Erick Sundquist) は、アメリカ再生の歴史的契機を世紀の半ばではなく、むしろターナー反乱に見る。「独立革命の重要な過誤である奴隷制度の問題」をルネサンスと連続させ、「奴隷制度、革命、アメリカン・ルネサンス」の表題で論じ、ディレイニー『ブレイク』も加えてアメリカン・ルネサンスの拡大をはかり、マシーセンが目指したアメリカ再生の本質を、全人種の自由の実現においた。この論文はサンドキストの壮大な研究書一九九八年の『諸国民を目覚めさせるために』(邦訳『死にたる民を呼び覚せ』上・下巻) へと繋がっていく。アフリカ系アメリカ文学とルネサンス作家、女性作家を共時化して時代のトータルな文学研究に活路を開いた。また『アメリカン・ルネサンス再考』はその後現れる多くの批評を提示し、マイケルズ (Walter B. Michaels) のニューヒストリシズム、ジョナサン・アラック (Jonathan Arac) のニューアメリカニズム、J・K・トンプキンズ (J. K. Tompkins) のフェミニズム、ピクチャレスク批評のルイス・レンザ (Louis Renza)、マシーセン的民主主義を支えたフラタニティの中心的作家、ホイットマンの詩学がリンカンのユニオンの政治学へと昇華する様を論じたアレン・グロスマン (Allen Grossman) と、ルネサンス批評の巨匠を集合させた。この本は、ポーを完全にアメリカン・ルネサンスの作家として再定位したのであった。

3　黒人作家と白人作家の間テキスト性

ポーをアメリカン・ルネサンスに完全に組み込んだ批評は、以降続出していくことになる。まずデイヴィッド・レノルズ (David Reynolds) の『アメリカン・ルネサンスの下層』(*Beneath the American Renaissance: The Subversive Imagination in the Age of Emerson and Melville*, 1988) である。六三〇ページに及ぶ文化史的アプローチは、ポー、ディキンソンを加えた七大作家たちが、感傷小説や冒険物語、禁酒パンフレットやポルノグラフィックな三文小説も含む多様な転覆的テキストを縦横無尽に駆使したとし、マシーセンがピューリタニズムから説いた一九世紀中葉の文学の起源を「説教壇よりはるかに力を持つ印刷界」にみた。スレイヴ・ナラティヴについても、ルネサンスの傑作が軒並み「反奴隷制小説のイメージを駆使し、創造的再適用をする」(74) と説く。

その後各作家と人種との関係研究が続出し、ポーに関しては特にトニ・モリソン (Toni Morrison)『白さと想像力――アメリカ文学の黒人像』(一九九二年) が、「アメリカのアフリカニズムにとって、ポーほど重要な作家はいない」(六一) として、ポーのアフリカニズム研究を促進させた。八つの作品で黒人キャラクターを登場させたポーは、ほとんどの作品とジャンルを横断して、奴隷制の影の下、黒と白の美学的、政治的、人種的対決をにじませている。大鴉や黒猫等、黒の表象に黒人を読み込む解釈、「陥穽と振子」に奴隷制の恐怖を、「メッツェンガーシュタイン」に人種間確執を辿る批評等が次々に提示され、遂に二〇〇一年に出たのがケネディ、ウエイスバーグ編『影をロマンス化する』であった。九本の精緻な〈ポー・プロスレイヴァリー論〉対〈ポー潜在的奴隷共感説〉を展開し、「エドガー・ポーの帝国的夢想とアメリカ・フロンティア」を書いたジョン・カルロス・ロウ (John Carlos Rowe) は、ポー・プロスレイヴァリー論をリードした。しかし筆者の立場はゴデューと重なる。ゴシックを国民的ナラティヴと定位したゴデューは、「〈ポー＝プロスレイヴァリー・レイシスト〉の亡霊は追い払わなければいけない。プロスレイヴァリーかどうかの政治学から、ポーが駆使した文化的コンヴェンションの細部の分析に移動するべきだ」(Goddu 2000: 16)とする。この点は次章で詳しく述べたい。

次に土地が想像力に与える影響を重視するエコクリティシズムの傑作として、デーヴィッド・ミラーの風景美学論『暗きエデン――十九世紀アメリカ文化における沼地』は、第一部でも辿ったように、ヴィクトリア朝中期の文化的価値観に対立する、沼地の風景のアナキズムと幻想性について北米と南米に渉り見事に解明している。アメリカン・ルネサンスを南北に拡大する際、驚異の自然ディズマル・スワンプの〈場所の感覚〉が果たした役割は大きい。というのも南部のパストラル風景にはことごとく、奴隷制のトラウマが埋め込まれており、それを暴いたポール・アウトカ Paul Outka)『自然と人種』(*Race and Nature from Transcendentalism to Harlem Renaissance*, 2008) によると、自然は徹底的に奴隷経済に組み込まれ人種化されているとする。従ってディズマル・スワンプが手つかずのウィルダネスにとどまっていることが、この場所の政治的ユートピア性を生み出したことになる。

さらにエリーズ・レミールの『ブラック・ウォールデン』(Elise Lemire, *Black Walden: Slavery and Its Aftermath in Concord*, Massachusetts, 2009) は、独立前のコンコードの奴隷制の実態を解明し、コンコードの〈スレイヴ・ストーリー〉を書いてコンコードの歴史観にパラダイムシフトを起こし、解放奴隷の住んだレフュージとしてのウォールデンの森は「黒い領域」でもあったとする。コンコードの奴隷制の歴史〈発掘〉は、拙論「〈ブラック・ウォールデン〉とソローの8月1日」で述べたように、ソローの営為を人種的交錯の視点から捉えることを可能にした。

こうした研究を参照して、以下ディズマル・スワンプと関連した文学について具体的に論じるが、そこではアメリカン・ルネサンスを、従来の、エマソンがボストン第二教会を辞した一八三二年一〇月というよりも、ターナーが奴隷反乱を企んだ一八三一年七月四日を焦点化することになる。「沼地の守護神（The Patron Saint of Swamps）」（Corey 12）と呼ばれるソローの沼地にも言及し、ディズマル・スワンプが育んだ革命家ターナー、彼をモデルとした沼地の英雄ドレッド、またターナーのレトリックの反響を、ポーの生み出した主人公、ホップ・フロッグを中心に探ることとする。

第七章　ウィルダネスの聖地、沼地のポリティックス

1　ソローの沼地

国土と家庭を中心に据えた国民文化樹立の中では、沼地は一般的に克服すべき無用の土地、病の源と考えられ開発されていった。ディズマル・スワンプも一七六三年から六八年にかけてジョージ・ワシントンが創った灌漑の会社(The Dismal Swamp Company)によって、開発され耕作地化が試みられたことが、チャールズ・ロイスターの『ディズマル・スワンプ会社の神話的歴史——ジョージ・ワシントンの時代』(Charles Royster, *The Fabulous History of the Dismal Swamp: A Story of George Washington's Times*, 1999)に詳述されている。しかし灌漑作業と伐採作業は六年間で終わり、一八二八年には二二マイルのカナルが東西に完成し、当初の二二〇〇平方マイルの湿地は次第に減少していく。現在この領域は貴重な国立野生生物保護区に指定されている。一七世紀よりさまざまな探検家や自然科学分野の研究者を魅了してきたが、絵画や物語の素材ともなってきたことはミラーの本の第一部が詳しく辿っている。しかしアメリカン・ルネサンスの一九世紀初めから半ばには、沼地ウィルダネスを残す稀有な生態が広がる湿地帯であることに変わりはなかった(図1参照)。

本論では特に、その陰鬱さと樹海なす迷路が、「陽光に輝く南部プランテーションの無意識の暗部」(伊藤一九九八、

二七）を逆照射し、特に奴隷の逃亡経路として自由と解放の象徴的トポスとなってきた点に着目したい。ここは北部と西部の雄大なアメリカ的風景の埒外にあって開発を免れ、詩的にして思想的、かつ預言的象徴の地となり、さらにエコロジーの聖地の諸概念とも結合してきたのである。ミラーの本以外にも多くのサイトやメガネットまた何百年にも渉るディズマル・スワンプゆかりの文物を一冊に集成したウェイヴァリー・トレイラーによる二〇一〇年の『神話と伝説の大ディズマル・スワンプ』等の資料が豊富にある。トレイラーによると「糸杉の巨木が水の中から高く生え、クロクマ、ヤマネコ、蛇その他の脅威的いきものが棲み、悪臭が充満し、昼なお暗くマイヤズマが立ち込め」(209)、ここに入り行方不明になった人は後を絶たない。北部でもこの地と逃亡奴隷の関係は一八四二年の『ロングフェロー詩集』にある八編の感傷的な詩、とりわけ「ディズマル・スワンプの奴隷」でよく知られていた。「ディズマル・スワンプの暗い沼地に、追われるニグロ「ママ」は身を潜め、真夜中のキャンプの火をみつめる、ときどき馬の蹄の音と、猟犬の遠

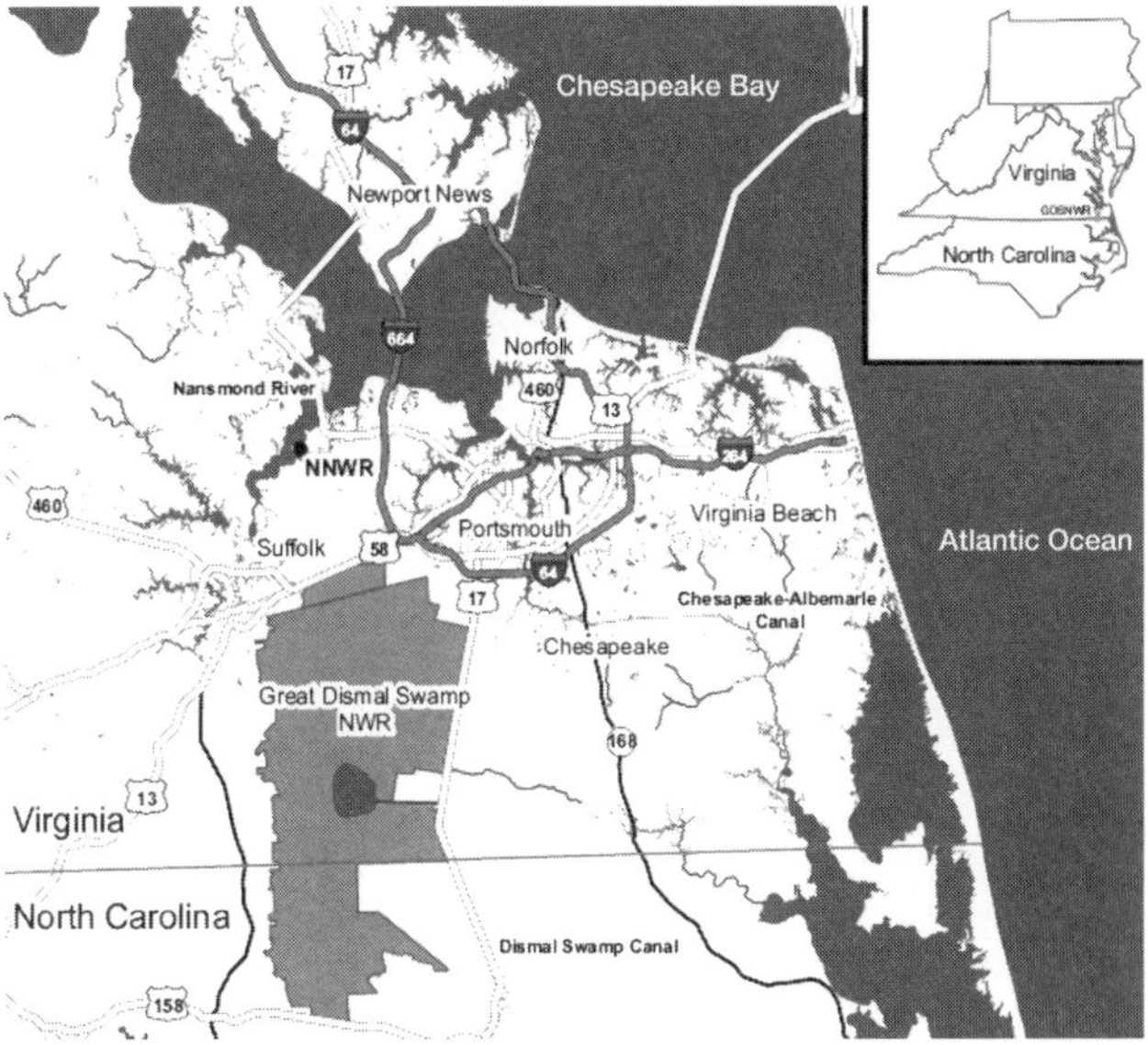

図１
中央左の灰色の部分が Great Dismal Swamp、真中がドラモンド湖。
<http://www.google.co.jp/imgres?imgurl=http://www.virginiaplaces.org/watersheds/graphics/>

い鳴き声に怯えながら」(71–72) と始まる感傷的なこの詩は、奴隷への幅広い共感を育んだ。

ところで同時代ソローは森以上にコンコード周辺の沼地の生態的重要性に惹かれ、『ウォールデン』には一七回 "swamp(s)" が出てくるし「音」の章ではディズマル・スワンプへの言及があり、『メリマック川とコンコード川の一週間』においても、「私は夏の一日をどこか人知れずある沼で顎までつかり過ごす贅沢を味わいたい」(300) と、追手を逃れて沼地につかる奴隷と自らを重ねたかのような文章を残している。『ジャーナル』には多くの沼地の記述が残り、またエピグラフに掲げたように、沼地礼賛の書とも呼べる「ウォーキング」では "swamp(s)" の語が一一回繰り返され、二〇〇〇年に邦訳された『野生の果実』でもベリー類の生息する隠れた沼地を称賛する。ソローにとって土地の在り方は社会の在り方、とりわけ自由の問題と深く結合していたことは、拙論「地図と反地図——測量技師ソローと沼地のポリティックス」(『新たな夜明け』所収、二〇〇四) で論じたところである。しばしば引用される「ウォーキング」の書き出し「私は自然を擁護して、単なる社会的自由や文化と対照してみた場合の、自然の絶対的自由と絶対的野生を擁護して、一言述べたい」(161) は、一八五一年四月、一七歳の逃亡奴隷トマス・シムズがボストンで捕まり、ジョージア州に送還され鞭打ちされた事実に怒りを覚え、『ジャーナル』に書きつけた奴隷制への痛烈な批難の中から生まれた文言であった。このようにソローにとって絶対的自由と絶対的野生、原生自然を保つ沼地は常に等号で結ばれ沼地は政治性を帯びた土地でもあったが、それは測量技師ソローの仕事の大半が、農地化のためにコンコード周辺の沼地で展開したことからも由来する。ソローは沼地を野生の根拠地としてその開発にあくまで反対を唱えた。やがて沼地礼賛は新しい感性のマニフェストとも呼ぶべき「私にとって希望と未来は芝生や耕作地、町や都市ではなく、人を寄せ付けず大地に揺れている沼地にある。私はこの上もなく陰気な沼地に『聖所 (sanctum sanctorum)』へのように入っていく。そこには自然の力の精髄が宿る」("Walking" 176)の名文を生んだ。ソローが沼地を、三重の特質、エコロジカルな力、想像力に働きかける詩的力、絶対的自由獲得の場という政治学――を融合させ、物理的力と精神的力の葛藤する、ターナーのような預言者を生む自然領域とみていることを強調したい。

2　「ナット・ターナーの告白」とディズマル・スワンプ

ヴァージニア州サザンプトンの、ターナーの処刑前の弁明を農園主トマス・グレイ(Thomas Gray)が聞き取り記録した二〇ページほどの裁判記録「ナット・ターナーの告白」(以下ウィリアム・スタイロンの小説と区別するため告白原本と記す)(図2参照)は、一八三一年一二月にボルティモアで出版され、五万部が売れて再版され、ポーはその一冊を読んだと思われる。ポーは兄ヘンリーの、ボルティモアでの八月一日の死以降、十一月にはボルティモアにいたのである。ターナーの母親は一七九〇年アフリカで奴隷狩りに会いアメリカに連れてこられ、サザンプトンのディズマル・スワンプに近いベンジャミン・ターナー農場で買い取られた。一八〇〇年に生まれた子供は、

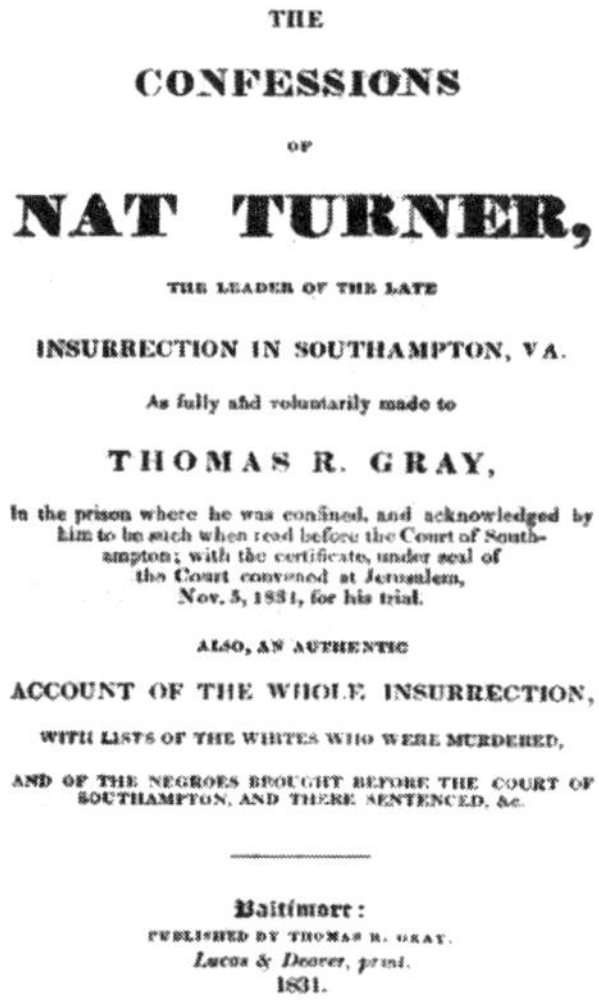
THE
CONFESSIONS
OF
NAT TURNER,
THE LEADER OF THE LATE
INSURRECTION IN SOUTHAMPTON, VA.
As fully and voluntarily made to
THOMAS R. GRAY,
In the prison where he was confined, and acknowledged by him to be such when read before the Court of Southampton; with the certificate, under seal of the Court convened at Jerusalem, Nov. 5, 1831, for his trial.
ALSO, AN AUTHENTIC
ACCOUNT OF THE WHOLE INSURRECTION,
WITH LISTS OF THE WHITES WHO WERE MURDERED,
AND OF THE NEGROES BROUGHT BEFORE THE COURT OF SOUTHAMPTON, AND THERE SENTENCED, &c.
Baltimore:
PUBLISHED BY THOMAS R. GRAY.
Lucas & Deaver, print.
1831.

図2
Title page of the original edition of *The Confessions of Nat Turner*
出典：<http://docsouth.unc.edu/neh/turner/turner.html>

ナサニエルと名付けられターナーの財産 (property) となり、ナット・ターナーと呼ばれた。フレデリック・ダグラスは、彼をナットでなく一貫してナサニエルと呼んでいて、それはナットにつまらないものという意味があるからであろう。奴隷は普通姓を持たないが、ナットは姓を許され、教会にもいき白人並みで、いい扱いを受けたようである。

Confessions が複数なのは *Confessions of St. Augustin* などのように、告白録という宗教的な意味がある。また告白原本によるとターナーは、当初独立記念日蜂起を考えていたが、体調を崩し準備を重ね実際には八月一二日未明に蜂起し四〇時間の激しい血の攻防となった。ターナー自身は女性一人を殺したにすぎなかったが、七人の反乱軍は、馬で郡都エルサレムに向かって襲撃を続けるうち五〇人に膨れ上がり、女性と子供を含む五七人を斧や白人から奪った銃で殺した。この行軍をマタイ伝二一章にある「イエスは馬に乗り、エルサレムに向かった」と比較する人もいる (Lamy 56)。また郡都の掌握は予定の行動であったが、ヴァージニア州とノースキャロライナ州の軍二〇〇〇人で鎮圧され、奴隷側は反乱に加わった数の三倍強の二〇〇人が処刑または残虐な方法で殺された。ターナーは反乱後ディズマル・スワンプに六週間潜み、一〇月三〇日に捕まり一一月八日の公判後一一日に処刑された (Greenberg 62–65)。

ターナーは、二〇歳のとき一度森（＝ディズマル・スワンプ）に逃亡し、そこで得た様々な霊的体験と信仰が彼に聖なる使命を吹き込んで、再度農園に帰ってきて実行に及んだと告白原本で語っている。ターナーの出自と、反乱事件とディズマル・スワンプの深い関係は、ターナーにかかわる資料に数多く見られる。歴史家アレン・ワインスタインとデイヴィッド・ルーベルは、『ヴィジュアル・ヒストリー、アメリカ――植民地時代から覇権国家の未来まで』でターナーたちの行軍経路を地図で示し（一九八）、フィリップ・レイミーの『ミレニアムの怒り』によると、反乱計画や武器準備はすべてディズマル・スワンプでなされたとしている (56)。『大ディズマル・スワンプ、神話と伝説』

によると、以下の主要部を含む三ページに渉って森と沼について記述されている。「彼［＝ターナー］はクリスチャンの信仰に深くコミットし、自然の中の数々のヴィジョンと徴を通して神からのメッセージを受け取った。彼は森と沼で長い時間を過ごし、そこで彼は精霊と聖なる交わりをもった。精霊たちは彼にある偉大な目的のために準備せよと命じた。あるとき彼は空に閃光を見て、その意味を知ろうと祈った。やがてトウモロコシ畑で天から血が落ちてきたのを見て、それはイエスの血であり、地上にイエスが再臨する徴だと考えた」(Traylor 225)。

このようにディズマル・スワンプそのものがターナーの〈使命への開眼〉や蜂起の準備や計画の遂行、事件後の隠所等重要な役割をはたしている。またウィリアム・マックフィーリーも「反乱後ターナーはディズマル・スワンプに逃げた」と明言し、彼はここでマルーン（逃亡奴隷とその子孫）のコミュニティを作る計画であったとする (175)。しかし反乱の経緯は告白原本で詳しく語られているが、なぜか単に森という表現で、ディズマル・スワンプの語はみられない。ターナー自身は神話化され、この告白原本には多くの謎が秘められているとされているが、これも謎の一つであろう。説教師にして熱狂者であったターナーは、ある意図をもってグレイを通して白人社会に蜂起の真意を語り残し、ジョージ・ワシントンの時代から使われていたディズマル・スワンプという語への言及は、あえて避けたとも考えられる。というのも白人の近づけない、猟犬も嗅覚を失う沼の内部は、奴隷と逃亡奴隷の〈聖地〉であり、この場所を白人から秘匿した可能性が高い。

ところでスタイロンが豊かな小説の素材を見出したように、この告白原本の影響力は計り知れないほど大きく、一つは後続するスレイヴ・ナラティヴの豊かな源泉となった。多くのアフリカ系アメリカ作家がディズマル・スワンプを逃亡奴隷の隠棲の場として色々な形で描いている。例えばディレイニーの『ブレイク』でも主人公はミシシッピーから逃亡し、「夜の間にノースキャロライナを横断し、ディズマル・スワンプに近づくと、ターナーの年老いた共犯者たちの多くで、大胆な若い逃亡奴隷たちを、よりよい時代の先駆者として歓迎する人々と出会った。何人かの人々はまだ長期間の過酷な農場奴隷として苦しんでいた。いく人かの大胆で勇敢不敵な冒険者たちは、神秘的で古びたほとんど物語的なディズマル・スワンプの住人で、長年にわたって追っ手に挑戦し続けていた」(Delany 113) とある。

またターナーのアフリカ的キリスト教の神秘体験や使命を天から与えられたとする黙示的想像力は、後のブラック・ヒロイックのレトリックに大きな影響を与えた。手記に克明に記されているように、ターナーは幼い頃より読み書きができた神童で教会にも行き、「一八二五年啓示を受け」「自分に特別な使命が授けられている」(6) と確信する。一八三一年二月、月食の夜、天から決起を促され、まさにメシア的想像力によって緻密な計画を立てたとする、聖戦の論理を語っている。

> 一八二五年の啓示と諸元素についての知恵が私に示されたのちは、以前にもまして最後の審判の偉大な日が訪れる前に、真のホーリィネスを得ようとし、私は信仰の奥義を受け取り始めました。正義の第一段階から最後まで、精霊はわれとともにあり言いました。「私をみよ、私は天にあり」と。見上げると空には閃光が走り、救い主の手の光の中に暗闇の子供たちがいました。（中略）ある日私が祈っていると、精霊は私に「汝、天の王国を求めよ。さすればすべてが汝にもたらされるであろう」と語りました。私は全能者の手で、ある偉大な目的のために働くべく命じられているということを十分確信したのです。(Traylor 6)

この、正義はわれにありとの論理は、独立戦争に始まりアメリカが戦争に及ぶときには現在も繰り返される、いわばアメリカ的論理の形でもある。こうした特質から、この文書は上で見たようにアメリカン・ルネサンスを始動した大切なルネサンス・キャノンとしても一九九〇年以降重視され、文学史や多くの選集に収録されるに至った。ターナーは白人作家にも時代と人種を超えて影響力を持ち、ピーズ編『アメリカニスト・キャノンへの修正論者の調停』でも「サン・ドミニックでの流血の反乱と、その名が激しい復讐のシンボルとなっている救世主的ナット・ターナーの反乱同様に、一八五九年ジョン・ブラウンのハーパーズ・フェリー武器庫襲撃は、異常な象徴的力を獲得していった」(307)と、黒人から白人の反乱の歴史的連続性が指摘されている。このブラウンの行動を擁護したのがソローの一八六〇年「ジョン・ブラウンのための弁護」であったが、ソローもブラウンの行為を独立革命の植民地の聖戦の論理で語っている。さらにダグラス研究を牽引するジョン・スタウファーも、『ブラック・ハートを持った人たち』(2001)で「ナットの反乱は、『我々の未来へ閃光《lightening》を投げかけた』」(252)と、ターナーの上記一節を引用して語り、黒人の雄弁の言説が白人に影響を与えたとする。

　さらに重要なのは、この告白原本は文学テキストとして、白人と黒人のコラボレーションで創られた点である。この文書の信憑性は、裁判官の署名や死者の名前リストが記載され裁判記録の体裁によって事実が保証され〈アメリカ史の驚くべき一次資料〉とされているが、初期スレイヴ・ナラティヴには、一般に白人の編集の力が大きく介在したとされている。グレイによって作成されているため、基本的にはレヴィーン(Robert S Levine)が「スレイヴ・ナラティヴとアメリカ的自伝の革命的伝統」でいうように、「奴隷の書き手と白人の編集者との葛藤に満ちたコラボレーション」(101)の先鞭をつけたことになる。ターナーの告白は、サザンプトンの法廷でなされたいわゆる公開告解(public confessions）であり、この記録の場をターナーは十分に利用したと考えられる。一方、農園主グレイの立場にとって、奴隷の解放を獲得するため「神から霊感を受けた」とするターナーの主張は、「恐ろしい論理（terrible logic）」（3）であり、グレイは序文にあるように彼を悪魔、悪鬼と呼ぶ。しかもグリーンバーグ編集の『ナット・ターナー』によると、三つの点がグレイにより省略、歪曲されたという。「ターナーには妻と子がいたこと、彼自身の所有者は殺さなかったこと、そして生まれ変わってももう一度同じことをするとターナーが言ったことをグレイは書かなかった。この省略はターナーを独リ者の狂信者と思わせるのに都合がよかった」（Greenberg 31-32）とする。このように告白原本は、編者と告白者の合成的性格を孕むが、それでもこの歴史的な告白を世に出版したグレイの功績は大きい。

スタウファーは、南部の「黒いキリスト」とも呼ばれたターナーに始まる反知性的スタンスが、「エマソン、ソロー、T・W・ヒギンソンにもあった」（253）としている。ターナーにとって黙示の実現と革命は同時に起きる宗教体験であり政治的行為であった。ゆえにそれが独立記念日に計画されたのは決して偶然ではなく、ソローのウォールデンの実験が七月四日に始まり、ジョン・ブラウンの襲撃が七月四日に計画されたことの起源が、ここにあったとみることも可能かもしれない。もちろんブラウンに対する評価は、ホーソーンの場合は全く否定的であり、メルヴィルの場合も両義的であることは、戦争詩集『バトル・ピーシズ』最初の詩「凶兆」（"The Portent," 1859）でも明らかであり、ルネサンス作家たちのブラウン評価は決して一様でなかったことはいうまでもない。ましてターナーは、グレイの編集によって狂信者と印象付けられており、アメリカン・ルネサンス作家たちからの直接の言及はない。しかしケネディが「この事件はヴァージニアのマスターたちに奴隷制度を終わらせる必要性を議会に提言させた」（*Kennedy, Strange Nation*, 272）としているように、暴動が歴史を動かしたことは否定できない。

第八章　ストウとポーの沼地

1　ストウの沼地の人《swamp-dwelling-people》、ドレッド

アメリカ人の大衆的連想を伝えるドキュメント映画『ナット・ターナー』(Independent Lens, "NAT TURNER: A TROUBLESOM PROPERTY," 2003) と題する映像では、ナット・ターナーとストウを直接的に結合し、反乱のみならず、その解説者ストウも登場させる。スクリプトによるとストウはターナーについて「彼は背の高い堂々たる均整のとれた黒人であった。素敵なターバンを巻いていた。彼には状況によっては詩人になってもよい資質があった。子供やいきものに対し心を和らげる優しさが彼にはあった。しかし眼には黒い水に光る炎の舌のような、かすかな絶えず揺れる光がもえていた」(Independent Lens) と説明する。このターナー像は、ストウが、いわゆる loyal slave であるアンクル・トム批判に応えて次に生み出した革命的主人公・ドレッドと完全に重なる。図3のペンギン版テキスト序文を書いたレヴィーンによるとドレッドは、「ナット・ターナーのイデオロギー的後継者」であり、「名前もターナーの反乱に加わった一人

図3
Harriet Beecher Stowe, *Dred*; A Tale of the Great Dismal Swamp. Penguin, 2000.

からとられた」(Levine 2000: xxii) もので、『ドレッド——グレイト・ディズマル・スワンプの物語』（一八五六年）の詳細なドレッド像も映画と同じである。「ハリーの前に遂に現れたのは、背の高い壮麗な姿と体つきの黒人で、肌は大理石のように光っていた。（中略）驚くべきアフリカ的な底なしの深みをたたえた眼には、黒い水に光る炎の舌のような、かすかな絶えず揺れる光がもえていた」(Stowe 198)。

副題が示すようにこの作品は、ディレイニーも言及した「沼地に住む人々 (Swamp dwelling people)」つまり一九世紀までにはかなりの数が確認されているマルーン・コミュニティの物語で、場所はディズマル・スワンプとその傍のチョワン郡とに設定された。逃亡奴隷ドレッドはデンマーク・ヴィージーの息子という設定で革命家である。つまりストウは実在のターナーによって、ドレッドを創造したと考えられるが、同時にⅡ巻二一章「砂漠」において、ドレッドは「砂漠から霊感を得る、古代の荒野の住民の一人」(446) とも描写され、世界の荒野を放浪した後でここにたどり着いたとされていて、みずからは暴力を行使する前に倒されてしまう。そしてディズマル・スワンプ自体も、ターナーの一八二〇年代と比較するとかなり領域も狭まり、開発の手も入り、ところどころにコミュニティの集う「空き地 (clearing)」もできていることが窺える。夜はそこでキャンプ・ミーティングも行われた。Ⅱ巻二六章から二九章にかけて奴隷狩りが突如起こり、ドレッドは暴徒の手にかかり命を落とす。ドレッドが英雄的に描かれているだけに、このストウの非暴力主義は納得しにくいものではあるが、奴隷の過酷な取り締まりを定めた「奴隷法 (Slave Law)」を批判する趣旨も背景にあるといえる。

ドレッドが登場するまでのこの小説の長いいきさつはさておき、ここでも人種を超えた作家間のレトリックの影響関係と、ドレッドを生み出したディズマル・スワンプの土地の力に注目したい。ストウはこの時期、ウィリアム・

C・ネル (William C. Nell) ら黒人作家の作品からも大いに影響を受けたと考えられる。ターナーに元型のある主人公、ワシントンをディズマル・スワンプに登場させたダグラスの『ヒロイック・スレイヴ』(*The Heroic Slave*, 1852) もその一つである。ストウは黒人作家のアフリカ的キリスト教を自らのキリスト教と融合してドレッドを創り上げ、三〇〇をこえる注に示す数多くの聖句を、人物のせりふのみならず地の文章にもちりばめて、ディズマル・スワンプの土地と奴隷たちに宗教的正義が信じられていたことを示す。ドレッドの人となりには驚異的な沼地の自然力の浸透があり、しかも沼地の特質がその内面にまで及んでいる。まさにドレッドは沼地の不可思議な自然そのもので、「この上なく大きな激しい生命力を帯びた人間の体というものを想像してみると、自然が育む影響力のもと、完全な木のように自然の力と一体化しているように見え、人間がそこにシェルターを求める諸々の力が一種の友情を帯び、生存の親しい仲間となっている」(274) とする。

ストウは『アンクル・トムの小屋』でも沼地を使っているが、それは第三二章で、トムたち奴隷が、サイモン・レグリー農場に連れて行かれる絶望的で荒涼とした場面である。「荒涼とした松の荒野を曲がりくねって進んでいたかと思うと、今度は高い糸杉の沼地に渡された長い丸太道を通り過ぎた。そこは海綿質の泥に覆われた土地で、陰気な長い苔を長い花輪状に垂らしたみすぼらしい木々が生えていた。ときどき枝の間を這う毒蛇の忌まわしい姿が見えた」(四〇二)。また三六章でも、エメリンとキャシーの会話で「ここから逃げることはできないかしら、蛇のいる沼地だろうとどこだろうと」(四四一) と出てくるし、三九章、四〇章でも、レグリーのプランテーションの裏手にある沼地に逃げた奴隷を、銃を持った追手と犬に狩りださせる場面が描かれている。南部の小説で沼地はしばしば否定的な恐怖の場所として描かれるが、それはプランテーションの一部に位置し、完全に人種化されたトポスであった。ディズマル・スワンプは例外的に、ユートピア的で豊かな自然力のトポスとして作用し、ドレッドはその精髄を身にまとう野生そのものの人として表象されている。逃亡奴隷のレフュージとしても機能していたディズマル・スワンプの家父長的社会から逃れた救済的空間、ソローの主張する癒しの力、アメリカ国土の外にあり、地図化されない荒野についての思想も、この作品には窺うことができる。

もちろん福岡和子が論じるように、ドレッドは実際には途中で死んでしまい、「革命」実行の挙には及ばず、作者は暴力を回避しているように見えるし、曖昧さはぬぐえない（福岡 一九二―九六）。しかし『ドレッド』は、沼地に逃げ込んだ奴隷の逃亡を助け、彼らに反乱を企画させ、革命と結合する黒人の大義を主人公に体現させ、ドレッドが背負う大義は、預言者と戦闘性を結合したものであり、これらすべては、ストウが農園の裏の沼地にはない、ディズマル・スワンプの自然から一種恵みとして引き出したものでもあった。

ターナーの聖書によって鍛えられた〈黙示録的キリスト教〉の構造や、神秘体験、使命の感覚等はヒロイック・スレイヴの思想形成の萌芽ともなり、黒人作家に強い影響を与えたが、ストウにとってもターナーの蜂起は、アメリカの独立革命と同じ意義を内包し、ここに人種を超えた作家間影響のネットワークが見られ、『ドレッド』は付録にもターナー「告白」原本を収録し、小説が事実に基づくことを印象付けた。ただしこの付録は、一部グレイのまえがき（*Dred* 552–53）に当たる部分で、告白原本にあったターナーを悪鬼とする語、“hellish purposes” “fiend-like barbarity” が削除されている。このようにストウは、黒いキリストとしてのターナーの宗教的英雄像と殉教者像を強調している。またこれに関連してストウは、ネルの『アメリカ革命における有色の愛国者たち』（*The Colored Patriots of the American Revolution*, 1855）の序文を書いている。アフリカ系アメリカ人のアメリカ独立革命での貢献を「有色の愛国者たちの革命への奉仕を考慮すると、（中略）彼らが戦ったのは自分たちの国のためではなく、かれらを働かせた土地のためでもなく、自由にするはずのその法律がかれらを奴隷にし、保護するどころか抑圧した国のためでした」（5-6）と述べて、アフリカ系アメリカ人の建国への貢献を賞賛する。この序文でも、奴隷とされた人々の奴隷主からの解放のための闘いは〈黒人の独立革命〉で、アメリカ独立革命と本質的にひとつであったとする、ストウの思想を読み取ることが出来る。アンクル・トム造型以降のストウの思想的深まりには、ターナー、ダグラス、ネル、ストウらの人種を超えた共感と複雑な間テキスト性が作用しているのである。終章ひとつ前のⅡ巻三三章「逃亡(Flight)」は、ディズマル・スワンプの逃亡奴隷たちが、ノーフォークからニューヨークにむかう軽船に乗り込むも嵐に遭遇し、辛くも逃げのびる逃亡成功のエピソードで終わっている［図4］。ここで本論も、ポーとノーフォークについて語ることになる。

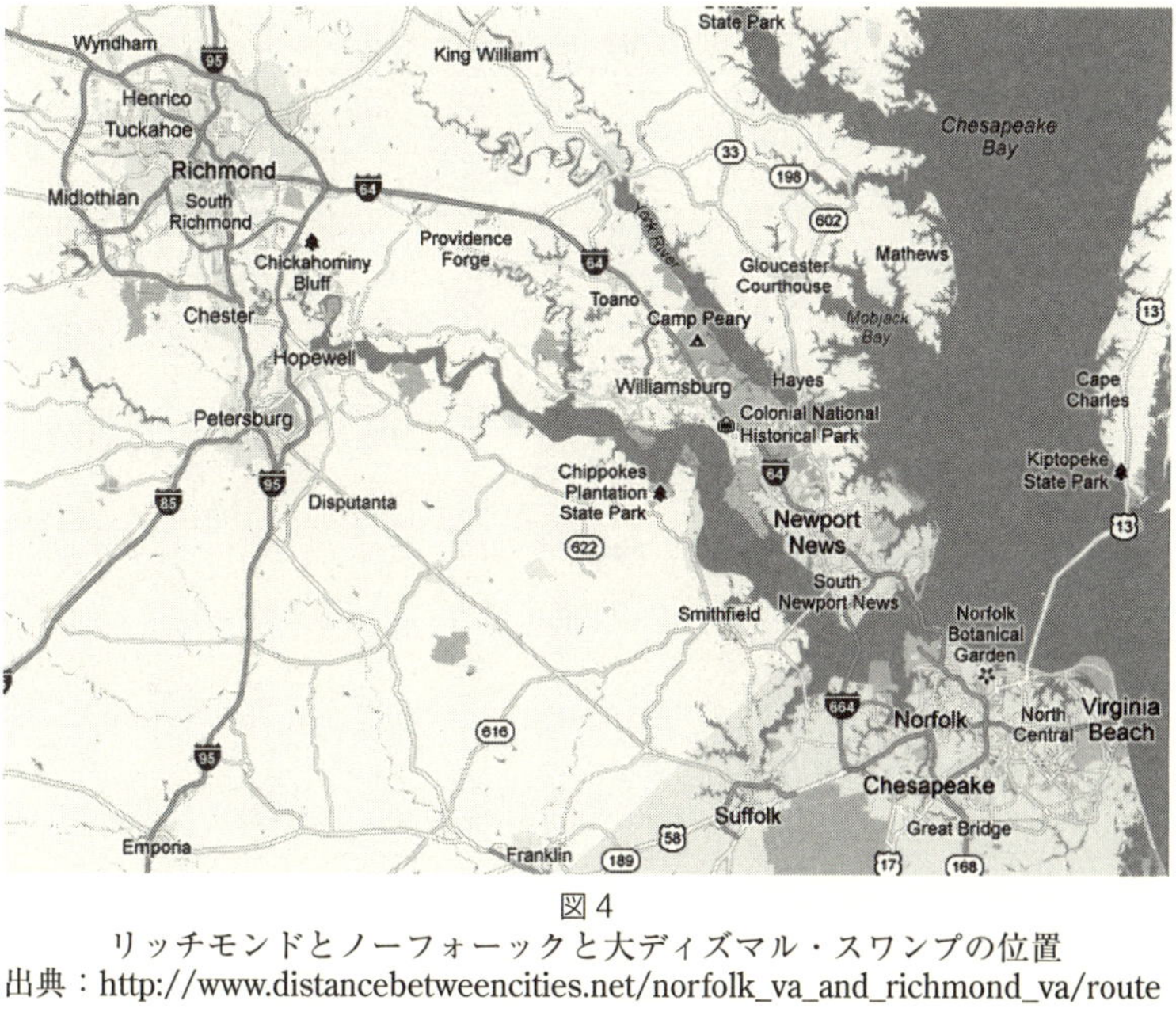

図4
リッチモンドとノーフォークと大ディズマル・スワンプの位置
出典：http://www.distancebetweencities.net/norfolk_va_and_richmond_va/route

2　ノーフォークから終焉の地、ボルティモアへ

ディズマル・スワンプの中ほどには湖があり、発見者にちなんでドラモンドと呼ばれている〔図1〕。赤い澄んだ毒性の水が特徴であり、ディズマル・スワンプの幻想性と魅力そして恐怖を一層高めている。かなりのポー作品のトポスの源泉として、ディズマル・スワンプ全体とこの沼湖の与えた超現実的生態的特質が考えられる。「巨大なイトスギの小道」(「ユラリューム」)「あふれる岸辺、崩れる山頂」(「夢の国」)「すべてを飲み込む沼地」(「アッシャー家の崩壊」)等はディズマル・スワンプ固有の不思議な風景をデフォルメしたと読むことができる。ポーの最初期の墓場詩は、すでに第一部で述べたように円熟期の「夢の国」のシュールな詩に変容し、晩年の海辺に移っていき一八四九年の「アナベル・リー」となり、そして文明批評の「海中の都市」(一八四五)へと発展していく。ポーの水の表象については第一章「ポーの水と墓場詩」で論じたのでここでは繰り返さないが、特にディズマル・スワンプと直結する「湖に」について、ノーフォークとの関連性を加えたい。

この詩は、エピグラフにかかげたように、アイルランドの詩人トマス・ムーア (Thomas Moor) がヴァージニア州ノーフォークを訪れた一八〇三年に発表した、地元の伝承に基づくバラッド「ディズマル・スワンプの湖」に触発されて書いたものである。行方不明の乙女を探して彷徨う恋人の亡霊が、湖畔に出没するストーリーをポーは発展させて水底に墓を見出したこともすでに述べたとおりである。

実はストウもムーアの詩を『ドレッド』初版表紙のエピグラフに掲げており、この点でストウはポーと深く繋がっている。この沼地が逃亡奴隷にとって持つよく知られた救済的特質と、ポーにとって意味した超現実的な過剰な表象

性は一見相反するものかもしれないが、場所の持つ不可思議な魅力に両作家共ひかれている。ストウの引用は五行八連から成る詩の第三連四連以下の部分である。

Away to the Dismal Swamp he speeds,
His path was rugged and sore,
Through tangled juniper, beds of reeds,
Through many a fen where the serpent feeds,
And man never trod before.

And when on the earth he sank to sleep,
If slumber his eyelids knew,
He lay where the deadly vine doth weep
Its venemous tear, and nightly steep
The flesh with blistering dew!

彼は遠くディズマル・スワンプへと急いだ
かつて人の通ったことのない道、

もつれたビャクシンをかき分け、
足に刺さる一面の葦の間、蛇の棲む多くの沼地を
通っていくのだった。

そして、ときに疲れて地面に倒れ伏し、
うとうと浅い眠りに落ちると
そこでは野蔓が毒の雫を涙のように流し
疱瘡《かぶれ》を起こす水滴を
体に滴らせるのだった。

http://www.famousliteraryworks.com/moore_lake_of_the_dismal_swamp.htm

このように人も寄せ付けぬ沼地ジャングルの中ほどに、ドラモンド湖は毒の水をたたえ、入る人は必ず行方不明になることから死が決定的ではなく、ポーにとって湖は死者と会える救いをもたらし、そこに〈死のエデン〉という逆説を生み出すことになった。これはストウの主人公ドレッドが、脅威の場所であるディズマル・スワンプに、ユートピアを探し求めたことと通底するだろう。

ところでポーがいつディズマル・スワンプに出かけたか具体的な日付は明確ではないが、この伝承のあったノーフォークは、沼地の東端にカナルで繋がり、南部有数の港町であり、またそのノース・ポイント岬からは、一八二八年

一二月からポーが勤めたモンロー要塞もみえたので、ディズマル・スワンプから海岸にかけての土地は、逃亡奴隷にとってのみならず、おそらくポーにとっても馴染みの場所であったに違いない。バーバラ・カンタルポ (Barbar Cantalupo) の『ポーと視覚芸術』(*Poe and Visual Art*, 2014) は明確にポーがスワンプに出かけたとしている (Cantalupo 70–72)。地元の出版社ノーフォーク・ヘラルドは、かつてポーの「四獣一体」を一八三六年に出版し好意的な広告も出している。しかもポーは亡くなる直前一八四九年九月九日から六日間岬のホテルに滞在し、「砦と海の見える部屋で、『ユラリューム』等を朗読し」、一四日にはノーフォーク・アカデミーで『詩の原理』を講演し地元『ビーコン』誌に掲載された」(Silverman 429–30)。その後終焉の地となるボルティモアに向かったので、ここがポーの流浪最後の地となり、ポー詩の出発点ディ

図５
ポーの最後の一週間関連地図。終章参照

ズマル・スワンプとノーフォークには深い繋がりが感じられる。ポーの死から一三年後、このモンロー砦こそ、ホーソーンが南北戦争のさなか訪れたコントラバンド（逃亡奴隷収容所）のおかれたところでもあった。ポーと奴隷たちとホーソーンは、時を隔てて同じ砦に立ったのである（図5参照）。

3　ターナーのエコーと「ホップ・フロッグ、または鎖でつながれた八匹のオランウータン」（"Hop-Frog; Or, the Eight Chained Ourangoutangs"）

数名の奴隷のいたアラン家で一八才まですごし、アランの代理で奴隷売買の証文に書きつけたサインも見つかっているポーが、マスター側に立っていたことは否定しようがない。アラン商会の二ブロック先では、奴隷のオークション市場があり、「ホップ・フロッグ」で描かれる、奴隷を鎖でつなぐ光景も、ポーが実際目にしたものから創作されたと推測できる。しかし同時にポーは、後半生アランから廃嫡され、ボストン、ニューヨーク、ボルティモア、フィラデルフィアと東海岸の大都会を、四九年まで実にめまぐるしく移動して、ジャーナリズムの渦中、貧困と闘って生きた。一八二七年のポーの養家出奔には、無一文となって船倉の箱に潜むピムの、文字通り逃亡奴隷のイメージが重なる。当時箱荷に潜むことは、逃亡の常套手段であった。ボストンやフィラデルフィアはアボリショニストの本拠地であり、また三〇年代のニューヨークでは、アボリショニスト対反アボリショニストの熾烈な闘いが町を席巻し、両陣営のプロパガンダは、急速に発展したペニープレスで大量に印刷されていった。その草分けの一つ『ニューヨーク・サン』にポーは一八四四年「軽気球奇譚」を発表し、レノルズが論じたように、その仕事はまさに人種をめぐる印刷文化の修羅場で展開した。したがってポーの関心は読者の半分を失うことになるプロスレイヴァリーの政治的立場の表明ではなく、奴隷制の恐怖を内面化する新奇な物語を生み出すことにあった。「ホップ・フロッグ」を一九四九年三月一七日号に出版した『フラッグ社』(*Flag of Our Union*) は、ケネディの最近著『奇妙な国――ポーの時代のナショナリズムと文化的葛藤』(*Strange Nation: Literary Nationalism and Cultural Conflict in the Age of Poe*) によると、「反奴隷制論者の文書や作品を掲載する雑誌であった」(350)。

そしてポーの都市生活の中で決定的に重要なのは、ボルティモアであったと思われる。ボルティモアは奴隷州と自由州のコンタクトゾーンであり、街中には自由黒人やダグラスのような船仕事の賃金奴隷、変装した逃亡奴隷が多く、緊張と偽装と騙し合いに満ちた町であった。B・J・フィールズによると「町は不安な州境を形成しており、奴隷よりは自由な労働者の世界と緊密な関係を持つメリーランド州の大規模な奴隷所有者は、自分の利益をいつ転覆させられるかわからない潜在的な怖れを抱いていた」(57)。ポーはウエストポイント除籍後、ナット・ターナー反乱の一八三一年八月を含む一八三一年四月から一八三三年三月まで二年間ボルティモアにいた。境域としての町の複雑な状況は、ポー作品の中の白人と黒人の関係の複雑さに反映が見られる。告白原本に先立つターナー事件の報道がポーの目に触れた経過について、ゴデューはポーが「(九月三日付の) トマス・デューの『恐ろしいサザンプトンの悲劇』、また八月三〇日の『リッチモンド・エンクワイアラー』センセーショナルな『ホリブル・モンスター』なども読んでいたであろう」(Goddu 2002: 94) とする。ターナー反乱軍の白人農園主殺戮の描写は、確かに『ナンタケット島出身のアーサー・ゴードン・ピムのナラティヴ』(一八三八年、以後『ピム』) 冒頭のグランパス号における黒人コック一味の船員殺害シーンを想起させ、ツァラル島での黒人の奸計や蔑視とともに、ポーの黒人恐怖とプロスレイヴァリーの心情は『ピム』に隠しようもなく反映されていると考えられる。

しかしジェラルド・ケネディの「誰も信じるな――ポー、ダグラス、奴隷制文化」によると、当時ダグラスも同じ町にいて、「ポー一家が住んだウィルクス街メカニックス通りと、ダグラスがフレッド・ベイリーとして育ったフィルポット街は、二ブロックしか離れていなかった」と当時の市内地図を添付して、「二人が通りですれ違った可能性は大いにあった」(226) とする。ケネディは二大ナラティヴ、『ピムのナラティヴ』と『ダグラスのナラティヴ』を詳しく比較し「二人には孤児という共通性や恐怖を惹き起こすセンセーショナルな文体やレトリックの類似性があり、読者層は同じアメリカ中流階級の白人感傷主義者であった。奴隷制がダグラスにとってのみならずポーにとっても最重要の問題であった」(227) ともする。ゴードン・ピムの名前ゴードンは黒人からとられていること、この小説の主従関係は絶えず逆転すること、変装による騙し、積み荷に身を隠す逃亡の手法などスレイヴ・ナラティヴのモチーフが全編に散りばめられていることも考慮すると、ケネディの以下の結論はきわめて説得力が高い。「ポーは奴隷たちに共感を抱くに十分南部を恨んだのであり、奴隷所有者の文化からのアウトカースト」(236) であった。

そしてポーの「ホップ・フロッグ」は、死の年、流浪を余儀なくされた不幸への、積年のルサンチマンを遂に明確に表出した作品と捉えることが出来る。環大西洋的想像力で中世に飛び、奴隷制へのリヴェンジを演劇化した白人作家ポーの、最後の作品 "my last jest" (183) である。拙著『アルンハイムへの道』と拙論「ポーと英米文学」でその演劇性と空間構造を論じたが、ここではさらに作品の奴隷制表象の驚くべき一貫性について述べたい。ポーは多くの作品でマスター対黒人の主従関係を描いてきたが、主人公のホップ・フロッグに投影された奴隷像は単に黒人ではなく複数の要素が重なり複雑化され、文化人類学でいういわゆる社会的複層(social complex)となっているが、それは奴隷制の歴史的淵源をヨーロッパに遡ることにもなる。第一に奇形にして跛行者という伝統的な道化像であること、次にどこか「遠い国」の戦場から拉致されてきた王の「戦利品(property)」であること、さらにアビューズを受け、笑いものにされ、残酷な仕打ちを受けて王に仕えていること、名前はフリークの身体の記号の渾名しかないといった諸要素から、フロッグは単にアメリカ南部の奴隷表象であるのみならず、まさにグローバルな原型的奴隷である。

そしてダグラスの『フレデリック・ダグラスの一生』が伯母が受ける flogging からはじまるが、Frog には flog の連想が避けがたく、ポーの命名はフロッグとトリペッタの受ける精神的屈辱を、身体的にまた演劇的に翻案したものだとさえいえる。しかし芸術と社会、文明と野蛮の二項対立も仕組まれ、彼が "savage" でありながらたぐいまれな演劇家("jester")であること、つまり知恵と言葉の能力において絶対的に文明の人、王より勝り、両者の肉体的な絶対的優劣二項対立関係は、潜在的に逆転の危機を秘めている。フロッグの社会または王への復讐は、奴隷のように酷使されアビューズされる芸術家が、主人がアビューズするのに使った道具そのものによって、主人を焼き殺すという奴隷反乱のプロットが仕組まれたものである。

このプロットはターナーのように、「ホップ・フロッグ」をポー最後の「総決算(his last jest)」としている。というのも「ホップ・フロッグ」は、迫害者処罰のテーマと、丸天井のホールにおけるアポカリプス・プロット、劇の進行において初めて明かされる首謀者の意図において、奴隷として生まれた無力なナット・ターナーが、信仰とメシア的想像力で農園主を圧倒し正義を唱え、白人殲滅に当たって白人の武器である銃と馬で事を実行し、彼の革命家としての正体が告白原本で初めて明らかにされるプロセスと、類似し、通底し、重なってくる。

結末にあるマスター側の人間の獣化は、長年奴隷たちが人間ではなく牛馬のように扱われ、獣化されてきたことのリヴェンジであり、作品細部の演劇的小道具には、ポーの用意周到な復讐の計画と遂行と、完璧な演出の工夫が張り巡らされている。まずよく行われた〈タール&フェザー〉で人間を鳥獣化したうえでのリンチの準備に対し、フェザーではなく「よりオランウータンらしく見えるためにと」麻布（"*flax*," 180、斜字体ポー。引用ページはマボット版ではなく、副題を復活させたパイツマン版による）を提案する。こうして麻布はオランウータンの仮装の纏いものとなるが、これは普通に黒人奴隷の纏った粗末な布でもあったし、南部の主要産物であった。したがってマスターたちはまず奴隷化され、次に獣とされ焼かれることになった。マスター側の身体に、奴隷に対し行われた人間と獣とのクロスオーヴァー、一八四〇年代特にニューヨークの劇場スペクタクルとして流行していたオランウータンという素材を重ねた。しかも中世末期の宮廷と円形劇場という設定に殺害現場を投げ込むことで、いったん遠いヨーロッパの過去に異化された時代と場所を、大団円でアメリカ南部の白人の専制と交錯させている。

こうしてマスターとスレイヴをテーマとした物語構造は、どこか遠い非現実の話として読者に提示され、エキゾティックな余興として進行し、自分たちの楽しんでいるスペクタクルの本質を、焼かれる犠牲者と、劇場の壁に退いた群衆がともに認識するのは、壁に巡らせた「カリヤタイド (caryatide)」(181)、つまりペルシャ戦役で奴隷にされたギリシャの少女達の柱像の右手からとった火が、オランウータンに燃え移るときである。右手は正義を示し、この火が奴隷の持つ正義の火であることを意味する。この時初めて観客は、告白原本にある「トラヴィス家の白人マスターが葡萄酒の効果で安眠中のベッドで斧で襲われ」気づいたように、奴隷の反乱による白人襲撃が起こったことを知るのである。

この作品がポー最後の物語であることを考慮する際、シャンデリヤをはずし天窓に仕掛けられた鎖を吊るすプロットの由来について、ポーの人生の始まりと最後の作品の交錯を示す興味深い事実がある。一八一一年一二月一〇日、二週間前に亡くなった母の舞台であったリッチモンド劇場で歴史的な大火災があり、観客であったリッチモンドのお偉方が揃って犠牲者となった。火は劇場の天井から吊したシャンデリアから出たと捜査で判明した。「大火災となり火の坩堝となった劇場は知事をはじめとする七二人もの大量の死者を出しこの惨劇は町で長く語り継がれた」(Rubin 183–84)。死体は「ホップ・フロッグ」のように黒こげになったに違いない。話を聞いたポーの脳裏にその光景は、リッチモンド劇場で働き、貧窮のうちに亡くなった母への慈善の最後のお願い記事、"Mrs. Poe asks your assistance and asks it perhaps *for the last time*"（Rubin 185、斜体伊藤）とともに繰り返し反芻され、ポーの死の年、遂に物語化されたのだった。死者が大量に出た背景には、「ホップ・フロッグ」の円形舞踏場同様、劇場がほとんど閉鎖空間であったことも指摘されている (Rubin 183)。

南部的素材のこの作品が、ポーが晩年「x だらけの社説」も掲載し深くかかわった、ボストンの『フラッグ・オブ・ユニオン』に掲載されたことは意義深い。この作品には明らかに、ターナーとポーを直線で結ぶアポカリプス的想像力、幼児期の母の死、孤児にして奴隷の身分、時代に先駆ける天才的頭脳、アメリカン・ルネサンスの暗流であるディズマル・スワンプ的プロットが読み取れるのである。

引用文献

Cantalupo, Barbara. *Poe and Visual Arts*. University Park, PA: Pennsylvania State UP, 2014.

Corey, Cherrie. "Gowing's Swamp and Thoreau's Bog: An Historic Wetland in Concord, MA." http://www.sudburyvalleytrustees.org/files/GSBotanicHistorReport.pdf. Nov. 1, 2013.

Delany, Martin R. *Blake: or The Huts of America*. Boston MS: Beacon, 1970.

Emerson, Ralph Waldo. *Emerson's Antislavery Writings*. Ed. Len Gougeon and Joel Myerson. New Haven, CT: Yale UP, 1995.

Erkkika, Besty. "Perverting the American Renaissance: Poe, Democracy, Critical Theory." *Poe and the Remapping of Antebellum Print Culture*. Ed. J. Gerald Kennedy and Jerome McGann. Baton Rouge, LA: Louisiana State UP, 2012. 65–100.

Fields, Barbara J. *Slavery and Freedom on the Middle Ground*. New Haven, CT: Yale UP, 1985.

Goddu, Teresa A. *Gothic America: Narrative, History, and Nation*. New York: Columbia UP, 1997.

——. "Rethinking Race and Slavery in Poe Studies." *Poe Studies/Dark Romanticism* 33 (2000): 15–18.

——. "Letters Turned to Gold: Hawthorne, Authorship, and Slavery." *Studies in American Fiction* 29 (Spring 2001): 49–76.

——. "Poe, Ssensationalism, and Slavery." *The Cambridge Companion to Edgar Allan Poe*. Ed, Kevin J. Hayes. New York, Cambridge UP, 2002. 92–112.

Greenberg, Kenneth S. ed., *Nat Turner: A Slave Rebellion in History and Memory*. New York: Oxford UP, 2004.

Hawthorne, Nathaniel. "Chiefly about War-matters. By a Peaceful Man." *Miscellaneous Prose and Verse*. Vol. XXIII of *The Centenary Edition of the Works of Nathaniel Hawthorne*. Ed. Thomas Woodson, Claude M. Simpson, and L. Neal Smith. Columbus: Ohio State UP, 1994. 403–42.

Independent Lens, "NAT TURNER: A TROUBLESOM PROPERTY." 2003. http://www.pbs.org/independentlens/natturner/nat.html. Nov. 1, 2013.

Kennedy, J. Gerald. "'Trust No Man': Poe, Douglass, and the Culture of Slavery." *Romancing the Shadow: Poe and Race*. Ed. J.

Gerald Kennedy and Liliane Weissberg. New York: Oxford UP, 2001. 225–57.
——. *Strange Nation: Literary Nationalism and Cultural Conflict in the Age of Poe*. New York: Oxford UP, 2016.
Lamy, Philip. *Millennium Rage: Survivalists, White Supremacists, and the Doomsday Prophecy*. New York: Plenum, 1996.
Levine, Robert S. "The Slave Narrative and the Revolutionary Tradition of American Autography." *The Cambridge Companion to the African American Slave Narrative*. Ed. Audrey Fisch. New York: Cambridge UP, 2007. 99–114.
——. "Introduction" to *Dred: A Tale of the Great Dismal Swamp*. New York: Penguin, 2000. ix–xxxv.
Longfellow, Henry Wadsworth. *The Poetical Works of Longfellow.* Boston, MA: Haughton Mifflin, 1879.
Matthiessen, F. O. *American Renaissance: Art and Expression in the Age of Emerson and Whitman*. New York: Oxford UP, 1941.『アメリカン・ルネサンス――エマソンとホイットマンの時代の芸術と表現』上・下二巻。飯野友幸、江田孝臣、大塚寿郎、高尾直知、堀内正規訳、上智大学出版局、二〇一一。
——. "Edgar Allan Poe." *Literary History of the United States* 3 vols. Ed. Robert Spiller. New York: Macmillan, 1948.
McFeely, William S. *Frederick Douglass*. New York: Norton, 1991.
Melville, Herman. *Moby-Dick: or The Whale*. Ed. Harrison Hayford, Hershel Parker, and G. Thomas Tanselle. Chicago and Evanston: Northwestern UP and The Newberry Library, 1988.
Miller, David. *Dark Eden: The Swamp in Nineteenth-Century American Culture*. New York: Cambridge UP, 1989.
Nell, W. Cooper. *Colored Patriots of the American Revolusion*. Boston: Robert F. Wallcut, 1855. The electronic edition http://docsouth.unc.edu/neh/nell/nell.html
Pease, Donald E. ed. *Revisionary Interventions into the Americanist Canon (New Americanists)*. Darham, NC: Duke UP, 1994.
Poe, Edgar Allan. *The Annotated Writings of Edgar Allan Poe*. Ed. Stephen Peithman. New York: Doubleday, 1981.
Reynolds, David. *Beneath the American Renaissance: The Subversive Imagination in the Age of Emerson and Melville,....*
Rowe, John Carlos. "Edgar Poe's Imperial Fantasy and the American Frontier." *Romancing the Shadow: Poe and Race*. Ed. J.Gerald Kennedy and Liliane Weissberg. New York: Oxford UP, 2001.75–105.

——. "Poe, Antebellum Slavery." *Poe's Pym: Critical Explorations*. Ed. Richard Kopley. Durham, NC: Duke UP, 1992. 117–39.
Rubin, Louis Decimu. *The Edge of the Swamp: A Study in the Literature and Society of the Old South*. Baton Rouge, LA: Louisiana State UP, 1989.
Silverman, Kenneth. *Edgar A. Poe: Mournful and Never-Ending Remembrance*. New York: Harper Collins, 1991.
Spiller, Robert E., ed. *Literary History of the United States*. New York: Macmillan, 1948.
Sundquist, Eric. *To Wake the Nations: Race in the Making of American Literature*. Cambridge, MA: Belknap, 1993. 『死にたる民を呼び覚ませ』上下巻、中央大学人文科学研究所訳（中央大学人文科学研究所翻訳叢書13）、二〇一五。
Stoffer, John. *The Black Hearts of Men: Radical Abolitionists and the Transformation of Race*. Cambridge: Harvard UP, 2001.
Stowe, H. Beecher. *Dred: A Tale of the Great Dismal Swamp*. New York: Penguin, 2000.
Thoreau, Henry David. *The Major Essays of Henry David Thoreau*. Ed. Richard Dillman. New York: Whitson, 2001.
——. *A Week on the Concord and Merrimack Rivers*. Princeton, NJ: Princeton UP, 1980.
Traylor, Waverley. *The Great Dismal Swamp in Myth and Legend*. Pittsburgh, PA: Rosedog, 2010.
Turner, Nat. *The Confessions of Nat Turner the Leader of the Late Insurrections in Southampton, Va. as Fully and Voluntarily Made to Thomas Gray*. Rpt. Memphis, TN: General Books, 2010.
伊藤詔子『よみがえるソロー——ネイチャーライティングとアメリカ社会』柏書房、一九九八。
——「英米文学とポー」『エドガー・アラン・ポーの世紀』所収、八木敏雄・巽孝之編、研究社、二〇〇九、二四—五三。
——「〈ブラック・ウォールデン〉とソローの８月１日」『ソローとアメリカ精神』所収、日本ソロー学会（小倉いずみ編集代表）、金星堂、二〇一二、一八五—二〇二。
——「ポーの水とダーク・キャノン——『丘の上の都市』から『海中の都市へ』」『水と光——アメリカの文学の原点を探る』所収、入子文子監修、開文社、二〇一三、八〇—九七。
ストウ、ハリエット・ビーチャー『アンクル・トムの小屋』小林憲治監訳、明石書店、一九九八。
高尾直知「ホーソーン氏都に行く」『アメリカ文学ミレニアムⅠ』所収、國重純二編、南雲堂、二〇〇一、一八九—二〇九。

巽孝之「アメリカン・ルネッサンスの光と影」『水と光――アメリカの文学の原点を探る』所収、前掲、五九―七九。

福岡和子『「他者」で読むアメリカン・ルネサンス――メルヴィル・ホーソーン・ポウ・ストウ』世界思想社、二〇〇七。

マシーセン、F・O『アメリカン・ルネサンス――エマソンとホイットマンの時代の芸術と表現』上下、飯野友幸、江田孝臣、大塚寿郎、高尾直知、堀内正規訳、上智大学出版部、二〇一一。

モリソン、トニ『白さと想像力――アメリカ文学の黒人像』大社淑子訳、朝日新聞社、一九九四。

ワインスタイン、アレン、デイヴィッド・ルーベル『ヴィジュアル・ヒストリー　アメリカ――植民地時代から覇権国家の未来まで』越智道雄訳、東洋書林、二〇一〇。

アラン家の屋敷（ポーが育った家）
出典 *"MOLDAVIA" the Allan house The Poe Log* (1987), p. 136

プラット・ダゲレオタイプ
死の３週間前リッチモンドで撮影したもの

ポーがいた宿舎（右から３番目の部屋）1987 年筆者撮影

校内のジェファソン像

ポーの資料を多く所蔵するオルダマン・ライブラリー

The Rotunda of University of Virginia and Jefferson Statue
http://commons.wikimedia.org/wiki/File:Rotunda_north_UVa_wrapped_capitals_2010.j
ポーが入学した創立時の建物

Museum

Enchanted Garden (©Richmond Poe Museum)

入り口

内部の入り口

キュラター

第Ⅳ部

ポーとダーク・キャノン

ダゲレオタイプでは翳の多様性も、線的・空間的遠近のグラデーショも、その完璧な卓越性において真実のままなのである。

（エドガー・アラン・ポー「ダゲレオタイプ」）

『天』の公明で純真な日光には驚くばかりの直覚力があります。われわれは、日光が単に、表面を写し出すことだけを当然として認めているのですが、日光は実際に、目に見えない性格を真実どおりに露出するのです。

（ナサニエル・ホーソーン『七破風の屋敷』）

第九章

ダゲレオタイプ、ポー、ホーソーン
——真実の露出《レベレーション》と魔術的霊気《アウラ》のはざまで

1　新しい視覚テクノロジーと文学ジャンルの開発

エピグラフに掲げたポーとホーソーンのダゲレオについての文章は、両作家のダゲレオへの並々ならぬ関心を示すとともに、同じように「真実 (truth)」という語を使いながら、両作家の差異をもよく表している。ポーはダゲレオへの表象技術的関心を示しているが、ホーソーンの真実には、モラルの響きがあり、両作家の作品の手触りの差異を示しているだろう。この章ではポーとホーソーンの比較というどこにもありそうで実際には困難なテーマに向けて、ダゲレオタイプという両作家の芸術に本質的な影響を与えた問題を巡って考えてみたい。

この二大作家の比較についてドナルド・クロウリィ (Donald Crowley) の『ナサニエル・ホーソーン——批評的伝統』(一九九七) によると、ポーの早逝と不幸な批評史により、同時代の本国では忘れられていったポーの文学的業績が、一八五〇年代から六〇年代のイギリスの書評誌では、両作家との比較といった形でかなりのレヴューで認められているとされている。折からリバプール領事に赴任し評判の上っていったホーソーンと同等に、ポーも正当に扱われ、たとえば一八五五年一月には『エディンバラ・マガジン』で、「アメリカのもっとも独創的な作家はと聞かれれば『大鴉』を書いたポーを思い浮かべる」(304) とし、作品とその論理的な美質を分析的に伝え、次のページでは「ホーソーンは分析的才能ではポーにはとても及ばないものの、洞察において大いに優れ、理想においても強烈なものがあり、日の光を再創造し愛する作家である」(305–06) と述べられている。また一八六〇年四月、無記名の『ウエストミンスター・レヴュー』でも、両作家のミステリーへの関心を比較論評しており (323)、同時代のイギリス・レヴュー界が、本論で論じる両作家のミステリーと日の光に言及していることは、その後アメリカでポーは真面目な批評の対象にならなかったことを考慮すれば、注目すべきことであり、批評的慧眼が光っているといえるだろう。

しかしアメリカン・ルネサンス作家の中では、何よりも視覚の作家といえる両作家が、一九世紀中葉のパノラマ館やステレオスコープ、ジオラマ等視覚メディアの革新に深甚な影響を受けたことへの直接的比較言及は、当時はなかったようである。ポーの視覚に関わるテーマの展開と変奏は、いずれも一八三八年の、眼球そのものがテーマの一つとなっている「ある苦境」、すでに考察した「ライジィーア」、一八四〇年の暗闇の中の細密画的視覚表象に満ちている「群集の人」は言うに及ばず、ほとんどの作品に及んでいるので、最近のポー研究復活と隆盛の中でも中心的テーマとなってきたが、ダゲレオタイプ（銀版写真）について両作家を直接比較したものは案外に少ない。しかしダゲレオタイプとその技術に、エピグラフが示すように両作家とも圧倒的に深い憧憬を抱き、ポーの場合はすべてを見逃さないダゲレオタイプ的視力をもつデュパンの誕生をもたらし、ホーソーンの場合はダゲレオタイピスト、ホールグレイヴが、肖像写真の陰影と光を読み解いて、一族の歴史の真実と道徳的偽善性を暴くことになり、ダゲレオタイプと従来の絵画の差異は、両作家にとって重要なテーマであった。

アラン・トラクテンバーグ (Allan Trachtenberg) の『アメリカ写真を読む』(一九八九) を中心に、本論が参考にするアメリカ写真史と文学の比較研究の多くは、エピグラフに掲げたポーのダゲレオタイプ賞賛のレヴューから始まっている。そしてラルフ・W・エマソン、ホーソーン、ウォルト・ホイットマン、ヘンリー・ジェイムズと進んでいき、写真の発達史に即した個々の作家の記述を中心に展開するが、ダゲレオタイプの撮影を軸に正面から両作家を比較する論考としては、スーザン・ウィリアムズ (Susan Williams) の「ポーとホーソーンをダゲレオタイプする」(二〇〇四) という秀逸な論文がある。一八四〇年代のダゲレオタイプ普及の中で、「ポーは六回、ホーソーンは五回スタジオで座った」こと、ポーの〈プラット・ダゲレオタイプ〉(一八四九) とホーソーンの、例の暗い顔の〈ウィップル・ダゲレオタイプ〉(一八四八) を並置して両作家の対照的なダゲレオタイプと、ダゲレオタイプが果たした作家のイメージ普及について詳しく論じている (Williams 14–20)。またホーソーンの『七破風の屋敷』(一八五一) とダゲレオタイプについては、キャシー・デーヴィッドソン (Cathy Davidson)、アルフレッド・マークス (Alfred Marks) の詳細な包括的考究、中村善雄の「逸脱する身体と暴露する写真――探偵小説としての『七破風の家』」他多くの研究が、写真とメスメリズム、魔術との関連なども解明している。これらの研究をもとに本論では、両作家にダゲレオタイプが与えた創作上の問題、ことにポーと雑誌メディアとの関係、探偵小説ジャンル創始とダゲレオタイプの同時性の意味するところ、『七破風の屋敷』序文のロマンス論にみられるダゲレオタイプとの認識論的関係などを巾広く比較的に考察することとする。

2　ダゲレオタイプの出現とポーの「文学の新しい国（new literary nation）」

アメリカに移入されたダゲレオタイプについて、マティソン（Ben Mattison）の『アメリカのダゲレオタイプ』（*American Daguerreotypes*）によると、一八三九年いち早くニューヨーク「ニッカーボッカー」誌一二月号は、以下のように驚異の念で紹介している。「ダゲレオタイプは、単に自然を表象するだけではなかった。自然を再生、それを再現し、再創造したのである。（中略）その広い視野範囲に含まれている物体で、オリジナルでないものはひとつもなく、省略されるということは不可能なのである」（Mattison, American Daguerreotypes, web.）。一方『オブザーバー』誌にもナサニエル・ウイリス（Nathaniel Willis）の紹介記事が掲載され「自然の鉛筆（"The Pencil of Nature"）」と題する記事で、ダゲレオタイプについて「紛れもない魔術によるブラック・アートが誕生した」と述べている（Byer 666）。こうした紹介は後述するダゲレオタイプの二つの側面、真実性（事実を写し取ること）と魔術性の矛盾した性格を言い当てているが、両作家にとってもその矛盾した本質と葛藤は見逃せない問題であった。

ポーは早くもこの次の月、フィラデルフィアの『アレキサンダー・ウィークリー』誌一八四〇年一月一五日号、続いて五月六日号で、「銀板写真（"The Daguerreotype"）」と題する重要な記事を書いている。大量印刷革命の時代を生き、最新のテクノロジーを作品のみならず幅広く編集技術に取り込んでいったマガジニスト、ポーは、中でも視覚表象に大変革をもたらしたダゲレオタイプの技術には、その革新性に格別の関心を抱いた。このテキストはクラレンス・ブリガム編集の本『ポーのアレキサンダー週刊誌への寄稿』（一九四三）に初めてポーのものとして掲載されたが、以下引用のようにトラクテンバーグ編の『写真についての古典的エッセイ集』の最初に収められていて、ポーがアメリカ作家としては、最初にダゲレオタイプについて詳細な発言をしていることも示している。

> この装置は近代科学の最も重要で驚異的な発明と見なされることは間違いない。（中略）ダゲレオタイプと比べれば、どんな言語もおよそ真実を伝え損ねているとしか言えない。しかもこの場合視点の源が描出者（デザイナー）そのものであることを考えると驚異と言うほかない。実際ダゲレオタイプは無限の（この語の真の意味で）まさしく無限の正確さにおいて、人間の手によるいかなる絵画よりもその再現性に秀でているのだ。もし我々が強力な拡大鏡で通常の絵画を仔細に眺めたとすれば、自然に似せて描かれたすべての線は消え去ってしまうだろう。しかし写真素描を厳密に精査すれば、より絶対の真実のみを開示し、再現された事物の姿のより完全なる現実との同一性を示すのである。翳の多様性も、線的・空間的遠近のグラデーションも、その完璧な卓越性において真実のままなのである。(Trachtenburg 37–38)

このようにポーはダゲレオタイプが比類なき正確さで、人間の手になる如何なる描写よりも、対象の優れた再現を行うとして、その革新性を見抜いた。写真が絵画と比較した際の最大のメリットが細部の正確さにあることは、「エドガー・ポーにとって写真画像を鏡像と呼ぶことは比喩ではなく、あるがままの状態を指すことなのだ」とトラクテンバーグは『アメリカ写真を読む』で述べていて、「鏡としての機能性において、写真画像はピールが描き、モースが言及した表象システムへの、最もラディカルな革新性を露わにしている」(Trachtenburg 16) と論じている。ポーを魅了し

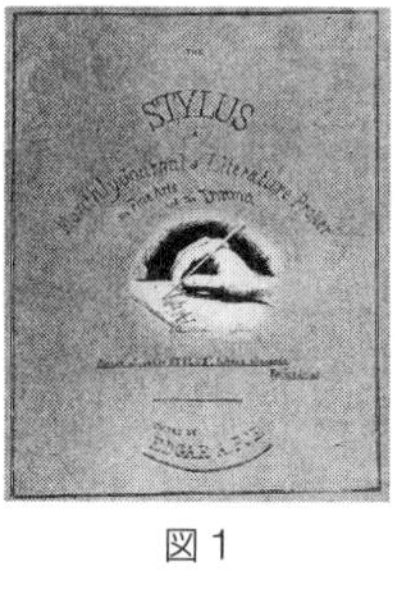

図1

たのは、絵画や手描きの図像とダゲレオタイプの絶対的な事実再現的表象性の差異であり、こうした認識は〈言葉による絵画（word- painting）〉といえる三〇年代ポーの、魂を映し出す風景と、「モルグ街の殺人」以降の、事実に即したいわゆる写真的風景の、作品の手触りの劇的変化と関係していると思われる。

またポーはダゲレオタイプの私的使用にも並々ならぬ興味をしめしている。マイケル・ディーズ（Michael Deas）による『エドガー・ポーの肖像画とダゲレオタイプ』（一九八九）には、八種類の真正と認められたダゲレオ〈原版（Original）〉とその他二四の〈偽肖像写真（Apocrypha）〉と、いわゆる〈亜流（Derivatives）〉が集成されている。亡くなるまでの一〇年間でこれほど多くのダゲレオタイプを残している同時代作家はいないし、この分野の専門家である内田市五郎の『ポゥ研究』（二〇〇七）でも、よく知られたポーのダゲレオタイプ肖像画六種類について、その撮影のいきさつが詳らかにされている。ポーはフィラデルフィア、プロヴィデンス、ニューヨークと行く先々でスタジオに出向いた。ディーズによると「亡くなる三週間まえ、リッチモンドの有名なプラット・スタジオでも撮影しており」（Deas 54）、明らかにポーはダゲレオマニアであったといえよう。

しかしそれのみならず、ポーはダゲレオタイプの公的使用、つまり雑誌でのイラストとしての使用にもきわめて関心が高かった。一八四二年ダゲレオタイプを取り込んだ写真週刊誌『フィラデルフィア・サタデー・ミュージアム』がはじまり、四三年二月二五日号は、ポーのダゲレオ写真に基づくエングレイヴィング座像と作家の評伝が掲載され、ポーの幻に終わった雑誌『スタイラス』（図1は *Poe Log* 300）の広告（Prospectus）も掲載された。同じようにイラストレーションを駆使した雑誌『ブロードウエイ・ジャーナル』編集においては、ポーはイラストに五一葉を使用している。そのうち図2に示したものはカリカチュアであり、ポーリンの復刻版より五点をコピーさせて頂いた。い

［図 2］『ブロードウエイ・ジャーナル』にはダゲレオや肖像画やカリカチャーが豊富に掲載された。キャプションと共にポーリン編集の復刻版の頁を示し、原典頁から 4 点紹介する。なお⑤は『ダラー・マガジン』1949 年 1 月号掲載 J. H. Guganne による絵の転載。
① PollinIII: 1 ② Pollin III: 108 ③ Pollin III: 143 ④ Pollin III: 82 ⑤ Pollin III: 350.

③

A SUSPENDED BISHOP.

(*BJ*, 1:89)

①

Ben Johnson has given the most correct definition of fashion in his *Discoveries* that we have ever seen.

"Nothing is fashionable until it be deformed."

("Fashion" in *BJ*, 1:8.)

④

A PRESENTATION AT A LITERARY SOIRÉE.

Soirée (*BJ*, 1:232)

②

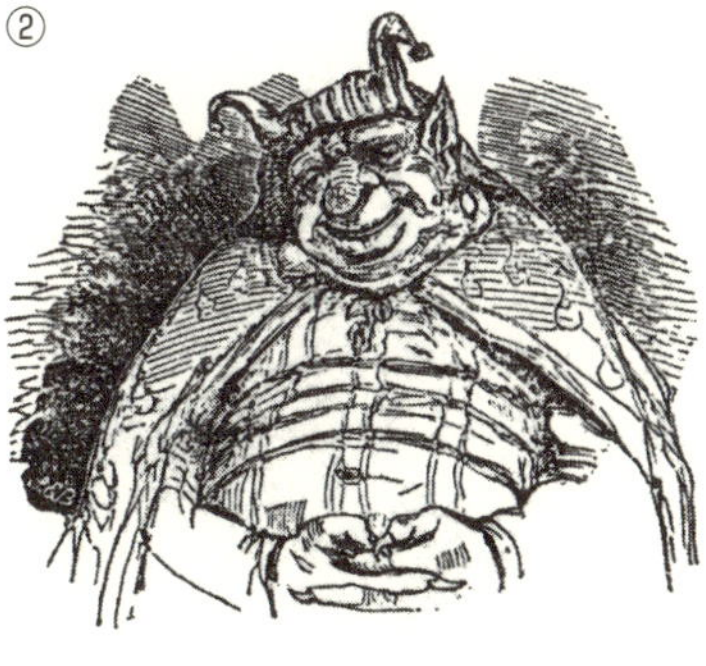

Jester (*BJ.* 1:200)

⑤

Poe and Longfellow Caricatures by F. O. C. Darley
From "A Mirror for Authors" (by Motley Manners — Joseph H. Duganne, 1823–1895), in *Holden's Dollar Magazine*, January, 1849.

ずれも風刺性が強く、事実を映し出すダゲレオとの組合せがポーの狙いであった。

フランソワ・ブルーネット (François Brunet) の『写真と文学』(二〇〇九) によると、ハーマン・メルヴィルは『ピエール』(*Pierre, or Ambiguities*, 1852) 宣伝のためのダゲレオ撮影やイラストを忌避したと伝えられており、ポーと全く対照的である (Brunet 116)。ケヴィン・J・ヘイズの「エドガー・ポー、ダゲレオタイプ、自伝的行為」(二〇〇二) によるとポーにとってダゲレオタイプの出現は、まさに「文学の新しい国」のはじまりを意味した。雑誌の中のイラストの重要性について「エドガー・ポーにとって言葉は、印刷による機械的媒介の事実と切り離せない何かであり、物質的変容をもたらすべく意図されたなにか」(Hayes 477) であった。理想の雑誌『スタイラス』では、「文学が具体的な読者と製作者のネットワークを必要とし、両者を結ぶリンクも必要とするとポーは考えた」(同) とする。ポーの中に芽吹いていた「文学の新しい国」の概念は、現代であれば当然の、このような制作者側と読者側のネットワークの概念に近いものだったのである。このようにダゲレオタイプの出現がポーに与えた影響は文学の在り方にかかわっており、この点ではホーソーンとも接点が多い。『スタイラス』発刊のためにジェイムス・L・ロウエルを通じてホーソーンの肖像画を所望したところ、ホーソーンの「妻が肖像を書いてくれるか、ダゲレオタイプを送りたい」との返事をロウエルから受信している (Poe, *Letters* II, 394)。

『スタイラス』の良く知られた表紙はポーがデザインしたものであるが、このデザインはペンを持つ手が、だまし絵的に白と黒を反転させた瞳にもみえる。デザイン全体が瞳を覆う上瞼と下瞼にも見えるように工夫されているのである。これはポーにとって書くことと視ることの認識論的一体性を読み込める図である。「ペン・マガジン」(Penn) というタイトルが、一八四三年『スタイラス』に進化した背景には、書くことつまりペンにこだわっていたポーに、ダゲレオタイプの出現が促した、書くことの新しい意味があったと推測できる。正確に書きつけることと目が対象を捕捉するときの選別性との差異、つまり書くことと視ることの新しい結合、選別せずすべてを視て書くこと、ペンと目の結合（表紙が示すもの）、つまり書くことのダゲレオ性が主張されていると考えられる。

3　ホーソーンのロマンス論とダゲレオタイプ

一方ホーソーンも、この技術がアメリカに入ってきた三九年一一月直後、その翌月には、婚約したソファイア・ピーボディに次のように驚異の気持ちを書き送っている。

> ダゲレオタイプ（これがその名前だと思うのだが）には、知的世界との類縁が何かあってほしいものだ。自然のさまざまな様相をつぶさにその機械は描き出すとともに、何か目に見えぬ、何かこの上もなく深く、微妙で微細な思いや感情を、目に見える形に映し出すに違いない何かがそこにはある。(*Letters*, 384)

およそ一〇年後ホーソーンは、ダゲレオタイプの視覚表象の本質にかかわる問題を『七破風の屋敷』において作品化することになるが、この手紙の文面は当初より、〈見えない世界〉を〈何か見える形で〉表象するというダゲレオタイプの特質を、ホーソーンがいち早く察知していたことを示す。またダゲレオタイプの普及とともに、写真が中産階級の中で家具の一部として壁を飾り頻用されるようになる五〇年代、写真の技術と原理とその普及の結果が、作品の枠に大きな影響を与えたのみならず、登場人物の様々な視覚表象を作品の中心構造に据え、しかもエピグラフにあげたように、ダゲレオタイプの絵画に対する優位性が、ストーリーの謎を解明する小説を出版することになった。

マティソンは『アメリカのダゲレオタイプの社会的構築』（一九九五）の序文によると、ダゲレオタイプの普及はまさに中産階級の拡大と機を一にしているとして、「写真は暗示的意味が豊富である。それは過去を呼び起こし、画像の境界を超えて一九世紀的感覚を提供する。このプロセスは偶然ではないと信じる。初期の写真はダゲレオタイプの光と影により、意図的に階級、職業、文化、生活を喚起するのに使われた」(web ch 1) と述べている。社会秩序変動期にピンチョン一族の歴史を語るロマンスを、階級を横断する存在である流浪する芸術家にして銀板写真家を軸に書き上げたことは、ホーソーンが、ダゲレオこそ時代の流動性と変化の声を敏感に反映する方法であることをよく知っていたからであろう。ホールグレイヴは「過去が巨人の死体のように現在の上に横たわっている」と考え、それを押しのける改革を目指す改革家、作家、教師など様々な呼称で呼ばれるが、「銀板写真をやっている芸術家」として第Ⅱ章で言及され、〈芸術家〉が四一例、第一二章「銀板写真家」以降では〈銀板写真家〉の用例が二八回ある。この二つの語の用法からも、彼の制作する銀板写真そのものが、絵画という古い時代の視覚表象を〈古い外套を脱ぎ捨てる〉ように、〈ダゲレオタイプ〉に、とって代わる形となっている。

同時代、ソローの『ジャーナル』やエマソンの場合の限定的言及と対照させながら、ブルーネットは「［エマソン］とは逆にそして奇妙なことに、ホーソーンは個人的にも写真に夢中になり、ロマンスの中で写真の持つ啓示的機能についてかなり風刺的な見解を展開することになる」(68) としている。『ピエール』でも父親の肖像画からストーリーがはじまるように、ピンチョン大佐の肖像画という芸術作品が子孫に与える謎からストーリーが始まり、ピンチョン判事の銀板写真で終わるこの作品は、まさに絵画から写真へと視覚表象の質が芸術から客観的な〈太陽の描写〉へと変革される時代の変化と、ピンチョン一族の末裔が中産階級化し新時代へと脱皮することと呼応してストーリーが進むのである。というのもマティソンによるとダゲレオタイプには「写真家と主体の側に、意識するか無意識のうちにか、様々な意図の層をもたらす。それらの層を剥離することによって、またダゲレオタイプの構築を解体することによって、われわれはその衝動、アイディア及びその製作者とその時代を仮定し吟味することができる」（同上 web）とする。

そのうえさらに、元来作品を書くプロセスとダゲレオ装置の露出・現像・焼き付けプロセスには、両者の〈事実の類似性 (likeness)〉というミメーシス的性格から相似性があるが、『七破風の屋敷』序文のロマンス論は、ホーソーンの創作技法におけるロマンスの特質をダゲレオタイプ用語で表現しているだけに止まらない。リアリティに基づく小説との違いを強調する際、「画面の明るさを強く出したり、あるいは柔らかくしたり、また陰影を深く豊かにするなど、作家自身の気分的媒質を操作してもよいのである」(II, 1) というように写真の技法を使って説明し、この作品自身が明暗のグラデーションに基づくダゲレオタイプ的手法で書かれていることを宣言しているかに見える。つまりホーソーンにとってダゲレオタイプの登場は、新しい小説技法を考案する上で大いなる暗示を与え、具体的にも作品の骨格を与えることになった。この点をトラクテンバーグは、以下のように写真学の専門的見地から批評している。

ホーソーンの『七破風の屋敷』では、ダゲレオタイプが作品の文学理論として、またプロットとしても主要なテーマとなって内在化している。ダゲレオタイプはナラティヴの戦略的役割を担い作品が持つロマンスの曖昧さの印象を与えている。(中略) ダゲレオタイプが持つミメーシスからの、許容される逸脱、(中略) つまり写真は光を溶かして影を加減できるということを、ホーソーンは利用する。それはダゲレオタイプが単純な機械的様式と自意識的芸術的仕様の中間に形式化されたものであるからで、この小説ではダゲレオタイプに本質的な光、霧、影 (light, mist, shadow) が絶え間なく使われている。(Trachtenberg 1997: 460–61)

またホールグレイヴは雑誌作家でもあり、物語をフィービに語るプロセスと写真を撮るプロセスの類似性は、言葉とイメージを操ることの本質的類似性に由来する。この点でもポーとホーソーンは、アメリカン・ルネサンスの作家たちの中では、みずからの写真を表紙にした『草の葉』を出版するホイットマンと並び、ダゲレオタイプをその芸術内部に深く取り込んだ作家であったといえる。当時のイギリス論壇で両作家は絶えず比較される「最も偉大なアメリカ作家」の位置づけを得ていたが、このメディアのもつ芸術的可能性の豊かさに両作家は先鋭的に反応し、特に両作家とも、次節で述べる〈光の描く絵〉としてのダゲレオタイプの特性に、計り知れない重要性を見出していった。

4　〈光の描く絵〉としてのダゲレオタイプ

すでにみた「ダゲレオタイプ」引用のなかでも、ポーは「写真の語源はギリシャ語の太陽であり、写真は光の画描である」とも述べている。この点は、写真が人間でなく自然そのものが主体となって描く技術であるという意味で、ポーを特に魅了した。というのも写真の作り出す像は、芸術家が生み出す従来の想像力で描き出す自然に対し、まさにポーの〈第二の自然（the second nature）概念に近いものだからである。ポーはすでに論じたように、「アルンハイムの領土」で神と人間の中間に位置する改造された自然としての造園をめざし、これを第二の自然と呼んだ。第二の自然は死を運命づけられた現実の自然よりも優れた美を備えるとしたが、これは写真が顕わにする像と自然の関係を捉える評言とも解釈できる。トラクテンバーグも「一八三九年より遥か以前から写真表象は、すでに第二の自然というべきものとして、絵画が模写すべき現実の本当の姿だと考えられてきた」（Trachtenberg 1997: 25）とし、現実の〈描写（describe）〉でなく「転写（transcribe）」の概念が生まれ、人間でなく日の光が転写を行うということが要であった。

ホーソーンの場合『七破風の屋敷』の屋内の描写では、日光と暗闇の対比が至る所に出てくるが、暗闇がいつも過去や亡霊や悪と結合し、光は人物としては常に「フィービのみずみずしい少女の姿は太陽の輝き、また花であり」（108–09）のように、ギリシャ語で光の意味でもあるフィービと結びついている。また「ああ、われわれがあとにした幽霊の現われる荒涼たる夜暗はなんと索莫たる思いを引き起こすことか！――さわやかな、澄みきった、晴朗な朝と交代するのである。祝福された喜びの燦々たる光！　白昼の光（中略）、悪を消し去り、あらゆる善を可能にし、また幸運を得られるようにする、普遍的な神の恩寵の一部のように思われる」（282）のように、光は悪を消す神の恩寵と同義的に使われている。さらに以下の例では、磁力や祈りとも結合し、特に光の黄金色が真実の発露を促すとされている点が、プロヴィデンスをテーマとする本作品の展開からも注目される。

> その陰気な古い居間の中で、小暗い葉群をくぐり抜けてくる細かに震え戯れる日光へ彼の目がいやおうなく引かれている、その磁気的な引力によっても認めることができた。そのことは、花をさした花びんに目を留めて、その香りとともにつくづくと楽しんでいる彼の様子にも見られた。（中略）空気は、神の最も甘美な、最も柔和な日光を含んでいて、人間が胸の中へ吸い込み、祈りの言葉となって再び送り出すのにふさわしくしていた。
> (II, 108)

日光がこのように磁力や祈りと直結し、さらに真実を映し出すのみならず、隠れたものを露出する力を持つ真実の転写であるとの信念は、エピグラフの文の次に続く「こういう秘密の性格はどんな画家でも、たとえそれを看破できたところで、思い切って描くだけの勇気はないでしょう。少なくとも、僕の技術の謙虚な描線には少しのお追従もありません」(184) の言葉にも読み取れる。その点こそ、ポーも指摘している写真の霊的力であり、絵画への優位点なのである。

つまりダゲレオタイプ描写の主体が太陽、また日光であることの意味は、それが天の描く像であり、暗闇と結合したピンチョン判事の悪事と偽善的二重性、および家系的病いも、最後には、死体から制作したホールグレイヴのダゲレオタイプが〈露出〉してしまうのは、この技術の〈恩寵〉でもある。こうしてホーソーンは、作品中執拗に繰り返される明暗の対立の中で、真実を啓示 (revelation) または露出 (exposure) させる光と、ダゲレオタイプという新しい表象作用との、強い倫理的結合を小説化していった。

しかしながらこのように、太陽の画描であるダゲレオが持つ意味については、両作家はまったく異なっているようにみえる。ポーの場合は現実の自然の凋落や荒廃とポーが考えるものを超越する新しい芸術をダゲレオタイプの表象技術が志向すると考え、それを担うのは、「アルンハイムの領土」の造園主エリソンのような詩人であった。一方ホーソーンの場合は、世界の憂鬱を払拭・克服し、視えない人間の悪を正し露見させる神慮にも似た作用を、ダゲレオタイプは帯びていると考えたのである。しかしホールグレイヴは、ピンチョン大佐の謎の死と、ピンチョン判事の死との間の身体的類似性を自らのとった銀板写真によって判定し、一種の科学的捜査によって、死因には家系的心臓発作の病があったとの真実にたどり着く。彼は事件の深層と真相をきわめる探偵の役割を担うことから、ここでポーの生み出したデュパンの推理ともきわめて近い存在だともいえるのである。中村論文は「ホールグレイヴは探偵的存在として、また身体の解読者として、死因解明、判事の悪意、クリフォードの無罪、行方不明の土地権利書の発見」をなす「全能的／作者的役割を担っている」(77) と指摘し、探偵と写真家の親和性を論じている。これをさらに発展させて、ポーの場合の探偵小説とデュパンのダゲレオタイプ的視覚は、以下にみるように文学そのものを〈新しい国民文学〉として展開させる、ジャンル創造の契機ともなったのだと主張できるのではないだろうか。

5　ダゲレオ装置が設置される〈死体置き場《モルグ》〉

かくして一八四一年の「モルグ街の殺人」は、ポー文学内部の結節点に当たる主人公、アッシャーからデュパンへの転換、つまり語り手と語りの質の変化と、作品の場所性が貴族的館の室内から固有名詞を付した大都会へ移動し、登場人物がアッシャーのような一人屹立する芸術家から、声のみ登場する群像へと変化するなかで生まれてきた。掲載されたフィラデルフィアの『グレイアム誌』や『ゴーデイズ誌』は、ダゲレオタイプから複製したイラストを掲載する世界的にも最先端の雑誌であり、事件の要となった〈避雷針〉を備えた建物も、一八四〇年頃は世界でフィラデルフィアのみに限られていた。またパリにはモルグ街（死体置き場街）という通りは実在しないが、ポーリンの研究によると、それは「目抜き通りパレ・ロワイアルを一つ入った裏通りの設定で、都市人口が階層化し混雑したパリの内部に設定され」(Pollin 240)、ダゲレオタイプが発明された国フランス、パリに設定されることで、この作品は新・旧両世界の最新技術を持つ大都市の裏通りが持つ、普遍的なしかも非現実の表象性を持つに至った。

ヴィクトリア朝と視覚的想像力についての著作の中でロナルド・トマス (Ronald Thomas) は、オーギュスト・デュパンを「観察する機械」("observing machine" Thomas 136) と呼び、既にみた「写真素描を厳密に精査すれば、より絶対の真実のみを開示し、再現された事物の姿のより完全なる同一性を示すのである」(Thomas 137) というダゲレオタイプの手法を引用し、デュパンの視覚はその原理を実現したのだとする。トマスは、写真が、特にこれまで室内に秘匿されてきた女性の身体を可視的に暴き、その死体に情け容赦なく焦点を当てることで、人間の身体を、それを読む専門家にコントロールされる〈読むべきテキスト〉に変じたと卓見を述べている (Thomas 152–53)。ポーの「モレラ」「ライジィーア」「エレオノーラ」などにおける女性描写は、細部は詳細だが最終的には神秘的な全体像が特徴で、いずれも天上性が強調されてきたが、ダゲレオタイプ的視力は世界を視る新しい技術を生み出すとともに、とりわけ女性の身体を物体へと変質させたともいえよう。舞台をパリにしたのは、当時パリ警察ではダゲレオタイプが使用され、警察での検視死体の写真と、それを掲載した新聞など印刷メディアの発達もあったからだろう。これを考えると、〈モルグ街〉とはまさに、死体撮影のために〈ダゲレオ装置が設置される死体置き場〉のことでもあった。

したがってこの作品の視覚像は、当然前節で述べた光と深く関係している。「群集の人」の光源は、太陽光線の代わりに暗闇を照らす〈テルトリアヌスの文体に喩えられた黒檀のような光沢を持つガス灯〉であった。「モルグ街」においても、デュパンの瞑想的想像力は「太陽光線を鎧戸で閉ざし、蝋燭の火の点る」隠れ家で始まっている。しかしそれまでの落日後暗闇のうちに進行したストーリーを、初めて太陽光線による作品展開に変えていることは重要である。殺人事件そのものは「明け方三時頃発生し」デュパンが現場の調査に出かけるのは「午後遅くなって」から陽のあるうちであり、「夕闇の帳降りる頃」から始まる「アッシャー館の崩壊」や、人工的光源の空間を演出する「赤死病の仮面」などとまったく違っている。デュパンとは、徹底して視覚の場で形成されてきたポー文学の中で、光源がすなわち画描者である太陽の、万能の視力獲得を意味する主人公であった。

したがって「モルグ街の殺人」の死体描写は、それまでのポーの風景構築とはまるで違うダゲレオ的描写であり、〈美女の死〉のテーマは、〈美女の死体描写〉へと変質し、都会の読者に提供する事件を語る言説となった。ヴァルター・ベンヤミン(Walter Benjamin)の言葉を借りると〈個人の痕跡が消えるのみならず、その身体もばらばらに切断される〉写真的映像を組み込むもので、ポーにとって絵画と銀板写真の手法の差異は、例えば「アッシャー館の崩壊」の冒頭に典型的に見られるように、魂の画布《キャンバス》となるページに描出された館の風景と、『ガゼット紙』の記事として呈示されるレスパネー親子の惨殺死体の客観的な写真的記述を比較すれば歴然となる。「体中すりむき傷があったが、明らかにそれは身体が煙突に押し込まれて引きずり出された時のものであった。体にはまだじゅうぶん暖かみが残っていた。死体を調べてみると、たくさんの擦過傷が、顔にはひどい掻き傷がいっぱいあり、喉にも黒ずんだ打撲傷と、故人が絞殺されたことを示す指の爪痕があった」(MII: 538)。

アッシャー館の語り手の目にヴィジョナリーに浮かび上がる風景は、絵画としての世界幻出であった。一方『ガゼット紙』の死体描写は、「現実の鏡像」であり、テキストは磨かれたダゲレオ板として置かれている。さらにデュパンのカメラアイは、鏡像の細部を読み込み、真実を映し浮かび上がらせる表象へと深化させていくのである。「一本の釘にみえる、頭のところがぽろりととれる釘」や、「フェラード様式の鎧戸が半開きになって」いること、そして鎧戸が「避雷針まで二フィート以内の距離にまで」押し開けられうることなど、デュパンによる鏡像の〈真実〉啓示のプロセスは、他ならぬ死体が置かれていた〈密室〉に、デュパンのダゲレオ的視力が、二次元的な鏡像を三次元的真実に再構築していくプロセスと言い換えてもよい。同様のことは「マリー・ロジェの謎」における「身に着けていたペティコートからは、長さ二フィート幅一フィートに布がむしり取られ、後頭部からゆるく巻いて顎の下できつく結んであった」(MIII: 734)といった詳細な衣服の変形の記述にも窺える。上着やパラソルの布の変質が逆に凶行を組み立てていく。この時重要なのは、単に隠れた部分の発見といった面への読み込みだけではなく、開けられた鎧戸から飛び込むいきものの像を想像する、時間軸も加味された三次元の視力であり、透視力といった方がいいだろう。閉じているはずの窓がバネ仕掛けにより押し開けられ、水夫により半ばペット化された野生のオランウータンという混沌とした外部世界が、稲妻のように避雷針から飛び移り内部に突入し、剃刀を振り回す。そしてこのストーリーを辿り直すデュパンの視力はまた、世界を観る新しい技術とともに、パリに実現していた多文化多国籍の国際都市の状況や都市内部の階層化とも深く結びついていたのである。まさにダゲレオというテクノロジーとペンが結合したのがデュパンであった。

6　魔術としてのダゲレオタイプ

デュパンの視覚に関連して、ここでこの作品のもっとも革新的な創造とされた密室についても考察したい。レスパネー母娘の部屋は、実は密室ではなく窓が自由に開閉できた。窓からの超自然的存在の侵入は、ポー作品のオブセッションで多くの作品のモチーフであり、筆者はそれを「ポーの語りのスペースにおけるゴシックの窓」と題して論じた。それによると窓は実に、三〇年代のポーの作品では、怪異が侵入し、部屋をゴシック空間に変じる重要な経路となってきた。しかしレスパネー母娘の部屋に侵入したのは、ポーを圧倒してきた超自然的侵入者ではなく、自然そのものといえるボルネオの森からの、自然からの使者ともいうべきオランウータンであった。実際ポーがいかに「モルグ街」で窓に執着したかは、テキストに窓（window）が二八回繰り返されることからもわかるが、その窓はこれまでの作品とは変質していた。落雷を避けて電気を建物の外に導くはずのフランクリン発明の避雷針を伝わって、巨大な生き物が建物内、それも女性二人の部屋に窓から飛び込むというからくりには、フランクリンの理神論や合理主義をあざ笑う自然の脅威の再導入とも呼べる意義があるだろう。窓によって隔てられた内と外、文化と自然、美女と野獣は攪乱されて渾然一体となり、女性の身体は窓から外に投げ捨てられ、ひたすら視られる物と化すのである。

しかもデュパンが集めた証言が示すように、パリにはオランダ人の経営者、イギリス人の仕立て屋、スペイン人の葬儀屋、イタリヤ人のお菓子屋、フランス人の検死医師などからなる多国籍の、人種的文化的多元社会が展開し、街に寄港する外国船からの水夫が行きかう、物流の世界的流れもあった。デュパンの推理は、避雷針のそばで見つけたリボンのわずかな切片が、マルタ島船籍の水夫に特有の結び目を持っていたと直感したことから始まり、その想像力はまさに稲妻のように部屋の内部に侵入し、水夫、ボルネオ島、オランウータンへと時空を自由に飛び交いリンクした。ショーン・ローゼンハイムはこれをいみじくもポストモダン的「インターネット的想像力」と呼んでいる。

かくしてデュパンのダゲレオ的、稲妻的視覚は、多文化化していく一九世紀中葉の、自然と文明の不分明の混沌と無秩序の表象を、探偵物語へと焦点化した。パリに設定されたのは、野性からの逃亡者であるオランウータンがその後パリを取り囲むブローニュの森で捕獲され、当時世界最大の収集を誇っていたパリの自然植物園に引き取られるというからくりのためでもあっただろう。大都会が世界の自然を収集し植物園に囲いこむ状況こそ、このダゲレオ作品が暴露した新奇な〈真実〉であった。

ここで最後にダゲレオ・ポー・ホーソーンの強い繋がり、魔術性について再度見ておきたい。上掲『アレキサンダー・ウィークリー』誌には「ダゲレオタイプ」と同時に「謎とき (Enigmatic)」と題する、読者への半年に及ぶポーの暗号解読サーヴィス連載物も掲載されていた。このことは、ポーにとって銀板写真の持つもう一つの意味も語っている。暗号はポーにとって解読可能でも読者にとっては謎であった。つまり銀版写真は、カーボナイトと石灰とヨウ素の化学作用を利用して開発されたものであるが、その化学物質と太陽の作用を司るプロセスは、一つの図像から「絶対的真実」を浮かび上がらせる、一種不思議この上ない魔術、暗号としての機能も併せ持っていた。現にアラビアンナイト風の笑話「シェヘラザードの一〇〇二夜物語」では、顕微鏡や望遠鏡、電信機の発明、紫外線や赤外線のスペクトルの差異の発見など視覚に関わる様々な発見を、王に命乞いをする娘が、一種の魔術として語るが、ストーリーの詳細な注の中で、ポーはダゲレオタイプに言及している。「又別の一人は太陽に命じて自分の肖像画を描かせました。［ポーは注で「これは銀版写真術のこと」(MIII: 1160) とする］　この引用はポーにとって写真による表象性の核心にあるもう一つの特性の所在をも暗示している。つまり写真は絵画のように人間の思想から内面的に描出されるのではなく、被写体に太陽光線が当たり銀版に浮かび出る、いわば「光による肖像画」である。かくして写真による表象結果は比類なく革新的であると共に、ある意味では鉛に妖銀を吹き付けた銀版に像が浮かぶのを待つ、錬金術的魔術性、いわゆる霊気、アウラも内在させてもいたのである。

ホーソーンのホールグレイブも、メスメリストで魔術師のマシュー・モールの末裔として登場し、当時ダゲレオタイプが一種魔術として一般大衆に捉えられていたことを中村論文は詳述して「メスメリストとダゲレオタイピストは共通する眼差しを」（四三九）持っていたとする。

このように見てくるとポーとホーソーンにとってダゲレオタイプは、真実性とは裏腹の、第二の魔術的特性を葛藤として内在させ、それは両作家の芸術が持つ複雑性そのものであった。特にポーにとっては、銀板写真が眼を光学化したレンズという視野枠を持つことで、描かれる像は、被写体の完全なアイデンティティとなるとともに、対象の再定義化という第五章で述べた、〈第二の自然〉創造の作用から生まれるものでもあったのである。

第一〇章　ポー、フォークナー、ゴシックの窓

人種はこの国の身体に刻まれた分裂的トラウマであり、自由にそして不平等に殺し、言い難く豊かに特権を行使する。（中略）人種は純血、混血、混淆、差異、隔離、隷属、リンチ、結婚のグラマーを直ちに喚起する
（ハラウェイ「ヴァンパイアー文化のあまねき献血者達」*Uncommon Ground*, 321）

1　人種のトラウマとゴシック・アメリカ

ダナ・ハラウェイは自然の社会的構築性を論じる論文「ヴァンパイアー文化のあまねき献血者達」を、エピグラフにあげた文章で始めている。これは人種が自然の概念同様アメリカ人を悩ませて止まない遺産であることを的確に表現するとともに、『アブサロム、アブサロム！』はまさにサトペン一族の純血、混血、混淆、差異、隔離、隷属、結婚そして殺人の物語であり、アメリカの基本書の一つともいえる作品であることを示している。同じくアメリカとは何かの基本書の一つ、クレーヴクール（Michel Guillaume Crevecoeur）の『アメリカ農夫の手紙』も既に、人種がもたらすアメリカの夢と悪夢の、和解なき膠着性に深く悩まされている。「手紙三」がアメリカを「自らの従う新しい政府、自分の持っている新しい地位から受けとっていく理想の国で（中略）世界の偉大な避難所」と賞賛しながら、「手紙

九　奴隷制について――陰鬱なシーン」では以下の暗転がある。「おお神よあなたはどこにいるのでしょうか」と慨嘆し、陽光に輝くチャールストンの繁栄の影で、奴隷監督を殺したため木から檻に入れてつるされ、生きながらの死の地獄のリンチに呻く、「鳥かごの檻の中の奴隷（"caged slave"）」の地獄絵とも呼べるシーンを次のように展開する。

わたしはむやみにせき立てられるような気持ちであたりを見回しました。すると六メートルくらいのところに何か檻籠のような物があるのに気づき、木の大枝に吊され、枝という枝に大きな禽が羽をバタつかせながら檻籠に止まろうとしているのでした。（中略）その檻には一人のニグロが容れられ、吊されて息絶えるがままにされていたのです。わたしは思いだしてもぞっと震えるのですが、禽らは既にニグロの両目をつつきだしていましたし、頬の骨はむき出しになり、両腕はさんざん痛めつけられており、体もあちこち傷だらけなのでした。うつろな眼窩の縁からも、ぼろぼろになった傷口からも血がじっとりと滴り落ちて地面を赤く染めていました。

（クレーヴクール　一七八）

肥沃な大地の田園で突然遭遇したこのゴシック的恐怖シーンは、理想的農夫ジェームズに体現される、南部風景のアメリカ神話化過程で抑圧された文化矛盾の認識を表象するもの、つまり明と暗、楽園と地獄のあまりに激しいダイコトミーから成るアメリカの原風景として、更に深く考察される必要がある。ゴシック的恐怖を、ハラウェイのいうようにアメリカ文化の特質に遍在する因子としての人種と強く結びつけ、ゴシックを文芸史よりはアメリカ人の罪と無垢の概念形成の根幹に関わるものとして、アメリカの抑圧された国家的記憶を物語る文学として歴史的文脈におくことになる。特に猛禽類の餌に供される犠牲者の残虐シーンをスペクタクルに切り取る檻というフレームは、ゴシックというよりホラーに近い。南部の田園風景に潜む血の歴史から、ポーやフォークナーのゴシック・テキストのタブローをも形成する、木の枝での処刑、目をくりぬかれた空ろな眼窩、血で濡れた大地など、ハラウェイのいう〈身体に刻まれたトラウマ〉を描くゴシック性が目を惹く。

というのもポーのゴシックが創作されたのは、主として一八三〇年代から一八四九年、ナット・ターナー事件で南部白人優越主義イデオロギーが益々武装されていく時代であり、第Ⅲ部で述べたトマス・グレイによるナット・ターナー告白原本は、「C・B・ブラウン『ウィーランド』のようなゴシック小説として読まれた」(Ginsburg 101) という。ポーの開発した短篇ジャンルも、人種的葛藤を濃く滲ませており、奴隷制という問題機制によってその独自性を生みだしてきたのではないかと考えられる。しかしポーは従来白人人種差別主義者として単純に捉えられる傾向も強い。ポーと人種問題の複雑性は、ポーが大西洋沿岸諸都市をめまぐるしく移動したことからも生じている。一八三一年詩集をニューヨークで出版し、一八三七年リッチモンドからニューヨークにでて『ピム』の出版をするが、三〇年代ニューヨークは自由黒人の増加に伴うアボリショニストと反アボリショニストによる都市暴動が頻発し、ことに三六年から三七年にはピークに達していた。そして新しい移民も多いニューヨークでは、ボルティモアやフィラデルフィアとも異なる状況にあり、激しい議論や対立、また南部と北部の文化的相克が交錯していた。南部の富裕階級から脱落していったポーにとっては、こうした状況の交錯も複雑に影響を与えたと考えられる。アボリショニズムについてまとまった発言は差し控えていたポーではあるが、ポーの諸作品に色濃くこの問題への中立的態度の反映が窺えることはⅢ部でみたとおりである。

一方『アブサロム』のテーマの一つであるミセジネーションという言葉ができたのが一八六四年であり、ワーナー・ソラーズ (Werner Sollers) によるとミシシッピー州法で反ミセジネーション法、つまり「白人とニグロあるいはミュラトー、あるいは1/8黒人、ニグロの血をわずかでももった人間との結婚を禁じ無効とする」法律が廃止されたのはフォークナーの死後である (Sollers 315)。これらを勘案すると、『アブサロム　アブサロム！』はミセジネーションへの怖れの只中で創作されたことになる。『アブサロム　アブサロム！』のクエンティンが創造したチャールズ・ボンの有名なことば "I'm the nigger that's going to sleep with your sister." (286) は、作品中事件が起きたとされる一八六五年の認識というよりは、ミセジネーションへの作者と読者の怖れを表明したということになる。現在の越境と多文化状況のなかで、時代とともに変化してきた〈闇の文学〉であるゴシックの文学理論も、アメリカが建国時種として撒いた擾乱を継承し検証するものとして、大きな変容を来たしており、ポーとフォークナーのゴシックを考えるにあたり、まずゴシック理論のパラダイムシフトとも呼べるものをまとめておきたい。というのもしばしばゴシック議論が混乱する中で、ポーの独自性が見失われがちだからである。

2　ゴシック・パラダイムの変容

アメリカン・ゴシック研究を少し振り返ると、ゴシックの捉え方に三つの変容（それは必ずしも時代的変遷ではない）がみられ、風景、心理のゴシックから最近は文化理論へと枠組みがシフトしている。まず第一の流れは、イギリス一八世紀に始まったこのマイナーな文学ジャンルが如何にアメリカ化され移入されたか、特にヨーロッパ的ゴシック装置のアメリカ化を論じてきた。ゴシック度の指標とされた古城、井戸、手紙、修道院などの風景装置、悪漢と追われる美女の殺人プロットなどがそれぞれ、荒野、洞穴、大渦、陰鬱な館、インディアン、狂気故の殺人などに書き換えられていく様を追跡してきた。つまり源流ゴシックのアメリカ的文化変容を探し「ヨーロッパのゴシック小説が作家の外なる世界、つまり教会や国家の圧倒的力への反発及び一八世紀までの合理主義と擬古典主義への反動として生れたとすれば、アメリカン・ゴシックはむしろアメリカという国の政治的文化的未成熟を背景に生れた」（伊藤 一九九一、三五九）とみて、アメリカ的人間のアイデンティティの模索を、国土のゴシック的環境の中で風景として空間的に展開すると解釈した。例えば多くのゴシック研究書が言及するエリザベス・マックアンドリュー（Elizabeth MacAndrew）の『小説におけるゴシックの伝統』（一九九七）も、様々なゴシック・コンヴェンション、ダブル、双生児、インセスト、肖像画、鏡、分裂症などを吟味している。

第二の様相として、アメリカン・ゴシックの大きな源泉の一つを、ピューリタンの地獄への真に迫る視覚的言説やレトリックを支える北部の心理的・宗教的恐怖と心理的物理的フロンティアの状況であるとみなして、当初からの伝統的なゴシック風景重視から、心理心情への探求へとゴシックを拡大していく。八木敏雄『アメリカン・ゴシックの水脈』も、アメリカン・ゴシックの鼻祖とされるブラウン（Charles Brockden Brown）『アーサー・マーヴィン』（*Arthur Marvin*）のアーバン・ゴシック、ポーの『ピム』の水上ゴシックなど、いかなるロケーションでも展開する悪夢の物語として、ゴシックは空間と共に心理として捉え直されている。しかし依然としてグロテスクで異常かつリモートな感触は、一種の現実逃避ジャンルとして、非現実・超現実を志向するネガティヴ・ロマンティシズムといった用語で把握され、キーワードの暗闇は心理的、宗教的あるいは実存の恐怖を意味するとされた。したがってニューイングランドを中心とするアメリカ文化と西欧文化の宗教的文化的連続性を前提としつつも、新大陸の無意識の発見に力が注がれた。例えばG・R・トムソン (G. R. Thompson) は『ダーク・ロマンティシズム論集』(一九七四) の序文で、カフカの城のゴシックは「最後の審判」の宗教的意義を「現代の贖罪不可能な奇怪な律法主義的管理組織」(Thompson 10) に変えたものだとし、それと等価のアメリカンゴシックを実存の恐怖として論じ、ポーの小説もそこに位置づけている。

第三の、ゴシックを文化批評の一ジャンルとして捉える批評の始まりは、レズリー・フィードラー (Leslie Fiedler) の『アメリカ文学における愛と死』(一九六〇) が、ゴシックと国民的無意識の精神分析的関係を見抜き、「ゴシックは光と肯定の国土の中の暗闇とグロテスクの文学だ」と述べた時であった。フィードラーは、常に陽光の下にあるアメリカの国家的表象性と、暗闇の芸術ゴシックのダイアロジックな関係を明示し、ゴシックがアメリカの、抑圧されてきた自我の回帰の様式であり、とりわけ黒人とネイティヴアメリカンと白人との関係の曖昧さに由来するオブセッシヴな関心の表明だと体系的に指摘した。フィードラーは「『ピム』はニグロをアメリカ文学に登場させようとした最初の純文学の試み」と述べ、ピムの白い南極へ向かう旅を、かつて母に抱かれてニューイングランドから下った南部への旅の表象で、ポーは「白い世界を探して、その傍ら及びその内部に、黒い世界を発見する」(433) と指摘した。またアメリカ文学中最も根底から人を突き動かすゴシック小説『アブサロム　アブサロム!』を、「チャールズ・ボンを殺したのは誰かという謎を解くと共にもう一つの深刻な問い、神は何故南部を敗北させたかに答える欲求も満たしている。その答えは“Black”である」(450) としている。

このようなゴシック観は、九〇年代多文化主義のなかで、T・A・ゴデュー(Teresa A. Goddu)の『ゴシック・アメリカ――物語、歴史、自然』(一九九七)やR・K・マーティン&エリック・サヴォイ(R. K. Martin and Eric Savoy)編『アメリカン・ゴシック――ゴシックと国家的物語の新解釈』(一九九八)に表明され、今や主流をなし、新しい展開をみている。この二冊はゴシックを文芸史的に一貫性のある様式や一ジャンルというよりも、「アメリカの集合的自我の呪われた伝統」と呼び超ジャンル、メタジャンルとして捉えている。ゴデューはゴシック理論の歴史化の必要を説き、ゴシックは「歴史的表象のネットワークの本質的部分」(Goddu 2)を成すとも言う。これまでのゴシック理論が暗黒を心理的神学的にのみ捉え、没歴史的で悪魔主義に傾きすぎたとして「奴隷制という絶えずつきまとって悩ます歴史的場面に置く」(10)べきだとする。ゴシックの二重性というとき従来は〈光と闇〉〈善と悪〉〈霊魂と肉体〉などのダイコトミーを指したが、ゴデューは次のようにいう。

　ゴシックは、明白なアブジェクションを形にする唯一の様式とは言えないが、アメリカ文学の中の語り得ぬものを語る主要な方策として機能する。それは何よりも、啓蒙的ナラティヴや田園的情景に侵入する奴隷制、インディアン大虐殺という国の暴力的始まり、大衆市場で真の姿が暴露された「家の中の天使」などの文化的矛盾を記録する。(11)

つまりゴデューの見解は、従来の二重性の概念を文化矛盾と捉えることで、ゴシックに頻出する暴力の根元を個人的心理や宗教性の枠からでなく、国家起源にあった暴力に遡及させるところに大きな特質がある。またマーティンとサヴォイはゴシックのキー概念として「忌むべきものとして排除された他者の回帰の物語化」をあげ、クリスティヴァのアブジェクションの概念を引き「個人または国家の自己規定から激しく排除され、しかも意味が喪失した場より崩壊した場へと主体を引き寄せ、主人に挑戦することをやめない」(Savoi and Martin 11) 他者化されたものの回帰を巡ってゴシックは組み立てられると論じている。こうした新しいゴシック理論は一文学ジャンルを文化の広い文脈に置き直していることは確かだろう。またゴシックを抑圧と忘却に失敗した他者の回帰の物語であり、アメリカの集合的自我表象の不安定性を暴露するとするならば、この理論は、フェミニズムや新歴史主義を経過した状況の中で、ゴシック特有の暗闇と恐怖の源泉を文化の基層で見直すことを意味している。

こうしたゴシックの考え方に立つとき、すでに論じ尽くされたかに見えるポーのいくつかの作品もジョナサン・エドワーズ、C・B・ブラウン、ホーソーンと繋がる北部的ナラティヴの問題とともに、南部作家としての特質が考慮すべきこととして浮かび上がる。それも専らポーの黒人恐怖を物語ったとされてきた『ピム』と共に、特にゴシックの古典とされてきた「黒猫」や「アッシャー館の崩壊」も、フォークナーの代表的ゴシック『アブサロム　アブサロム！』と並べると、両者が抑圧されたものの回帰のありきたりのグラマーをいかに変容しているかが問題となってくる。ポーとフォークナーのゴシック的類縁についての様々な評言のうち、ブレイカスタン (Andre Bleikastan) は『サンクチュアリー』論で「フォークナーの単純化と凝縮の技法はポーの効果への集中と似ていて、(中略) 我々を襲う強烈な迫力はテキストに浮上する夢の作業や幻想パターン」(220) にあると的確に指摘し、エリザベス・カー (Elizabeth Kerr) も『ウィリアム・フォークナーのゴシックの領域』で『アブサロム　アブサロム！』を「サトペン館の崩壊」と題して論じている。そしてマーティンとサヴォイが、全てのゴシックナラティヴに共通する「既知と未知の空間区分における認識論的フロンティア」と称する「暗い裂け目という空間表象」(Martin and Savio 6–7) が、既に挙げたジェイムズの見た悪夢的シーンのゴシック性と共に、「黒猫」「アッシャー」『アブサロム　アブサロム！』の三作品にあっても、我々の目を惹く共通のゴシック表象として浮かび上がってくる。それも従来必ずしもゴシックの小道具ではなかったありきたりの表象、ドアと窓と目という、建物と身体にあく「暗い裂け目」だ。本章ではそれを〈ゴシックの窓〉として論じ、黒猫についても改めてここで再考したい。

考察の順序として、次節で、ポーにとっての人種テーマの特異性を確認するために、南部的文脈で議論の多い『ピム』について再検討し、第三節で「黒猫」の窓やプルートーの目を『アブサロム　アブサロム！』の中の窓や目を念頭におきながら探り、そして第四節で「アッシャー館の崩壊」と『アブサロム　アブサロム！』の歴史的接点を考察して、両テキスト中のドアと窓と目に焦点をあてたい。

3　カラーラインを横断するピム

ポーがアフリカ系アメリカ人を明確なキャラクターとして登場させる作品は、『ピム』『ジュリアス・ロドマンの日記』「悪魔に首を賭けるな」「黄金虫」「眼鏡」「ウィサヒコンの朝」「ある苦境」「使い果たされた男」など八作品で、当時の白人作家としては決して少なくはない。しかし特に短篇ではジュピターやポンペイなどステレオタイプ的アフリカ系アメリカ人を配置していることで、白人優越主義のレイシズムを証すものと指摘されてきた。しかしアフリカ系アメリカ人の扱いに先立つポーの黒さと闇への強迫は、ポーの南部との屈折した関わりから再考すると、白人作家のアフリカ系アメリカ人忌避以上の複雑な様相がある。

前章でもあげたポーのエッセイ「直感対理性」は「理性を誇る人間と動物の直感を区別する境界線は、実に曖昧模糊としていて、北東部とオレゴンの境界以上に定めがたい」としている。ポーにとって世界の闇は、拡張していくアメリカ的空間とも無縁でなく、黒猫に宿る神的なまでの直感力と人間の理性の脆弱さから、人間と獣の明白な区別と主従関係はその位置が逆転しうることを予告している。闇の凝縮した烏や黒猫には、「その影より魂の逃れ立ち上がること又とあらじ」（「大烏」）と怖れ、「その鳴き声が私を絞首人へと引き渡す」（「黒猫」）と恐怖する黒への恐怖が潜んでいて、しかも語り手は闇黒による自らの敗北を認めている。

従来このポーの暗黒に対する言いしれぬ畏怖の表象は、ロマン派特有の陰鬱な世界観やポーの不幸な天上の美学の反映と見られてきた。しかしフィードラーが「作家自身の不安な眠りの中での悪夢」の源泉を「白人全員がアフリカ系アメリカ人を奴隷化する自らの権利について確信の持てぬままアフリカ系アメリカ人に直面したときに感じる疚しさと恐怖」だと指摘して以来、特に『ピム』を一八三一年のナット・ターナー事件が白人社会にもたらした恐怖を小説にしたものだとの解釈が大々的に展開されてきた。ハロルド・ビーバー（Harold Beabor）、ジョン・C・ロウ（John C. Rowe）らが先鞭をつけ、黒い島ツァラルを南部と読み、作品最後の白い巨像をポーの憧憬した白い世界の救済像と読むアレゴリカルな読みにより、ポーと南部社会の親密な関係が描かれているとの解釈が行われてきた。[1] しかしこの、『ピム』をポーのレイシズムの完全なアレゴリーとする読み方は、ピムの救済者となるインディアン・白人の混血児で風貌は当時の悪魔視されたアフリカ系アメリカ人のステレオタイプを誇張したものであるダーク・ピーターズの存在をうまく説明できない。また素材の一つとなったJ・C・シムズ (J. C. Symmes)『シムゾニア』(一八二〇) の完全な人種分離主義と商業的インペリアリズムに対し、『ピム』はシムゾニアのカラーによるヒエラルキーを用意周到に転覆し、むしろ当時白人社会が形成した単一人種主義の幻想性と虚妄性を全編を通して暴露していることは先にも述べたが、これもアレゴリーによる読みから逸脱する。

『ピム』をポーのアメリカ社会と南部社会から受けたトラウマを表象する一種の身体ゴシックと見ると、いくつかの点が明らかになる。ゴシック的恐怖の極みのひとつ、ピムの白人の親友オーガスタス (Augustus, August 1st, または彼の英雄性を暗示して皇帝の名からきている) が、北部では西インド諸島奴隷解放記念日である八月一日になぜか世にも恐ろしい真っ黒い腐乱状態で死に、鮫の餌となるシーンは、上述したチャールストンの奴隷のシーンとも響きあう、人間の肉体の物化と、鮫による人間のキャニヴァリズムが描かれている。陸上での勇敢さに較べ、いったん反乱が起きてしまった後のこの白人少年の無力は、無惨に黒化 (petrifaction) してもげていく彼の腐った腕の黒さ (“completely black from the wrist to the shoulder” H: 142) に終わるが、オーガスタスの死体に起こることは、シムゾニアを支配する人種の単一主義は実際には嘘で、肉体が白さを失い黒くなる時、アフリカ系アメリカ人と白人の間には元々説明不可能な差はないとする思想を浮上させる。むしろ白の意味は、その外相を信じて差異化を守りたいとする人間の中にこそあり、しばしばその白は欺瞞的である。この作品の意味ありげにちりばめられている多くの白いまたは黒い生き物も、絶えず変換が可能な外相と真相の、黒と白の相補的関係を示すもので、キメラ的性格を帯びていることも第Ⅱ部でみたとおりである。

デーヴィッド・ケッテラー (David Ketterer) の『欺瞞の哲学』も論じるように、このテーマは視覚の錯覚をもたらす近視のテーマを絡めて、ピムが紛装して祖父をだます出港前のナンタケットで既に始まっていた。ナンタケットは当時捕鯨船などの出航で賑わっていたが、ピムの密航に使われた変装と荷物の箱の中にもぐりこむ方法は、南部から逃れてきた逃亡奴隷が船乗りや銛手などとして船に乗り込む際の常套手段でもあった。ピムは家族から逃れるため、逃亡奴隷の行った方法を真似たともいえる。またゴデューの言葉を借りると『ピム』は「白さが如何に黒さと関係しているかのみならず、色にしろ人種にしろ白のアイデンティティが、如何に黒との結合を媒介にしてのみ築かれているかを」(Goddu 88) 書いた。『ピム』にたえず表れる仮装シーンは、黒と白の表層と実相は可変なものであり、カラーの境界をいかに相互侵犯するかを探求しているといえるのである。

特に作品最後の「雪のように白い像」は従来の解釈のように救済にはならず、ピムを救うのはむしろ「ミズーリーのアプサロカス族と毛皮商人から生まれた」インディアンの混血で、さまざまな血を融合させたミセジネーションの新奇な想像上の存在と呼べるダーク・ピーターズであった。前章で論じたように、「スパニッシュ犬又は熊の鬘を被る」ピーターズは人間のみならず複数の動物と人間の融合でもあり、ポーが南部最大の禁忌とされたミセジネーションを、むしろ読者へのゴシック的恐怖喚起のため積極的に利用したのみならず、実は救済の力は様々な人種融合と動物との超雑婚とも言うべきものから生まれるキメラ的存在、想像力の新奇性からやってくるという主張は、少なくとも南部白人のイデオロギーを、震撼させるものであった。

「いや増す暗闇」の対照物として出現した「白い像」は実際にはピムを救済せず、それまでしつこく繰り返された黒と白の交錯を強化し、滝の向こうのゴシック特有の未知の領域の奈落 (“dark chasm”) を幻出し、ピムは物語を語り終えるとクェンティンのように半年後自殺する。トニ・モリスン (Toni Morrison) が的確に評するように黒は意味の混沌の場であり「白はただ沈黙し、意味がなく、計り知れず、無目的で」その混沌を更に無意味化する凍てついてベールを被された恐怖の場なのだ (Morrison 96)。このテキストが最近のゴシック理論、つまり「抑圧されたものの回帰が現実世界に噴出して生み出すもう一つのアメリカの原像」を呈示する典型的なテキストの一つであり、ポーのカラーライン横断の実践であったことを再度確認しておきたい。このことはしかしながら、ポーがアボリショニストであったとか、アフリカ系アメリカ人に共感的であったということではない。ツァラル島の一八章から二四章のエピソードは、黒に対する特異な恐怖や強迫を証明していることも強調しておきたい。

4　プルートーの回帰

ポーが恐怖しつつ魅惑された黒の扱い方のメカニズムが更に典型的に窺えるのが「黒猫」である。奴隷の身分のリヴェンジが究極まで押し進められ『アブサロム　アブサロム！』同様火のアポカリプスで終わる作品が、死の年に発表された「ホップ・フロッグ」である。「黒猫」冒頭の異様な程「多くのペットに囲まれた擬似エデン的」夫婦の暮らしは、家内奴隷制 (domestic slavery) の表象と読めば納得もいく。というのもレズリー・ギンズバーグ (Leslie Ginsberg) の研究によると、アンテベラムの南部文化では、ペットとその飼い主は奴隷と奴隷主のトロープとして広く流通し、ペットと女性の関係は、結婚における妻の夫への依存関係訓練の場として、つまり「ペット化された妻」(petted wife) 産出の構造を内包していた (Ginsberg 109–17)。「黒猫」の妻も「早くに結婚した」夫である語り手と

「異質ではない気質であることを幸せに思う」ペット化され、影のごとく寄り添う従順にみえる妻であった。ポーが編集に携わった『グレイアムズ・マガジン』でも一八四〇年代、猫、羊、ウサギ、犬を抱いた母親と子供の多くの版画と付属の詩や物語が掲載された。ギンズバーグが分析するようにここには明らかに家内奴隷制の絆でつながれた、ペットにすり込まれたアフリカ系アメリカ人とそれを抱く女性と子供の相互愛玩による依存関係、またこのすべてを支配する大抵絵の中には不在の奴隷主・家長の父権制のイコンが読みとれる。このように考えると「黒猫」は、「動機なき殺人」と呼ばれたナット・ターナー事件の影響下、ペット＝妻／夫の間の、服従を装った危険な依存関係に潜む殺人を暴いた作品であり、ペットであった黒猫の側が勝利し、主人を絞首台に送ることに成功した物語なのだ。もちろんこうした語り手を生み出したポーが、語り手と一体というわけではない。

当時このような動物と人間の混同は流行を見て、飼い慣らされた猫や犬が本性をむき出しにするときは獣(beast)と呼ばれるが、アフリカ系アメリカ人奴隷達もしばしば獣とみなされそのように扱われたことが『アブサロム　アブサロム！』にもよみとれる。というのもポーが『南部文芸通信』で働くようになったと同じ頃、一八三三年六月サトペンは、二〇人の野蛮な奴隷を引きつれてジェファソンに現れるが「毛布もなく沼地にワニのように寝て、彼らはいかなる獣よりも野蛮であった」と描く(30)。しばしばペットは反乱を起こし獣に変貌するが、サトペン屋敷の厨で夜繰り返されていた格闘技は、酷使される奴隷達の反乱を抑止するめにサトペンが企てた一種の安全弁ではなかったかと思われる。また主人サトペンと奴隷が血みどろになる格闘技で、当時ペット虐待でよくあった目を抉ろう(gauge)とする描写がある。

エレンは予期していた二人の黒い獣の代わりに白人と黒人が取っ組み合いをして、腰まで裸で互いに相手の目をくりぬこうとしているのをみました。まるで二人が肌の色が同じであるだけでなく、同じ毛皮に覆われた獣のようにみえました」(20–21)

『黄金虫』でジュピターも「すぐにでも主人が目をくりぬこうとするのを怖れているかのように」怯えている。恐らくこの残虐な行為はアフリカ系アメリカ人リンチの常套手段であり、可愛がっている黒猫が手首にかみついた直後に振るう語り手の理不尽なパワーの行使も、プルートーの目に向けられる。猫の目は、奴隷主と奴隷の絶対的主従関係のもろさを語り想起させる一種の物言わぬ言説の表象であり、語り手の手が持つペンという言説の敵対物となり、ペンナイフによる絶対的な力の行使で敵対物を排除し、恐怖を払拭しようとする。またくりぬかれ「うつろな眼窩」(“vacant eye socket”) となった目は、マリ・ボナパルト (Marie Bonaparte) によって分析されたように虚勢恐怖を引き起こしプルートーを木の枝に吊し首にし罰するとき、語り手を捉えているのは黒猫の暗黒の目の空洞 (chasm) に表象される女性性器の恐怖でもあるとなれば、黒いペットと妻は語り手のなかで完全に一体的に認識される存在となる。[2]

クレーヴクールも書いた木からつり下げる見せしめ処刑は、A・F・キニー (Arthur Kinney)「ミシシッピーのリンチの記録」によると、目をくりぬくのと同じもう一つのリンチ常套手段であった。「黒猫」には無数といってよい挿絵やヒントになった漫画などがあるが、リンチを思わせる最も参考になったリアルな挿絵は、J・A・メンジェス (Jeff A. Menges) の編集した『挿絵付きポー』(*Poe Illustrated* (Dover Fine Art, History of Art) のそれである。(図3参照)

プルートーは第二の黒猫となって復讐の現場に回帰してくるが、この第二の猫を殺さなければならなかった多くの

図3
E. L. Blumenschein による 1908 年のイラスト。出典は *Poe Illustrated*, p. 10.

理由のうち最大のものは、プルートーにはなかった奇怪でゴシックな現象、その胸に白く浮かび次第に大きくなり鮮明化する絞首台のリリーフであったといえる。黒猫の回帰は罪の記憶、つまり良心（正気）の回帰であると共に、二項対立に置かれているのは罪と罰のみならず黒と白であり、宗教性の下に隠蔽されている色の差異にコード化された人種の言説が語り手を支配しているコードとして浮かび上がってくる。

この黒い身体の一部の白の拡大のプロットは、L・S・パースン（L. S. Person）の研究によると、上でも触れたように当時白人の間で特に怖れられ、北部の学者によって研究されていたアフリカ系アメリカ人の体の一部または次第に体の多くの部分に拡大する白班現象（albinaization）への人々の関心と怖れに共鳴する。[3] つまり黒は環境により付与されたもので可変であり、色の差は絶対的で固定的ではないとするアボリショニストらの主張をこの現象は裏付けたのであり、今世紀半ばすぎまでミセジネーションを禁止してカラーコードを文化支配の固定的シニフィエに繋ぎ止めてきた南部白人を怖れさせた事例であった。

語り手の「人間的で虫も殺さぬ優しさ」は、主従の絶対性が保証されているあいだだけの〈外相〉にすぎず、回帰してきた猫の白班化による再度のカラーコード解体の脅威に、語り手はもう一つの父権性の象徴である斧を振るうことになる。語り手を絞首台に送る第二の猫の、地下室の白い壁への黒い身体としての出現は、再び、一種のより強いエクリチュールの力として真実を語り、語り手のカラーコード・ロジックに根ざす弱い論理構築、弱いエクリチュールを敗北させる。第二の猫が妻の頭上に乗って吸血鬼の赤い口の奈落を開く最後のシーンは、『グレアムズ・マガジン』がくりかえしたペットと女性の擬似楽園的イコンが、結婚におけるペットと女性の性的従順への願望を埋めこんでいたことを考えあわせると、猫と女性のがわの復讐により、家内奴隷制の敗北を暴く忘れがたいタブローとなってくる。

かくして「黒猫」は、抑圧に失敗した他者の回帰の物語、つまりゴシック・アメリカの原理的作品ともなるといえるだろう。もちろんこのような語り手を生み出したポーは、むしろこのような悲劇を生み出しうる状況を描き出したのであり、ポーの奴隷と奴隷制度へのさらに真摯な批評としては第Ⅲ部の「ホップ・フロッグ」で論じたとおりである。

5　タイドウオーター・プランテーション

このように、南部に対し常に周縁的であったポーのゴシックが、黒と白の可逆性の恐怖に取り憑かれたのに対し、心身共に南部の中心に位置していたフォークナーは、人種に起因する階級固定が引き起こす宿命的恐怖の中で、ゴシック世界を紡ぎ出していった。「アッシャー館の崩壊」と『アブサロム　アブサロム！』のゴシック界での代表的位置づけについては多くの論者の一致を見ているものの、これまで両者についてはインセストのテーマ、館と主人公の照応関係など描写の共通項の指摘に止まっていた感もあり、ゴシックの新しいフレームでの考察はなかったように思われる。両作家の約一世紀近いそれも南北戦争をはさむ歴史的乖離にも拘わらず、アッシャーをサトペンへと繋ぐ根強いゴシック的類縁が、主要なプロットとデザインのみならず南部の歴史から滲出している。

ハリー・レヴィンは「アッシャー館の崩壊」が「瀕死の苦しみにあるプランテーション文化のアレゴリー」(60) だとしており、ポーと南部ジェントリー文化の幅広い関係を研究したデーヴィッド・レヴェレンツ (David Reverenz) の「ポーとヴァージニア・ジェントリー」も、アッシャーのモデルとしてジョン・ランドルフをあげている (218)。レヴェレンツによると、ランドルフは東部ヴァージニアの古い家系を誇るエリート農園主でタイドウオーター・ジェントリーの代表として、一八二八年ヴァージニア州議員選出法を巡る内紛時、ヴァージニア西部の商人、農夫など新興混成勢力（ポーを育てたが廃嫡したジョン・アランはその一人）に対抗して破れたプランテーション・マスターであった。議員選出基準を東部の主張するアフリカ系アメリカ人奴隷もふくめた財産によるか白人人口比によるかの対立の激化は、六一年西部ヴァージニアが独立するにまで至るが、サザンプトンでのナット・ターナー事件後、「アッシャー館の崩壊」が書かれた一八三九年頃は東部ジェントリー階級の財力は凋落の一途を辿りポスト貴族主義の時代にあったという。ここで我々は、奴隷制と無縁であった西部ヴァージニア山岳地帯出身のサトペンが、タイドウオーターで決定的な経験をしたのが一八二一年であることに気づく。それはランドルフらジェントリー階級による貴族的支配の最盛期だったことになる。ランドルフはサトペン同様イギリス産のサラブレッド（馬の純血種信奉は白人純血信奉を支えた）に引かせた馬車を御したと語られる。当時ヴァージニアでは一〇人以上の奴隷と一〇〇エーカー以上の地主はジェントリーのステータスを得て、二〇人以上の奴隷主はジェントルマンの地歩を固めた (Leverenz 214–15)。サトペンが二〇人の奴隷を引き連れて一〇〇平方マイルの荘園を建設したのもこうした歴史と合致する。

ヴァージニア大学に進みジェントリー文化を身につけながらその基盤である財産相続はできず、ボルティモアで客死するまでニューヨーク、リッチモンド、フィラデルフィアを転々として、ジャーナリズム界で一種の奴隷として働いたポーは、専ら旧世界的音楽、文学、美術を持ち前の天才的才能で吸収した。こうして築いた南部ジェントリー階級の文化資産を元手にアッシャーなる人物を創造した。そこにはゴシック建築や紋章に象徴される西欧文化全体の没落プロセスとロマン派芸術家の狂気、闇への志向などこれまで十分指摘されてきた作家内部のミクロの世界と、四大元素や月を含むマクロの照応があった。同時に屈折した南部作家として、奴隷制の悪に染まる南部の未来の凋落を、自己の不運や新興階級アランへの恨みと重ね、個と歴史の交錯を芸術化している点で、『アブサロム　アブサロム！』と類似した歴史と文化の重層構造がある。勿論サトペンには、ブルックスの指摘のように南部プランターの貴族趣味はなくアッシャーとは異質である。しかし〈サトペンのデザイン〉もまた社会・歴史・神話の複雑な絡まりであり、四人の語り手と三人称の語りによるストーリーの再構築をクエンティンが辿る複層構造が、読者が南部の歴史と文化とサトペンの成長物語を認識するプロセスともなっている。沼地を農園に変えていくサトペンの営為には、ルイーズ・ウエスリング (Louise Westling) の論じるように「単に南部アイデンティティの問題だけではなく、新世界での全ヨーロッパによるコロニアルなプロジェクト」(127) の原型的意義も読み込める。旧南部の文化資産を元手に、ジャーナリズムと勃興しつつあった雑誌文化の修羅場を生き抜いたポーの生み出した、失意の芸術家、アッシャーとサトペンには同質の象徴性があるのである。

図4　ヴァージニア大学ポーのいた宿舎への道
1987年冬撮影

6　語り手の物語空間への入場と沼地

アッシャー館の崩壊を、ヴァージニア・プランテーションに蓄積されてきた旧世界的文化資本と奴隷制という倫理的破綻による館崩壊の歴史の物語と読むならば、この世界へ外部から訪問し、館内部に招き入れられる(ushered)ことで、やがて館の暗闇や悪夢体験によりアッシャーと徐々に一体化していく語り手は、ローザの語りによって南部の歴史そのものの中に入っていくクェンティンとよく似た立場に立つ。アッシャーの語り手は「一通の手紙で未だに奇妙だと感じる召喚状に直ちに従い」(MII: 401)、暗く入り組んだ廊下と、漆黒の床を通って（中略）得体の知れない荒廃と陰鬱のたれ込めるアッシャーの部屋に到達する。同様にクェンティンも「実際は召喚状に等しいほとんど別世界から舞い込んできたような」「ニグロの遣い」から届けられた手紙に「直ちに従い」ローザの「墓場のように幽閉された幽暗の中に」(8) 入っていくことになる。『アブサロム　アブサロム！』に夥しい手紙は、現実とは異次元のゴシック領域から舞い込んでくるとしか思えない。無言のうちに語り手を異次元の館へと招じ入れる「忍び足の」アッシャー家の召使いも、その描写から恐らくアフリカ系アメリカ人で、「エミリーの薔薇」のグリアソン家の召使いのように、全ての秘密に通じている。語り手が召喚され運命のように入っていく部屋は、主人公の朽ちかかった身体、ナラティヴの空間そのものでもあり「調子を失い止めどもなく流れ出る」声（「アッシャー」）と、「途絶えることなく流水のように砂州から砂州を浸す細流のような」（『アブサロム　アブサロム！』）憑かれた霊に満たされる。

館がゴシック文学最大のエイジェントであることは『ユドルフォーの城』に始まったことは繰り返す必要はないだろう。両テキストで館は物理的な独立性を持たず、サトペン屋敷はローザによって「サトペンの体からにじみ出るうみ、青春と苦悩の結婚の床」と形容され、彼の周囲に繭のように紡ぎだされたものである。アッシャー館もまた「累代の屋敷の灰色の壁や黒い沼が数世紀に亘って一族の運命を形成し」てきた。その結果アッシャー館は理性を失った人間の「うつろな目のような窓」として浮かび上がり、サトペン屋敷もまた、白人殺人者ヘンリー、悲劇のミュラトー、クライティー、白痴のアフリカ系アメリカ人ジム・ボンドという南部の凋落を象徴する三人によって、幽霊のように住み着かれ「深い轍のついた、アーチ状に覆うオークのトンネルの向こうに底知れぬ暗闇」として、浮かび上がる。『アブサロム　アブサロム！』全編に頻出する家や部屋、サトペン屋敷、サトペン一家のタイドウオーターでの悲惨な河原小屋、ウォシュの住む釣り小屋、ローザの事務所、戦場でのテント、ハーヴァードの学寮の部屋は、一様に闇に覆われて「墓穴のようだ」とされる閉域である。アッシャーの部屋同様そこへの入場は、語り手とアッシャーの身体との、『アブサロム　アブサロム！』では、クェンティンとサトペン屋敷の亡霊達やローザの部屋の憤怒や絶望との、一体化の始まりである。特に両テキスト冒頭でアッシャー館とローザの部屋のたちあらわれ方の同質性は、我々の目を引くが、両作最後で暗闇の中に浮かび上がる崩壊の館が、直線や曲線でなくギザギザの不吉な形状と、地上よりは月や星の光と結びつくことで、一族と屋敷の全歴史の瓦解が超自然的な終末図として迫ってくる。

それはぼんやり、目の前に立ちふさがり、角張った巨大な形でギザギザの倒れかかった煙突が、少し傾いた屋根の線に沿ってみえた。彼らが急いで近づくと家の向こうに、ギザギザの空の端と三つの強烈な明かりの星があり、あたかも家が一辺を形作るカンヴァスに描かれた絵のように見えた。(Falkner 293)

その部屋から、その館からわたしは怖れに駆られて逃げ出した。来るとき渡った土手道を再び渡ってわれにかえると嵐がまだ猛威を振るっていた。突然行く手に鋭い光が射し込み一体こんな異常な光がどこから来るのか振り向いた。というのもわたしの背後には巨きな館とその影だけがあったはずだからだ。光は沈みゆく血のように赤い満月から発していた。今やそれは館の屋根から沼にまで伸びている、かすかにそれと分かるとかつて言ったあのギザギザの裂け目をぎらぎらと照らしていた。(Poe MII: 417)

シュールでピカソの絵のようなアッシャー館とサトペン屋敷のたつ基盤が、共に低湿地、沼地にあることも注目すべき点である。両者の瓦解の本質的な類縁がここに読みとれないだろうか。プリモスの岩をアーキタイプとする北部の堅い岩盤の上に建てられる家ではなく、その存立が物理的にもきわめてあやうい、しかしいったん開墾すれば綿花などの耕作には最適の沼地は、プランテーション繁栄と没落の二面性を表象する。南部の家屋敷とファミリーは、共和国アメリカの相似形としての母権制の支配するアメリカン・ファミリーの対極にあって、父母の欠落と過去の呪縛と崩壊の運命を辿る、家庭の空洞化した墓穴となる。アッシャー館も度々引用されるように低湿地にたち、取り囲む沼地から鉛色の毒気が立ち上り、館の亀裂がぬらっとした水面にまでのびている。第二部でのべた沼地の想像力は第一章で述べたポー初期の詩篇を形成したが、傑作短編の構築にも基盤的影響力を持っている。

ただしアッシャー館の崩壊を司るのはこの沼の負の力で、腐敗の力の象徴であるのみならず、物理的にもそこから発生するマイアズマの異様な燐光は館を包み、館の石の経年的木化をもたらし、館の残骸をすべて飲み込むいわば吸血鬼的存在へと変貌している。ポーのこの腐敗した水の澱む沼の力への関心は、『ピム』においても、海を大きな沼に変え、ユラリウームの霊魂の彷徨いも山中の沼地(tarn)で展開するように、ポーの闇の力の実態をなす地理だといってもよい。一方サトペンがチカソー・インディアンから強奪したのも低湿地であった。館建築の二年間、如何に彼と奴隷がこの沼地の泥にまみれたかが強調されている。それはできあがった館が征服しなければならなかった自然の総体と、プアーホワイト、サトペンの、地からはい上がって大地主となっていく始まりの位置を象徴するものでもある。サトペンは泥にまみれて二年のうちにこの沼を荘園に変える。逃亡した白人奴隷のフランス人建築家の「四〇時間余もの暗い不眠の出口なしの絶望的な」追跡も沼で展開する。次のような描写は、作者が、屋敷の瓦解を司る原罪としての人間の奴隷化と野獣化の暗い磁場を、ポーと同様屋敷の原質であった沼に見ているといえよう。

かくして野蛮な奴隷達の伝説的な話は、馬に乗って荘園へ様子を見に行ったものから徐々に町に伝えられて、サトペンがピストルを片手に奴隷達を猟犬のように沼地に追いやるということだった。(中略)町からきたものは馬から降りることなくかばいあうようにかたまって、沼地の粘土と材木を土台にして、板と煉瓦が積み重ねられて館が建っていくのを、そしてひげの生えた白人と二〇人の黒人がみんな裸で、沼にはまりこんで働くのを見守った。(中略)サトペンは今や農園主だった。二年のうちに人の踏み込んだことのない沼の処女地から屋敷と庭を生みだし、土地を耕してコンプソン将軍が貸した種綿を植えた。(27–30)

沼地はまた『サンクチュアリー』「熊」「紅葉」においても、“invisible”な、奴隷たちが予言者と呼ぶキツツキや、名が明示されない凶鳥の規則的な甲高いリズムで、自然のマジカルで不吉な力の領域を構成する。この沼地と対抗するかのように表れるのが、サトペンが連隊に運ばせた自身とエレンのイタリヤの大理石はじめ、ジュディスが貧窮の中で用意するボンやその息子のためなど多くの墓石であった。サトペン一族を歴史にとどめるため墓に傾けた彼らの異常で滑稽なまでの努力は、現世での沼の上の楼閣、サトペン屋敷を当初から破滅の運命でしかないと熟知していた作者の、意識の反映でもある。このように沼地的想像力は、先の各部でポーの場合すでにみたように、『アブサロム　アブサロム！』をかいたフォークナーをも支配したのである。

7　身体に空いた窓としての目

「二つのドアの物語」である『アブサロム　アブサロム！』では、他ならぬサトペン少年の人生への開眼が、このドアのもつ社会政治的な意味の発見を契機としていることはしばしば議論されてきた。二つのドアは、広大な農園と見かけの明るさの下にある南部の邸宅の、奴隷制という抑圧と排除と原罪、奴隷の血のしみ込んだ幻滅と恐怖と陰鬱を閉じこめたゴシック・スペースを囲む、表層と深層の二つの入り口でもある。ドーレン・ファウラー (Doren Fowler) は『アブサロム　アブサロム！』の多くの人物がドアの前で閉め出されることから、このドアをフロイドの「超自我」ラカンの「父の法」だとしている (Fowler 95)。〈サトペンデザイン〉もまた、サトペン自身が拒まれた、その原罪とも言うべき制度の繰り返しでしかなく、プアーホワイト、ウオッシュとクライティによって二つのドアの制度は厳密に遵守される。南部の歴史のマスターナラティヴを再現したサトペン屋敷は、そこから作品中の多くの陰鬱と拒絶の、無数のナラティヴの部屋を反復的に生んだ。黒人ボンは閉じられたドアの前で射殺され、コールドフィールドは屋根裏部屋のドアを釘付けにし、コミュニティーと家族との通路を完全に絶って餓死し、ドアはこのように頑迷と排除の牢獄を生み出した。

ゴシック文学が暴力や腐蝕など徹底して身体を巡って展開するとき、ドアと共に窓は、外界が中を覗きみるフレームであると共にうちから外を見る目となる。バロン殺害を終えたはずのエミリー・グリアソンの二階の窓辺の姿はこの典型であろう。アッシャー家を浮かべる風景の中でも、語り手に最も強く訴えたのは「うつろな目のような窓」で、一ページ先沼の鏡像で二度繰り返される描写の最終行で、“vacant eye-like windows”は“vacant and eye-like windows”に変化し、目と窓の同一化が始まっている。また父の法に閉め出され幽閉されたフォークナーの主人公達は、窓から違法な脱出と侵入を繰り返すことにもなる。ノエル・ポーク (Noel Polk) は『暗き家の子供達』でフォークナーの多くの作品で窓のもつ意義について次のように述べている［図6］。

フォークナーの登場人物は実にしばしば、決定的な瞬間、不動の姿勢で窓べに立ちじっと外を見やる。窓は動揺と不能のイコンである。ある場合は窓から逃亡し性的経験に入り、キャディ、ミス・クエンティン、ジョー・クリスマス、リーナ・グローヴらはみな、家が表象する法と道徳的禁止を

図5

図6

> 侵犯する。またある場合はある種の心地よさと安全を求めて家内に立てこもり、外界の生に立ち向かう勇気を欠いている。(Palk 31)

　つまり窓は、正面玄関と裏口の担う階級社会の垂直的な社会政治的なコードに対し、南部という閉鎖空間からの逃亡を企てる私的で情緒的な密かな身体のコードを生みだす。したがって『アブサロム　アブサロム！』では扉が閉ざされていて窓からしか入れないいくつかのシーンがある。例えばローザの伯母は窓から逃げて男と駆け落ちし、ドアを釘付けしたコーンフィールドは窓から命綱の食糧補給を受ける。最終場面でクェンティンとローザが幽霊のでる廃屋に入ろうとするが、扉が開かず手斧で窓をこじ開けようとする。

　コンスタンス・ホール(Constance Hall)の『フォークナーの近親相姦』も指摘するように、フォークナーの窓には性的連想があり『八月の光』でバーデンがクリスマスに窓からはいることを強要する場合のように、窓からの出入りは家という身体の腹部への密かな違法な侵入、レイプが表象されている。ポーの場合も、モルグ街のオランウータンが窓から侵入しレイプが起こる。また黒猫の死体が窓から投げ入れられるが、窓は非現実で異次元の、いわば現実を切り裂き、異界へとテキストを開く、力の通路となっているのである。

　アッシャーは「こういいながらランプに注意深くシェードをかけると、窓まで走り寄り嵐に向かってそれを一気に開け」(412)、外界からの破壊的疾風を館に招き入れる。このように考えてくると、クェンティンの視線の向かう先として不思議なほど頻出し、サトペン一族の物語をほぼ構築しおえたクェンティンの目が捉えるハーヴァード宿舎の窓と、ポーの「大烏」が闖入し「夢見る悪魔のまなざしに似た」目で語り手を釘付けにすることになる窓も、同じ〈ゴシックの窓〉として捉えることができる。それは現実からゴシック領域への通路として機能し、シェリーヴもまた第九章の初めのところで、凍てつく寒さの中「窓を開け」「かすかなこの世のものとも思えぬ雪明かり」(288) がさしてきて、焼け落ちる屋敷の紅蓮の炎の場面、作品としても物語としてもまさに最後の熱いセグメントが、凍てつく北部の雪を背景に置かれている。

　彼はじっとかたくなに冷たいニューイングランドの夜気を顔に感じて仰向けに横たわった、堅くなった彼の体にも手足にも暖かい血が流れ、息づかいは激しくゆっくりとして、目は大きく見開かれ窓に向けられて、もう平安はない、永久に、永久に、永久に、('Nevermore of peace. Nevermore of peace. Nevermore. Nevermore. Nevermore) と思った。(298–99)

死後の魂の平安を失う「大烏」を響かせ物語をこのように語りおえ、六ヶ月後『響きと怒り』で自殺する事になるクェンティンが見つめる窓は、更に次のようにクェンティンの、ゴシック領域そのものの中への沈潜の経路ともなっている。

　彼は仰向けに横たわったまま瞬きもせずじっと窓を見つめながら、冷たく激しく純粋な雪明かりの暗闇を吸いこんだ。（中略）クェンティンは答えず、窓をじっと見つめた、するとそれが本当の窓なのか彼の瞼に映る窓の形の四角いものなのか分からなかったが、すぐにそれは形を取り始めた。それはあの、奇妙な、軽い重力のない、藤の花が咲く、葉巻たばこの匂う、蛍の飛び交う夏のミシシッピから送られてきた、折り目のついた紙だった。（301）

このシーンの前にシェリーヴはクェンティンにコートを掛けてやるが、それは敗走を続けるボンとヘンリーの戦場での緊迫したやりとり、殺す以外に決着の見込みがないことのお互いの無言の了解が、特に〈寒さに震えるヘンリーにコートを掛けてやる士官ボン〉を再創造するなかでの仕草で明らかになる。ヘンリー＝ボンの真実に迫ることは、シェリーヴ＝ボン、ヘンリー＝クェンティンの同じホモエロティックな仕草による、十分暗示されている二人の肉体的一体化を経て、シェリーヴ＝クェンティンの一体化によって成し遂げられる。そのとき対立的に表れる〈ハーバードの雪と九月のミシシピの紅蓮の炎〉とは、クェンティンの瞼にこのとき捉えられた窓からの、歴史の中に沈んでいた物語の核心である紅蓮の炎への降下により一つになるといってもよい。その物語領域への降下、あるいは到達の媒介となっているのが窓である。それはクェンティンの、朽ちた身体としての南部への近親相姦的腹部への〈斧でこじ開けた窓〉からの侵入でもあった。閉じこめられた廃屋の暗闇との一体化はこうして、南北戦争の歴史と共に進行したサトペン屋敷の壊滅と、クェンティン自身の終焉も、そしてまた大鴉の目に魅入られた詩人の死をもたらすことになった。[4]

注

1 『ピム』批評史については Richard Kopley, ed. *Poe's Pym Critical Explorations* (1992) 等に詳しいが、最近の重要な研究として Joan Dayan の他に Dana Nelson, *The Word in Black and White: Reading "Race" in American Literature 1638–1867* (1992) 等がある。

2 Marie Bonaparte, *The Life and Works of Edgar Allan Poe* は周知のようにフロイト心理学の分析により黒猫に母を、猫の死体を木から吊り下げることを母による虚勢恐怖の表象を読み込む。本論はそれを否定するものではなく、更に人種の観点を付加するものである。

3 L・S・パースンの研究によると「黒人 Henry Moss は一七九六年フィラデルフィア郊外で見つけた薬草により、二〇年をかけて皮膚が徐々に濃い黒から茶、そして白くなり、最後は雪化し、アメリカン・ミュージアムに展示された。」このことは黒人の色が可変的なものであることを示している。

4 引用した部分の省略部に二人の性的高揚と結合を暗示する文章がある。クエンティンの物語の完成と性的高揚達成は同時に起こり、クエンティンがヘンリーと共有してきたボン＝シェリーヴへのホモセクシュアルな欲望とその実行と罪意識は、南部の瓦解の胚珠として今やクエンティンにも内在し、彼の破滅の一因をもたらしたと考えられる。

引用文献

Bleikastan, Andre. *The Ink of Melancholy: Faulkner's Novels from* The Sound and Fury *to* Light in August. Bloomington: Indiana UP, 1990.

Brigham, Clarence S. *Edgar Allan Poe's Contributions to Alexander's Weekly Messenger.* Worcester, MS: American Antiquarian Society, 1943. http://www.highbeam.com/doc/1G1-91486428.html. Jan.10, 2012.

Brooks, Cleanth. *William Faulkner: Toward Yoknapatawpha and Beyond.* Louisiana State UP, 1978.

Brunet, François. *Photography and Literature*. London: Reaktion Books, 2009.

Byer, Robert H. "The Man of the Crowd: Edgar Allan Poe in his Culture." Diss. Yale U. 1979. Vol. I–II.

Crowley, J. Donald. *Nathaniel Hawthorne: The Critical Heritage*. London: Routledge, 1997.

Davidson, Cathy. "Photographs of the Dead: Sherman, Daguerre, Hawthorne." *The South Atlantic Quarterly* 89.4 (1990): 667–701.

Dayan, Joan. "Amorous Bondage: Poe, Ladies, and Slaves" in *American Face of Edgar Allan Poe*. Baltimore, MD: Johns Hopkins UP, 1995.

Deas, Michael J., Portraits and Daguerreotypes of Edgar Allan Poe. Charlottesville, UP of Virginia, 1989.

Faulkner, William. *Absalom Absalom! the Corrected Text*. Vintage International, 1986.

——. *Sanctuary the Corrected Text*. Vintage International, 1993.

——. *Go Down, Moses the Corrected Text*. Vintage International,1990.

Fawler, Doren and Abadie, Ann J., eds., *Faulkner and Race*. Jackson: UP of Mississippi, 1987.

Fiedler, Leslie. *Love and Death in the American Novel*. New York: Stein and Days, 1960.

Ginsberg, Lesley. "Slavery and the Gothic Horror of Poe's 'The Black Cat.' *American Gothic: New Interventions in a National Narratives*. Eds. Robert K. Martin and Eric Savoy. Iowa: U of Iowa P, 1998. 99–128.

Goddu, Teresa A. *Gothic America: Narrative, History, and Nature*. New York: Columbia UP, 1997.

Hall, Constance H. *Incest in Faulkner: A Metaphor for Fall*. Michigan: UMI Reaearch Press, 1996.

Harraway, Donna. "Universal Donors in a Vampire Culture" in *Uncommon Ground*. New York: Norton, 1996.

Hawthorne, Nathaniel. *The House of the Seven Gables*, Centenary Edition, op. cit. 1965.　引用は拙訳によるが、大橋健三郎訳『七破風の屋敷』（筑摩世界文学大系35、筑摩書房、一九七六）を参照させていただいた。

——. *The Letters, 1813–1843*. Ed. Thomas Woodson, L. Neal Smith, and Norman H. Pearson. Columbus, OH: Ohio State UP, 1984.

Hayes, Kevin J. "Poe, the Daguerreotype, and the Autobiographical Act." *Biography*. 25:3, 2002. http://www.americandaguerreotypes.com/ch1.html Jan.10, 2012

Irwin, John T. *Doubling and Incest: Repetition and Revenge*. Baltimoore, MD: The Johns Hopkins UP, 1975.

Itoh, Shoko. "Gothic Windows in Poe." *Poe's Pervasive Influence*. Bethlehem: Lehigh UP, 2012.

Kerr, Elizabeth. *William Faulkner's Gothic Domain*. London: Kennikat, 1979.

Kinney, Arthur F. "Published Accounts of Lynchings in Mssissippi" in *Go Down, Moses: The Miscegenation of Time*. Boston: Twyane, 1996.

Kuyk Jr., Dirk. *Sutpen's Design: Interpreting Faulkner's Absalom Absalom!* Charlotsville: UP of Virginia, 1990.

Leverenz, David. "Poe and Gentry Virginia" in *American face of Edgar Allan Poe*. Op.cit.

Levin, Harry. *The Power of Blackness: Hawthorne, Poe, Melville*. New York: Knopf, 1958.

MacAndrew, Elizabeth. *The Gothic Tradition in Fiction*. New York: Columbia UP, 1979.

Marks, Alfred. "Hawthorne's Daguerreotypist: Scientist, Artist, Reformer." *The House of the Seven Gables*. New York: Norton, 1967. 330–47.

Martin, Robert K. and Eric Savoy ed., *American Gothic: New Interpretations in a National Narrative*. Iowa State UP, 1998.

Mattison, Ben. *American Daguerreotypes*. http://www.americandaguerreotypes.com/March1, 2012.

——. *The Social Construction of the American Daguerreotype*. http://www.americandaguerreotypes.com/March10, 2012.

Menges Jeff A. *Poe Illustrated*. New York: Dover Fine Art, History of Art. 2006.

Morrison, Toni. *Playing in the Dirk: Whiteness and Literary Imagination*. Harvard UP, 1992

Person, L. S. "Poe's Philosophy of Amalgamation: Reading Racism in the Tales" (unpublshed, read at the International Poe Convention at Richmond in October 7, 1999)

Poe, Edgar Allan. "The Daguerreotype." Ed. Alan Trachtenberg. *Classic Essays On Photography*. New Haven: Leete's Island Books, 1980.

Polk, Noel. *Children of the Dark House: Text and Context in Faulkner*. Jackson: UP of Mississippi, 1996.

Rosenheim, Shawn James. *The Cryptographic Imagination: Secret Writing from Edgar Poe to the Internet*. Baltimore, MD: Johns

Hopkins UP, 1997.
Sage, Victor & Smith, Lloyd ed. *Modern Gothic: A Reader*. Manchester: Manchester UP, 1996.
Sollors, Werner. *Neither Black nor White yet Both: Thematic Explorations of Interracial Literature*. Cambridge: Harvard UP, 1997.
Thomas, R. Donald. "Making Darkness Visible," *Victorian Literature and the Victorian Visual Imagination*. Ed. Carol T. Christ and John O. Jordan. Berkley: U of California P, 1995.
Thompson, G. R. *Essays in Dark Romanticism*. Pullman, WA: Washington State UP, 1974.
Trachtenberg, Allan. *Reading American Photographs: Images as History, Mathew Brady to Walker Evans*, 1989.　邦訳：生井英考・石井康夫『アメリカ写真を読む』白水社、一九九六。
——. "Seeing and Believing." *New Literary History* 9:3 (1997): 460–61.
Westling, Louise. "Thomas Sutpen's Marriage to the Dark Body of Land" in *Faulkner and the Natural World*. Jackson: UP of Mississippi, 1999.
Williams, Susan S. "Daguerreotyping Hawthorne and Poe." *Poe Studies/Dark Romanticism* 37:1–2 (2004): 14–20.
伊藤詔子「American Gothic の変容」『言葉と文学と文化と』所収、英潮社、一九九〇。
内田市五郎『ポゥ研究――肖像と風景』古書通信社、二〇〇七。
中村善雄「逸脱する身体と暴露する写真――探偵小説としての『七破風の家』」『伊藤孝治古希記念論文集』所収、大阪教育図書、二〇〇七、四三五―四七。
八木敏雄『アメリカン・ゴシックの水脈』研究社、一九九〇。

第Ⅴ部

ポーとポストモダンの世界
――ルネ・マグリット、ジョイス・キャロル・オーツ、ポストヒューマン

「天邪鬼」は、そう見せている通りの告白もののエッセイあるいは、『グロテスクとアラベスクの物語』のなかの一篇である。私はいくつかの異なるジャンルを流れるように自由に出入りする趣向や、熱を帯びた真剣な声が語る、うわべの現実に超現実を重ねる趣向をポーから吸収した。ポーは何よりも、人間心理についての思索的黙想が、同じ一人称の声をとどめながら奇想的な語りに変化していくという、文学的なだまし絵の天才だった。

（オーツ『作家の信念』）

Pleurez, pleurez, mes yeux, et fondez vous en eau!
La moitie de ma vie a mis l'autre au tombeau. Pierre Corneille

(*Le Cid* III.iii, 7–8)

泣くがよい、泣くがよい、わが瞳よ！　涙がその頬を浸すまで。
何故ならわが半身が、わが身の半分を、墓場へと葬ったのだから。

（ポー「使い果たされた男」エピグラフ）

第一一章　ポーを描く画家とオーツの語るポーの死後の運命

1　ルネ・マグリットの「アルンハイムの領地」

ポーの描く水は、散文作品では美女再生譚の谷間の風景や、『ピム』の変転極まりない魔術的海や、「大渦への降下」の驚異的スペクタクルなどへと活性をおびて変化すること、そしてジャンルの多様な展開から最後は庭園譚の川へと発展していくことをみてきた。しかしポーが水によって確立した墓場詩や二大散文ジャンル、海洋譚と庭園譚に通底している超現実的な空間と時間感覚は、以上でみてきた初期、中期の黒く重たい水と一線を画するものであることは、拙著『アルンハイムへの道』第六章第二節「庭園譚再考」等で詳しくのべたところである（四四—五一、一五七—七五）。〈墓場詩〉との対比として、特に庭園譚の構築は、批評家としてポーが扱った多くのアメリカ的風景、いわゆる大西部のウィルダネスものについての通り一遍の紹介文を書いた四〇年代半ば以降より始まった。

このジャンルのポー芸術の光源の激しさは、二〇世紀、二一世紀、文学のみならず音楽と絵画の世界でも注目すべきポー・オマージュ作品を陸続と生み出させてきた。[1] 特にポーの美女再生譚は、巽孝之も論じるようにジャンルの多様な展開から見て庭園譚へと発展していくことから、ポーが確立した二つのジャンルに通底している超現実的な空間と時間感覚が、ポストモダン芸術の大いなる源泉となっている。

なかでも単なるイラストではなく、ベルギーのシュルレアリスムの画家ルネ・フランソワ・ギスラン・マグリット（René François Ghislain Magritte, 1898–1967）の、「アルンハイムの領地」は注目すべきものである。ポーの晩年の作品の超自然的なほどの不思議な水、たとえば「アルンハイムの領地」の川の水とそれがめぐる川岸の風景は、初期作品と無縁とは言えない。ポーの水は、本書後半で述べた庭園譚の一つ、アルンハイムの庭構築においても、「実在の風景は芸術が生み出す風景ほど優れたものでは」なく、「風景庭園の創造は正当なる詩神に与えられた見事な機会」であるというポーの第二の自然概念を支えた。水は八木敏雄のいうマニエリスム的芸術の中心的エイジェントとなり、この作品を後代の芸術の大いなる源とさせてきたものでもあった。

関連してポー作品のイラストについては、アイルランド出身のハリー・クラークによる『挿絵付き物語集』（*Tales of Mystery and Imagination by Edgar Allan Poe with Illustrations*）やラッカム（Rackham）他による『ポー、イラスト集』（*Poe Illustrated: Art by Dore, Dulac, Rackham and Others*）など依然として更新され続けている。ポー作品のイラストは、単に作品をイラストするだけではなく、イラストの域をはるかに超えて独自の絵画作品となっている、マチスの「大鴉」やビアズリーの「黒猫」「ライジィーア」、ゴーギャンによる名画もある。さらにイラストがポーのテキストに潜んでいた新しさを覗見させてくれる場合も多い。

ことにマグリットは「空間の魔術師」と呼ばれ、しかも構図にあるあからさまな劇場性はポーと呼応する。マグリットが魅了され続け、一九三八年、一九四八年、一九四九年、一九六二年何度も描いた「アルンハイムの領地」は、ポーの庭の発展形であり、注目すべき例として挙げられる。マグリットは“e domaine d'arnheim”のタイトルで様々

図1[2]

なヴァリエーション画を残している。バートン・セント・アーマンド (Barton St. Armand) によると、アルンハイムはドイツ語で「鷲の棲家」を意味し、「Domain が意味するものはまさに、上から見下ろす厳格な視線」（セント・アーマンド、伊藤訳 二四八）である。またポーの死後の旅の設計士エリソンの名前は「旧約聖書列王記二章一一節に登場するエリヤの息子」を意味し、エリヤは「燃え盛る馬車に乗って天に運ばれていく」が、「エリソンも不死者の一人である」（二四九）とセント・アーマンドは主張する。ポーが描いた死後の美的楽園を、マグリットはさらにシュールに〈鷲の氷山〉という驚くべき構図と鷲の山頂からの視線、麓の海という構図へと変容した。そしてそれを眺める窓を手前に設定することで、ポーのアルンハイムに内包されていた劇場性、つまり庭を視る視点の設定を可視化し、定型化したといえる。

氷山の崇高な眺望を至近距離で観るこの窓は、異次元の到達不可能な領域を覗く空間の裂け目であり、ポー作品に頻出する独自のゴシックの窓を思わせる。しかし極めて様式化された劇場的空間の意匠であるマグリット特有のカーテンのついた窓は、そのガラスが壊れ破片が此岸の部屋に飛び散る図1真中のバリエーションを描くことで、鷲の飛び立った後の、とり遺された窓のこちら側の空間をも生み出している。ただしポーの原作同様人間不在がその特質でもある。

マグリットの絵では、アルンハイムというトポスは、此岸の地上の窓から眺める、彼岸にある劇場としてとらえなおされたといえよう。山そのものに変身拡大した鷲の翼は、他界性を獲得し、氷山そのものとなった鷲のサブライムな睥睨する視線と、しかも自然の意匠そのものに融合した視線の無化ともいえる構図は、窓からそれを見つめるこの世の有限の視線と対照させられている。その対照性は、卵が置かれている窓辺や編まれた小枝の巣のリアリティと、絵の構図そのものにある非現実性の対照性に反復されている。此岸の窓辺の卵は、イーグルのこの世での再生を暗示しながら、「アルンハイムの領地」が元来もっている〈支配〉(domain) するイーグルの海の領域の、到達不可能性を、窓からの視線が確認し映し出す仕組みになっている。川の遡行による迷宮の旅によって到達する、幻想喚起による美的楽園の構築であるポーの「アルンハイムの領地」は、マグリットの絵により、ポーの死後の旅の暗号をさらに超現実的に発展させたという意味で、ポー芸術の、ジャンルを越えたポストモダン的継承の究極のかたちの一つといえるだろう。

このようにポーのモチーフは、「盗まれた手紙」が解体批評に絶大な影響を与えたように、現代の多くの芸術家に深く反芻されてモダン、ポストモダンの世界に継承されている。文学においてはスティーブン・キング (Stephen King) やポール・オースター (Paul Auster) の多くの小説と、名作「黄色い壁紙」("The Yellow Wallpaper") を書いたシャートット・パーキンズ・ギルマン (Charlotte Perkins Gilman) や、いわゆる幽霊屋敷ゴシックの傑作『丘の上の家の亡霊』(*Haunting of Hill House*) のシャーリー・ジャクソン (Shirley Jackson) などにも、脈々と息づいている。

ポーは一八世紀的恐怖の感覚を革新し「魂の恐怖」を描き、見えない

図2

世界を可視化したが、このうちもっともまとまったかたちでポーを血肉化しているのが、すでに指摘したオーツと、ポストモダン・アメリカ小説の旗手、ポール・オースター(Paul Auster)であろうか。オースターの中のポーについては、共著『ホーソーンの文学的遺産――ロマンスと歴史の変貌』の拙論「アメリカン・ルネサンス的主人公の不滅――ファンショー、デュパン、オースター」で詳しく論じたので、本書では割愛する。拙論では、他のどんな現代作家よりもオースターの中で深く息づくポーの生み出した主人公が、ホーソーン的主人公と融合して、アメリカン・ルネサンス精神の根跡を、テーマとしてとどめているのみならず、Ⅳ部でも考えたデュパンのサイバースペース的想像力が、オースターを魅了していることを論じた。本書でダゲレオにおいてポーとホーソーンの関係を検討したように、二大作家に代表される視覚のアメリカン・ルネサンス作家は、ポストモダンにいたるまでダーク・キャノンの流れに潜入し、揺曳しているのである。というのもそこには人間とは何かの深い問い――これがポストヒューマンという思想のテーマでもある――が潜んでいるからである。

2　ポストモダン・ゴシック批評家としてのオーツ

オーツはニューヨーク州北部のミラーポート生まれで、シラキュース大学英文科卒業後ウィスコンシン大学大学院、ライス大学大学院に進学し、一九六二年からはデトロイト大学などで、現在はプリンストン大学創作科で教えている。現代のもっとも注目されるアメリカ作家で重要な批評家の一人であり、一〇〇冊以上の長・短編集、多くの文学選集の編者として活躍している。中でも重要なのは、『地上の悦びの庭』(*A Garden ofEarthly Delights*, 1967)、『贅沢な人々』(*Expensive People*, 1968)、全米図書賞受賞の『かれら』(*Them*, 1968) の三部作、八〇年代では『美しい花』(*Bellefleur*, 1980)、九〇年代以降も『生ける屍』(*Zombie*, 1995)、『赤裸々な心』(*My Heart Laid Bare*, 1998)、『黒人の少女／白人の少女』(*Black Girl/White Girl*, 2006) 等々問題作を次々発表する驚異的な作家で、ノーベル文学賞候補作家でもある。

オーツは個人的、集合的悪夢を作品化し、不気味なものとアイデンティティの崩壊過程などポーの影響を受けたと思われるテーマ、表現、モチーフが多く、みずからポーを「最も深い影響を受けた作家の一人」にあげている。インタヴュー記事の中で、「バルザック的に全世界を本にしたい」("Laughingly Balzacian ambition to get the whole world into a book." web) というように、稀に見る多作作家のオーツは、過去の多くの作家とのインターテクスチュアリティを「魂の結婚 ("spiritual marriage")」と呼んでいるので、先行作家の影響は様々な要素が絡み合っている。しかし評論作品『作家の信念』中には、ディッキンスン、デッケンズ、ホーソーン、ホイットマンなど多くの作家への言及がある中で、エピグラフにあげたように「私は幼い時ポーを読んだのだ。その経験の大きさを誰が知るだろう」(7) として、ポーが最大の霊感の源となっていることをうかがわせる言葉が散見される。

エピグラフにみられるようにオーツはポーから、ジャンルの流動性、超現実の感覚、人間心理の深み、一人称語り手のだまし絵的手法を学んだとしている。オーツはつとにポーのアメリカ作家への深甚な影響について「いかなるゴシック作家もポーの影響から免れることはできない」(*Tales of the Grotesque* 305) と述べており、作品の実作のモチーフやテーマの継承と変容と屈折のほかに、オーツが作品集の編者として果たす批評家的役割に見られる影響も見逃せない。

まず批評家としてオーツは、ゴシックを完全に現代文学の中核にすえ、ゴシックというジャンルを主流小説化した点が注目される。オーツが一九九六年に編集した作品集『アメリカン・ゴシック・テールズ』(*American Gothic Tales* (Plume Books)) は、ポーが批評家として果たしたように、オーツもまたアメリカ文学の「ダーク・キャノン」をこそ本流と位置づけようとしたものであり、序文でアメリカ文学のゴシシズムの展望を与えており、従来まったくゴシックとは考えられてこなかったものをも選集に入れている。ピューリタン植民者の時代から現代までのアメリカ文学サーヴェイを行いながらギルマンと並べてポーに多くのスペースで解説を書く。『恐怖のアメリカ小説の究極の選集』(*Ultimate Anthology of Chilling American Fiction*) と序文で呼ぶこの選集には従来ゴシック作家と考えられてきた作家以外に、フォークナー「エミリーへの薔薇」は勿論、アンダソンの「森の中の死」(“Death n the Woods”) などのほか、メルヴィルの「乙女たちの地獄」、ジャクソンの「美しい家」など女性をテーマにしたものが目立つ。

このようにオーツはゴシックをアメリカ文学の普遍的概念の一つと考えているとともに、女性が欲望する主体となり声を出すことで、後述する「白猫」のように、ポーのゴシックのジェンダー的逆転も謀っていることが注目される。また非日常的な空間で展開したポーのゴシックに対し、ドライヴインやレストランや商店街やショッピングモールなど日常的商業シーンで、『彼ら』(*Them*) のモーリーンや「どこにいくの、どこにいたの」(“Where are you going, Where have you been?” *The Wheel of Love*, 1970) のコニーなど変哲のない人物に潜む不気味さから、ストーリーはゴシックの領域へといつのまにか突入する。オーツはゴシックについて「小文字のゴシックは、極端な情緒がほとばしり出るような作品を暗示している」「ゴシシズムとは文学的伝統というよりは現代生活のかなり現実的な一様相である」とも述べて、いわばゴシックの現代性と遍在性を指摘している。その認識は、『ゴシック選集』序文の、「『ウィーランド』は抑圧された欲望達成の、悪夢的表現であり、ポーの、同じような閉所恐怖症的なグロテスク物語を予見させる」(2)といった文章にもうかがえる。続いて息子のウィーランドの殺人の動機を語る次の言葉、"It was the element of Heaven that flowed around."を引いて、「彼が最も愛しているものを犠牲にすることを強いる、超自然的なるものと悪意との無意識の融合を引き起こした」(3)とする。

またオーツがあげるゴシックの巨匠には、カフカ、リルケ、ヒエロニムス・ボッシュ、ゴヤ、ベーコンらがおり、霊的変容を身体的に目に見える形で描く作家、芸術家も含む多言語、多芸術ジャンルを包摂するものである。ボッシュの三幅聖画の一つ「地上の庭の悦び」"Delight of the Earthly Garden"が、オーツの三部作小説の一つのタイトルになっていることはすでに述べたが、その文学的アダプテーションは、ジャンルミックスが特質である。

オーツは、ポーのゴシックを、さらにポストモダン・ゴシックへと書き換えたが、その影響は三つの分野で指摘できる。第一は今述べたようにゴシック批評家としてのオーツであり、ポーが一九世紀にゴシック文学に果たしたと同じ役割を、オーツもポストモダンの世界で果たしている。第二は、二人に共通する異様ともいえる他のアメリカ作家には見られない自然表象であり、特にオーツの初期短編に顕著にみられる。第三は、オーツの「白猫」や「ポー、死後の物語、あるいは灯台」に窺える、ポーのストーリーのポストモダン的書き換えである。これは端的にポーのタイトルとモチーフの借用をネットワークのように張り巡らせながら、女性の視点で書き換えることで、ポーに隠されていた抑圧されたエロスを描出している。

『赤裸らな心』(*My Heart Laid Bare*, Plume, 1998)は、ポーの高名な「Marginalia 194」からきたタイトルで、ボードレールも賞賛したものだが、オーツは本の見開きにポーのマージナリアを掲載し、ゴシック・サーガとして長編小説にしたてている。ポーリンによると主人公リヒト (Licht) の名前は、ポーの生み出したアルンハイムの領主エリソンの由来となる実在した億万長者、テルソン (Thelluson) と関係している。「約束ごと」(“Assignation”, *Haunted: Tales of the Grotesque* Plume, 1997 所収) は、ポーの *Tales of the Grotesque and Arabesque* をグロテスクに集約したと考えられる。「ストーカー」(“The Stalker” *Marriage and Infidelties*, 1972) は、「群集の人」のポストモダン的書き直しであるが、作品最後の顛末は残酷なものに変化し、ポーにはなかった都市生活者の犯罪性が組み込まれていて、「群集の人」に内在していた犯罪への志向を顕在化させている点が注目される。

さらに名作「どこにいくの、どこにいたの」は、ホーソーンの「ヤング・グッドマン・ブラウン」(“Young Goodman Brown”) とも比較される、自己の中の非理性的他者がテーマで、鏡のモチーフが遍在し、「ウィリアム・ウィルソン」の二重人格物語の現代版と解釈できる。有名になったコニーの自暴自棄的せりふ “It was all over” は六〇年代のボブ・ディランのヒット曲 “It was all over, Baby Blue” の反響でもある。ディランがポーから多くの影響を受けたことは、序章ですでに述べた比較研究が明らかにしている。小説 *Tarantula* が「黄金虫」のエピグラフから来ているように、ディランはポーを熟読していたと思われるので、コニーは一九六〇年代のディラン的な雰囲気とポーのテーマである内面の悪魔性を結合させたものだといえよう。またオーツのもう一つのペンネーム、ロザモンド・スミス (Rasamond Smith) でも多くの推理小説を発表している。かくしてオーツは多様な形でポー・ゴシックを、ジェンダー、時代、ジャンルを越境して継承している作家である。以下さらに具体的に三つの作品『エデン郡物語』、「狂おしい（嵐の）夜」、「白猫」について述べたい。

3　初期〈エデン短編群〉の凍てつく自然の造詣

オーツは一九六三年から一九九三年までに一九冊の短編集を出したが、これら短編集の有機的連続性について、ヘミングウェイの『われらの時代に』(*In Our Time*) から「各章が、半ば独立しながら、全体の構造にくくられる継続的ナラティヴを含む編集の技術」(Loeb 15) を学んだとしている。六〇年代のオーツ初期短編作品には、「昔あるときエデン郡で」("One Day in Eden County") と始まる一連の作品群〈エデン短編群〉がある。エデン郡とは辺鄙な山麓地帯で、作家の故郷と思われるが具体的な地名の連想は避けられていて、どこにでもある無名性と普遍性、自然の力が人間を圧倒し、破壊し打ちのめすことが特質となり「北のヨクナパトーファ」と呼びたい地勢である。アメリカ作家には珍しい暴力的な自然、ハリケーン、洪水、雪や霧など水の表象が作品の中心にある。沼地、川、雪、洪水などいずれも破壊的で、救いのない荒涼とした世界を構成し、それと対照的な緑の自然は登場せず欠落している。自然をこのように描く点で、ポーの影響は見逃せないであろう。代表作として「国勢調査員」("The Census Taker") を含む『北門の傍で』、『洪水に流されて』の標題作では、自然が決定的で破壊的な役割を演じ、抵抗する人間の自由意志は敗北する。

『北門の傍で』所収の冒頭の一編「国勢調査員」の書き出しには、荒涼とうねる大地の風景に圧倒される語り手の戸惑いに続き、調査に向かう不気味な家が浮かび、調査不能の予感や、理解を超える不幸な一家の死臭漂う異様な有様が描かれる。「そろそろ日没近くになっていた。(中略) 伸び放題の潅木や葉の落ちた樹々を通して、夕日を受けて光っている家の窓のあたりをじっと見ていた」(中村訳) と始まる。これが「アシャー館の崩壊」を想起させるのは、

図3

夕方の始まり、部外者である調査員がストーリー内部に入場し、またそこから逃げ去るフレイムストーリーの構造からでもある。重い足取りでやっとドアをノックすると、所帯主は不在で、古びた貧しい台所で食事の準備をする不機嫌な女主人と「やせて生気のない大人びた」女の子と小柄な男の子のつじつまの会わない狂気じみた会話に巻き込まれる。どうやら所帯主は行方不明で、祖母は川に流されて死に、何人かの子供も「ある冬死んじゃって、家の裏に埋められ」、洪水で流されたらしいことがわかる。なすすべもなく役人は手帳を閉じ逃げるように外に出る。「彼は凍ったくるま道に沿って草の中を急ぎ足で歩いた（中略）郵便受けのところで彼は立ち止まり、一人の男が中腰で身をかがめ黒いペンキに浸した棒切れで名前を書いている姿を思い浮かべた」（一九）。幻想は消え意識は現実に戻るが、その現実とは、ほとんど幻想的なほどの一家の生死も不明な恐怖の現実であり、強い動揺から逃れるため彼は空を見上げたい衝動に駆られ、調査員の故郷の「かがやく海」を想いだそうとするが、そこには「凍った海のような空」しかなかったのである。「大地ははるか太古に地震によって歪められたかのように波打ちでこぼこして頑固に捻じ曲がっていた。国勢調査員は、故郷を想い海と海岸を想っていた。しかしここでは空はしわが寄り縮んで人工的に見え、汚れたキャンバスのように、凍っているのに雪のない地面におおいかぶさっていた」（三〇）。この作品では、国勢調査に象徴されるアメリカ国家の制度が一片田舎に展開する調査の硬直性と不可能性、寒村の不毛な場所に閉じ込められた、アメリカから忘れられた住民の貧困や孤立が、一家の不幸の元凶として認識されている。

女の子の連発した「流される」が作品のキーワードでテーマでもある「洪水に流されて」では、この現実のさらに深い真実が暴かれている。ある雨の日車で帰路を急ぐスチュアートは、副保安官に呼び止められ、近づくハリケーンから避難中の車列にであう。平凡な家庭人で石膏採掘会社の副工場長を務める三九歳の筋骨たくましい彼は、キリスト教的良心と副保安官の無言の圧力から住民の救助に向かい、一軒のみすぼらしい農家にとり残された姉弟を救おうとする。「空は一層暗くなり嵐は激しくなって」雨が床や屋根裏まで襲い、すべては荒れ狂う風雨で流されるが、スチュアートの超人的救助で三人は丘の上に避難し救援を待つ。しかし丘の草叢には蛇が充満しており、やっと生き残った男の子はそれを棒で退治しようとするが、何かが狂ったスチュアートは男の子にその棒で襲いかかるという理不尽で驚くべき結末を迎える。やっと現われた救援ボートに彼は「私を助けてくれ！」と叫びながらも「水の中に歩み入って」（中村 一九五）おり、もはや彼を救える者はいないのである。この作品は、明らかに終末的イメージの大洪水と、家を覆う樫の大木がもたらす災害、子供を見捨てて車で逃げる親、家族を措いてまでそれを救い困難と闘う人間の崇高さと、それをまったく裏切る人間の理不尽な罪業性が、充満する蛇と誘惑者の女の子と、すべてを流す川のイメージにより展開する。保安官の古いモラルは彼を抑圧し、洪水の中で本能が剥き出しとなり、家族を乗せるはずの車の機能も崩壊している。

「北門の傍で」というタイトルは、李白の詩「辺境警備兵の哀歌」をエズラ・パウンドが英訳したもので、「ただ風が砂塵を巻き上げるばかりの蛮地 (barbarous land) を楼から監視する」という原詩の、土地の荒廃を見届ける宗教的視点が暗示され、「国勢調査員」にもそうした作者の語り位置の表明がある。エデン郡はオーツ世界のマイクロコズムであり、エデンが失われて久しい蛮地アメリカで、必ず登場する悪意に満ちた子供たちは、その後の長編小説のグロテスクな大人たちの原型で、無秩序と混沌が沼地や川や霧や雪から構成され、「この門を入りたるものは希望を捨てよ」というダンテの神曲の地獄の門の文言も響いてくる。蛇を神学的意味の体系から開放し、その脱皮の生態を描ききったソローの『ウォールデン』が環境文学の元祖と目されているが、自然が表象として文学や物語で寓意や暗喩の長い歴史を生きてきたのも事実であり、環境文学のすべてが、自然と子供の性善説に立つロマン派の至福と恩恵に満ちた世界観を持つわけではない。むしろ本書第I部で述べ、次章でもふれる、トム・ヒラードの「ゴシックの自然——暗闇を深々と覗き込んで」("Gothic Nature: Deep into that Darkness Peering") が説くようにアメリカ文化は、一面で自然を敵意あるものと捉え、オーツが強い影響をうけたポーの「大鴉」のように、自然の脅威を強迫観念のように強調してきた。ヒラードは「ゴシックにあるのは自然への恐れと不安であり、ゴシックは自然がもたらす不安を暴く文学である」(Hillard 686) とする。これまでエコクリティシズムが自然を肯定的に捉える作品を中心に論じてきた中で、自然恐怖、クロズビーの言うエコテラーの感性が重要な批評テーマとしてオーツにも観取できる。

4　ポーの死後の物語『狂おしい（嵐の）夜』

オーツは先行作家を使うことについて「私は大胆なヒーロー崇拝者である。私は幼い時からありとあらゆる空想の父たちと、霊的、知的関係を取り結んできた。」(Monica Loeb, *Literary Marriages*, 14) としている。*Wild Nights* (2008) は、六人のアメリカ的イコン作家、ポー、ディッキンスン、トウエイン、ヘンリー・ジェームズ、ヘミングウェイ最後の日を基点にした不安と暴力に満ちたゴシック風メタ小説集である。作家の生涯から予想される以上の奇想天外な後日談の冒頭に、ポーの「灯台」("Lighthouse") の続編が置かれている。目指されているのは、おおむねキャノンの転覆であり、メルヴィルの『ビリー・バッド』やコンラッドの『闇の奥』(*Heart of Darkness*) など多くの作家の代表作品の序文を書いて編集しなおしてきたオーツにとっては何の不思議もないだろう。この作品でオーツがポーに関しておこなっているポーの死の意味の読み直し、あるいは語りなおしの意義を少し探ってみたい。ここにはポーのゴシックがポストヒューマンと接続する流れが窺える。

第二章で述べたように、ポーの「ライジィーア」のエロスについての推論を可能にするのは、『狂おしい（嵐の）夜』第一章、「ポー、死後の物語、あるいは灯台」（"Poe, Posthumous; Or, The Light-House"）のような作品の存在があるからである。「灯台」に多くの続編が書かれたことは、巽孝之の翻訳作品解説（二二三）に集めてあるが、オーツはこの作品で、ポーの命日一八四九年一〇月七日から一八五〇年三月のある日までの死後のポーの物語を、チリ沖の海の灯台でまったく一人で過ごす灯台守の手記の形で展開する。ここでオーツはポーの「だまし絵的技巧」に影響を受けたとしているように、従来『ユリイカ』や「大渦への降下」などと関連付けられてきたこの続編を、むしろポーの愛の行方を語る、〈第二の物語〉化を進めているといえる。

オーツは『狂おしい（嵐の）夜』が扱うアメリカ文学キャノン作家に対する不安なアンビヴァランスを、たえず表明してきた。それは非白人作家の場合のような人種的な不満ではなく、有名作家の死後の生活を語ることで、むしろ偉大なアメリカ作家の性的未熟性や両性具有性を皮肉り、特にその性的不安を暴くことでキャノン作家の不滅性の転覆を図っていると思われる。というのも『狂おしい（嵐の）夜』のタイトルはディッキンスンの同名の詩からで、明らかにエロティックな願望に満ちた詩からきていて、この作品は各作家の隠れた欲望や衝動を虚構のメモワールをつづる形で展開する。ちなみにディキンスンは<EDickinsonRepliLuxe>として、不本意にもコンピュータで制御される

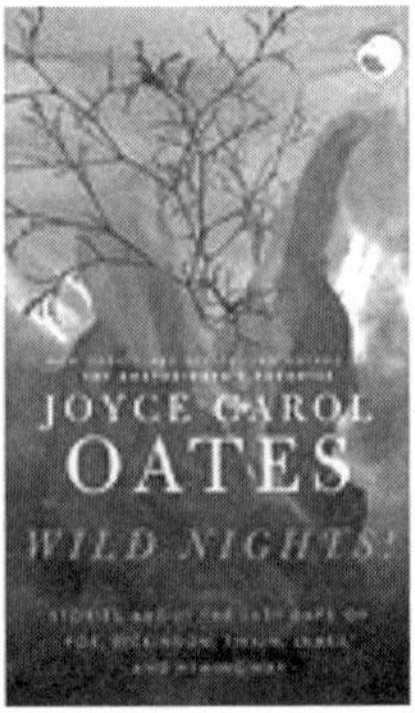

図4

マネキン人形になっている。狂おしいの意味は各作家少しずつ違っているが、五人の死にオーツが与える総体的意味でもあるのだろう。ブリット・ピーターソン (Britt Peterson) はこの作品に見られるオーツとアメリカ男性作家との関係について次のように評している。「この作品はオーツとキャノンを妙な関係におく。キャノンを転覆しつつ、其の限界を再確認している。死後のポーを創作することで、限界を拡大しキャノン的期待をもてあそぶ。オーツはキャノン作家への安易な崇拝化を避けている」(ニューヨークタイムス二〇〇八年五月二日web)。

ヘミングウエイ、トゥエイン、ジェイムズいずれよりもポーの章は感銘深い。というのもポーの死後の可能性と後代の作家へのゴシック的な永続的な影響力を、狂気に陥ったポーと海中にすむ怪物一族（ミュータント）の女性、ヘラ (Hera) と結婚するという筋立てになっているからだ。唯一の仲間であった猟犬マーキュリー (Mercury) の不幸な死には、ピムの愛犬タイガー (Tiger) の死が連想されるが、飢えたマーキュリーはこの怪物の肉を食べて毒に当たって死ぬ。これは灯台守がマーキュリーと構築していた男性的世界の終焉を意味するだろう。そしてポーとヘラは結婚を果たし、その間には、子孫八人のキメラが誕生する。この海辺の結婚には、ポーの幼妻ヴァージニアをモデルにしたアナベルリーとの実現しなかった結婚が、また片目の怪物であるヘラには、その名前から、ポーの最後の恋人で、一八四八年プロヴィデンス在住の詩人、序章でふれたサラ・ヘレン・ホイットマンが連想される。ヘラの描写にはライジィーアの目へのポーのオブセッションが揺曳している。オーツはこのように、ヴァージニア、ライジィーア、ヘレンへのポーの思いなどに、ポーの伝記的事実の反響を書き込んでいて、死期が迫ったポーの狂気の人生、しかも先駆者的閃きと、果たせなかったエロスの恋の海辺での成就を描いたとみてよいであろう。レイノルズ (David Leynold) の書評では、「この荒れた場所は、創意に満ちた設定であり、ポーのいつもビームを送る文学の燈台守の役割にふさわしい」としているが名言である。ある意味で、この作品は「アナベル・リー」の続篇でもある。

この小説は、二章でふれたポーの幽霊譚に内在するものが、暗く隠蔽され語られない衝動、エロティックな苦しみと喪失と痛みが、激しく死ののちまで続くメランコリアであることに気づかされる。ポーと怪物ヘラから生まれた八人の子孫は、ポー・ゴシックが数多く生み出したキメラや、オーツらポスト・ゴシック作家によるジャンルミックスの継承そのものであり、オーツにおいては、ポー幽霊譚の怪しさが再現されているといえよう。

5　物語る妻の勝利――「黒猫」の「白猫」への変容

このようにオーツは、男性主導のゴシック・ジャンルにジェンダー的逆転をも企てている。『グロテスクの物語集』(72–96) に収録されている「白猫」("The White Cat") は、「黒猫」のポストモダン版である。ちなみにこの本には、ジェイムズの『ねじの回転』の書き直し作品 "The Accursed Inhabitants of the House of Bly" (1992; rpt. 1995) も入っている。グロテスクとは動物と植物、人間の形象の絡まりをいい、すべての混沌たる融合の意味であり、オーツはポーのアラベスクの抽象性の要素よりも混沌たる融合の要素を強調し、とりわけミステリーと心理小説のジャンルミックスをその文学の特質としている。メインストリームの文学とミステリー、ホラーという周辺ジャンルを融合させたジャンルミックスを支えるのが、オーツのゴシックである。「白猫」はこの手法で「黒猫」を書き換えた痛快な悲喜劇ゴシックである。ポー文学の根底にある〈逆転〉を、オーツはさらに逆転させる。

既にこの作品の詳細な比較は、マーティン・ネイダル(Martin Nadal)の「グロテスクの多様な形――「黒猫」から「白猫」へ」で余すところなく分析されている。ここでは本書の趣旨にそって、さらにネイダルの論点にもう一つ重要な点を加えたい。それはオーツが男性主人公と語り手の声で隠蔽した女性の主体性と声を、顕在化させた点である。最初この作品は『結婚における不実』(*Marriage of Infedilities*)に収録されたように、基本的にはこの短編のテーマは結婚における不実ということであり、「黒猫」とともにポーの幽霊譚すなわち愛の物語テーマの延長線上にあるが、オーツの中の白猫への変容こそ、ポーのポストモダン的蘇生として注目される。というのもポー作品に登場する女性は、すでにみたように、幽霊化または亡霊化し、いずれも声を発せず男性の語り手の中でのみ存在し、その存在意義も語り手にとっての男性性の一構成要素に収斂させられている。ポストモダンの文学が男性作家と批評家に担われている限り、女性的なるものは男性の主体性確立の付属物としてしか機能しないことはポール・オースターのほとんどの小説がよく示している。こうした物言わぬ不気味な破壊力をたたえた猫と女性たちは、オーツの小説では、奇怪なものとしてのみならず、主導権を持つ女性登場人物となって大いに発言し、主人公である男性を追い詰めるに至るが、最終的には猫と夫婦の共存が目指されているように思われる。言い換えると「黒猫」がデイアンのいう「人種化されたゴシック」であるとすれば「白猫」は「ジェンダー化されたゴシック」である。「黒猫」は黒い猫の身体の上の白い絞首刑、つまり白人(夫)の黒人(妻)への罪というポーの一九世紀的テーマを顕現する場であったが、「白猫」は夫婦間に介在する齟齬を、

図5
「白猫」所収『グロテスクの物語集』

二度も殺害されるのに生き延びる不死身の白いペルシャ猫の怪談に置き換えて明らかにした。それは作品最後の一文にある視力も筋力も失った障害にあるミュアーにおとずれた「ミランダ独特の白さ、あの毛並みの柔らかさを感じたかった。あの不思議な生命力の驚きは、かすかに感じることができた。ああわが愛よ」(96) といった境地である。いわば登場人物三者の基本的関係の組換えである。

これが端的にあらわれたのは、「黒猫」との間テキスト性で果たされている命名にある。「黒猫」の妻には名前がなく、その発言も語り手を通して間接的に伝えられるのみであったが、「白猫」では、主人公アリッサと白いペルシャ猫、ミランダ、夫は英雄的なジュリアス・ミューアである。これらの命名には、ネイデルが示すように、ポーだけでなく、シェクスピア、ルイス・キャロルなど豊かな間テキスト性が仕組まれている。牡猫プルートーにかえて雌猫ミランダは、シェクスピアの『テンペスト』のプロスペロの娘の名から来ているように、彼女は美しく不死身で、魔術師の末裔でまさに「九つの命を持つ。」夫の名はミューアで、壁は、黒猫で二度にわたり不気味な本質的シーンを構成した寝室と地下室の浮彫りモチーフであったように、オーツでは語りの最後に主人公が陥る人生の壁も暗示している。妻の名前はアリッサで、オーツの源泉の一つ「不思議の国のアリス」を想起させ、変幻自在な勝利する主人公名であり、ポーの母同様女優であり、エリザベスの不幸な結婚も響かせている。アリッサが暗闇の部屋で長いテレホンセックスに興じるシーンは、最近のポー伝記で報じられているエリザベスの楽屋での不実からくる夫デーヴィッドの失踪なども髣髴とさせる。白猫と妻の一体性、夫にとって永遠の呪いとしてのミランダ、二度の白猫殺害計画の失敗とプルートー以上のしたたかさ、交通事故に見せかけた妻殺害の失敗と、主人公の全身麻痺と一生の車椅子での生活等々速い展開で悲喜劇が進行する。

オーツの女性の扱い方は、語り手に殺される黒猫の妻とまったく逆であるのみならず、ポーのカラーシンボリムを完全に解体している。さらにオーツの白猫の扱いには、「白鯨の白きこと」でイシュメイルがこの色の肯定的属性を認識したことを思い起こさせる。つまり白にキリストの神性とともに、人類にとってぞっとする怪異の要素を複雑に増幅させている。またオーツの作品では境界や壁はすべて流動的である。主人公は人種、階級、エスニシティ、ジェンダー、人間といきもののもろもろの壁を横断する。大富豪だが人生を失ったかに見えるミュアーが最終的に平安にたどり着くのは、オーツ・ゴシックのしたたかさであろう。

第一二章　ポーとポストヒューマン・エコクリティシズム

1　ポー文学に追いついた二一世紀エコクリティシズム

三章でみたようにポーは、「モルグ街の殺人」をはじめいきものを主人公とする多くの短編傑作と長編『ピム』を書いたが、その自然表象はなぜか二〇世紀のエコクリティシズムではまったく等閑視された。エコクリティシズム第一波が確立された一九九〇年代、ローレンス・ビュエルの『環境的想像力――ソロー、ネイチャーライティング、アメリカ文化の形成』とシェリル・グロットフェルティら編『エコクリティシズム・リーダー』の名著にも、またその後エコクリティシズム第二波を形成したジョニ・アダムソンら編『環境正義エコクリティシズム・リーダー』にも、ポーへの言及はなかった。ビュエルの三作目『環境批評の未来』においてはさらに幅広く日系アメリカ作家カレン・テイ・ヤマシタやデレック・ウォルコットなどカリブ作家、アンナ・ツィンのようなインドネシア作家についても論じられ、エコクリティシズムは世界文学を論じる批評に成長したが、こうした中でも自然表象の作家ポーはなぜか依然この批評の死角となってきた。

しかしスコット・スロヴィック (Scott Slovic) の定義したエコクリティシズム〈第三の波〉に至って、特定の場所の感覚に対し、「エコ・コスモポリタニズム」や「没場所性(nonlocality)」の感覚、土地喪失やグローバルな汚染の拡大がより切実なテーマとなり、〈第四の波〉では、人間といきものの平等性や近接性と生命についての「ファンダメンタルな物質性」(Slovic 34) が主要な関心事となった。これらの動きは、ルネサンス以降五〇〇年の、人間の精神性と卓越性を存在の頂点に捉え基本的に霊肉二元論に立つヒューマニズムに対し、身体と精神の一体性をいきもの全体に拡大し、人間の自然支配を批判し、ヒューマニズムの限界を突破しようとするポストヒューマニズムとも同調するものである。ジェイムス・バークレイ (James Berkley) の「ポストヒューマン・ミメーシスと仮面がはがれた機械」によると「八〇年代には仮説であったサイバースペース、サイボーグが九〇年代に実現するに及び」「人間の主体性についてのポストヒューマン 的見解が文化全域に浸透した」(356, 357)。このころエコクリティシズムにも、ポストヒューマニズムの新しい動きが始まった。

そしてついにこの段階でポーがエコクリティシズムの視野に入り批評対象として浮上し、まずは最初に述べたポーのいきもの表象の不思議が、主としてゴシック・ネイチャーとして論じられた。しかしポーの特異な自然表象は単に表象論にはとどまらずポー作品全体に拡大していった。

一方ポー研究において二〇〇〇年以降最も注目されてきた作品の一つは、従来ジャクソニアン・デモクラシーへの軽い時事的風刺ものとしか見られてこなかった「使い果たされた男」である。章タイトルに示したように副題は、("The Man That Was Used Up: A Tale of the Late Bugaboo and Kickapoo Campaign") であり、しばしばポー作品は副題が重要で、又エピグラフに作品の謎が埋め込まれている。後述するように主人公は、対インディアン戦争から生還した勇士にして、しかも当時の俗語で「used-up」は「殺された」を意味した。従って主人公は、ダナ・ハラウェイ

(Donna Haraway) の定義したサイボーグ「人間と機械の融合有機体《サイバネティックオーガニズム》」を一九世紀に体現した存在であり、「使い果たされた男」は人間のアイデンティティと身体性の関係を考察する際重要な問題を孕む作品として注目を集めてきた。本書ではポー作品が一八三〇年代すでに、死のかなたまで生きる不可思議なキャラクターを生み出し、自然観や宇宙観にもポストネイチャー、ポストヒューマンの先駆的な様相を描いたことを考察してきたが、ポーの驚異の年となった一八三九年の「使い果たされた男」では、サイボーグ的ヴィジョンの具象化に作動しているポー的言説の、より一層進化した形を見ることができる。

『南部文芸通信』を去り、フィラデルフィア『バートンズ・ジェントルマンマガジン』（以後『バートンズ』と記す）に移り、八月号に掲載された。「モレラ」「アッシャー館の崩壊」「ウィリアム　ウィルソン」など多くの傑作がそこでかかれた。最初に、すでにこれまで断片的に触れてはきたが、再度ポーとエコクリティシズム及びポストヒューマンの研究史を、まとめて辿りたい。

2　エコクリティシズムによるポー論の到来とポストヒューマン

三章で述べたように、英語で書かれたエコクリティシズムによるポー論は、*ISLE* (16: 1) 誌上サイモンン・エストック (Simon Estok) の二〇〇八年の論文と、トム・ヒラード (Tom Hillard)、*ISLE* (16: 4)「ゴシック・ネイチャー――暗闇を深々と窺いみれば」によって「大鴉」における独特の自然表象を、ゴシック・ネイチャーという用語で分析したのをもって嚆矢とする。ポーのゴシックとエコロジーがはじめて結合されたのである。その後エコ・ゴシック(ecogothic)という用語が、アンドリュー・スミス(Andrew Smith)とウィリアム・ヒューズ(William Hughes)によって『世界のエコ・ゴシック』(*EcoGothic: International Gothic*)で提示された。この本は環境文学とゴシックの共通モチーフである環境的終末、荒野、ポスト・アポカリプスとエコクリティシズムの関係を論じ、ゴシックの中のエコクリティシズム的要素を探求し、『フランケンシュタイン』(*Frankenstein: or The Modern Prometheus*, 1818)から現代までのゴシック小説を幅広く論じている。ポーと『最後の人間』も含むメアリー・シェリー(Mary Shelley)との深い関係に鑑みれば、エコ・ゴシックはポー作品全体に深い示唆を与えるものである。

三章ではポーのキメラ列伝やゴシック・ネイチャーはポストネイチャーの世界の提示であること、創造された自然であるポストネイチャーの新奇な美と恐怖、秩序転覆がもたらす畏怖の念が、ポーの特質であることも論じた。二〇一二年には季刊誌『アメリカ文学――エコクリティシズム特集号』(*American Literature: Ecocriticism*)で、マシュー・テイラー(Matthew Taylor)「自然への怖れの本質――エドガー・アラン・ポーとポストヒューマン・エコロジー」("The Nature of Fear: Edgar Allan Poe and Posthuman Ecology")で、議論は一気にポーとポストヒューマン・エコロジーに焦点化されていった。この特集号はレイチェル・カーソン論など代表的環境文学が論じられたものであり、そこにポー論が登場したことの意味は大きい。テイラーはすでに「ポーの〈形而上的〉物理学――ポストヒューマン前史」において、ポー作品では人間と自然の世界を分かつ境界は浸食されて主体と客体の差異を拒むような状況が描かれている(Taylor, 2012 210–16)とし、「ライジィーア」や「アッシャー家の崩壊」の宇宙観にポストヒューマニズムが見て取れるとしている。また宇宙対話譚のジャンルに見られるポストヒューマニズムを「ポーの小説に描かれる個別の身体の死の怖れは、より普遍的な人間の自己の崩壊の徴しとして起こり、やがて肯定的なポストヒューマンというオルタナティヴとなる」(Taylor, 2013 369) ともしている。テイラーは、ポストヒューマニズムの思想の担い手として多くの思想家と科学者を挙げ、ハラウェイやミシェル・セレス (Michel Serres) やブルーノ・ラトゥール (Bruno Latour) らの、自己と世界の境界を取り除くハイブリッドな関係性の樹立が、ポーにもみられるとする。その後二〇一四年には、クロスビーの「エコフィーリアを超えて――ポーとエコホラーのアメリカ的伝統」も出た。

ポストヒューマニティの研究書シリーズはミネソタ大学からすでに三六冊出版され、膨大な領域となっている。二〇〇〇年にはネイル・バッドミントン (Neil Badmington) による『ポストヒューマニズム・リーダー』(*Posthumanism: Readers in Cultural Criticism*) が、思想的柱を示した。基本書と目されているキャサリン・ヘイルズ (Katherine Hayles) の『いかにしてわれわれはポストヒューマンになったか』(*How We Became Posthuman: Virtual Bodies in Cybernetics, Literature, and Informatics*, 1999) は、第一章を、ポストヒューマンの文学批評用語としての初出であった、一九七七年イーハブ・ハッサン (Ihab Hassan) の「パフォーマーとしてのプロメテウス」("Prometheus as Performer: Toward a Postmodern Culture?") からの引用で始めている。ハッサンは「ヒューマニズムは終焉していき、ポストヒューマニズムと呼ばざるを得ないものに変容している」とポストモダニズムに関連して使い (Hayles 32-34)、ヒューマニズムのグランド・ナラティヴが文学批評でも潰えていったことを指摘したのである。文学とテクノロジーの関係を「ヴァーチャルな身体とシニフィエの明滅」から「ＡＩ［人工知能］のナラティヴ」など全一二章で考察したヘイルズは、従来人間と対立的に捉えられていたテクノロジーを、情緒や神経も含む人間の一部と捉え、その意味では人間は機械でありコンピュータと交換可能であるとし、ポストヒューマンとしての人間の現代世界における遍在性を説いた。

一方ハッサンのポストヒューマニズム提示と同じ年、エコロジー思想の分野でも、「自然はもう失われた。自然という概念ももうない」とし、環境保護はこの発想を前提とすべきだと宣言したビル・マッキベン (Bill McKibben) の『自然の終焉』(*The End of Nature*) がでた。マッキベンは、自然本質論者の強い抵抗に出会うも、徐々に受容され、二〇一一年には『ポスト地球』(*Eaarth*) も出た。すでに今日アメリカでは自然博物館とともにポストネイチャー博物館《postnature museum》が整い可視化され、クローンやロボットなど失われた無垢なる自然に変わるポストネイチャーが組織的に展示されている状況にある。[3] 二〇一〇年にはついに、ポール・ワップナー (Paul Wapner) の『自然の終焉を生きて——アメリカ環境主義の未来』(*Living Through the End of Nature: The Future of American Environmentalism*) が、人工生殖や人工知能、遺伝子操作や工場で生産する一〇〇%人工の植物や遺伝子操作されたアンドロイドなど、現代人はポストネイチャーの中に生きており、古い自然を回顧するのではなくポストネイチャーの中で保護を考えるべきだとした。

3　〈ロマンティック・サイボーグ〉としてのスミス准将

すでにポーのテクノロジーと人間の融合というテーマからは、二〇〇二年にクラウス・ベネッシュ (Klaus Benesch) の名著『ロマンティック・サイボーグ』(*Romantic Cyborgs*) の第三章「機械は歴史を作るか——ポーと言説のテクノロジー化」で、ポーが歴史上初めて文学の形で、テクノロジーと人間の融合体というサイボーグの原理を「メルツェルの将棋指し」("Maelzel's Chess-player," 1836) で明白に提示し、続いて「使い果たされた男」で、「ＡＢＣ・スミス特別昇進准将」というポストヒューマンな主体の具体像を生み出したことが詳考されている。ポストヒューマニズムの一九世紀起源説は、ベネッシュによってより具体的にアメリカン・ルネサンス作家全般にわたって論じてあるが、ポーは最もラディカルな実践者と位置づけられている。さらに二〇一二年の論集『二一世紀のエコクリティシズム』(*Environmental Criticism for the Twenty-First Century*) では、テイラーやティモシー・モートン (Timothy Morton) とともに、ポール・アウトカ (Paul Outka) の『フランケンシュタイン』論は、ポストヒューマンの概念の発生と定義を一九世紀にさかのぼっている。アウトカは「人間の本質は精神でなく身体であり、地上的なものを超脱する存在というよりは、話すことを覚えた大地の一部」(Outka 31) とし、身体と霊の一元的把握がメアリー・シェリーやポーだけでなく、エマソン、ホイットマン、ソローらにもあると分析している。[4]

ポーとテクノロジーとの親密な関係は、「大渦への降下」のノルウェイの漁師や、「陥穽と振り子」の語り手がいずれも身体をテクノロジーと一体化させて生き残りを果たすことや、ダゲレオという新しい表象技術へのポーの憧憬と称賛、そしてデュパンの創造などにも窺える。そして一方では、これまでも触れてきたように、エリソンという黄泉の国の導師が、庭園四連作の仕上げ「アルンハイムの領土」で、ミメーシスに代わるマニエリスム的創造理論を打ち出すことになった。ポーが賞賛を重ねたダゲレオ技術もまた、絵画に対し「第二の自然」と呼ばれ、それは「全能の神の意匠という観念を一段引きおろし――つまり人間的技巧の感覚と矛盾せず調和するものにして「神と人間の中間的なものを生み出す、人間と神の中間に在る天使のなせる業」(MIII: 1276) による創造であることもすでに触れた。このマニエリスム的自然観は、現代のことばでいえばポストネイチャー理論といえる。デュパンや漁師やエリソンは、実は生と死の境域におり、セント・アーマンドによるとエリソンは黄泉の国のマスターであって、そこに入場する語り手の死への導師であり、葬式で死者を導く僧侶の機能を果たしている。しかし彼らポストヒューマンはすでに進化しておりヒューマンではないので、死にまとわる悲劇性を凌駕していて、いわば人間性を払拭した超人である。

さて人間と機械の融合体サイボーグと、「自然の再創造」発想との結合において、ポーと最もかかわりが深い理論は、ハラウェイの「サイボーグ宣言」("Manifesto for Cyborgs: Science, Technology, and Socialist Feminism in the 1980s")を含む『猿と女とサイボーグ——自然の再発明』(*Simians, Cyborgs, and Women: The Reinvention of Nature,* 1991)であろう。ハラウェイは人間と動物、人間と機械、物質と物質ならざる者、三分野の二項対立の解体を宣言し、〈自然文化《natureculture》〉という言葉を、次作『伴侶種宣言』(*Companion Species Manifesto*)で生み出した。又ティモシー・モートンのロマン派研究の解体的エコロジー理論の三部作などによって、ロマン派のプロトエコロジーの伝統が、ポストヒューマニズムの多様な思想に取って代わって再解釈される動きもみられる。かくしてポーとエコクリティシズムは、ゴシックネイチャーから、ベネッシュ、テイラー、アウトカ、クロスビーの論じるようなポストヒューマン・エコロジーまで、多面的に展開する重要な領域となったといえるだろう。[5]

4　アイデンティティの謎と不安

二〇一三年のステファヌ・ヘルブレヒター(Stefan Herbrechter)『ポストヒューマニズム——批評的分析』(*Post-humanism: A critical analysis*)は、「今日人間《ヒューマン》であることは何を意味するのか？　この質問は人類そのものと同じくらい古いが、その答えは益々不明になってきている。（中略）しかしポストヒューマンの亡霊は、今や広く人間が直面している避けられない人間の次の進化のステージとして喚起されている」(vii) と始めている。この書き出しは、まさに正体不明のジョン・ＡＢＣ・スミス特別昇任准将 (Brevet Brigadier general) を巡って展開する「使い果たされた男」に、本論を逢着させる。

大きな軍功を立て、瀕死の重傷を負うも帰還し、名誉進級を果たし英雄となった勇敢この上ない軍人、ＡＢＣ・スミス准将の、「驚嘆すべき、見事で麗しき」("remarkable" "excellent") ヒーロー像について、「立派この上ないが、どこか四角い感じ」の曖昧さにつきまとわれ、准将のアイデンティティの謎を解明するべく話は展開する。ＡＢＣ・スミスのアイデンティティの謎は、名前が示すポカホンタス美談伝説の Captain John Smith の稀有な存在と、ＡＢＣといった教科書めいた平凡極まりなさからくる実在と非在の結合から成り、名誉進級准将という二種類のリアリティを削ぐ称号によって、作品背景の一八三七年の激烈な対インディアン戦争の死傷者の一人であることを想起させる。副題の部族名も、ブガビー（悪魔）族という架空の名とキカプーの実在の部族名の結合で、この作品が徹底して虚構と現実を融合させる言説の場であることを示している。

作品中 man は三〇回繰り返され、そのたびに人間（スミス准将）とは何なのかの疑念を深め、回答の ("He is the Man") が七回繰り返される毎に、「彼は聖書の言う女から生れし男」、人間、立派な男性、軍人と意味が変容し最後は「彼は使い果たされた（殺された）しかし生きた人間である ("He is *Used-Up Man.*" MII 389)」という矛盾撞着語法でテキストが終わる。まさに人間とは何かのアイデンティティの探求を巡る作品であり、マボットはタイトルの関係代名詞が who でなく that である点に注意を促す。これこそ「使い果たされた男」が人間と物との融合体であることの暗示に他ならず、まさにスミスは、物から人間に組みあげていったポストヒューマン、サイボーグという、当時としては前代未聞の不気味な新種の人間にして、矛盾撞着そのものの両立なのである。

5　ポストヒューマン――生と死の不気味な境界線上の言説

レオン・ジャクソン (Leon Jackson) は書誌にあげた論文名が示すように、「トマホーク批評家」と噂されたポーには、ネイティヴ・アメリカンに対する共感があったと指摘した最初の批評家であった。又ジェラルド・ケネディ (Jerald Kennedy) は、最新刊『奇妙な国――文学的ナショナリズムとポーの時代の文化的葛藤』において、この作品には一八三九年四月双方に多くの死者と負傷兵を出したインディアン戦争と、ジャクソン大統領のリムーバブル政策の推進に決定的に貢献した激戦そのものを揶揄する政治性があると指摘している。この戦役の刻一刻の新聞記事から、出版に至る執筆の日を詳細に特定し、歴史的事象へのポーの素早い反応と、フィラデルフィアにおけるインディアン文化への高い関心、ポーのそれへの共感を洗い出す迫力の論文である。その後、ロバート・ボウカ (Robert Beuka) による、准将の身体を冷笑しながら組み立てる黒人ポンペイと、インディアンに囲まれてしか存立しえない白人の脆弱さを揶揄したとするレイシズムの指摘や、デーヴィッド・ブレイク (David Blake) の「ポーと捕囚の終焉」で当時流行したキャプティヴィティ・ナラティヴを作品に読み込む秀逸な批評も出た。これらの批評により、この作品に作動したポーの風刺の、極度に隠微で複雑な構造が明らかとなってきている。さらに二〇一六年高野泰志は「ポーの見たサイボーグの夢」の中で、テクノロジーによる身体の補綴術、再生医療という視点から「人工器官による身体補完は常に悪夢として立ち現れる。（中略）『使い果たされた男』は悪夢の起源を初めて捉えた作品であるといえるだろう」（三四）と結論している。高野が序におく『ロボコップ』（一九八七）は、最新二〇一六年の集注版ポー選集（*Annotated Poe*）でもイラストとなり、テキストでは「ロボコップは犯罪者と戦う使い果たされた男のポストモダン版である」と注釈されている（94）。准将を賞賛するストーリー内のポーの女性たちのように、映画は白人英雄としてのスミス准将像を継承していることになる。ベトナム戦争後世界に兵士を送り続けるアメリカが、多くの死者や負傷兵を出しロボット兵士を夢見るという意味でもこの作品は今日的にアメリカ的である。

『南部文学通信』を出て経済的に困窮していたポーは、売れる作品を書く必要に迫られていた。全米一に雑誌が繁栄し、読者も洗練されていたフィラデルフィアという政治的には南北の中立地帯で、「使い果たされた男」は、数々の傑作掲載メディアとなった『バートンズ』八月号にでた時局もので、政治的揶揄は著者の政治性を隠蔽する極度の技術も必要とした。第二次セミヨール・インディアン戦争をモデルとし、主人公のジョン・ＡＢＣ・スミスのモデルは、従来、ポーが度々揶揄したジャクソン大統領（一八二九―一八三七）のインディアン・リムーバブルのラディカルな政策を進めた副大統領ヴァン・ビューレン、あるいはウエスト・ポイントで同窓のスコット軍曹だと考えられてきた。そして揶揄の対象は、白人の四肢を生きたまま切断する残虐非道のインディアン部族、あるいはインディアンへの容赦ないアメリカ軍の戦争技術（人罠やバネ銃）であると、広範囲にわたって種々錯綜した指摘がなされてきた。風刺の的は決して単純ではないが、この作品のおもしろさは何よりもスミスのアイデンティティの奇抜さにこそあったのだ。ある日語り手がスミスを訪ねると目の前には恐らく片足と胴体を包む奇妙な形のふろしき包みがあった。

目の前の奇妙な包みは奇妙な格好で床の上に体を起こした。だが見えたのは片足だけだった。「ポンペイ、その脚を取ってくれ」するとポンペイは靴下を履いて身づくろいのすんだ見事なコルク性の脚を一本、あっという間にねじ込むと、それは目の前にすらりと立った。「実に血なまぐさい闘いだった」包みは独白のように言葉を続けた。(MII: 387–88)

こうして奇妙な包みは、「腕をねじ込み」「胸と肩を嵌め」「剥ぎ取られた頭皮」を覆うド・ロウム制作の「見事な鬘」を被り「ライフルの台尻で突き込んだ歯」の代わりに見事な入歯を嵌め「ウィリアムズ博士の作った義眼を嵌め」「八分の七斬られた舌」の代わりに最後に「人工口蓋を嵌め」て、朗々たる声の立派な軍人になっていった。三頁に及ぶこの長い九割方人造人間の組み立てとスミスの語りには、四種の言説の葛藤がある。

第一は白人がインディアン部族から帰還したのちに語る、戦闘のキャプティヴィティ・ナラティヴであり、実際身体のパーツをはめ込むごとに、スミスは激しい戦闘と彼らの野蛮さを事細かく語っていった。

おっしゃるとおり、まさにこの目を、ポンペイ、このろくでもない黒んぼめ、さっさと嵌め込め。キカプーインディアンの奴らは、素早くこいつを抉り出して(“gauge”)くれたわ！しかしウィリアムズ博士は評判は悪いが、実に彼の作った眼はよくみえる！(MII: 388)

といった調子で三頁にわたっている。Ⅳ部『アブサロム、アブサロム！』論で述べたように、“gauge”は白人の黒人に対するリンチの最たるものであった。今や立場は逆転し、ポンペイに、義眼の嵌め込みをさせるのである。

第二は人体欠損を補綴するフィラデルフィアのテクノロジー賞賛ナラティヴである。この賞賛は、高野が説くように同時に文明開花の賞賛と重なり、スミスがマニフェスト・デスティニィの申し子であることがわかる。第三は威張り散らすが全く無力な白人と黒人の人種を巡るストーリーである。スミスはポンペイに考えられる限りの蔑称で怒鳴り散らす。"you dog, you scamp, you black rascal, you nigger," (MII: 388)。

そして最後の言説とは、死体から人体の部品を取り出して人工人間を組み立てるメアリー・シェリー『フランケンシュタイン』の怪物誕生物語の、ポストヒューマンの文脈である。ポーへの『フランケンシュタイン』の影響については、拙論「ポーとメアリー・シェリー」で述べたように、深甚なものがある。この作品の、一本の残った脚から立派なスミス将軍を組み立てるプロセスは、ポーが影響を受けた『フランケンシュタイン』の人間創造のプロセスとよく似ているが、『フランケンシュタイン』第三章が、死体から部品を剥ぎ取るプロセスとポーの人工的身体のパーツの組み立てという相違は大きい。ポーは、身体とテクノロジーを融合して新しい人間、ポストヒューマンを生み出している。シェリーは死体の臓器を組み合わせて人工人間を生み出している。

謎の解明の中で、人間と機械の融合体という、メルツェルのチェス人形を発展させた奇想に到達するが、この間ポーが駆使するのは段階的な推論と、事実と虚構を織り交ぜる言語上の、また目前に展開する見事な人工身体テクノロジーへの驚嘆でもあった。激しい戦闘で傷痍軍人の多いフィラデルフィアは、義肢、義足、鬘、義歯、義眼など全米随一の再生医療テクノロジーと科学の町であり、腕のいい医者や職人も多数いて、マボットの注によるとポーは実在の医者と職人名をすべて動員している。用意周到に右足を残すことで、スミスの在りえない生き残りの蓋然性をわずかに高める慎重さの一方で、現在の再生医療でも最も困難とされている口蓋の再生技術のみは、言及を避けて、ニューヨークの「物言う人形」商人、ジョセフ・ボンファンティ (Joseph Bonfanti) の宣伝文句を使っている。これによりこの部分はハイパーボールの技法となっていて、人物の「最も顕彰すべき」肝心な「朗々たる声」だけは完全にフィクションの産物なのである。子猫の名前に使うタビタという女性とかわすひそひそ話には、"telegraph"（一八三七年発明された電信技術）を使うなど、最新の通信テクノロジーもはりめぐらされている。スミスなるサイボーグは、当時の最新技術が生み出したものであるとともに、まさにポーの言語テクノロジーの、サイボーグ的ヴィジョンが生み出したポストヒューマンだったのであり、テキストはまさにその言説の戦場であった。

こうした中で本書にとって重要なのは、ポーのポストヒューマンの視点と、ポー的物語の可能性の追求である。ベネッシュが鋭意明らかにしたように「メルツエルの将棋指し」の機械が人間にリンクされることで、あり得ないほど機能を拡張するという、コンピュータ時代の現在ではなじみの発想は、この作品でついに死と生を接合し、ポー年来のテーマである死の中の生、死を征服しようとする主人公を生み出した。その意味でこの作品は、「早すぎた埋葬」「ヴァルドマアル氏の症例の真相」他多くの生と死の境域の物語の発展形である。エピグラフはコルネイユの戦争英雄の悲劇『ルシッド』（征服者）からとられているが、マボットの注 (MII: 389) によると、この句「半身が生、半身が死にある」をポーは『ピナキディア』20（『南部文芸通信』一八三六年八月五日、七五七頁）にも、古今東西の名句集の一つとして紹介している。「使い果たされた男」（殺された生きている人間）でポーは、「三、四千年前の」ミイラに電気ショックを与えて生きかえらせる「ミイラとの論争」同様、死者と生を最新テクノロジーで繋ぎ、生と死の不気味な境界線上に、ポストヒューマン・ストーリーを形成したのである。

注

1　ポー作品に発想する絵を集めたミュージアムとしてニューヨークの「ブランディワンン・リバーミュージアム」があり、二〇一二年秋に展覧会が催され、web 展覧会でも収録作品が表示されていた。(http://brandywinemuseum.org/)　エドゥアール・マネ、ギュスターヴ・ジュリアン・ドレ、ポール・ゴーギャン、ジェームズ・アンソール、オーブリー・ビアズリー、アーサー・ラッカム、ハリー・クラーク、バリー・モーザー、ロバート・マザーウェルなど多様なアーティスト約二四名が集められている。しかしここで論じるマグリットの絵については、二〇一五年一〇月京都現代美術館において展示がなされ、確認できた。

2　図1は、画集『ルネ・マグリット』川出書房新社、一九七三年、一六―一七頁からで、この三作は、マグリットの多くの「アルンハイムの領土」の三類型をなす。

3　PostNatural History Center のホームページには以下の文言がある。The Center for PostNatural History is dedicated to the advancement of knowledge relating to the omplex interplay between culture, nature and biotechnology. http://www.atlasobscura.com/places/ center-for-postnaturalhistory May1, 2013.

4　『二一世紀のエコクリティシズム』については、各章を要約紹介した『エコクリティシズム・レヴュー』7（SES-J、二〇一四、九二―一六二）がある。

5　これらをまとめたテイラーの哲学書 *Universe Without Us* (Minesota UP, 2013) もある。

6　生と死の境域へのポーの関心は、疫病患者を突き落としたという「死の谷間」をさ迷う「影――ある寓話」(“Shadow: A Parable”) と、対をなす「沈黙――ある寓話」(“Silence: A Parable”) 等、多くの作品にわたっている。

引用文献

Badmington, Neil. *Posthumanism: Readers in Cultural Criticism*. New York: Palgrave Macmillan, 2000.

Benesch, Klaus. *Romantic Cyborgs: Authorship and Technology in the American Renaissance*. Boston: U of Massachusetts P, 2003.

Berkley, James. “Post-Human Mimesis and the Debunked Machine: Reading Environmental Appropriation in Poe’s ‘Maelzel’s Chess-Player’ and ‘The Man That Was Used Up.’” *Comparative Literature Studies* 41.3 (2004): 356–76.

Beuka, Robert A. “The Jacksonian Man of Parts: Dismemberment, Manhood, and Race in ‘The Man That Was Used Up.’” 3.1 (2002): 27–44.

Blake, David Haven. “‘The Man That Was Used Up’: Edgar Allan Poe and the Ends of Captivity.” *Nineteenth-Century Literature*, 57. 3 (2002): 323–49.

Buell, Lawrence. *The Environmental Imagination: Thoreau, Nature Writing, and the Formation of American Culture*. Cambridge: Belknap, 1995.

——. *The Future of Environmental Criticism*. Oxford: Wiley-Blackwell, 2005.　伊藤詔子他訳『環境批評の未来』音羽書房鶴見書店、二〇〇九。

Crosby, Sara L. “Beyond Ecophilia: Edgar Allan Poe and the American Tradition of Ecohorror.” *ISLE* 21.3 (2014): 513–25.

Estok, Simon C. “Theorizing in a Space of Ambivalent Openness: Ecocroticism and Ecophobia.” *ISLE* 16 (2008): 203–25.

Haraway, Donna. *Simians, Cyborgs, and Women: The Reinvention of Nature*. New York: Routledge, 1991.　高橋さきの訳『猿と女とサイボーグ――自然の再発明』青土社、二〇〇〇。

Hassan, Ihab. “Prometheus as Performer: Toward a Posthumanist Culture?” *The Georgia Review* 31. 4 (1977): 830–50.

Hayles, Katherine. *How We Became Posthuman: Virtual Bodies in Cybernetics, Literature, and Informatics*. U of Chicago P, 1999,

Herbrechter, Stefan. *Posthumanism: A Critical Analysis*. London: Bloomsbury, 2013.

Hillard, Tom. “Gothic Nature; Deep into that Darkness Peering.” *ISLE* 16 (2009): 685–95

Jackson, Leon. "'Behold Our Literary Mohawk, Poe' Literary Natinalism and the 'indianation' of Antebellum American Culture." *ESQ* 48 (2002):97–133.

Johnson, Greg. *Understanding Joyce Carol Oates*. U of South Carolina P, 1987.

Kennedy, J. Gerald. "Unwinnable Wars, Unspeakable Wounds: Locating 'The Man That Was Used Up.'" *Poe Studies/Dark Romanticism*, 39–40. 1–2 (2006) : 77–89.

Loeb, Monica. *Literary Marriages*. New York: Peter Lang, 2001.

McKibben, Bill. *The End of Nature*. New York: Anchor, 1977.

——. *Eaarth: Making a Life on a Tough New Planet*. New York: Macmillan St. Martins, 2011.

Nadal, Marita. "Variations on the Grotesque: From Poe's 'The Black Cat' to Oates's 'The White Cat'" *Mississippi Quarterly*, 57:3 (2004): 455.

Oates, Joyce Carol. *By the North Gate*. New York: Vangard, 1963.

——. *Upon the Sweeping Flood*, New York: Vangard P, 1968.　引用は中村一夫訳『エデン郡物語——ジョイス・キャロル・オーツ初期短編選集』文化書房博文社、一九九四。

——. American Gothic Tales. New York:Plume, 1996. "—."The Stalker" *Marriage and Infidelties*, 1972.

——. *The Faith of a Writer*. New York: Ontalio Review, 2003.　引用は吉岡 葉子訳『作家の信念——人生、仕事、芸術』開文社、二〇〇八。

——. *My Heart Laid Bare*. New York: Plume, 1998

——. "Where are you going, Where have you been?" *The Wheel of Love*. New York: Plume 1970.

——. "White Cat." *Haunted: Tales of the Grotesque*. New York: Plume, 1994.

——. *Wild Nights: Stories about the last days of Poe, Dickinson, Twain, James and Hemingway*. New York: Harper Collins, 2008.

Outka, Paul. "Posthuman/Postnatural: Ecocriticism and the Sublime in Mary Shelley's *Frankenstein*." *Environmental Criticism for the Twenty-First Century*. Eds. Stephanie LeMenager, Teresa Shewry, and Ken Hiltner. New York: Routledge, 2012. 31–48.

Poe, Edgar Allan. *The Annotated Poe*. Ed. Hayes, Kevin. Cambridge: Belknap, 2015.

Slovic, Scott. "Editor's Note." *Interdisciplinary Studies in Literature and Environment* 19.2 (2012): 233–35.

Smith, Andrew and William Hughes, eds. *EcoGothic*. Manchester: Manchester UP, 2013.

St. Armand, Barton levi. "An American Book of the Dead: Poe's 'The Domain of Arnheim' as Posthumous Journey." *Poe Studies* (Japan Poe Society) 2&3, 2011, 135–56.　引用は、伊藤詔子訳「アメリカ死者の書——死後の旅としての『アルンハイムの領地』」『三田文学』一〇三（二〇一〇）、二四六—六一。

Taylor, Matthew A. "Edgar Allan Poe's (Meta)physics: A Pre-History of the Post-Human." *Nineteenth-Century Literature*, 62.2 (2007): 193–221.

——. "The Nature of Fear: Edgar Allan Poe and Posthuman Ecology." *American literature* 84.2 (2012): 353–80.

Wapner, Paul. *Living Through the End of Nature: The Future of American Environmentalism*. Cambridge: MIT, 2010.

伊藤詔子「アメリカン・ルネサンス的主人公の不滅——ファンショー、デュパン、オースター」『ナサニエル・ホーソーンの文学的遺産』所収、成田雅彦他編、開文社、二〇一五年、一八九—二一二。

高野泰志「ポーの見たサイボーグの夢」『身体と情動——アフェクトで読むアメリカンルネサンス』所収、竹内勝徳他編、彩流社、二〇一六年、一七一—三七頁。

巽孝之『E・A・ポーを読む』、岩波書店、一九九五。

ハラウェイ、ダナ『猿と女とサイボーグ——自然の再発明』高橋さきの訳、青土社、二〇〇〇。

終章　作家のトランク

序章でふれたように、ボストンコモン横のポー・スクエアで、トランクに入りきらないほどの原稿を抱え大ガラスをつれた歩くポー像、「ポー、生誕地ボストンに帰還する」(Poe Returning to Boston) の大変な人気は、ポー文学をアメリカ主流文化が深く受容した証でもあったし、他のアメリカ諸都市、リッチモンド〔図1〕やボルティモア〔図2〕などでのスタティックなポー像をはるかに凌ぐ物語性がある。しかし実はポーのトランクを巡っては、いまだ解明されていない多くの謎がある。

一体作家のトランクとは何なのか。bag や suitcase と違って、トランクの語源は樹幹、木の主柱のことであり、人間の体の主要部分そのものの表象性を帯びているのではないかと思われる。重要な書類は木の幹に穴をうがち保管したことから、トランクにその意味が生まれた。こうした語源からも、作家にとってトランクは自分の作品そのもの、自分を身体化し、物化したものといえるし、死後も残るものといえる。

図1

図2

ポーの彫像は前章まででたどってきたポーとアメリカ社会の葛藤を、とりわけボストンの文壇を「蛙の池一派(フロッグポンディアン)」と呼んできたポーをボストンが受け入れたのみならず、その作品はボストンでこそ出版されるべきだとの主張を表現している。そしてこの彫像の意匠の最もユニークな点は、巨大な大ガラスをつれていることと、持っているトランクから、本や原稿があふれ出ていることである。これについて、製作者ロックナックの説明は序章図3で示したサイトによると、以下のように言っている。

ポー像は等身であるが、まさに足を踏み出したところで、ボストンに今帰り着いた表情を写し取っている。それに比べポーの守神ともいうべきオオガラスは実物大で、このサイズはオオガラスの精神的な力の大きさを物語っている。興味深いのはポーお馴染みの右手に持つトランクにいっぱい詰まった原稿で、蓋があき、歩道にまであふれている。これはボストンで出版予定の原稿なのだ。一番上にはかの有名な一八四二年にフィラデルフィアで書き四三年一月ボストンで出した「告げ口心臓」("The Tell-Tale Heart")の原稿が乗っている。列車から降りたばかりのポーは、ここからほど近い誕生の家へ向かうところなのだ。

また『ハフィントン・ポスト』(*Huffington Post*)でもこのトランクについて、ロックナックは以下の論評を載せている。「ポーはボストン生まれで有名な「物言う心臓」を書いた。それはボストンの詩人たちの文体を批判して敵意を買った。これは文学的創造を終えた勝利に満ちたポーである。大ガラスは彼のグローバルな名声を表現、原稿の詰まったトランクは、彼の作品と視野の広さと力を、そしてテキストに彫り込まれたページはボストンについ

であるいはボストンで出版されたものである。」（*The Huffington Post.* 二〇〇七年四月一七日）

ロックナックのトランクの意匠は、ポーが一八四九年九月二七日、リッチモンドからフィラデルフィアへの帰途立ち寄ったボルティモアで事件に巻き込まれ息を引き取ることになってしまったその死出の旅で、ポーが持っていたはずのトランク、ポーがいつも携行したトランクを巡る謎に我々の思いを誘う。ロックナックは大ガラスの嘴でその豊かな中身をあふれさせており、ロックナックの制作意図も、勝利に満ちた故郷への帰還のデザインだとしている。しかしながらポーが死の前、最後に持っていたトランクをめぐる物語には、ポーの死のなかでも一段と深い謎が秘められており、その行方についていまだに決着がついていない。

ポーのトランクを巡っては、ポーの家族たち、遺稿相続人グリズウォルド、各地の手紙手稿を探索し続ける学者、伝記作家たちがいまだに推測を重ねている。ここでもポーのトランクに思いを馳せてみたい。その際、同じく早逝した天才詩人宮沢賢治の弟、宮沢清六の書いた『兄のトランク』をまず参照し、さらにポストモダンのポーの後継者、ポール・オースター『鍵のかかった部屋』の主人公ファンショーのトランクとも比較考察したい。

一　賢治のトランク

作家のトランクはしばしば原稿がいっぱい詰まり、いつも作家が持ち歩いている場合が多い。それは編集者がすでについているような恵まれた状態の作家とは縁遠く、出版先を探して、旅から旅へと移動する際、作家と一体となって移動する原稿を、大量に確実に入れる容器である。したがってそれは作家と一体であって、いわば作家の容器、つまり作家そのものでもある。ポーやファンショーの場合同様、宮沢賢治の場合も同様であった。

賢治の弟、宮沢清六の『兄のトランク』によると、それは茶色い大きなズックのトランクで、「大正十年七月に」妹トシの病状悪化を知らせる電報を受け、急ぎ故郷の花巻に帰ってきた賢治が、持ち金をはたいて神田あたりで買ったということで、花巻に迎えに出た清六は、そのトランクの大きいことに驚き、二人でかわるがわる持って家に帰ったという。そのトランクには、賢治が二六歳で父と言い合って東京に出てから書き溜めた原稿用紙三〇〇〇枚の原稿が入れてあった。これこそのちに『校本宮沢賢治全集』の主要な傑作の原稿を入れたトランクであった。

> 一カ月に三千枚も書いたときには、原稿用紙から字が飛び出して、そこらあたりを飛びまわったもんだと話したこともある程だから、七カ月もそんなことをしている中には、原稿も随分増えたに相違ない。だから電報が来て帰宅するときに、あんなに巨きなトランクを買わねばならなかったのであろう。
>
> さて、そのトランクを二人で、代りがわりにぶらさげて家へ帰ったとき、姉の病気もそれほどでなかったので、「今度はこんなものを書いて来たんじゃあ」と言いながら、そのトランクをあけたのだ。
>
> それがいま残っているイーハトヴォ童話集、花鳥童話や民譚集、村童スケッチその他で、全集の三・四・五巻の初稿の大部分に、その後自分で投げ捨てた、童話などの不思議な作品群の一団だった。（宮沢清六　八八―八九）

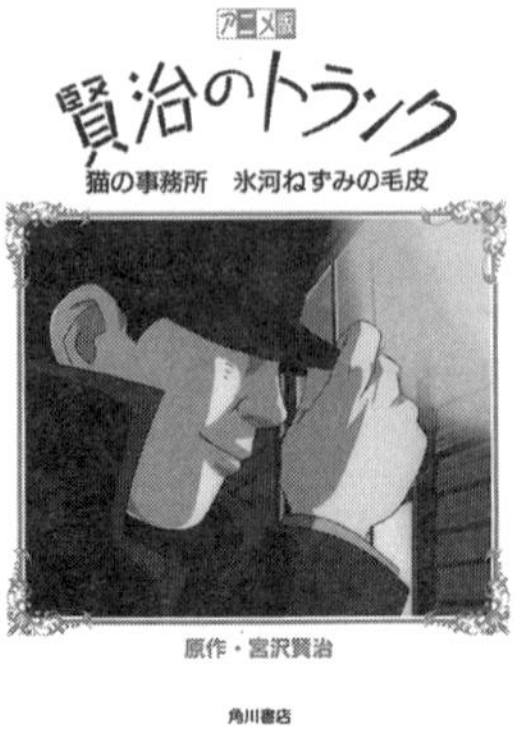

図3

図4

その後この巨きなトランクは、二年くらい家の蔵にしまわれていた。大正一二年（一九二三）賢治はそのトランクを持って再度上京し清六に出版を依頼するが、うまくいかず岩手に持ち帰り、その後うすぐらい蔵の二階にしまわれて、また九年過ぎた。その後またそのトランクはしまわれたままであったが、賢治が三七歳で一九三三年喀血ののち他界する夜、賢治は清六に以下の引用のような大切な遺言を残した。

私はその晩二階の兄のそばで寝むことにしたのだが、「今夜の電燈は暗いなあ」といったり、「この原稿はみなお前にやるから、もし小さな本屋からでも出し度いところがあったら発表していい。」と言ったり、悲しいことを話したのであった。（「臨終のことば」『兄のトランク』二六五）

つまり清六はこのとき、賢治の遺稿管理者となり、周知のようにその後数十年にわたり遺稿を管理し、整理し、『校本宮沢賢治全集』その他の、世紀の仕事ともいえる全集の編纂、発行の仕事にたずさわることになった。宮沢清六は賢治文学の全容を世界に出したいわば世紀の功労者であった。この間戦災もあれば水害もあり、その都度命がけで兄のトランクを守って、兄の仕事を継いだ。

そしてこのトランクには実はポケットがついていて、賢治が絶えずメモをしていた手帳が入っていることを、清六は後で見つけた。

あのトランクについての思い出は、最後に一番大切なことが残されている。あのトランクの蓋の後ろには、ポケットのような袋があったのである。私はそのポケットの中から、見なれない一冊の手帳と、両親と私たち弟妹に宛てた二本の手紙を発見した。

（中略）それからその手帳には、「雨ニモマケズ」とか「月天子」とか、さまざまの詩や詞が書かれてあり、この手帳と手紙が、遺稿全体の中でも、非常に重要なものであることが、朧げながら私にも解ってきた」（九五）

名作「雨ニモマケズ」は、こうしてトランクの中から世の中に出た。作家のトランクは、かくも作家と出版を繋ぐ重要なものであり、そこには作家の意思を継ぐ遺稿管理者の存在の大きさも見えてくる。宮沢賢治のトランクの物語は、稀なる幸福な経路を辿ったのである。ことに童話の世界ではこのトランクを主題にしたものが作品化され、ここで述べる作家のトランクの意味は、賢治ワールドのキーコンセプトの一つともなっていることは、絵本とともにアニメーション作品にもなっていることからも窺える。

二　ファンショーのトランク

オースターはホーソーンの最初期の失敗作とされてきた『ファンショー』(*Fanshawe*)に、死を運命づけられながらも文学的名声を欲望する作家像を追い求め、『ファンショー』の後日談ともいえる『鍵のかかった部屋』(*The*

Rocked Room)で、無名の語り手と亡霊のような作家ファンショーとを対決させることになる。この無名の語り手は、行方不明のファンショーの妻に懇願されてその原稿を預かり出版して、天才作家ファンショーを自由にプロデュースし、自らもファンショーの伝記作家として大成功をおさめる。この関係はポーと遺稿管理人グリズウォルドとの関係を偲ばせる。というのもポーの評伝作家としては、伝記的事実においてグリズウォルドは事実を捻じ曲げて、多くの誹謗中傷を行ったことが判明している。しかしポー作品集出版によって、また「アナベル・リー」を含む『アメリカの詩と詩人』出版によって、マリヤ・クレムからトランクの中身を受け取り、いわば早逝したポーによってグリズウォルドは批評家として地位と名声を築いたのである。

オースターの無名の語り手の場合には、彼が遺稿管理人としてファンショーの原稿をファンショーの妻から預かるとき、残された膨大な原稿は二つのスーツケースに入れられる。

それから私は二つのスーツケースを肩に抱えてゆっくり階段を降りて、通りに運び出した。合わせると、それは一人の人間のようにずっしりと重かった。(Auster 246)

この作品には、雪の降りしきる墓穴、箱、密室など多くの閉鎖空間の表象が出てくるが、このスーツケースもまた自我の異次元的幽閉表象なのである。この場合、トランクとスーツケースは同じものとして機能している。ファンショーは賢治やポーと違って、まだこのとき実は生きていたのであり、それも遺稿と思って預かった原稿の中に、ずっしりと生きていたのである。ここにオースターの『鍵のかかった部屋』のおもしろさがあり、作品最後でどうしても開かない部屋は、部屋がトランクでもあり、そこには生きた作家が入っているからである。

トランクのテーマを考察する上で、ホーソーンとオースターのファンショーをつなぐ作品として、もう一作パトリシア・ハイスミス (Patricia Highsmith) の一九五五年の小説『才能あるリプリー氏』(*The Talented Mr Ripley*) がある。拙論「アメリカンルネサンス的主人公の不滅」で論じたことをくり返すと以下である。「タイリー (J. M. Tyree) による『ファンショーの幽霊 ("Fanshawe's Ghost")』という興味深い論文によると、ファンショーという名前はアメリカ文学に三人おり、『この変わった名前は偶然でなく、明らかにホーソーンのエコーであり、調べるほどに間テキスト的冒険にこの三者は深く関係している』とする。三作とはホーソーンの『ファンショー』、ハイスミスの一九五五年の探偵小説『才能あるリプリー氏』に名前としてのみ使われるファンショーであり、三番目がオースター『鍵のかかった部屋』の失踪した天才作家ファンショーである。ハイスミスの小説は、アメリカからヨーロッパへの船旅とイタリヤが、舞台として展開し、主人公トムのダブルの役割となっている金持ちの放蕩息子、ディッキー・グリーンリーフを、トムは殺し死体を海に沈め、グリーンリーフ・ディッキーに成りすます。主人公トムはディッキーの荷物を、トランクに何度も詰めなおしては逃亡を続けるが、正体を隠すために何故か『ファンショー』という偽名でトランクをヴェニスのアメリカン・エキスプレス留めで送った。殺人の証拠隠滅を図り生き延びようとするのである。この探偵小説では、死んだ金持ちの放蕩息子ディッキーに成りすます、孤児で貧乏な出身のトムの正体不明性と、外見がそっくりの二人のダブルネスによって、本質的に実態不明となる人間の様態が、ファンショーという名前の使用に暗号的又象徴的に表象されている。」(伊藤 二二三)

その際、どうしても捨てきれなかったトランクからトムは足がついてしまう。トランクが魔物のように、死者の霊を詰め込んだまま生者を苦しめる。オースターの『鍵のかかった部屋』においても、語り手はファンショーと、そしてその作品を入れたトランクから決して自由になれないのである。

三　ポーのトランク

ロックナックが、原稿のあふれだしたトランクをデザインしたのは、おそらくポーがボルティモアのワシントン病院〔図5〕に担ぎ込まれたあと、ポーの唯一の持ち物としてトランクがあったのに、その中身はトランクの行方とともにいまだ判然としていないという事実を浮かび上がらせる。もしポーがボストンに帰ってきたなら、そこにはこの謎のトランクを携えているに違いないし、ひょっとすると新しい作品があったかもしれない、しかもそれは生誕地ボストンでこそ出版されるべきなのだという想いには、ポーのあまりに悲惨な最期を救いたいという気持ちも働いたのかもしれない。

ポーの唯一といってもいい財産としてのトランクについては、サボイ（Jeffrey A. Savoye）の、すべての伝記資料や雑誌新聞記事や手紙類を渉猟しつくした興味深い二五頁の長文論文、「ポーのさまようトランクとカーター博士の謎の剣杖」（"Poe's

図5

Wandering Trunk and Dr. Carter's Mysterious Sword Cane")と題するものが二〇〇四年に出ている。論文後半の剣杖（杖の中に剣が仕組まれたもの）のほうは、ポーがリッチモンドに置いてきたことが分かったとされているが、問題のトランクは以下のような複雑な運命を辿った。ポーはニューヨークのフォアダムで待機していたクレム宛に、リッチモンドから一八四九年八月二九日付で出した手紙で、トランクに言及している。「講演はうまくいったものの、お金が無くなって、スワン・タヴァンに預けているトランクも受け取れない」旨を書き送っている(Maria Clemm—August 29, 1849 (LTR-330)。この時期のポーは時々意識が混濁した状態に陥り、初恋の人エルマイラが未亡人になっていて彼女に求婚したり、この手紙でも結婚のことを口にしたりしているが、同時にアニー・リッチモンドにも求婚するなど正気を失っているような言動が目立つが、ここでトランクに言及していることは印象的である。またリッチモンドからフィラデルフィアあてに送ったトランクについては、ジュリアン・シモンズ(Jurian Symons)の伝記『告げ口心臓――E・A・ポォの生涯と作品』によると、ワシントン病院に入院後「リッチモンドに妻がいるのだがいつ同市を離れたかもわからない。トランクがどうなったかもわからない」と語ったとしている（シモンズ 二一七）。この意識が譫妄状態の時に及んで口にした言葉に、トランクが含まれていたことは、ポーにとってトランクの絶対的重要性を示している。

なお『ポー・ロッグ』によると一〇月三日に、ワシントン病院に担ぎ込まれるまでの経過は以下である。一八四九年九月二七日リッチモンドを蒸気船ポカホンタス号で発ち、死の旅路となるボルティモアに二八日に着いた。一〇月三日、印刷屋のジョセフ・ウォーカーが酒場で第四投票所に指定されていた"Gunner's Hall"でポーに出会った時、「ひどい服装の、ポーと思われる「紳士」に出会ったが、目はうつろで助けを求めており、友人のスノッドグラス（Snodgrass）に連絡してほしいということなので急ぎ知らせる」とのメッセージをスノッドグラスに届けた（844–45）。スノッドグラスは午後そこに出かけて、彼の計らいで、ポーはワシントン病院に担ぎ込まれ、地元の従弟、ニールソン・ポーに連絡が行った。モラン医師はニールソンを病人にすぐには会わせず、五日になってニールソンはポーを見舞ったが、病状は少し安定していたということだった。しかし七日には、死の連絡があった。ポーは明け方五時に息をひきとったということであった（*Poe Log* 845–46）。

なお、ポー・ミュージアムにあるトランクは図6に示したが、これはポーが携行したブリーフケース型のトランクとは別で、アランから送ってもらった衣装入れ用のトランクであろう。サヴォイの論文の結論は、最終的には実態は謎だということだが、以下はその論文のうち、中に入っていた原稿にかかわる部分の概要である。

ポーが残したトランクの行方とその中身ほど長年多くの議論や調査がされてきた主題はない。一五〇年もの間の多くの手紙や推測や伝記作家の記述により、真相究明は非常に複雑な経過をたどり困難を極めており、いまだ結論には達してはいない。しかしこの主題のハードコアは、ポー自身のことば「私は書類と原稿がいくつか入ったトランクを持っている」（"I have a trunk with my papers and some manuscripts"）という言葉にある。その後のトランクとその中身の所有者については、次のような推測が可能である。

このトランクは、ポーがリッチモンドを発つとき、フィラデルフィア駅あてに送り、鍵をかけてポーターに預けたものだ。鍵が入院したポーのズボン

図6

のポケットにあった。(クレム夫人がその合いかぎを持っていたかもしれない)。そのトランクについてのモラン医師の証言はあいまいなままであった。しかし彼はそれを病院近くの駅で受け取り、一〇月終り頃、ニールソン・ポーに渡した。実質ポーの唯一の遺品にしてまた至宝の財産でもあるこのトランクは、ポーの遺品請求に関係する四つのグループの人々がいて、その間で、トランクとその中身獲得に向かって多くの手紙のやり取りと交渉があった。

1　義母マリア・クレム(ニューヨークのフォアダムにいて、直前までポーから手紙を受け取っている)
2　ニューヨークのルファス・グリズウォルド(遺稿管理人として、預かって出版する約束がポーとの間で取り結んであった)
3　リッチモンドの実妹ロザリー・ポーとJ・R・トムソン(『南部文学通信』編集長でロザリーの法的後見人)
4　ボルティモア在住の従弟ニールソン・ポーとモーラン医師 (Savoye 15)

ポーの死に直接かかわったのがニールソン・ポーであった。トランクはまぎれもないポーの遺産であり、グリズウォルドはポー選集を編集することに双方が同意していたことで本の中を見ることを要求した。しかし遺族たちにもこの財産の請求権があった。一〇月九日ニールソン・ポーは、「エドガーは盗難にあった形跡がある」とグリズウォルドに書き送ったが、彼はそのトランクの中を見たともいった。グリズウォルドは色めき立ち原稿と書き込み本獲得に向けて動いた。一〇月二五日グリズウォルドからトムソン宛手紙にその依頼が書いてあった。「ニールソン・ポーの、十一月一日付けグリズウォルド宛の手紙は重要である。

「トランクの中を開けたら、講演の原稿、文学的ジャーナル、何冊かのポーの本があり、ポー自身の書きこみが多くあった」(Savoye 16)

また本と原稿は複数のところに送られた形跡もある。何冊かの本のリストについては、G・E・ウッドベリー(G. E. Woodberry)が、その『ポー伝記』において、『物語集』と詩集『大ガラスそのほかの詩』(*The Raven and Other Poems*, 1845)および『ユリイカ』(1848)のBishop Hurstが持っていたものなどを推測している(Savoye 17)。中身の原稿をニールソンはクレムに送らずしばらく持っていた。モラン医師にクレムはこの件で不満の手紙を一八五〇年三月二日付けで送っている。ニールソンは、その後トランクの中身をクレム夫人を通してグリズウォルドにわたし、トランクそのものはロザリーに送って、遅ればせながらやっと遺族は遺産を手にしたのである。(Savoye 20–21)

四　トランクの中から見つかったポーの遺稿

移動の多かったポーが、原稿を、それも作品の多くが印刷された作品集や詩集を持ち歩いたことは当然考えられる。書き下ろしの原稿とともに、絶えず作品に手を入れて書き込みをしていたポーの本が、貴重な原稿そのものであった。この時もポーの最も大切な詩集と、『物語集』二冊と『ユリイカ』書き込み版が含まれていた。グリズウォルドはこれを紆余曲折を経て入手した後、一八五〇年の『作品集』(*Works*, Vol. I & II) に編集した。しかしその編集は、宮沢賢治の場合のような幸運には出会わなかった。マボットによると、グリズウォルドの編集は実に恣意的なものであり、勝手な取捨選択がおこなわれているとする (MI: 581)。しかしながらグリズウォルド編の一八五〇年の『作品集』で初めてまとまったかたちで活字になった評論と詩も確かにあった。現在マボットの選集を見ると、いわゆる textA と記されているものがこれであり、ヴァリアントはたくさんついているものの、グリズウォルド編の作品集がいかにポー作品の基本テキストとなっているかをみることができる。その後二〇年間新しいポー作品集は出なかったので、まさにグリズウォルドが、ポー作品の生殺与奪の権限を握っていたのであった。

グリズウォルド編で初めて正式に活字化されたものが、ポーの詩の理論三部作の一つ最も重要な詩論「詩の原理」であった。代表的な詩、「アナベル・リー」に手を入れたものもトランクに入っていた可能性が高い。これらこそポーのトランクに入っていたもっとも重要な「原稿」であった。今「詩の原理」の原稿と活字化の歴史を辿ってみると、多くの読者は、ハリソン版またはスチュアート版を読んでいると思われるが、その源には以下のような経緯があり、ボルティモア・ポー協会のサイトからそのテキスト出版の経過を抜き書きさせて頂くと以下の通りである。(　) は筆者の注である。

図７

Historical Texts:　Manuscripts and Authorized Printings:

- Text-01 ― "The Poetic Principle"　講演草稿、一八四八年一二月二〇日、ロードアイランド、プロヴィデンス。（もともとの原稿はフィラデルフィアで行方不明となった）
- **Text-02** ― **"The Poetic Principle"**　講演草稿、一八四九年八月十七日、リッチモンド、コンサートルーム。一八四九年九月十四日ノーフォーク。（トランクの中で発見されたのは、この草稿と考えられる）
- **Text-03** ― **"The Poetic Principle"** ―一八五〇年九月 Griswold 編。（初めて活字化されたテキスト）

以後はすべて Text-03 のリプリントであり、最近の版に至るまでの出版を記した。

- "The Poetic Principle" ― August 31, 1850 ― *Home Journal*
- "The Poetic Principle" ― October 1850 ― *Sartain's Union Magazine*
- "Lecture on the Poetic Principle" ― October 8, 1850 ― *Semi-Weekly Examiner* (Richmond, VA)
- "The Poetic Principle" ― 1875 ― *The Works of Edgar Allan Poe*, ed. J. H. Ingram, Edinburgh, Adam and Charles Black (3: 197–219)
- "The Poetic Principle" ― April 17, 1881 ― *The Bloomington Bulletin* (Illinois) (Vol. I, no. 60, the Sunday Edition, quotes Poe's full essay)
- "The Poetic Principle" ― 1888 ― *Library of American Literature*, New York: Charles L. Webster & Company (reprinted from the 1850 Works)
- "The Poetic Principle" ― 1900 ― *Modern Elegance*, ed. Thomas B. Reed, Philadelphia: John D Morris &

Company, vol. VI, pp. 869–92 (this set was reprinted many times, up until about 1923)

- "The Poetic Principle" — 1904 — *American Literary Criticism*, ed. William Morton Payne, New York: Longmans, Green & Co. (pp. 103-126)

Scholarly and Noteworthy Reprints:

- "The Poetic Principle" — 1895 — *The Works of Edgar Allan Poe*, vol. 6: Literary Criticism, ed. G. E. Woodberry and E. C. Stedman, Chicago: Stone and Kimball (6: 3–30, and 6: 323)
- "The Poetic Principle" — 1902 — *The Complete Works of Edgar Allan Poe*, ed. J. A. Harrison, New York: T. Y. Crowell (14: 266–92)
- "The Poetic Principle" — 1909 — *Selections from the Critical Writings of Edgar Allan Poe*, ed. Frederick C. Prescott, New York: Henry Holt (pp. 228–56 and 340–45)
- "The Poetic Principle" — 1984 — *Edgar Allan Poe: Essays and Reviews*, ed. G. R. Thompson, New York: Library of America (pp. 71–94) (reprinted from Sartain's Magazine)
- "The Poetic Principle" — 2009 — *Edgar Allan Poe: Critical Theory*, Stuart and Susan F. Levine, eds., Chicago: U of Illinois P (pp. 175–211)

ここから明らかとなるのは「詩の原理」は、ポーがなくなる二週間前、リッチモンドで行った最後の講演素材であり、グリズウォルドがトランクから出し初めて活字化したものであったということである。以後のテキスト、ライブラリーオブアメリカ版なども text その物について詳しい注はないがグリズウォルド版に従っている。

また「アナベル・リー」に関していうと、この名詩は、マボットのヴァリアントは、一一種類あがっており、一八四九年六月にポーがグリズウォルドに送ったものがA版、『南部文芸通信』のトムソンに九月二六日に送ったものがE版とされている。一般にはE版が流通しており、グリズウォルドの編集した *Poets and Poetry of America* 第一〇版（一八五〇）は、興味深いことに、預かったA版ではなくこのE版に従っている。最も大きな違いは、高名な最後の一行である。A版は、"In her tomb by the sounding sea" となっていた。E版は以下。"In her sepulcher there by the sea" "In her tomb by the side of the sea"

筆者の推測は、サヴォイは何も言及していないがポーがトムソンに渡したこのSLM用の、修正をかきいれた原稿がトランクに入っていたのではないかということである。グリズウォルドがそれを見て慌てて修正したのではないかということである。この最終的な修正は、この哀詩の命といってもよい大切な修正であり、こうした事情からポーのトランクの中の至宝が、この名詩を完成させたといってよい。ポーのトランクもこの点では幸運であった。

またトランクの中に「鐘」も入っていたのかどうかは、推測の材料もないが、ポー詩の中で、死に最も近いのは「鐘」である。一八四八年五月に書かれ、活字になったのは、死後一八四九年一二月「ランダーの別荘」も掲載した『サーテイン・ユニオン・マガジン』であった (MI: 433)。様々な鐘の音がただ鳴りひびくこの詩こそ、ポーの詩の、そしてポー文学の神髄を表現しているだろう。周知のように、ラフマニノフはそれを音楽としよみがえらせた。従って、この詩の響きを視覚的に再現しながら本章を終えたい。引用は『アルンハイムへの道』九一頁からで、リフレインの構造についてはそこで述べたが、普通の印刷では鐘の形は浮かび上がって来ない。筆者がポーから受け取ったメッセージが以下の詩型であった。これが天から地上に、死の音を強めながら降りてくる鐘の音そのものの、〈ポーの詩（死）〉となったのである。

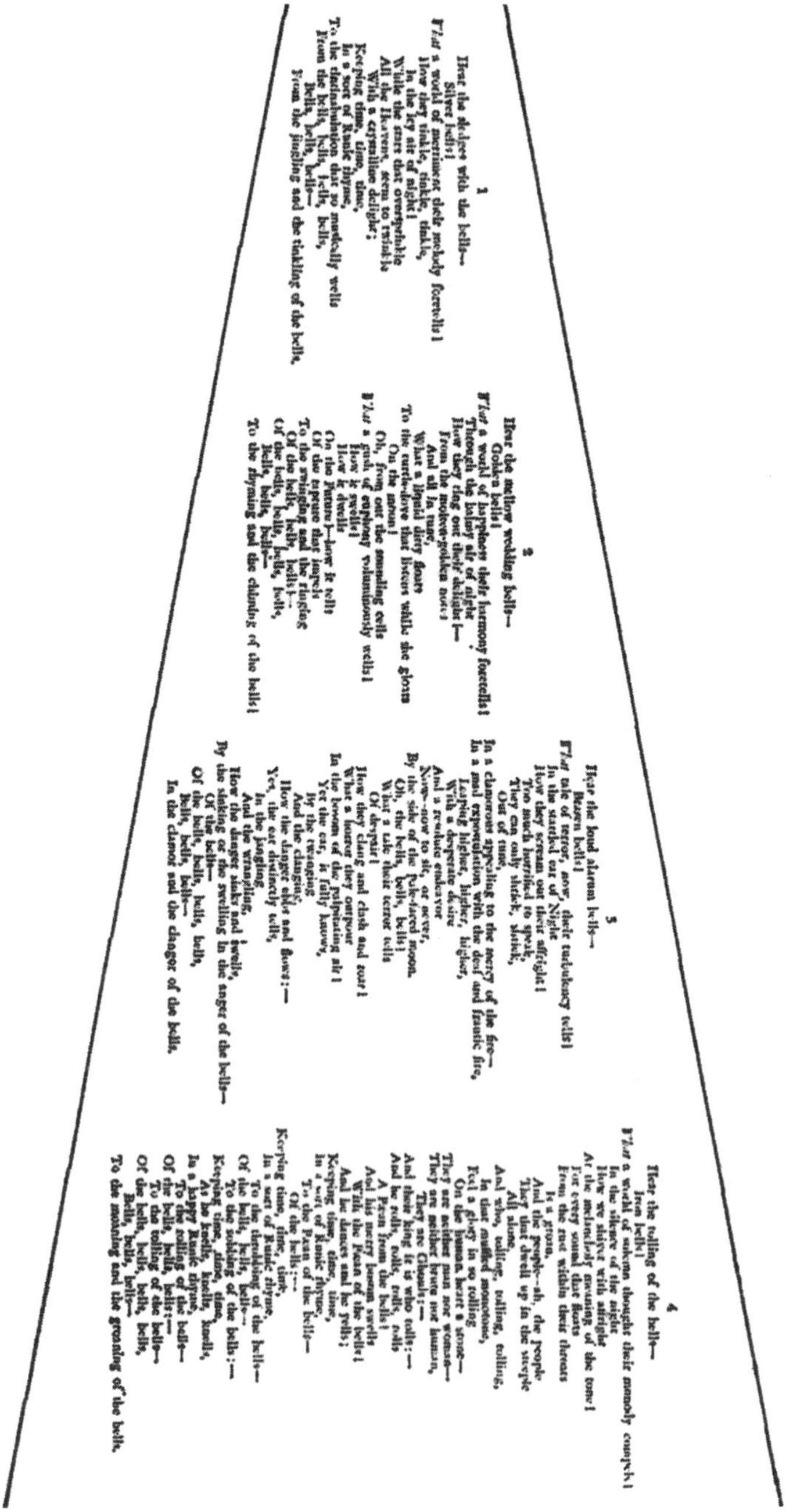

引用文献

Auster, Paul. *The New York Trilogy*. New York: Penguin, 1990.

Griswold, Rufus ed. *Poe's Works*. E text of *Baltomore Poe Society*.

Hawthorne, Nathaniel. *The Blithedale Romance and Fanshawe. The Centenary Edition of the Works of Nathaniel Hawthorne*, Vol. III Ohio UP, 1965. 『ファンショー』――恋と冒険の軌跡』西前孝訳、旺史社、一九九〇。

Savoye Jeffrey A. "Two Biographical Digressions: Poe's Wandering Trunk and Dr. Carter's Mysterious Sword Cane." *Edgar Allan Poe Review*, 5 (2004): 15–42

伊藤詔子「アメリカン・ルネサンス的主人公の不滅――ファンショー、デュパン、オースター」『ホーソーンの文学的遺産――ロマンスと歴史の変貌』所収、開文社、二〇一六、二二五―三八。

シモンズ、グリアン　八木敏雄訳『告げ口心臓――E・A・ポオの生涯と作品』東京創元社、一九八一。

宮沢清六『兄のトランク』ちくま文庫（第五刷）、一九九六。

図1　ヴァージニア州、リッチモンドの州都庁舎の庭にあるポー像。筆者撮影。

図2　ボルティモア大学法学部プラザにあるポー像。Baltomore Poe Society の掲載許可をえた。

図3　宮沢賢治『アニメ版賢治のトランク――猫の事務所　氷河ネズミの毛皮』角川書店、一九九六。

図4　同書、二―三。

図5　ポーの亡くなった病院、今は Church Hospital。http://www.eapoe.org/balt/poechh.htm Baltomore Poe Society の掲載許可をえた。

図6　リッチモンド・ポー・ミュージアムにあるトランク（No365）。一八四〇年代制であり、鍵もミュージアムにある。取手がつ

いてないので、これはポーが最後に持っていたものではない。Richmond Poe Museum の掲載許可をえた。

図7　ボルティモアのポーの墓所。筆者撮影。

義母マリア・クレム
The Poe Log (1987), p. 110

コテッジと筆者（1988年当時）Richard Powers 教授撮影

現在のポー公園

引用・参考文献一覧

1　全集、選集、手紙集、Log、インデックスなど

Baudelaire, Charles, trans. *Histoires Extraordinaires. Nouvelles Histoires Extraordinaires. Adventures d'Arthur Gordon Pym. Eureka. Histoires Grotesques et Sérieuses*. Paris: Michel Lévy, 1856–65.

Dwight, Thomas and David K. Jackson. *The Poe Log: A Documentary Life of Edgar Allan Poe 1809–1849*. Boston: G. K. Hall, 1987.

Harrison, James A., ed. *The Complete Works of Edgar Allan Poe*. 1902–1903. New York: AMS Press, 1965.

Hayes, Kevin J., ed. *The Annotated Poe*. Cambridge: Belknap, 2015.

Levine, Stuart, and Susan Levine, eds. *The Short Fiction of Edgar Allan Poe: An Annotated Edition*. 1976. Champaign: U of Illinois P, 1990.

——, eds. *Eureka*. Urbana and Chicago: U of Illinois P, 2004.

Mabbott, Thomas Ollive, ed. *The Collected Works of Edgar Allan Poe*. 3 vols. Cambridge: Belknap, 1969–78.

Ostrom, John Ward, ed. *The Letters of Edgar Allan Poe*. 2 vols. 1948. New York: Gordian, 1966.

Peithman, Stephen, ed. *The Annotated Tales of Edgar Allan Poe*. New York: Doubleday, 1981.

Pollin, Burton R., ed. *Collected Writings of Edgar Allan Poe*. 5 vols. I. *The Imaginary Voyages*. Boston: Twayne, 1981 (*The Narrative of Arthur Gordon Pym, The Journal of Julius Rodman and The Adventures of Hans Phaall*). II. *The Brevities* (including "Marginalia," "Pinakidia," etc.), III. *Nonfictional Prose in the Broadway Journal*. IV. *Nonfictional Prose in the Broadway Journal The Annotations*. V. *Southern Literary Messenger*.

——, eds. *Word Index to Poe's Fiction*. New York: Gordian P, 1982.

Thompson, G. R., ed. *Essays and Reviews*. New York: Library of America, 1984.

2 引用・参照文献

Allen, Hervey. *Israfel: The Life and Times of Edgar Allan Poe*. 1926. New York: Farrar and Rinehart, 1934.

Bachelard, Gaston. *L'Eau et les Rêves: essai sur l'imagination de la matiére*. 1942.　引用は以下によった。小浜俊郎訳、ガストン・バシュラール『水と夢――物質の想像力についての試論』国土社、一九六九。

Badmington, Neil. *Posthumanism: Readers in Cultural Criticism*. New York: Palgrave Macmillan, 2000.

Benesch, Klaus. *Romantic Cyborgs: Authorship and Technology in the American Renaissance*. U of Massachusetts P, 2003.

Berkley, James. "Post-Human Mimesis and the Debunked Machine: Reading Environmental Appropriation in Poe's 'Maelzel's Chess-Player' and 'The Man That Was Used Up.'" *Comparative Literature Studies* 41. 3 (2004): 356–76.

Beuka, Robert A. "The Jacksonian Man of Parts: Dismemberment, Manhood, and Race in 'The Man That Was Used Up.'" 3.1 (Spring 2002): 27–44.

Blake, David Haven. "'The Man That Was Used Up': Edgar Allan Poe and the Ends of Captivity." *Nineteenth-Century Literature*, 57.3 (2002): 323–49.

Bleikastan, Andre. *The Ink of Melancholy:Faulkner's Novels from* The Sound and Fury *to* Light in August. Indiana UP, 1990.

Bonaparte, Marie. *The Life and Works of Edgar Allan Poe: A Psycho-Analytic Interpretation*. Trans. John Rodker. 1949. London: The Hogarth P, 1971.

Brand, Dana. *The Spectator and the City in Nineteenth-Century American Literature*. New York: Cambridge UP, 1991.

Brigham, Clarence S. *Edgar Allan Poe's Contributions to Alexander's Weekly Messenger*. Worcester MS: American Antiquarian Society, 1943. http://www. highbeam. com/doc/1G1–91486428. html. Jan. 10, 2012.

Bronfen, Elisabeth. *Over Her Dead Body. Death, Femininity and the Aesthetic*. Manchester: Manchester UP, 1992.

Brooks, Cleanth. *William Faulkner: Toward Yoknapatawpha and Beyond*. Baton Rouge: Louisiana State UP, 1978.

Brunet, François. *Photography and Literature*. London: Reaktion Books, 2009.

Buell, Lawrence. *The Environmental Imagination: Thoreau, Nature Writing, and the Formation of American Culture*. Cambridge MA: Belknap, 1995.

——. *The Future of Environmental Criticism*. Oxford: Wiley-Blackwell, 2005.

Burns, Sarah. *Painting the Dark Side: Art and the Gothic Imagination in Nineteenth-Century America*. Berkeley: U of California P, 2004.

Byer, Robert H. "The Man of the Crowd: Edgar Allan Poe in his Culture." Diss. Yale U. 1979. Vol. I–II

Campbell, Killis. *The Mind of Poe and Other Studies*. 1933. New York: Russell and Russell, 1962.

Carlson, Eric, ed. *A Companion to Poe Studies*. Westport: Greenwood, 1996.

——, ed. *The Recognition of Edgar Allan Poe: Selected Criticism since 1829*. Ann Arbor:U of Michigan P, 1966.

Chiari, Joseph. *Symbolism from Poe to Mallarmé*. 1956. New York: Gordian, 1970.

Clarke, Graham, ed. *Edgar Allan Poe: Critical Assessments*. 4 vols. Mountfield, England: Helm Information, 1991.

Corey, Cherrie. "Gowing's Swamp and Thoreau's Bog: An Historic Wetland in Concord, MA." <http://www. sudburyvalleytrustees. org/files/GSBotanicHistorReport. pdf. >July 30, 2014.

Crosby, Sara L. "Beyond Ecophilia: Edgar Allan Poe and the American Tradition of Ecohorror." *ISLE* 21.3 (2014): 513–25.

Crowley, J. Donald. *Nathaniel Hawthorne: The Critical Heritage*. London: Routledge, 1997.

Davidson, Cathy. "Photographs of the Dead: Sherman, Daguerre, Hawthorne." *The south Atlantic Quarterly* 89.4 (1990): 667–701.

Dayan, Joan. "Amorous Bondage: Poe, Ladies, Slaves." *American Face of Edgar Allan Poe*. Eds. Shawn Rosenheim and Stephen Rachman. Baltimore: Johns Hopkins UP, 1995. 210–36.

——. *Fables of Mind*. New York: Oxford UP, 1987.

Deas, Michael J. *The Portraits and Daguerreotypes of Edgar Allan Poe*. Charlottesville: UP of Virginia,1988.

Delany, Martin R. *Blake: or The Huts of America*. Boston MS: Beacon, 1970.

Dennis R. Perry and Carl H. Sederholm, Poe, *"The House of Usher," and the American Gothic*. New York: Palgrave Macmillan, 2009.

Eddings, Dennis W. "Poe's 'Dream-Land': Nightmare or Sublime Vision?, *Poe Studies* 8.1 (June 1975): 5–8.
Elbert, Monika. "Poe's Gothic Mother and the Incubation of Language." *Poe Studies/Dark Romanticism* 24, 1.2 (1991): 22–33.
Elmer, Jonathan. *Reading at the Social Limit: Affect, Mass Culture, and Edgar Allan Poe*. Stanford, CA: Stanford UP, 1995.
Emerson, Ralph Waldo. *Emerson's Antislavery Writings*. Ed. Len Gougeon and Joel Myerson. New Haven, CT: Yale UP, 1995.
——. *Essays and lectures, College Edition*. New York: Library of America, 1996.
Erkkika, Besty. "Perverting the American Renaissance: Poe, Democracy, Critical Theory." *Poe and the Remapping of Antebellum Print Culture*. Ed. J. Gerald Kennedy and Jerome McGann. Baton Rouge, LA: Louisiana State UP (2012): 65–100.
Estok, Simon C. "Theorizing in a Space of Ambivalent Openness: Ecocriticism and Ecophobia." *ISLE* 16 (2008): 203–25.
Fagin, N. Bryllion. *The Histrionic Mr. Poe*. Baltimore: Johns Hopkins UP, 1949.
Faulkner, William. *Absalom Absalom! the Corrected Text*. Vintage International, 1986.
——. *Sanctuary the Corrected Text*. Vintage International, 1993.
——. *Go Down, Moses the Corrected Text*. Vintage International,1990.
Fawler, Doren, and Ann J. Abadie, eds., *Faulkner and Race*. UP of Mississippi, 1987.
Feidelson, Charles, Jr. *Symbolism and American Literature*. Chicago and London: U of Chicago P, 1953.　チャールズ・ファイデルスン・Jr.『象徴主義とアメリカ文学』山岸康司ほか訳、旺史社、一九九一。
Fiedler, Leslie A. *Love and Death in the American Novel*. New York: Criterion Books,1960.　レスリー・A・フィードラー『アメリカ小説における愛と死――アメリカ文学の原型I』佐伯彰一ほか訳、新潮社、一九八九。
Fields, Barbara J. *Slavery and Freedom on the Middle Ground*. New Haven, CT: Yale UP, 1985.
Forrest, William Mentzel. *Biblical Allusion in Poe*. New York: Macmillan, 1928.
Frank, Frederick S., and Anthony Magistrale. *The Poe Encyclopedia*. Westport, CT: Greenwood, 1997.
Franklin, Rosemary "A Literary Model for Frost's Suicide Attempt in the Dismal Swamp," *American Literature* 50 (1979): 645–46.
Freimarck, Vincent, and Bernard Rosenthal. *Race and the American Romantics*. New York: Schocken, 1971.　ヴィンセント・フラ

イマーク、バーナード・ローゼンタール『奴隷制とアメリカ浪漫派』谷口陸男監訳、研究社、一九七六。

Gargano, James W. "The Question of Poe's Narrators." *College English* 25 (1963): 177–81.

Gilmore, Michael T. *American Romanticism and the Marketplace*. Chicago: U of Chicago P, 1985.　マイケル・T・ギルモア『アメリカのロマン派文学と市場社会』片山厚・宮下雅年訳、松柏社、一九九五。

Ginsberg, Lesley. "Slavery and the Gothic Horror of Poe's 'The Black Cat.'" *American Gothic: New Interventions in a National Narrative*. Ed. Robert K. Martin and Eric Savoy. Iowa: U of Iowa P, 1998. 99–128.

Goddu, Teresa A. *Gothic America: Narrative, History, and Nature*. New York:Columbia UP, 1997.

——. "Rethinking Race and Slavery in Poe Studies." *Poe Studies/Dark Romanticism* 33 (2000): 15–18.

——. "Letters Turned to Gold: Hawthorne, Authorship, and Slavery." *Studies in American Fiction* 29 (2001): 49–76.

——. "Poe, Ssensationalism, and Slavery." *The Cambridge Companion to Edgar Allan Poe*. Ed. Kevin J. Hayes. New York: Cambridge UP, 2002. 92–112.

Goshgarian, G. M. *To Kiss the Chastening Rod: Domestic Fiction and Sexual Ideology in the American Renaissance*. Ithaca: Cornell UP, 1992.

Greenberg, Kenneth S. ed. *Nat Turner: A Slave Rebellion in History and Memory*. New York: Oxford UP, 2004.

Hall, Constance H. *Incest in Faulkner: A Metaphor for Fall*. Ann Arber MI: UMI Reaearch Press, 1996.

Halttunen, Karen. *Murder Most Foul: The Killer and the American Gothic Imagination*. Cambridge: Harvard UP, 1998.

Hansen, Thomas S. and, Burton Pollin, *The German Face of Edgar Allan Poe: A Study of Literary References in His Works*. Columbia: Camden House, 1995.

Haraway, Donna. *Simians, Cyborgs, and Women: The Reinvention of Nature*. New York: Routledge, 1991.　高橋さきの訳『猿と女とサイボーグ——自然の再発明』二〇〇〇。

Harraway, Donna. "Universal Donors in a Vampire Culture" in *Uncommon Ground*. New York: Norton, 1996.

Hassan, Ihab. "Prometheus as Performer: Toward a Posthumanist Culture?" *The Georgia Review* 31.4 (1977): 830–50.

Hawthorne, Nathaniel. “Chiefly about War-matters. By a Peaceful Man.” *Miscellaneous Prose and Verse*. Vol. XXIII of The Centenary Edition of the Works of Nathaniel Hawthorne. Ed. Thomas Woodson, Claude M. Simpson, and L. Neal Smith. Columbus: Ohio State UP, 1994. 403–42.

——. *The House of the Seven Gables*, Centenary Edition, Vol. II. 1965.　大橋健三郎訳『七破風の屋敷』（筑摩世界文学大系35、筑摩書房、一九七六）

——. *The Letters, 1813–1843*. Ed. Thomas Woodson, L. Neal Smith, and Norman H. Pearson. Columbus, OH: Ohio State UP, 1984.

——. *The Blithedale Romance and Fanshow.* Centenary Edition, Vol. III. 1965.　西前孝訳『「ファンショー」——恋と冒険の軌跡』旺史社、一九九〇。

Hayes, Kevin J. “Poe, the Daguerreotype, and the Autobiographical Act.” *Biography*. 25: 3, 2002. http://www. americandaguerreotypes. com/ch1. html Jan. 10, 2012

Hayes, Kevin. *The Cambridge Companion to Edgar Allan Poe*. New York: Cambridge UP, 2002.

Hayles, Katherine. *How We Became Posthuman: Virtual Bodies in Cybernetics, Literature, and Informatics*. Chicago: U of Chicago P, 1999。

Heller, Terry. *The Delights of Terror: An Aesthetics of the Tale of Terror*. Urbana & Chicago: U of Illinois P, 1987.

Herbrechter, Stefan. *Posthumanism: A Critical Analysis*. London: Bloomsbury, 2013.

Herndl, Doian P. *Invalid Women: Figuring Feminine Illness in American Fiction and Culture, 1840–1940*. Chapel Hill: U of North Carolina P, 1993.

Hillard, Tom. “Gothic Nature; Deep into that Darkness Peering.” *ISLE* 16 (2009): 685–95.

Hoffman, Daniel. *Poe Poe Poe Poe Poe Poe Poe*. 1972; Baton Rouge and London: Louisiana State UP, 1998.

Hyneman, Esther F. *Edgar Allan Poe: An Annotated Bibliography of Books and Articles in English, 1827–1973*. Boston: G. K. Hall, 1974.

Independent Lens, “NAT TURNER: A TROUBLESOM PROPERTY.” 2003. <http://www. pbs.org/independentlens/natturner/nat.

html.>

Irwin, John T. *American Hieroglyphics: The Symbol of Egyptian Hieroglyphics in the American Renaissance*. New Haven and London: Yale UP, 1980.

Irwin, Jopn T. *Doubling and Incest:Repetition and Revenge*. Boltimore: The Johns Hopkins UP, 1975.

Itoh, Shoko. "Gothic Windows in Poe." *Poe's Pervasive Influence*. Bethlehem PA: Lehigh UP, 2012.

Jackson, Leon. "'Behold Our Literary Mohawk, Poe' Literary Natinalism and the 'indianation' of Antebellum American Culture." *ESQ* 48 (2002): 97–133.

Jackson, Rosemary. *Fantasy: The Literature of Subversion*. 1981. London and New York: Routledge, 1991.

Jacobs, Robert. *Poe: Journalist and Critic*. Baton Rouge: Louisiana State UP, 1969.

Johnson, Greg. *Understanding Joyce Carol Oates*. U of South Carolina P, 1987.

Jordan, Cinthia. *Second Stories: The Politics of Language, Form, and Gender in Early American Fictions*. U of North Carolina P. 1989˙

Kennedy, J. Gerald, and Jerome McGann eds. *Poe and the Remapping of Antebellum Print Culture*. Baton Rouge, LA: Louisiana State UP, 2012.

Kennedy, J. Gerald. *Poe, Death, and the Life of Writing*. New Haven: Conn.: Yale UP, 1987.

——. "'Trust No Man': Poe, Douglass, and the Culture of Slavery." *Romancing the Shadow: Poe and Race*. Ed. J. Gerald Kennedy and Liliane Weissberg. New York: Oxford UP (2001): 225–57.

——. "Unwinnable Wars, Unspeakable Wounds: Locating 'The Man That Was Used Up.'" *Poe Studies/Dark Romanticism*, 39–40. 1–2 (2006): 77–89.

——. *Strange Nation: Literary Nationalism and Cultural Conflict in the Age of Poe*. New York: Oxford UP, 2016.

Kerr, Elizabeth. *William Faulkner's Gothic Domain*. Kennikat, 1979.

Ketterer, David. *The Rationale of Deception in Poe*. Baton Rouge and London: Louisiana UP, 1979.

Kinney, Arthur F. "Published Accounts of Lynchings in Mssissippi" in *Go Down, Moses: The Miscegenation of Time*. Boston: Twyane, 1996.

Kopley, Richard. *Poe's Pym: Critical Explorations*. Durham and London: Duke UP, 1982.

——. *Edgar Allan Poe and the Dupin Mysteries*. New York: Palgrave, 2009.

Krutch, Joseph Wood. *Edgar Allan Poe: A Study in Genius*. New York: Knopf, 1926.

Kuyk Jr., Dirk. *Sutpen's Design: Interpreting Faulkner's Absalom Absalom!* Charlotsville: UP of Virginia, 1990.

Lamy, Philip. *Millennium Rage: Survivalists, White Supremacists, and the Doomsday Prophecy*. New York: Plenum, 1996.

Lauber, John. "'Ligeia' and Its Critics: a Plea for Literalism." *Twentieth Century Interpretations of Poe's Tales: A Collection of Critical Essays*. Ed. William L. Howarth. Englewood Cliffs, NJ: Prentice-Hall (1971): 73–77.

Lawrence, D. H. *Studies in Classic American Literature*. New York: Penguinn, 1990.　D・H・ロレンス『アメリカ古典文学研究』（アメリカ古典文庫12）酒本雅之訳、研究社、一九七四。

Lemire, Elise. *"Miscegenation": Making Race in America*. Philadelphia: U of Pennsylvania P, 2002.

——. *Black Walden: Slavery and Its Aftermath in Concord, Massachusetts*. Philadelphia: U of Pennsylvania P, 2009.

Leverenz, David. "Poe and Gentry Virginia" in *American face of Edgar Allan Poe*. Op. cit.

Levin, Harry. *The Power of Blackness Hawthorne, Poe, Melville*. New York: Knopf, 1958.　ハリー・レヴン『闇の力――アメリカ文学論――ホーソン、ポー、メルヴィル』島村馨ほか訳、ミネルヴァ書房、一九七八。

Levine, Stuart. *Edgar Poe: Seer and Craftsman*. Deland, FL: Everett/Edwards, 1972.

Levine, Robert S. "The Slave Narrative and the Revolutionary Tradition of American Autography." *The Cambridge Companion to the African American Slave Narrative*. Ed. Audrey Fisch. New York: Cambridge UP, 2007. 99–114.

——. "Introduction" to *Dred: A Tale of the Great Dismal Swamp*. New York: Penguin, 2000. ix–xxxv.

——. 'Ligeia'." *The Edgar Allan Poe Review* 11.1 (2010): 40–50.

Ljungquist, Kent P. *The Grand and the Fair: Poe's Landscape Aesthetics and Pictorial Techniques*. Potomac, MD: Scripta Humanistica,

1985.

Loeb, Monica. *Literary Marriages*. New York: Peter Lang, 2001.

Longfellow, Henry Wadsworth. *The Poetical Works of Longfellow*. Boston, MA: Haughton Mifflin, 1879.

Lopes, Elizabete. "Unburying the Wife: A Reflection Upon the Female Uncanny in Poe's Herndl. Doian P. *Invalid Women: Figuring Feminine Illness in American Fiction and Culture, 1840–1940*. Chapel Hill: U of North Carolina P, 1993.

Lopez, Robert Oscar. "The Orientalization of John Winthrop in 'the City in the Sea.'" *Gothic Studies*. 12: 2 (2010): 70–83.

MacAndrew, Elizabeth. *The Gothic Tradition in Fiction*. New York: Columbia UP, 1979.

Marks, Alfred. "Hawthorne's Daguerreotypist: Scientist, Artist, Reformer." *The House of the Seven Gables*. New York: Norton, 1967. 330–47.

Martin, Robert K. and Eric Savoy eds., *American Gothic: New Interpretations in a National Narrative*. Iowa State UP, 1998.

Matthiessen, F. O. *American Renaissance: Art and Expression in the Age of Emerson and Whitman*. New York: Oxford UP, 1941.

——. "Edgar Allan Poe." *Literary History of the United States* 3 vols. Ed. Robert Spiller. New York: Macmillan, 1948.

Mattison, Ben. *American Daguerreotypes*. http://www. americandaguerreotypes. com/March1, 2012.

——. *The Social Construction of the American Daguerreotype*. http://www. americandaguerreotypes. com/March10, 2012.

McFeely, William S. *Frederick Douglass*. New York: Norton, 1991.

McGill, Meredith L. *American Literature and the Culture of Reprinting, 1834–1853*. Philadelphia: U of Pennsylvania P, 2003.

McKibben, Bill. *The End of Nature*. New York: Anchor, 1977.

Melville, Herman. *Moby-Dick: or The Whale*. Ed. Harrison Hayford, Hershel Parker, and G. Thomas Tanselle. Chicago and Evanston: Northwestern UP and The Newberry Library, 1988˙

Menges, Jess. *Poe Illustrated: Art by Dore, Dulac, Rackham and Others* (Dover Fine Art, History of Art) New York: Dover, 2007.

Menges, Jeff A. *Poe Illustrated*. New York: Dover Fine Art, History of Art. 2006.

Miller, David. *Dark Eden: The Swamp in Nineteenth-Century American Culture*. New York: Cambridge UP, 1989.

Miller, David. *Dark Eden: The Swamp in Nineteenth- Century American Culture*. New York: Cambridge UP, 1989.　引用は拙訳により、以下を参照した。黒岩真理子訳、デイヴィッド・ミラー『暗きエデン——１９世紀アメリカ文化における沼地』彩流社、二〇〇九。

Miller, John Carl, ed. *Building Poe Biography*. Baton Rouge: Louisiana State UP, 1977.

Miller, John Carl, ed. *Poe's Helen Remembers*. Charlottesville: UP of Virginia, 1979.

Miller, Perry. *The Raven and the Whale: The War of Words and Wits in the Era of Poe and Melville*. 1956. Westport: Greenwood, 1973.

Mooney, S. L. "Poe's Gothic Waste Land." *The Recognitions of Edgar Allan Poe: Selected Criticism since 1829*. Ed. Eric W. Carlson. Ann Arbor: U of Michigan P, 1966. 278–97.

Morrison, Toni. *Playing in the Dirk: Whiteness and Literary Imagination*. New York: Vintage Books, 1993.

Morton, Timothy. *Dark Ecology: For a Logic of Future Coexistence*. New York: Columbia UP, 2014

——. *Hyperobjects: Philosophy and Ecology after the End of the World*. Mineapolis: U of Minnesota P, 2013.

——. *Ecology without Nature: Rethinking Environmental Aesthetics*. Cambridge MA: Harvard UP, 2007.

Moss, Sidney P. *Poe's Literary Battles: The Critic in the Context of His Literary Milieu*. Durham, NC: Duke UP, 1963.

Muller, John P. J., and William J. Richardson. *The Purloined Poe: Lacan, Derrida, and Psychoanalytic Reading*. Baltimore and London: Johns Hopkins UP, 1988.

Nadal, Marita. "Variations on the Grotesque: From Poe's 'The Black Cat' to Oates's 'The White Cat' *Mississippi Quarterly*, 57:3 (2004): 455.

Nell, W. Cooper. *Colored Patriots of the American Revolusion*. Boston: Robert F. Wallcut, 1855.

Nelson, Dana D. *The Word in Black and White: Reading "Race" in American Literature, 1638–1867*. New York: Oxford UP, 1992.

Oates, J. Carrol. *Haunted: Tales of the Grotesque*. New York: Plume Book, 1994. 305.

——. "Poe Posthumous: Or the Light-House" *Wild Nights*. New York: Harper Perennial, 2008.

Oates, Joyce Carol. *By the North Gate*. New York: Vangard, 1963.

——. *Upon the Sweeping Flood*. New York: Vangard P, 1968.　中村一夫訳『エデン郡物語——ジョイス・キャロル・オーツ初期短編選集』文化書房博文社、一九九四。

——. “Where are you going, Where have you been?” *The Wheel of Love*. New York: Plume, 1970.

——. “The Stalker” *Marriage and Infidelties*. New York: Plume, 1972

——. “White Cat.” *Haunted: Tales of the Grotesque*. New York: Plume, 1994.

——. *American Gothic Tales*. New York: Plume, 1996.

——. *My Heart Laid Bare*. New York: Plume, 1998

——. *The Faith of a Writer*. New York: Ontalio Review, 2003.　吉岡葉子訳『作家の信念——人生、仕事、芸術』、開文社、二〇〇八。

——. *Wild Nights: Stories about the last days of Poe, Dickinson, Twain, James and Hemingway*. New York: Harper Collins, 2008.

Okamoto, Teruyuki. “A Writer Who Turned Down France: ‘The System of Doctor Tarr and Professor Fether’ and Transatlantic Discourse on the French Revolution.”『英米文学』（関西学院大学英米文学会）59.1 (2015): 153–75.

Outka, Paul. “Posthuman/Postnatural: Ecocriticism and the Sublime in Mary Shelley’s Frankenstein.” *Environmental Criticism for the Twenty-First Century, eds. Stephanie LeMenager, Teresa Shewry, and Ken Hiltner*. New York: Routledge, 2012. 31–48.

Pease, Donald E. ed. *Revisionary Interventions into the Americanist Canon (New Americanists)*. Darham, NC: Duke UP, 1994.

Peeples, Scott. *Edgar Allan Poe Revisited*. New York: Twayne, 1998.

——. *The Afterlife of Edgar Allan Poe*. New York: Camden House, 2004.

Perry, Dennis R. and Carl H. Sederholm. *Poe, “The House of Usher,” and the American Gothic*. New York: Palgrave Macmillan, 2009.

Person, Leland S. “Poe’s Philosophy of Amalgamation, *Romancing the Shadow: Poe and Race*. eds. J. Gerald Kennedy & Liliane Weissburg. New York: Oxford UP, 2001. 205–24.

——. “Poe and Nineteenth-Century Gender Constructions.” Ed. J. Gerald. *A Historical Guide to Edgar Allan Poe*. New York: Oxford

UP, 2000. 129–66.
——. "Poe's Philosophy of Amalgamation: Reading Racism in the Tales" (unpublshed, read at the International Poe Convention at Richmond in October 7, 1999)
Poe, Edgar Allan. "The Daguerreotype." Alan Trachtenberg, ed, *Classic Essays On Photography*. New Haven: Leete's Island Books, 1980.
Poe, Harry Lee. *Edgar Allan Poe: An Illustrated Companion to his Tell-Tale Stories*. New York: Metro Books, 2008.
Polk, Noel. *Children of the Dark House: Text and Context in Faulkner*. UP of Mississippi, 1996.
Pollin, Burton R. "Poe and G. K. Chapman." *Studies in the American Renaissance*. 1984. U of Virginia P, 1985.
Praz, Mario. *La carne, la morte e il diavolo nella litteratura romantica*. 1930. Firenze: Sansoni, 1992.　マリオ・プラーツ『肉体と死と悪魔——ロマンティック・アゴニー』倉智恒夫・草野重行・土田知則・南條竹則訳 国書刊行会、一九八六。
Quinn, Arthur Hobson. *Edgar Allan Poe: A Critical Biography*. New York: Cooper Square, 1941.
Quinn, Patrick F. *The French Face of Edgar Allan Poe*. Carbondale: Southern Illinois UP, 1957.　パトリック・F・クィン『ポーとフランス——フランスのポー像とその展開』中村融訳 審美社、一九七五。『ポオとボードレール』松山明生訳 北星堂書店、一九七五。
Renza, Louis A. *Edgar Allan Poe, Wallace Stevens, and the Poetics of American Privacy*. Baton Rouge and London: Louisiana State UP, 2002.
Reynolds, David S. *Beneath the American Renaissance: The Subversive Imagination in the Age of Emerson and Melville*. New York: Knopf, 1988.
——. "Review on Wild Nights" *Kenyon Review*, 2009. http://www. kenyonreview. org/kr-online-issue/2009–spring/selections/ March 1, 2009.
Richard, Claude. *Edgar Allan Poe: Journaliste et Critique*. Paris: Librarie C. Klincksieck, 1974.
Richards, Eliza. "Women's Place in Poe Studies." *Poe Studies*, 33.1 and 33.2 (2000): 10–14.

Rosenheim, Shawn, and Stephen Rachman, eds. *The American Face of Edgar Allan Poe*. Baltimore and London: Johns Hopkins UP, 1995.

Rosenheim, Shawn James. *The Cryptographic Imagination: Secret Writing from Edgar Poe to the Internet*. Baltimore, MD: Johns Hopkins UP, 1997.

Rowe, John Carlos. "Edgar Poe's Imperial Fantasy and the American Frontier." *Romancing the Shadow: Poe and Race*. Ed. J. Gerald Kennedy and Liliane Weissberg. New York: Oxford UP, 2001. 75–105.

——. "Poe, Antebellum Slavery." *Poe's Pym: Critical Explorations*. Ed. Richard Kopley. Durham, NC: Duke UP, 1992. 117–39.

Rubin, Louis Decimu. *The Edge of the Swamp: A Study in the Literature and Society of the Old South*. Baton Rouge, LA: Louisiana State UP, 1989.

Rucker, Rudy von Bitter. *The Hollow Earth: The Narrative of Mason Algiers Reynolds of Virginia*. New York: William Morrow, 1990. ルーディ・ラッカー『空洞地球』黒丸尚訳、早川書房、一九九一。

Sage, Victor and Smith, Lloyd eds. *Modern Gothic: A Reader*. Manchester: Manchester UP, 1996.

Shell, Marc. Money, Language, and Thought: Literary and Philosophical Economies from the Medieval to the Modern Era. Berkeley: U of California P, 1982. マーク・シェル『芸術と貨幣』小澤博訳 みすず書房, 2004.

Shulman, Robert. *Social Criticism and Nineteenth-Century American Fictions*. Columbia: U of Missouri P, 1987.

Silverman, Kenneth. *Edgar A. Poe: Mournful and Never-Ending Remembrance*. New York: HarperCollins, 1991.

Slovic, Scott. "Editor's Note." *Interdisciplinary Studies in Literature and Environment* 19.2 (2012): 233–35.

Smith, Andrew and William Hughes, eds. *EcoGothic*. Manchester: Manchester UP, 2013.

Smith, Don G. *The Poe Cinema: A Critical Filmography of Theatrical Releases Based on the Works of Edgar Allan Poe*. Jefferson, NC: McFarland, 1999.

Smith, Geddeth. *The Brief Career of Eliza Poe*. London & Toronto: Associated UP, 1988.

Sollors, Werner. *Neither Black nor White yet Both: Thematic Explorations of Interracial Literature*. Cambridge MA: Harvard UP, 1997.

Sova, Dawn B. *Critical Companion to Edgar Allan Poe: A Literary Reference to His Life and Work*. 2001. New York: Facts on File, 2007.

Spiller, Robert L., *The Cycle of American Literature*. 1967; New York: The Free Press1995.

Stafforf, Batbara Maria. *Voyage into Substance: Art, Science, Nature, and the Illustrated Travel Account, 1760–1840*. Cambridge: MIT P, 1984. バーバラ・M・スタフォード『実体への旅：1760年―1840年における美術、科学、自然と絵入り旅行記』高山宏訳、産業図書、二〇〇八。

Stanard, Mary Newton. *The Dreamer: A Romantic Rendering of the Life-story of Edgar Allan Poe*. Philadelphia: Lippincott, 1925. マリー・N・スタナード『夢みる人――エドガー・アラン・ポーの生涯』三上紀史訳、牧神社、一九七八。

——, *Edgar Allan Poe Letters till Now Unpublished, in the Valentine Museum with Facsimiles of all Letters and 15 Illustrations*. Richmond, Virginia: Philadelphia: J. B. Lippincott, 1925. マリー・N・スタナード『ポー若き日の手紙――未発表書簡集』宮永孝訳 彩流社、二〇〇二。

St. Armand, Barton Levi. "An American Book of the Dead: Poe's 'The Domain of Arnheim' as Posthumous Journey. 伊藤詔子訳「アメリカ死者の書――死後の旅としての『アルンハイムの領地』」「三田文学」102 (2010): 246–61。

Silverman, Kenneth. *Edgar A. Poe: Mournful and Never-Ending Remembrance*. New York: HarperCollins, 1991.

Stoffer, John. *The Black Hearts of Men: Radical Abolitionists and the Transformation of Race*. Cambridge MA: Harvard UP, 2001.

Stovall, Floyd. *Edgar Poe the Poet: Essays New and Old on the Man and His Work*. Charlottesville: UP of Virginia, 1969.

Stowe, H. Beecher. *Dred: A Tale of the Great Dismal Swamp*. New York: Penguin, 2000.

Sundquist, Eric. *To Wake the Nations: Race in the Making of American Literature*. Cambridge MA: Belknap, 1993.

Tani, Stephano. *The Doomed Detective: The Contribution of the Detective Novel to Postmodern American and Italian Fiction*. Carbondale: Southern Illinois UP, 1984.

Taylor, Matthew A. "Edgar Allan Poe's (Meta)physics: A Pre-History of the Post-Human" *Nineteenth-Century Literature*, 62.2 (2007): 193–221.

——. "The Nature of Fear: Edgar Allan Poe and Posthuman Ecology." *American literature* 84. 2 (2012): 353–80.

Thomas, R. Donald. "Making Darkness Visible," *Victorian Literature and the Victorian Visual Imagination*. Ed. Carol T. Christ & John O. Jordan. Berkley: U of California P, 1995.

Thompson, G. R. *Poe's Fiction: Romantic Irony in the Gothic Tales*. Madison, WI: U of Wisconsin P, 1973.

——. *Essays in Dark Romanticism*. Pullman WA: Washington State UP, 1974.

Thomson, Rosemarie Garland. *Freakery: Cultural Spectacles of the Extraordinary Body*. New York: New York UP, 1996.

Thoreau, Henry David. *The Major Essays of Henry David Thoreau*. Ed. Richard Dillman. New York: Whitson, 2001.

——. *A Week on the Concord and Merrimack Rivers*. Princeton, NJ: Princeton UP, 1980.

Trachtenberg, Allan. *Reading American Photographs: Images as History, Mathew Brady to Walker Evans*, 1989.　生井英考・石井康夫『アメリカ写真を読む』白水社、一九九六。

——. "Seeing and Believing." *New Literary History* 9.3 (1997): 460–61.

Traylor, Waverley. *The Great Dismal Swamp in Myth and Legend*. Pittsburgh, PA: Rosedog, 2010.

Turner, Nat. *The Confessions of Nat Turner the Leader of the Late Insurrections in Southampton, Va. as Fully and Voluntarily Made to Thomas Gray*. Rpt. Memphis, TN: General Books, 2010.

Valéry, Paul. "On Poe's 'Eureka.'" 1921. Trans. Malcolm Cowley. *The Recognition of Edgar Allan Poe*. Ed. E. W. Carson. 103–10.

Vines, Louis Davis. *Valéry and Poe: A Literary Legacy*. New York: New York UP, 1992.　ロイス・デイヴィス・ヴァインズ『ポオとヴァレリー——明晰の魔・詩学』山本常正訳、国書刊行会、二〇〇二。

Wapner, Paul. *Living Through the End of Nature: The Future of American Environmentalism*. Cambridge MA: MIT, 2010.

Weber, Jean-Pual. "Edgar Poe or the Theme of the Clock." *Poe: A Collection of Critical Essays*. Ed. Robert Regan. Englewood Cliffs, N. J.: Prentice-Hall, 1967. 79–98.　ジャン - ポール・ウェベール「エドガー・ポー——時計のテーマ」『ユリイカ：特集エドガア・ポオ　怪奇と幻想の文学』青土社、1974 (2): 145–59.

Welter, Barbara. "The Cult of True Womanhood: 1820–1860" *American Quarterly* 18.2 (1966):151–74.

Werner, James V. *American Flaneur: The Cosmic Physiognomy of Edgar Allan Poe.* New York & London: Routledge, 2004.
Westbrook, W. W. *Wall Street in the American Novel.* New York: The Gotham Library, 1980.
Westling, Louise. "Thomas Sutpen's Marriage to the Dark Body of land" in *Faulkner and the Natural World.* UP of Mississippi, 1999.
Whalen, Terence. *Edgar Allan Poe and the Masses.* Princeton: Princeton UP, 1999.
Wilbur, Richard, ed. *Edgar Allan Poe: Poems and Poetics.* New York: Library of America, 2003.
Williams, Michael J. S. *A World of Words: Language and Displacement in the Fiction of Edgar Allan Poe.* Durham and London: Duke UP, 1988.
Williams, Susan S. "Daguerreotyping Hawthorne and Poe." *Poe Studies/Dark Romanticism* 37.1–2 (2004): 14–20.

3　日本語図書参考文献（同一著者の文献は最近刊順とし、翻訳は割愛した）

『アメリカ文学評論5：特集Ｅ・Ａ・ポゥの『アーサー・ゴードン・ピムの物語』論』筑波大学・東京教育大学アメリカ文学研究会、一九八四・三。

アラン・パーソンズ・プロジェクト『怪奇と幻想の物語――エドガー・アラン・ポーの世界』マーキュリー・ミュージックエンタテインメント、一九九四。

池末陽子「作品解題・著作目録・主要文献案内」『ポケットマスターピース09／Ｅ・Ａ・ポー』所収、集英社、二〇一六。

池末陽子・辻和彦『悪魔とハープ――エドガー・アラン・ポーと十九世紀アメリカ』音羽書房鶴見書店、二〇〇八。

板橋好枝・野口啓子『Ｅ・Ａ・ポーの短編を読む――多面性の文学』勁草書房、一九九九。

一力秀雄『評伝エドガー・アラン・ポー』廣文堂書店、一九六〇。

伊藤詔子「American Gothic の変容」『言葉と文学と文化と』所収、英潮社、一九九〇。

――「アメリカン・ルネサンス的主人公の不滅――ファンショー、デュパン、オースター」『ナサニエル・ホーソーンの文学的遺産』所収、成田雅彦他編、開文社、二〇一五、一八九―二一二。

――「ポーの水とダーク・キャノン――『丘の上の都市』から『海中の都市へ』」『水と光――アメリカの文学の原点を探る』所収、入子文子監修、開文社、二〇一三、八〇―九七。

――「花嫁の幽閉と逆襲――エリザベス、モレラ、ライジィーア」『豊穣なる空間――亡霊とアメリカ文学』国文社、二〇一二、一五―三四。

――「英米文学とポー」『エドガー・アラン・ポーの世紀』所収、八木敏雄・巽孝之編、研究社、二〇〇九年、二四―五三。

――「〈ブラック・ウォールデン〉とソローの8月1日」『ソローとアメリカ精神』所収、日本ソロー学会（小倉いずみ編集代表）、金星堂、二〇一二年、一八五―二〇二。

――「デュパン、クィン、ファンショー――オースターとアメリカンルネッサンスの作家達」『ユリイカ』一九九九。

――『アルンハイムへの道――エドガー・アラン・ポーの文学』桐原書店、一九八六。

井上健『文豪の翻訳力――近現代日本の作家と翻訳　谷崎潤一郎から村上春樹まで』ランダムハウスジャパン、二〇一一。

内田市五郎編『エドガー・アラン・ポウと世紀末のイラストレーション』岩崎美術社、一九八六。

――『ポゥ研究――肖像と風景』古書通信社、二〇〇七。

H・P・ラヴクラフト『ラヴクラフト全集』Vol・1―7別巻上下、東京創元社、、一九七四―二〇〇七。

江口裕子『エドガア・ポオ論考――芥川龍之介とエドガア・ポオ』東京女子大学学会、一九六八。

大井浩二『ナサニエル・ホーソン論――アメリカ神話と想像力』南雲堂、一九七四（増補版、一九八二）。

尾形敏彦『詩人E・A・ポー』山口書店、一九八七。

『カイエ：特集・エドガー・アラン・ポオ』冬樹社、一九七九。

小川和夫『わがエドガア・ポオ』荒竹出版、一九八三。

小山田義文『エドガー・ポーの世界――詩から宇宙へ』思潮社、一九六九。

笠井潔『群衆の悪魔――デュパン第四の事件』講談社、一九九六。

河合祥一郎編『幽霊学入門』新書館、二〇一〇。

酒本雅之『アメリカン・ルネサンスの作家たち』岩波書店、一九七四。

佐多真徳「ポーの演劇観」『英語青年』1975. 11. 23–25.

佐渡谷重信『ポーの冥界幻想』国書刊行会、一九八八。

柴田元幸『アメリカン・ナルシサス――メルヴィルからミルハウザーまで』東京大学出版会、二〇〇五。

島田謹二『ポオとボードレール』日本生活社、一九五八。

ストウ、ハリエット・ビーチャー『アンクル・トムの小屋』小林憲治監訳、明石書店、一九九八。

高尾直知「ホーソーン氏都に行く」『アメリカ文学ミレニアムⅠ』所収、國重純二編、南雲堂、二〇一一、一八九―二〇九。

竹内勝則、高橋勤編『環大西洋の想像力――越境するアメリカン・ルネサンス』彩流社、二〇一三。

高島清『小説家ポウ』国書刊行会、一九九五。

高野泰志「ポーの見たサイボーグの夢」『身体と情動――アフェクトで読むアメリカンルネサンス』所収、竹内勝徳他編、彩流社、二〇一六年、一七―三七。

高野泰志「蘇える性欲――殺害されるポーの女性たち」『ポー研究』(No 2&3 2011) 五―一八。

巽孝之『盗まれた廃墟――ポール・ド・マンのアメリカ』彩流社、二〇一六。

――『エドガー・アラン・ポー――文学の冒険家』NHK出版、二〇一二。

――『ニュー・アメリカニズム――米文学思想史の物語学』青土社、一九九五(増補新版二〇〇五)。

――『アメリカン・ソドム』研究社、二〇〇一。

――『E・A・ポウを読む』岩波書店、一九九五。

――『メタフィクションの謀略』筑摩書房、一九九三。

――編　巽孝之　小谷真理訳、ダナ・ハラウェイ、ディレイニー、サーモンスン『サイボーグ・フェミニズム』トレヴィル、一九九四。

巽孝之・鷲津浩子・下河辺美知子『文学する若きアメリカ――ポウ、ホーソン、メルヴィル』南雲堂、一九八九。

谷崎精二『エドガア・ポォ――人と作品』研究社、一九六七。

辻元一郎『ポオの短篇論研究』風間書房、一九八九。

津田塾大学言語文化研究所E・A・ポー研究会編『E・A・ポーの迷宮探索』研究会、一九九六。

『特集エドガー・ポー』政治公論社無限編集部、一九六九。

朽山美知子『聖なるいかさま師ポウ』あぽろん社、一九八八。

中村善雄「逸脱する身体と暴露する写真――探偵小説としての『七破風の家』」『伊藤孝治古希記念論文集』所収、大阪教育図書、二〇〇七、四三五―四七。

西山智則『恐怖の表象――映画／文学における〈竜殺し〉の文化史』彩流社、二〇一六。

――『恐怖の君臨――疫病・テロ・畸形のアメリカ映画』森話社、二〇一三。

西山けいこ「疫病のナラティヴ――ポー、ホーソーン、メルヴィル」中良子編『災害の物語学』世界思想社所収、二〇一四、二二二―四六。

成田雅彦、西谷拓哉編『アメリカン・ルネサンス――批評の新生』開文社、二〇一三。

野口啓子『後ろから読むエドガー・アラン・ポー――反動とカラクリの文学』彩流社、二〇〇七。

野口啓子・山口ヨシ子編『ポーと雑誌文学――マガジニストのアメリカ』彩流社、二〇〇一。

野村章恒『エドガア・アラン・ポオ――芸術と病理』金剛出版、一九六九。

バシュラール、ガストン『水と夢――物質の想像力についての試論』小浜俊郎訳、国土社、一九六九。

ハラウェイ、ダナ『猿と女とサイボーグ――自然の再発明』高橋さきの訳、青土社、二〇〇〇。

原田武『インセスト幻想――人類最後のタブー』人文書院、二〇〇一。

ビートルズ『マジカル・ミステリー・ツアー』EMIミュージック・ジャパン、一九九八。

平井啓之『ランボォからサルトルへ』弘文堂、一九五八。

平石貴樹『だれもがポオを愛していた』集英社、一九八五。

福岡和子『「他者」で読むアメリカン・ルネサンス――メルヴィル・ホーソーン・ポウ・ストウ』世界思想社、二〇〇七。

富士川義之『幻想の風景庭園――ポーから渋澤龍彦へ』沖積社、一九八六。

フロイト、『フロイト全集十七巻』岩波書店、二〇〇六。

『ポー：文芸読本』河出書房新社、一九七八年四月。

マシーセン、F・O『アメリカン・ルネサンス――エマソンとホイットマンの時代の芸術表現』上下、飯野友幸、江田孝臣、大塚寿郎、高尾直知、堀内正規訳、上智大学出版部、二〇一一年。

増永俊一編著『アメリカン・ルネサンスの現在形』松柏社、二〇〇七。

松山明生『イェイツとポオの幽玄――比較文学論集』北星堂書店、一九八二。

水田宗子『エドガー・アラン・ポオの世界――罪と夢』南雲堂、一九八二。

宮永孝『異常な物語の系譜――フランスにおけるポー』三修社、一九八三。

――『ポーと日本――その受容の歴史』彩流社、二〇〇〇。

――『文壇の異端者――エドガー・アラン・ポーの生涯』新門社、一九七九。

武藤脩二・入子文子編『視覚のアメリカン・ルネサンス』世界思想社、二〇〇六。

村山淳彦『エドガー・アラン・ポオの復讐』作品社、二〇一四。

元山千歳編『アメリカ文学と暴力――ポオ／トウェイン／ヘミングウェイ／ベロウ／マラマッド』研究社出版、一九九五。

元山千歳『ポオはドラキュラだろうか』勁草書房、一九八九。

モリソン、トニ『白さと想像力――アメリカ文学の黒人像』大社淑子訳、朝日新聞社、一九九二。

八木敏雄、巽孝之編『エドガー・アラン・ポーの世紀』研究社、二〇〇九。

八木敏雄『マニエリスムのアメリカ』南雲堂、二〇一一。

――『アメリカン・ゴシックの水脈』研究社、一九九二。

――『ポー――グロテスクとアラベスク』冬樹社、一九七八。

――編・共訳『Edgar Allan Poe』（アメリカ文学作家論選書）冬樹社、一九七六。

――『破壊と創造――エドガー・アラン・ポオ論』南雲堂、一九六八（増補改題版『エドガー・アラン・ポオ研究――破壊と創造』一九七二）

山本常正『エドガー・ポオ――存在論的ヴィジョン』英宝社、一九九九。

梁瀬浩三『時間と美 機械と生命――現代社会の病理を照らすポーとホーソーンの文学』幻燈社書店、一九九四。

『ユリイカ：特集エドガア・ポオ　怪奇と幻想の文学』青土社、一九七四年二月。

吉田真理子「ポーと演劇」『津田塾大学紀要34』二〇〇二、八三―九八。

ルー・リード『ザ・レイヴン』ワーナーミュージック・ジャパン、二〇〇三。

ワインスタイン、アレン、デイヴィッド・ルーベル『ヴィジュアル・ヒストリー　アメリカ――植民地時代から覇権国家の未来まで』越智道雄訳、東洋書林、二〇一〇。

鷲津浩子『時の娘たち』南雲堂、二〇〇五。

初出一覧

本書の各章、各節の初出一覧は以下である。どの部分も大幅に改稿し、複数の原稿を融合して新しい節となったが、論文の原型が掲載された書物の各章、学術雑誌掲載号、シンポジアム口頭発表の原稿を以下に掲げる。改稿掲載について、ご了承いただいた各出版社、編集委員の方々、またシンポジアム講師のご助言や聴衆のご意見に対し、感謝申し上げたい。

はじめに　書き下ろし

序　章
1節　書き下ろし
2節〜3節　「ポーと英米文学」『エドガー・アラン・ポーの世紀——生誕二〇〇年必携』所収（研究社、二〇〇九）第2章
4節　「巻頭言——日本ポー学会創立5年目を迎えて」『ポー研究』２・３号、二〇一一

第一章　「ポーの水とダーク・キャノン——「丘の上の都市」から「海中」の都市へ」『水と光——アメリカの文学の原点を探る』所収、入子文子監修（世界思想社、二〇〇六）第4章

第二章　「花嫁の幽閉と逆襲——エリザベス、モレラ、ライジーア」『亡霊のアメリカ文学——豊穣なる空間』松本昇他編（国文社、二〇一二）第1章

第三章　「ポーとゴシックネイチャー」『カウンターナラティヴから語るアメリカ文学』伊藤詔子監修、新田玲子編（音羽書房鶴見書店、二〇一二）第一部第4章

第四章　「『ピム』」のゴシックネイチャーの諸相」『ポー研究』2・3号、二〇一一

第五章　1節〜4節　「ポーと新たなサブライムの意匠――ナイアガラ・スペクタクルから暗黒の海へ」『視覚のアメリカン・ルネサンス』入子文子、武藤脩二編（世界思想社、二〇〇六）第2章

5節〜6節　書き下ろし

第六章　「沼地とアメリカン・ルネサンス――ナット・ターナー、ドレッド、ホップ・フロッグ　一〜四」『アメリカン・ルネサンス――批評の新生』西谷拓哉、成田雅彦編（開文社、二〇一三）第一部三一―四一頁

第七章　書き下ろし

第八章　「沼地とアメリカン・ルネサンス――ナット・ターナー、ドレッド、ホップ・フロッグ　五〜七」、前掲書　第一部　四二―六〇頁

第九章　「ポー、ホーソーン、ダゲレオタイプ――真実の露出と魔術的霊気のはざまで」『ロマンスの迷宮――ホーソーンに迫る15のまなざし』所収、日本ホーソーン協会九州支部研究会編（英宝社、二〇一二）第三部第1章

「密室の謎とダゲレオタイプ」中四国アメリカ文学会年次大会シンポジアム「語り継がれる名作

第一〇章　——モルグ街の殺人事件」香川大学、二〇一〇（講師—辻和彦、小森健太郎、元山千歳、林康次）
「ポー、フォークナー、ゴシック・アメリカ」『フォークナー研究』3号
"Gothic Windows in Poe's Narrative Space." Poe International Conference, Philadelphia, 2012; included in *Poe's Pervasive Influence*, ed. Barbara Cantalupo. Betlehem PA: Lehigh UP, 2012.

第一一章　1節〜2節　書き下ろし
3節　「失われたエデンとゴシック・ネイチャー——ジョイス・キャロル・オーツ『北門のそばで』『洪水に流されて』」『オルタナティヴ・ヴォイスを聴く』第2章　自然の再発見・作品11（音羽書房鶴見書店、二〇一一）
4節　英文学会第八二回大会シンポジアム「エドガー・アラン・ポーとアメリカ文学——ポスト生誕200年の光芒」伊藤司会とコメント「ポーとオーツ」神戸大学、二〇一〇。（講師、丹羽隆昭、野口啓子、高野泰志、平石貴樹）
5節　書き下ろし

第一二章　1節〜2節　"Poe and Posthuman Ecology."（ポー・ニューヨーク国際大会、二〇一五）
"Poe and Posthuman Ecology: Focusing on 'The Fall of the House of Usher' and Post Apocalyose Dialigues."『ポー研究』8号、二〇一六
3節〜4節　書き下ろし

終　章　書き下ろし

謝辞

本書執筆にあたっては、多くの方々に一方ならぬお世話になってきた。特にブラウン大学、バートン・セント・アーマンド名誉教授の長い間のご指導がなければ、本書を構成しているアメリカでの研究を実現させることはできなかったであろう。またエコクリティシズムの第一人者、スコット・スロヴィック、***ISLE*** 編集長の四半世紀に及ぶ学問的友情の、豊かな恩恵に与ってきた。さらに昔日のロバート・スコールズ、ブラウン大学名誉教授の批評的ご指導も、貴重であった。

この二〇年ほどは、国際ポー学会の先生方、殊に国際学会の度に様々なご厚志を賜った、ペンシルヴァニア州立大学教授、バーバラ・カンタルポ、ポー学会誌編集長、およびジェラルド・ケネディ教授や、リチャード・コプリー教授等、ポー研究碩学のご親切なご教示は忘れ難い。エドワード・フィリップ、ポー学会前会長とのニューヨークでの出会いから、京都国際学会開催が決定したことは記念すべきことであり、またポール・ルイス、ボストン・カレッジ教授、現ポー学会会長の、ボストン関係研究資料の寛大なご教示は、何物にも代えがたかった。

またこの一〇年は、日本ポー学会の巽孝之会長はじめ、宮川雅事務局長、井上健、野口啓子両編集長、又多くの会員の皆様には、学会創設以来、お世話になってきた。さらに成田雅彦、高尾直知、西谷拓哉、入子文子各教授初め、日本の英米文学関係の学会の多くの皆様には、直接間接のご教示を賜ってきた。広島大学、松山大学、集中講義の筑波大学、関西大学、北九州市立大学ほか多くの大学で一緒にポーを読んでくださった学生諸氏や、新田玲子教授、大地眞介氏、城戸光世氏他、広島大学の同僚の先生方にも感謝の気持ちを捧げたい。

なお本書の研究は、科学研究費補助金基盤研究 (C)No.21520306「アメリカ環境文学における汚染と身体表象と風景のエコクリティシズム的研究（An Ecocritical Study on the toxic landscape and body in American Environmental Literature）」(2009–2012)、及び基盤研究（B)No.15H03189「トランスアトランティック・エコロジー――環境文学／思想の還流と変容（Transatlantic Ecology: The Inter- action and Transformationof EnvironmentalLiteratures）」(2016–2020) の助成を得たことを記して謝意を表する。

本書の遅い進行に、主催しているエコクリティシズム研究学会の塩田弘氏、松永京子氏他多くの会員には、ご心配をおかけしてきた。特に、水野敦子、平瀬洋子事務局長、藤江啓子、浅井千晶副代表、また直接索引作成と書誌作成には海上保安大学校の真野剛氏と、東京海洋大学の大野美砂氏の貴重な御助力を賜った。いつまでもまとまらない仕事に対し、家族の長年の忍耐強い見守りと励ましも得難いものであった。

本書はこのような多くの方面の御助力に恵まれながら、長年の研究をまとめたものではあるが、単一のテーマを貫いたものではなく、研究の記録にすぎない拙い本である。ただポーのなかにこうした様々な側面の渦巻く葛藤と発展があり、言い訳ながらそれを正直に映したものとなった。

最後になってしまったが、本書の起稿は、音羽書房鶴見書店山口隆史社長の、「とにかく勇気を出して原稿を送ってみてください」という何年か前の一言がなかったら始まらなかったし、その後の氏の大変な編集作業のご苦労がなければ、本書はついに日の目を見ることはなかった。ここに、深甚の感謝を申し上げたい。

著者識

二〇一七年一月二〇日

ラ

ラックマン、スティーヴン Rachman, Stephen 298
ラフマニノフ、セルゲイ Rachmaninov, Sergey 8, 281, 298
リュングキスト、ケント Ljungquist, Kent 39, 97, 111, 121, 294
リヴァイン、スチュアート＆スーザン Levine, Stewart & Susan 280, 287, 294
リード、ルー Reed, Lou 6–7
リチャード、エリザ Richards, Eliza 48, 71, 164, 298
リッチモンド（ヴァージニア州） Richmond, Virginia i, iv, 3, 5, 9, 14, 19, 38, 40, 61, 151, 157, 161, 166–67, 176, 194, 210, 265, 271, 274–76, 270–80, 283
ルイス、ポール Lewis, Paul 20, 95, 312
ルーベル、デイヴィッド Rubel, David142, 165, 307
ルドン、オディロン Redon, Odilon 30
レヴィン、ハリー Levin, Harry 209, 223, 294
レヴィーン、ロバート・S. Levine, Robert S. 145
レヴェレンツ、デーヴィッド Leverenz, David 209, 222, 294
レナルズ、デイヴィッド Reynolds, David S. 241
レンザ、ルイス・A. Renza, Louis A. 134, 298
ロイスター、セアラ・エルマイラ Royster, Sarah Elmira 38, 138
ロウ、ジョン・カーロス Rowe, John Carlos 135, 201
ロウエル、ジエイムズ・ラッセル Lowell, James Russell 178
ロックナック、ステファニー Rocknak, Stefanie 5, 20, 266–67, 273
ロレンス、D. H. Lawrence, David Herbert 66–67, 294
ロングフェロー、ヘンリー・ワズワース Longfellow, Henry Wadsworth 4, 20, 139–40

フロイト、シグモント　Freud, Sigmund　61–63, 72, 220, 305
ブロンフェン、エリザベス　Bronfen, Elisabeth 60–61, 69, 288
ヘイズ、ケビン・J.　Kevin J. Hayes　13, 162, 178, 221, 262, 287, 291–92
ヘイルズ、キャサリン　Hayles, Katherine 115, 120, 250, 261, 292
ベネッシュ、クラウス　Benesch, Klaus　60, 251, 260, 288
ヘルブレヒター、ステファン　Herbrechter, Stefan　253, 261, 292
ペン、ウィリアム　Penn, William　8–9
ベンヤミン、ヴァルター　Walter, Benjamin　13, 182
ホイットマン、ウォルト　Whitman, Walt　102, 127, 134, 163, 165, 173, 182, 232, 252, 306
ホイットマン、サラ・ヘレン　Whitman, Sarah Helen　i, 10, 14–16, 18–19, 21, 25, 58–59, 241
ボストン（マサチューセッツ州）Boston、Massachusetts　i, 1–21, 129–31, 133, 137, 140, 156, 265–67, 273
『ボストン・グローブ』Boston Globe　2, 4
ボルティモア、メリーランド州　Baltimore, Maryland　i, iii-iv, vi, 3, 10, 13, 19, 61, 149, 152, 155–57, 194, 209, 265, 267, 273–76, 278, 283–84
ポー、エリザベス　Poe, Elizabeth　3, 38, 48, 50, 57–58, 61–64, 72–73, 244, 303
ポー、デイヴィッド、Jr.　Poe, David, Jr.　244
ポー、ニールソン　Poe, Neilson　275–77
ポー、ハリー・リー　Poe, Harry Lee　9, 298
ポー、ロザリー　Poe, Rozalie　276–77
ポーク、ノエル　Polk, Noel　216–17, 222, 298
ホーソーン、ナサニエル　Hawthorne, Nathaniel　iii, 19–20, 119, 127, 130–33, 146, 156, 164–65, 170–91, 199, 231, 233, 236, 263, 271–72, 283, 302, 304–06, 310
ボードレール、シャルル・ピエール　Baudelaire, Charles Pierre　13, 234, 298, 304
ポーリン、バートン・R.　Pollin, Burton R.　8, 20, 34, 69, 71, 90, 92–93, 124, 176–77, 186, 235, 287, 291, 298
ホール、コンスタンス・H.　Hall, Constance H. 217, 221, 291
ポストヒューマン　posthuman　v, 49, 97, 113–15, 229–40, 246–63
ポストネイチャー　postnature　112, 248–53
ボナパルト、マリー　Bonaparte Marie　38, 57, 59, 206, 288, 301
ホフマン、ダニエル　Hoffman, Daniel　38, 57, 70, 292

マ

マークス、レオ　Marks, Leo　104–05, 121
マグリット、ルネ・フランソワ・ギスラン　Magritte, René François Ghislain 227–30, 260
マーティン、ロバート・K. & エリック、サヴォイ　Martin, Robert K. & Eric Savoy 198–200, 221–22
マッキベン、ビル　McKibben, Bill　251, 262, 295
マシーセン、F. O.　Francis Otto Matthiessen 127–28, 130–35, 163, 295, 306
マティソン、ベン　Mattison, Ben　174, 180–81, 295
マボット、トマス・オリーヴ　Mabbott, Thomas Ollive　vii, 36, 42, 47, 62, 64, 68, 113, 160, 258–59
マラルメ、ステファーヌ　Mallarmé, Stéphane 289
水田宗子　306
宮沢賢治　267–70, 278, 283
ミラー、デーヴィッド　Miller, David　31, 102, 136, 295
ミラー、ペリー　Miller, Perry　218, 280
ムーア、トマス　Moor, Thomas　30, 34, 126, 152
メルヴィル、ハーマン　Melville, Herman 127–28, 132–33, 146, 165, 178, 233, 294, 304–05
モリスン、トニ　Morrison, Toni　135, 203, 296

ヤ

八木敏雄　vi, 31, 78, 122, 164, 196, 223, 228, 283, 303, 306

死体置き場（モルグ）186
シムズ、J. C.　Symms, J. C.202
「社会的に構築される自然」socially-constructed-nature　83–86
ジャクソン、アンドリュー　Jackson, Andrew　12, 87, 106, 117, 134, 255–56
ジャクソン、レオン　Jackson, Leon　255
ジョーダン、シンシア　Jordan, Cynthia　53, 59, 293
ジョンソン、バーバラ　Johnson, Barbara　60
シルヴァーマン、ケネス　Silverman, Kenneth　3, 16, 20, 38, 71–72, 155–56, 299–300
スウィーニー、スーザン・エリザベス　Sweeney, Susan Elizabeth　122
『スタイラス』*Stylus*　176, 178
スタナード、ジェイン　Stanard Jane　38, 57, 300
ストウ、ハリエット・ビーチャー　Stowe, Harriet Beecher　34, 130, 147–54, 164, 304
生誕 200 年祭　Bicentennial　14, 20, 22–23
セント・アーマンド、バートン・レヴィ　St.Armand, Barton Levi　14–15, 22, 71, 219, 252, 313
ソロー、ヘンリー　Thoreau, Henry　82–83, 119, 126–27, 129, 131, 133, 136, 138–41, 145–46, 150, 164, 180, 238, 246, 252, 303

タ

ターナー、ナット　Turner, Nat　125, 128, 141–42, 145–47, 157–59, 162, 164, 194, 201, 205, 291–92, 301, 305, 310
高尾直知　131
ダヤン、ジョーン　Dayan, Joan28, 48–50, 52, 55, 65, 70, 221, 289
高野泰志　63, 72, 255, 263, 304, 311
ダグラス、フレデリック　Douglass, Frederic　129–30, 142, 145, 149, 151, 157–59, 162–63, 293, 295
ダゲレオ（タイプ）i, iii, 7, 15–16, 21, 58, 98, 118, 166, 170–91, 231, 252, 310
巽孝之　vi, 13, 122, 127, 164–65, 227, 230, 240, 263, 306, 312
ディーズ、マイケル・J.　Deas, Michael J.　176, 221, 289
ディキンスン、エミリ　Dickinson, Emily　240, 262, 297
ディケンズ、チャールズ　Dickens Charles　7, 9
ディズマル・スワンプ　Dismal Swamp　31, 34–35, 40–42, 69–70, 125–26, 137–56, 161, 163–64, 290, 294, 301
ディレイニー、マーティン・R.　Delany, Martin R.　130, 134, 143, 148, 289
ディラン、ボブ　Dylan, Bob　7, 235
デヴィッドソン、キャシー　Davidson, Cathy　173, 221, 289
テニスン、アルフレッド　Tennyson, Alfred　18, 30
デモクリトス　Demokritos/Democritus　62, 99
デリダ、ジャック　Derrida, Jacques　83, 296
ドビュッシー、クロード　Debussy, Claude　8
トマス、ドワイト & ジャクソン、デーヴィッド　Thomas, Dwight & Jackson, David　72, 287
トムソン、ジョン・R.　Thompson, John R.　197, 276, 281
トラクテンバーグ、アラン　Trachtenburg, Allan　118, 173–75, 182–83, 222–23, 298
ドラモンド湖　31, 33–35, 40, 47, 139, 152, 154
トランク　i, 5, 265–84
トレイラー、ウェーバリー　Traylor, Waverley　139, 164, 301
『ドレッド――沼地の人』*Dred: Swamp-dwelling People*　34, 125, 137, 147–54, 163–64, 294, 300, 310

ナ

中村善雄　173, 185, 191, 223, 305
ナンタケット（マサチューセッツ州）Nantucket, Massachusetts　iii–iv, 124, 203
『ニッカーボッカー・マガジン』*Knickerbocker Magazine*　174
ニューヨーク（ニューヨーク州）New York, New York　iv–v, 6–7, 13, 59, 109, 129, 151, 156–57, 160, 174, 176, 194, 210, 231, 259, 260, 313

290, 295
エリオット、T. S. Eliot, Thomas Stearns 10
エリザベス、カー Kerr, Elizabeth 199, 222, 293
エルバート、モニカ Elbert, Monica 58, 290
丘の上の町 29–47
オースター、ポール Auster, Paul 230–31, 241, 263, 267, 270–72, 283, 302–03
オーツ、ジョイス・キャロル Oates, Joyce Carol iii, 77–78, 227–45, 261–62, 293, 296
オバマ、バラク Barack Obama 3, 4

カ

ガーガーノ、ジェイムズ・W. Gargano, James W. 291
カールソン、エリック・W. Carlson, Eric W. 13, 20, 289, 296
カフカ、フランツ Kafka, Franz 197, 234
河合祥一郎 52, 72
カンタルポ、バーバラ Cantalupo, Barbara 10, 155, 162, 313
カント、イマヌエル Kant, Immanuel 97, 111
キーツ、ジョン Keats, John 30
『ギフト誌』*The Gift* 102
キメラ chimera 48, 77, 84, 86–88, 92–96, 120, 202–03, 241–42, 249
逆転 3, 52, 94, 100, 158–59, 201, 233, 242, 268
キャンベル、キリス Campbell, Killis 29, 289
ギンズバーク、レスリー Ginsberg, Lesley 204–05, 221, 291
クィン、アーサー Quinn, Arthur 298
クィン、パトリック・フランシス Quinn, Patrick Francis 298
クーパー、ジェイムズ・フェニモア Cooper, James Fenimore 108, 119
グリズウォルド、ルーファス・ウィルモット Griswold, Rufus Wilmot 4, 10, 18, 62, 82, 217, 271, 276–81
『狂おしい嵐の夜』*Wild Nights* 71, 72, 121, 239–41, 262
グレイ、トマス Gray, Thomas 141, 143, 145–46, 150, 194
クレム、マリヤ Clemm, Maria 271, 274–77, 285
『グレイアムズ・マガジン』『グレイアムズ誌』*Graham's Magazin* 186, 205
ケネディ、ジェラルド Kennedy, J. Gerald 13, 31, 57, 135, 146, 157–58, 255, 313
「告白原本」"Confessions of Nat Turner" 141–44, 150, 157–64, 194
ゴシック（の窓）Gothic (windows) 192–224
ゴシック・ネイチャー Gothic nature 77–90, 95–96, 248–49, 311
ゴシック・マザー 56–58
コール、トマス Cole, Thomas 45–46, 56–58, 88, 97–100, 103, 116–19
コールリッジ、サミュエル・T. Coleridge, Samuel T. 21, 30
『ゴーディーズ・レディーズ・ブック』*Godey's Lady's Book* 9
ゴドュー、テレサ・A. Goddu, T. A. 70, 131, 136, 157, 162, 198, 203, 221, 291
コプリー、リチャード Kopley, Richard 124, 313

サ

サヴォイ、ジェフェリー・A. Savoye, Jeffrey A.13, 198–99, 221, 227, 273, 275, 281
サブライム 40, 82, 97–109
『サザン・リテラリー・メッセンジャー』『南部文芸通信』*Southern Literary Messenger* v, 205, 248, 259, 281
佐渡谷重信 51, 71, 304
サンドクィスト、エリック Sundquist, Eric 134, 300
シェリー、P. B. Shelley, Percy Bysshe 30, 44, 69
シェリー、メアリー Shelley, Mary iii, 249, 252, 258
シェルトン、セアラ・エルマイラ Shelton, Sarah Elmira 62
シャーロッツヴィル（ヴァージニア州）Charlottsville, Virginia iv, 210
自然史 88, 91–92
視覚 97–98, 102, 119, 171–74, 179–96, 202, 231, 306, 310

Player" 1836 251, 258
「メロンタ・タウタ」"Mellonta Tauta" 1849 11, 69, 119
「モノスとユーナの対話」"The Colloquy of Monos and Una" 1841 112–15
「モルグ街の殺人」"The Murders in the Rue Morgue" 1841 4, 9, 78, 98, 176, 185–89, 217, 246, 311
「モレラ」"Morella" 1835 48–49, 51–60, 64–65, 67–72, 186, 248

ヤ

「約束ごと」"The Assignation" 1835 235
「夢の国」"Dream-Land" 1844 39–40, 152
「ユラリューム」"Ulalume: A Ballad" 1847 30, 46, 49, 56, 116, 152, 155
『ユリイカ』Eureka 1848 44, 112, 115–16, 240, 277, 301, 303, 306
「妖精の島」"The Island of the Fay" 1841 34, 76, 107, 116

ラ

「ライジィーア」"Ligeia" 1838 48–57, 59–64, 67–68, 72, 99, 172, 186, 228, 241, 303
「ランダーの別荘」"Landor's Cottage" 1849 87

主要人名・事項・キーワード

ア

アーウィン、ジョン Irwin, John 222, 293
アーヴィング、ワシントン Irving, Washington 39, 103
アーキカ、ベスティー Erkkika, Besty 132–33, 162, 290
アームブラスター、カーラ Armbruster, Kala 83
アウトカ、ポール Outka, Paul 85, 136, 252–53
アメリカン・サブライム American sublime 97–109
『アメリカン・ミューゼアム』*American museum* 220
アメリカン・ルネサンス American Renaissance iii–v, 19, 33, 66, 125–65, 172, 182, 230–31, 252, 263, 283, 302–07, 318
アポカリプス（ポスト・アポカリプス）Apocalypse (post-Apocalypse) 44, 82, 114, 159, 161, 204, 249
アラン、ジョン Allan, John 209
『アレクサンダー・ウィークリー・メッセージ』*Alexander Weekly Messenger* 174, 190, 194
イェイツ、W. B. Yeats, W. B. 2
池末陽子、辻和彦 302
遺稿 277–83
遺髪 14–19
ウィルバー、リチャード Wilbur, Richard 302
ウールフソン、ウィリアム・C. Woolfson, William C. 89, 121
ウェーレン、テレンス·W. Whalen, Terence W. 85, 121
『ウォール・ストリート・ジャーナル』*Wall Street jJurnal* 6
内田市五郎 122, 176, 223
ウッドベリー、ジョージ・E. Woodberry, George E. 277
ウルティマ・チューレ UltimaThule 口絵、39, 41
エイブラムス、M. H. Abrams, M. H. 30, 120
エコクリティシズム ecocriticism 9, 82–83, 87, 128, 246–64
エストック、サイモン・C. Estok, Simon C. 81, 121, 248, 261, 290
エディンクス、デニス Eddings, Dennis 40, 70, 290
エマソン、ラルフ・ウォルドー Emerson, Ralph Waldo 9, 81, 102–03, 119, 129, 132, 137, 146, 163, 165, 173, 180, 252,

「実業家」“The Business Man” 1840 9
「詩の原理」“The Poetic Principle” 1850 155, 175, 280
「ジューリアス・ロドマンの日記」“The Journal of Julius Rodman” 1840 108, 200
「鐘楼の悪魔」“The Devil in the belefry” 1839 8
「赤死病の仮面」“The Masque of the Red Death” 1841 13, 187
「ソネット——科学へ」“Sonnet-To Science” 1829 17

タ

「タール博士とフェザー教授の療法」“The System of Dr. Tarr and Prof. Feather” 1845 52
「楕円形の肖像」“The Oval Portrait” 1842 16, 49, 57–58
「ダゲレオタイプ」“The Daguerreotype” 1842 i, 7, 15–16, 21, 58, 98, 118, 166, 170–76, 178–82, 184–86, 189–91, 310
「タマレーン, その他の詩」“Tamerlane and Other Poems” 1827 3, 29, 30
「直感対理性」“Instinct VS Reason—A Black Cat” (Alexander's Weekly Messenger) 1840 76, 78, 80, 201
「沈黙」“Silence” 1837 260
「使い果たされた男」“The Man That Was Used Up” 1839 iii, 12, 114, 200, 226, 247–48, 251, 254–56, 259, 266, 274, 283
「告げ口心臓」“The Tell-Tale Heart” 1843 266
「燈台」“The Light-House” 1909 31, 77, 234, 239–41

ナ

「謎とき」“Enigmatic” 1842 190,
『ナンタケット島出身のアーサー・ゴードン・ピムの物語』『ピム』*The Narrative of Arthur Gordon Pym of Nantucket* 1838 ii, 61, 77–78, 84–96, 122, 124, 156–58, 194, 196–203, 213, 220, 227, 241, 246, 302, 312
『ニューヨーク見聞記』*Doings of Gotham* 1844 194
「ニューヨークの文人」“Literatti of New York City” 1844 iv
「盗まれた手紙」“The Purloined Letter” 1845 230
「眠れる人」“The Sleeper” 1841 36–38
「鋸山奇譚」“A Tale of the Ragged Mountains” 1844 iv

ハ

「早まった埋葬」“The Premature Burial” 1844 259
「ハンス・プファアルの無類の冒険」/「ハンス・プファアル」“The Unparalleled Adventure of One Hans Pfaall”/“Hans Pfaall” 1835
「壜の中の手記」“A Manuscript Found in a Bottle” 1833 36
「風景庭園」“The Landscape Garden” 1842 51, 72, 78, 119, 228
「『ブラックウッド』誌流の作品の書き方/ある苦境」“How to Write a Blackwood Article/A Predicament” 1838 200
「ペスト王」“King Pest” 1835 86–87
「鐘（ベル）」“The Bells” 1848 8, 281–82
「ベレニス」“Berenice” 1835 28, 49, 51, 53
「ヘレンに」“To Helen” 1836 30
「ヘレンに」“To Helen” 1848 16–17, 30
「ホップ・フロッグ」“Hop-Frog” 1849 95, 125–37, 156–61, 205, 208, 310

マ

「マリー・ロジェの謎」“The Mystery of Marie Roget” 1842 288
「ミイラとの論争」“Some Words with a Mummy” 1845 12, 259
「湖に」“To Lake” 1827 29, 32–35, 42, 62, 116, 152
「メエルシュトレエムに呑まれて」「大渦への降下」“A Descent into the Maelstrom” 1841 98–101, 251, 258
「眼鏡」“The Spectacles” 1844 200
「メッツェンガーシュタイン」“Metzengerstein” 1832 100
「メルツェルの将棋差し」“Maelzel's Chess-

索　引

エドガー・アラン・ポーの作品（邦題と原題と出版年）

ア

「悪魔に首を賭けるな」"Never Bet the Devil Your Head" 1841 200
「アッシャー館の崩壊」"The Fall of the House of Usher" 1839 iii, 8, 10, 30, 36, 39, 44, 59, 66–67, 86, 98, 110–16, 185–88, 199, 208–13, 216–17, 248–49,
「アナベル・リー」"Annabel Lee" 1849 30–40, 49, 62, 64, 152, 241–42, 271, 278–80
「天邪鬼」"The Imp of the Perverse" 1845 69, 121, 133
「アモンティリャアドの酒樽」"The Cask of Amontillado" 1846 9
「アル・アーラーフ」"Al Aaraaf" 1829 30, 43–44
「アルンハイムの領地」"The Domain of Arnheim" 1847 ii, 30, 32, 71, 97
「息の喪失」"Loss of Breath" 1835 3
「イズラフェル」"Israfel" 1831 30
「ヴァルドマアル氏の病症の真相」"The Facts in the Case of M. Valdemar" 1845 259
「ウィサヒコンの朝」または「エルク」"Morning on the Wissahiccon" "Elk" 1844 78, 84–85, 200
「ウィリアム・ウィルソン」"William Wilson" 1839 9, 235
「エイロスとチャーミオンの会話」"The Conversation of Eiros and Charmion" 1839 114
「x だらけの社説」"Exing Paragrob" 1850 161
「エレオノーラ」"Eleonora" 1841 49, 51, 53–57, 116, 187
「黄金虫」"The Gold Bug" 1843 78, 108, 200, 206, 235
「大鴉」"The Raven" 1845 5, 10, 30, 49, 77–81, 84, 135, 138, 172, 219, 228, 239, 248
「お前が犯人だ」"Thou Art the Man"1844 9

カ

「海中の都市」"The City in the Sea" 1845 29–47, 119, 132, 164, 303
『貝類学の手引』*The Conchologist's First Book* 1839 91
「家具の哲学」"The Philosophy of Furniture" 1840 34
「影」"Shadow: A Parable" 1835 260
「陥穽と振子」「井戸と振子」"The Pit and the Pendulum" 1842 2, 111, 135, 252
『グロテスクとアラベスクの物語集』*Tales Of The Grotesque And Arabesque* 1839 9, 86
「黒猫」"The Black Cat" 1843 9, 49, 53, 56, 77–80, 84, 135, 199–201, 204–08, 217, 220, 228, 242–45
「群集の人」"The Man of the Crowd" 1840 98, 172, 187, 235
「軽気球奇譚」"The Balloon-Hoax" 1844 157
「構成の哲理」"The Philosophy of Composition" 1846 278
「言葉の力」"The Power of Words" 1845 64, 114

サ

「催眠術の啓示」"Mesmeric Revelation" 1844 114
「シェヘラザーデの千二夜の物語」"The Thousand-and-Second Tale of Scheherazade" 1845 190
「四獣一体」"Four Beasts in One" "Epimanes" 1845 12, 36, 155

社 2004)、『視覚のアメリカン・ルネサンス』入子文子、武藤脩二編(世界思想社 2006)、『アーネスト・ヘミングウエイの文学』今村楯夫編(ミネルヴァ書房 2006)、『豊かさと環境』(アメリカ研究の越境)秋元英一、小塩和人編(ミネルヴァ書房 2008)、『アメリカ文学研究のニュー・フロンティア』田中久男監修(南雲堂 2009)、*Poe's Pervasive Influence*. Ed. Barbara Cantalupo (Bethlehem, PA: Le High UP, 2012)、『アメリカ文学の源流を求めて――ソロー没後 150 年記念論集』松島欣也、小倉いずみ編(金星堂 2012)、『アメリカ文学の水と光――入子文子先生退職記念論集』入子文子監修(開文社 2013)、『アメリカン・ルネサンス――批評の新生』西谷拓哉、成田雅彦編(開文社 2013)、『核と災害の表象――日米の応答と証言』熊本早苗、信岡朝子編(英宝社 2015)、『ホーソーンの文学的遺産――ロマンスと歴史の変貌』成田雅彦・高尾直知・西谷拓哉編(開文社、2016)他。

主要翻訳書

アラム・ヴィーザー『ニューヒストリシズム』共編訳(英潮社 1992)、H. D. ソロー『森を読む――種子の翼に乗って』(宝島社 1995)、フロム、ビュエル他著『緑の文学批評――エコクリティシズム』共編訳(松柏社 1998)、H. D. ソロー『野生の果実――ソロー・ニュー・ミレニアム』共編訳(松柏社 2002)、ローレンス・ビュエル『環境批評の未来――環境危機と文学的想像力』共編訳(音羽書房鶴見書店 2009)他。

分担執筆事典、教科書

『楽しく読めるネイチャーライティング』ASLE-J 編(ミネルヴァ書房 2001)、『楽しく読める幻想文学』笹田直人他編(ミネルヴァ書房 2001)、『大学新入生に薦める 101 冊の本』広島大学総合科学部編(岩波書店 2006)、『二〇世紀アメリカ文学を学ぶ人のために』山下昇、渡辺克昭編(世界思想社 2006)、『英語文学事典』木下卓他編(ミネルヴァ書房 2007)、『フォークナー事典』フォークナ協会編(松柏社 2008)、『ヘミングウエイ大事典』今村楯男他編(勉誠出版 2012)他。

著者紹介

伊藤 詔子（いとう しょうこ）

広島大学名誉教授。ブラウン大学、ヴァージニア大学でフルブライト客員研究員、博士（学術）。日本アメリカ文学会副会長、アメリカ学会常務理事、ソロー学会会長、中四国アメリカ学会会長などを歴任した。現在ASLE（米文学環境学会）及び国際ポー学会名誉会員、日本ソロー学会顧問、日本ポー学会副会長、エコクリティシズム研究学会代表等を務める。

単著

『よみがえるソロー——ネイチャーライティングとアメリカ社会』（柏書房 1998）、『アルンハイムへの道——エドガーアラン・ポーの世界』（桐原書店 1986）、『はじめてのソロー——森に息づくメッセージ』（NHK 出版 2016）。

監修、編著

Studies in Henry David Thoreau（六甲書房、2000）、『新しい風景のアメリカ』（南雲堂 2003）、『新たな夜明け——『ウォールデン』出版 150 年記念』（金星堂 2004）、『エドガー・アラン・ポーの世紀——生誕 200 年必携』（研究社 2009）、『エコトピアと環境正義の文学——日米より展望する広島よりユッカマウンテンへ』（晃洋書房 2009）、『オルタナティヴ・ヴォイスを聴く——エスニシティとジェンダーで読む現代環境文学 103 選』（音羽書房鶴見書店 2011）、『カウンターナラティヴから語るアメリカ文学』（同 2012）。『エコクリティシズムの波を超えて——人新世の地球を生きる』（同 2017）。

主要共著

『光のイメジャリー——伝統の中のイギリス詩』上杉文世編（桐原書店 1985）、『21 世紀の教養——科学技術と環境』広島大学総合科学部編（培風館 1990）、『言葉と文学と文化と』安藤貞夫編（英潮社新社 1991）『アメリカ作家とヨーロッパ』坪井清彦他編（英宝社 1993）『アメリカの嘆き——米文学史のなかのピューリタニズム』秋山健監修（松柏社 1999）、『アメリカ文学ミレニアム I』国重純二編（南雲堂 2001）、『自然と文学のダイナミックス』山里勝己他編（彩流

Itoh, Shoko
Dismal Swamp and the American Renaissance: Poe and the Legacy of the Dark Canon

ディズマル・スワンプのアメリカン・ルネサンス
ポーとダークキャノン

2017年3月30日　初版発行

著　者　伊藤詔子
発行者　山口隆史
印　刷　シナノ印刷株式会社

発行所　株式会社 音羽書房鶴見書店
〒113–0033 東京都文京区本郷 4–1–14
TEL 03–3814–0491
FAX 03–3814–9250
URL: http://www.otowatsurumi.com
e-mail: info@otowatsurumi.com

ISBN978-4-7553-0296-1 C3098
組版　ほんのしろ／装幀　吉成美佐（オセロ）
製本　シナノ